集学
刊术

福建省社会科学研究基地
福建师范大学
中华文学传承发展研究中心

西方哲学与
中国新诗

雷文学◎著

人民出版社

项目名称:教育部人文社会科学研究一般项目《西方哲学与中国新诗》

项目批准号:11YJA751031

总　序

　　2004 年 10 月,福建师范大学文学院获批建设福建省高校人文社会科学研究基地——人文福建发展研究中心,并于 2011 年评为省高校优秀社科研究基地。在此基础上,学校于 2014 年 4 月成立了中华文学传承发展研究中心,聘任郑家建教授为研究中心主任,以更好地发挥文学院在中华文学传承发展方面的科研优势,为我国社会文化发展以及闽台文化合作交流提供智力支持和决策参考。该研究中心于 2014 年 6 月经过专家评审,成功晋升为福建省首批社会科学研究基地。

　　福建省社科研究基地是人文社会科学研究的高层次学术平台,担负着组织科研创新团队、产出重大研究成果、创新科研管理体制机制、提供社会咨询服务、培养优秀科研骨干、促进学科建设发展的重任。省社科基地实行"机构开放、人员流动、内外联合、竞争创新、产学研一体化"的运行机制,经过几年的建设,力争成为国家或省级高层次智库或教育部人文社科重点研究基地。

　　中华文学传承发展研究中心依托福建师范大学国家重点学科（中国现当代文学）、福建省特色重点学科（中国语言文学）和 3 个福建省重点学科（中国现当代文学、中国古代文学、汉语言文字学）,以及中国语言文学一级学科博士学位点和博士后流动站、戏剧与影视学一级学科博士学位点和博士后流动站、艺术学理论一级学科博士学位点和博士后流动站,以学科发展与社会重大问题为导向,结合文学院的既有学术传统,确定中心的重大学术课题,围绕国家提高文化软实力与福建省社会文化发展的重大需求,在全球化语境中传承与创新中华文化。

中国语言文学是中华优秀传统文化的重要载体,具有深远的历史意义和现实意义。它不但成了联结全球华人共同家园的精神血脉,而且对中华文化在世界的流播也产生了积极的影响。中国语言文学在传承中华文明及促进闽台文化的合作交流方面具有其他学科无可替代的作用。福建师范大学中华文学传承发展研究中心的学术宗旨,是以历史和现实为基点,对涵盖古今的中国文学,尤其是闽台语言、文学及海外华文文学的渊源流变进行全方位的梳理,为当前建设繁荣和谐的社会文明提供可资借鉴的历史经验,加深两岸人民共同构建精神家园的情感联络,为促进闽台文化交流与中外文化交流做贡献。

研究中心聘任国内著名专家担任顾问和学术指导,对中心工作提供了强有力的指导。福建师范大学副校长汪文顶教授担任研究中心首席专家,副校长郑家建教授担任中心主任,研究中心的日常事务工作由常务副主任葛桂录教授负责。本中心的特色研究方向有四个:闽台语言文献与文学交流研究方向,负责人为林志强教授、郑家建教授;文体学研究方向,负责人为李小荣教授;中华文学域外传播研究方向,负责人为葛桂录教授;当代文学教育及语文教育研究方向,负责人为赖瑞云研究员。

研究中心将以国家社会文化发展的重大需求为导向,以研究项目为纽带,以研究方向组成的创新团队为载体,以出精品成果为目标,努力强化特色与优势。联系整合省内乃至国内相关高校、科研机构的学术资源,建立健全协同创新机制,造就一支高水平、结构合理和可持续发展的科研创新团队,打造一个在全球化语境中传承与创新中华文化的重点研究基地,成为全国有影响力的专门人才库和人才培养培训基地。

为促进研究中心建设目标的实施,我们在人民出版社的大力支持下,集中出版"福建省社会科学研究基地福建师范大学中华文学传承发展研究中心学术集刊"。该集刊主要收录研究中心同仁高质量的个人学术著作。列入研究中心学术集刊首批出版的十本著作,绝大多数是国家社科基金项目,如

《晋唐佛教文学史》(李小荣著)、《中国英国文学研究史论》(葛桂录著)、《冈仓天心研究:东西方文化冲突下的亚洲言说》(蔡春华著)以及教育部人文社科研究项目,如《建阳刊刻小说研究》(涂秀虹著)、《明代中古诗歌批评文献及诗学研究》(陈斌著)、《台湾诗钟社团及相关组织考略(1865—2014)》(黄乃江著)、《〈说文解字六书疏证〉研究》(李春晓著)、《阿瑟·韦利汉学研究策略考辨》(冀爱莲著)的结项成果。集刊第二批出版的有《西方哲学与中国新诗》(雷文学著)等。这些成果在课题结项评审专家审定意见的基础上,再次打磨修订,因此保证了较高水准的学术质量。研究中心成员承担的福建省社科研究基地重大项目的结项成果,也拟列入这套学术集刊出版。

中华文学传承发展研究中心
2016 年 8 月

目　录
C O N T E N T S

导　论

　　诗歌与哲学的重要关系在现代人们用一个简明的命题来表达:哲学与诗歌是近邻。这种联系中重要的一环是哲学思想对诗歌品质的影响巨大。诗歌作为一种艺术形式,是可以以任何内容为表现对象的,举凡社会生活的各个方面,大到国家大事、世界风云,小到迎来送往、草木虫鱼,均可以用诗歌来表现,都可以写出杰出的作品。但是,如果以生命和世界的最高存在作为表现对象,无疑可以极大地提高诗歌的思想内涵。反之,诗歌如果不参与对世界的根本解释,要想在境界上达到至高的程度是很困难的。从世界诗歌史上看,最杰出的作品无疑是崇高的思想结合完美的诗艺所诞生的产儿。

　　诗歌和哲学的紧密关系还在于它们同是解释世界的最重要、最完美的形式。哲学直接思考和解释世界,诗歌则用独特的形式将哲学思考的成果表现出来。用诗歌来表现哲学思考的成果不仅仅在于接受的愉悦性,还在于这种表现形式往往有理论语言不可替代的优越性——它在表达一个理念时往往超出了作者所给予的。这是因为,不确定的形象语言比明确的理论语言含蕴有更丰富、更细微的思想。诗歌表现真理不是教条式的,以诗歌来表现真理,在对真理表现的有机性因而是逻辑上的丰富性、潜在的可能性因而是更高一级的准确性等方面有独到的优越性。

　　近代哲学更发现存在的本真言说为诗。诗并不是人们用来表达思想感情的工具。诗歌不是一般的言说,而是存在的本真言说,诗歌看护了存在,是存在的家。诗歌与存在之间、与最高真理之间不是服务与被服务的关系,而是同一的关系。哲学与诗同一。在这一意义上,海德格尔强调"诗的本质是真理的奠立"[①]。尼采认为"诗是人类最高的形而上的工作"[②],声称自己"已经把诗视为形而上的最高圆满状态"[③]。解构主义在痛斥西方逻各斯中心主义高高在上的"超验所指"时,更将其哲学的理想寄寓在诗歌丰富的寓意中。

　　这一切都说明,哲学对诗歌创作是至关重要的。在提高诗歌的精神含量,扩展诗歌的思想境界,增加诗歌的艺术表现等方面哲学会起到不可替代的作用。魏晋以及唐代诗歌的繁荣与道家思想、佛学的参与息息相关。近现代以来,中国新诗革命、新诗的发展、新诗的品格受到西方哲学（包括部分印度哲学）影响甚大,那么,西方哲学对中国新诗造成那些影响？中国新诗在西方哲学的影响下表现出什么样的美学品质？中国新诗因而与传统诗歌相比发生什么样的美学变化等等是值得探讨的诗学问题。

　　简言之,本书关心的是中国新诗在西方哲学影响下所表现的形而上学品质。

　　中国新诗发生在现代,是在西学影响下发展起来的。它不仅是语言形式上的革命,更是思想意识、思维方式上的革命。它表达的是深受西方思想影响的现代人的现代意识,这种意识的最高层次、最核心的精神内容无疑是现代生命哲学、形而上学。现代学者不约而同地发现中国缺少纯粹哲学传统。比如王国维认为中国缺少纯哲学,中国最完备的只有政治哲学与道德哲学。[④] 冯友兰认为:"中国哲学史中只有纯理论兴趣之学说极少。"[⑤] "中国哲学家之哲学,在其论证及说明方面比西洋及印度哲学,大有逊色。"[⑥] 朱光潜则认为中国人哲学思想平易、宗教情操淡薄,[⑦] 就是老庄,"比较儒

---

① 海德格尔:《人,诗意地安居》,郜元宝译,上海远东出版社 2004 年版,第 112 页。
② 尼采:《我妹妹和我》,文化艺术出版社 2003 年版,第 213 页。
③ 同上书,第 216 页。
④ 王国维:《王国维文集》第 3 卷,姚淦铭、王燕编,中国文史出版社 1997 年版,第 7 页。
⑤ 冯友兰:《中国哲学史》,中华书局 1966 年版,第 16 页。
⑥ 同上书,第 8 页。
⑦ 朱光潜:《诗论》,北京出版社 2005 年版,第 91 页。

家固较玄邃,比较西方哲学家,仍是偏重人事。他们很少离开人事而穷究思想的本质和宇宙的来源。"① 而"佛教只是扩大了中国诗的情趣的根底,并没有扩大它的哲理的根底。"② "受佛教影响的中国诗大半只有'禅趣'而无'佛理'。'佛理'是真正的佛家哲学,'禅趣'是和尚们静坐山寺参悟佛理的趣味。"③ 这是对照西方传统而做的结论。西方有一个强大的哲学传统,相对于东方和中国,这就是它的形而上学,是对不同于现世世界的另一个世界的揭示。中国古代也有形而上学,但中西形而上学是不一样的。西方的形而上学表现了突出的超越性,甚至与此在的世界发生断裂,虚无而不可捉摸。中国的形而上学在天人之间往返,最高真理与此在世界息息相关,甚至就是此在世界。西方哲学的超越境界可能是我们民族哲学没有见到的。

再者,中国哲学尽管从逻辑上讲具有超越性,但落脚点往往在人间生活。追求人间幸福和心灵和谐是中国哲学的目的,而不是宇宙真理;西方人则只把宇宙真理作为哲学的根本目的,人的幸福在他们看来不是最重要的,他们会为了真理牺牲幸福和生命,甚至主动将自己的生命献祭给最高真理,比如基督教里的亚伯拉罕就是这样一位人物。

最后,因为中国哲学注重人的幸福和心灵和谐,因而像悖论、虚无、深渊、死亡这样的问题中国哲学素不关心,但这些问题西方哲学却非常关心,认为它们是发现真理的重要途径。

由于以上原因,中国传统哲学和诗歌精神重点在于建设人在现世的生活,几乎没有诗人专以形而上的体验为创作对象。西方诗哲也表现现世人生,现世的人生只是作为其形而上思想的一个表现或例证,其落脚点在形而上学;中国哲学却将落脚点放在人在现世的生活,因而哲学最终道德化、政治化、人化,作为逻辑起点的形而上学终至于失去了自己的光芒。我们虽然不能用西方的哲学标准来看待中国的诗学精神,中国的诗歌也有自己独特的哲学精神;但是,人类面对的是真理,而不是不同民族各自不同的特点,当西方

---

① 朱光潜:《诗论》,北京出版社 2005 年版,第 92 页。
② 同上书,第 92 页。
③ 同上书,第 98 页。

哲学家对人类重大精神问题作出自己独到的发现,而这些发现又为中国所缺乏时,我们向西方的学习就是必须的。

第一个在这方面作出开创性贡献的是王国维。王国维有一种独特的精神气质,他在亡国灭种的国难当头,在国人疾呼救亡图存之时,却喊出"纯哲学"的呼声。王国维从精研西方哲学中得到形而上学概念,并深信这一思想倾向的价值。他批评中国没有纯哲学,中国的哲学最发达的是政治哲学和道德哲学,中国哲学家无不兼为政治家。^① 王国维将纯哲学概念发展到诗学领域,把诗歌看成和哲学一样是对真理的揭示,哲学和诗歌的区别仅仅是,哲学发明真理,诗歌(包括其他艺术)用符号表现真理。以真理的追求(这种真理往往以一种残酷的形态表现出来,甚至与人的幸福相对立)而不是以人在现世的幸福为诗歌表现的对象,这无疑是全异于传统诗学精神的,揭开了中国诗学现代转型的第一页。王国维不仅是哲学家,还是诗人,他的诗词创作已经有相当数量表现对形而上精神的痛苦追寻,因而,新诗革命在他的时代虽尚未发生,他也不可能用新诗创作,但他的旧体诗词已经表达了新的时代精神、现代的精神,这一点可以无愧地使他成为新诗精神的重要源头之一。

可以说,中国近现代自从有了王国维,就有了纯粹形而上精神(严复、康有为、梁启超等当时一大批思想家的兴趣均在于现实社会改造),这种精神无疑主要来自西方,是为精神而精神,是对于纯粹知识的探求,不存在现世目的。当然,这种纯粹精神的萌芽我们在更早的诗人中可以朦胧感觉到,比如在黄仲则、龚自珍、苏曼殊的诗歌中表现出的那种莫可名之的痛苦,就可嗅出"山雨欲来风满楼"的形而上精神前兆。但是,只有到了王国维,这种形而上精神才从哲学的角度得到自觉地阐发,并在诗歌创作中有自觉的追求。因而,王国维可视为现代中国形而上诗学精神的源头。

新诗对哲学精神的表现几乎在新诗一出现就产生了。五四诗坛上,郭沫若服膺惠特曼等人的泛神论,歌颂宇宙中那种遍在的"一"和创造精神;冰

---

① 王国维:《王国维文集》第 3 卷,姚淦铭、王燕编,中国文史出版社 1997 年版,第 7 页。

心雅好泰戈尔的哲学,以为"宇宙和个人的灵中间有一大调和"①;冰心并对基督教的"爱的哲学"非常倾心,这使他们的诗歌对现世人生的探讨上带上超验色彩。但是,无论是郭沫若还是冰心,他们都没有纯形而上的知识嗜好,郭沫若利用泛神论为他的个性自由伸张,冰心以泰戈尔的哲学救治她"天赋的悲感",慰藉她"寂寞的心灵"。真理究竟是什么? 他们都没有深入探索的兴趣。

五四诗坛的草创期过后,新诗诗人及理论家开始了对"纯诗"的探索,这种探索从新月派到随后的象征派、现代派一直没有停止。"纯诗"探索者们由最初对五四诗坛白话新诗创作粗糙的反拨,逐渐深入对诗学精神的思考,向哲学领域挺进,"诗要暗示出内生命的深秘。"②"象征是对于另一个'永远的'世界的暗示。"③但是,这种纯诗探索在较早时期(20世纪40年代前)远未达到应有的思想深度;他们的作者虽以西方哲学和诗学为参考对象,但实际上对西方哲学的内核知之不深,甚至他们用西方哲学、西方诗学话语表达的往往是民族哲学精神。这种状况,再加上尖锐激烈的社会矛盾,动荡不安的个人生活,在20到30年代,新诗诗坛没有产生对哲学思想有深入沉思的诗人。这种状况直到40年代才有了改观。

20世纪40年代初,由于时代的机遇,中国一批优秀诗人和青年才俊相聚昆明。人才的集中造成的思想和艺术空气的活跃,相对安静的环境以及与国外诗学思想的息息相通,使得40年代的昆明诗歌创作呈一时之盛。尤为难得的是,他们的创作呈现整体性的对哲学思考的关注和爱好,这是以冯至、穆旦和郑敏为代表的现代派诗歌。在冯至的诗歌中,有对世界死亡和蜕变哲理关系的思考,有对世界泛神性质的揭示和向往,他并从凡俗的事物和普通人身上发现神圣和博爱。冯至是在昆明郊外一处宁静的山野里进行他的哲学沉思的,诗歌精神和节奏深情而和缓,如地泉缓缓涌出;与之不同,穆旦的精神则显示了丰富的张力和紧张的痛苦。穆旦不同于冯至在一个安宁

---

① 冰心:《遥寄印度诗人泰戈尔》,吴重阳等编《冰心论创作》,上海文艺出版社1982年版,第56页。

② 杨匡汉、刘富春:《中国现代诗论》,花城出版社1985年版,第99页。

③ 潘颂德:《中国现代新诗理论批评史》,学林出版社2002年版,第231页。

的环境中进行形而上沉思,他的大脑更多被现实问题占据,但是,他精神上形而上的冲动异常强烈,在他的那些表现现实的诗篇之间,不时冒出非常纯粹的形而上精神诗篇,这显示他的精神中有一条常在的形而上暗河,在他的精神深层强劲地暗流,并时时喷出地表。穆旦诗歌表现了对本真形而上生命的回归,对前生命的回忆,对现世生命的陌生感和异化感。《诗八首》等诗歌显示,他对世界的终极本质有着深刻的觉悟,他极力从可感的爱情活动中暗示不可感知的绝对精神,通过最丰富的爱情的幻变暗示绝对精神的不变。穆旦的形而上体验是深刻的、纯粹的。哲学专业出身的郑敏更自觉地以哲理入诗,郑敏像一位圣母,她常以神圣的视角去看待宇宙万物,万物在她的笔下呈现出一种神圣的、受难的美。

冯至、穆旦和郑敏的出现标志着中国新诗有了真正的哲学精神、形而上精神,这种精神是受惠于西方诗哲歌德、里尔克、艾略特等人的结果。他们的诗歌显示他们对终极问题产生兴趣,他们要以诗歌为武器努力探寻存在的奥秘,诗歌成为揭示真理的形式,这正是王国维当年的诗学理想。至此,中国形而上诗学理想从理论到实践上初具规模。

然而,我们在历史逻辑的梳理中不可忽视例外的情况,这就是鲁迅。鲁迅有成熟的哲学诗,这就是他的《野草》。他的例外在于他的充满哲学奥义的散文诗出现时间之早,在20世纪20年代中前期,此时新诗刚刚走过自己的草创阶段,穆旦还在自己的童年,冯至也刚刚成年;再者,这些迷人的哲学诗篇是以"散文诗"这种形式中表现出来的。鲁迅《野草》的成功创造与散文诗这种体式的自由性有很大关系(也许用分行新诗在如此早的时期创作出同样质量的作品是不可想象的),但是,散文诗的基本精神仍是诗的,是诗歌大家族的一员。这样,我们在兼及它的特殊性时仍将它作为新诗来探讨。《野草》中的《墓碣文》《影的告别》《过客》《死火》《希望》《题辞》等篇,生存悖论触目可见,虚无主义兀立其中,而在这种困境中诗人意志弥坚,拷问不绝,充分展现了作者对形而上精神开掘的深度,这是鲁迅受尼采、克尔凯郭尔等西方哲学家影响的表现。鲁迅从一个时代中兀然耸起,展示了巨人的风采。

但是,无论是冯至、穆旦、郑敏还是鲁迅,中国新诗在现代体现的形而上哲学精神是不彻底的。严酷的现实环境每一个作家不得不面对,他们即使有形而上的倾向,也不能全心感悟于此。鲁迅是现实主义作家,玄学不是他主要的目的。不但他的小说、杂文、散文是严格的现实主义作品,就是薄薄的一册《野草》也不全是表现哲学体悟的。冯至由于因缘在宁静的昆明郊外写出《十四行集》,但之后即转到城中居住,写作也转向杂文,《十四行集》几乎成为他的著作中的一个孤立的文本。郑敏在写完《诗集:一九四二——一九四七》后就去美国留学,中断了诗歌创作。穆旦则是心顾两头,而现实性的内容仍然占据了他诗歌的大部分比例,他虽有强烈的形而上冲动,但在事实上却不得不面对现实,“常想飞出天外,却为地面拉紧”(穆旦《旗》),这不仅仅穆旦个人的精神写照,也是这一个时代有形而上追求的诗人共同的精神写照。因而,纯粹的形而上写作需等待另一种时代空气。

这个时代在新诗经过长时间的几乎停顿的创作后(“文化大革命”有些地下写作)终于来临。20 世纪 80 年代,人们享受了难得的精神解放空气,而生存危机的压迫也亦解除,这使得一批诗人精神单向突进,心无旁骛,直入形而上精神,他们的代表者是顾城、海子和戈麦。

这是一批不食人间烟火的才子。在顾城、海子和戈麦等诗人那里,我们看到了中国新诗最纯粹的哲学精神。在这个时代,社会问题并不是不存在,新旧思想的激烈交锋有似于五四,但他们对这一切似乎视而不见(顾城只有短暂的社会写作);他们生活在这个时代,被这个时代自由的精神所鼓舞,却超越于这个时代,终生追问天外之思,只问这个世界的本质究竟是什么,存在究竟是什么。他们的兴趣在此,从而成就了诗学精神的纯粹与深刻,直可与西方某些诗哲相提并论。

据顾城自己讲,他在五岁的时候,有一天一个人关在屋子里,突然明白有一天他会死去,将像白石灰一样涂在墙上。这种突悟给了他深刻的绝望,他终生不能摆脱这种绝望体验,多次谈到他的童话、诗歌和哲学与死亡的深刻关联:“我喜欢童话的另一个原因,跟那种空虚的压迫是有关系的,我的自性由于恐惧而收缩,由于童话而解放。”“哲学也是在不断受挫受伤而产生的不失本性的一个解。"① 顾城如此之早对形而上精神的觉悟是令人惊奇的,同样令人惊奇的是他的诗歌对天外之思的懵懂觉悟:顾城在八岁时就写出《杨树》:"我失去了一支臂膀 / 就睁开了一只眼睛",在十二岁时写出《星月的由来》:"树枝想去撕裂天空 / 却只戳了几个微小的窟窿 / 它透出了天外的光亮 / 人们把它叫作月亮和星星",抽象的遥望中所透出的纯粹和明净达到一个令人惊奇的程度,它们出自一个少年儿童之手,不可思议。他后期的《墓床》:"我知道永逝降临,并不悲伤 / 松林中安放着我的愿望 / 下边有海,远看像水池 / 一点点跟我的是下午的阳光 // 人时已尽,人世很长 / 我在中间应当休息 / 走过的人说树枝低了 / 走过的人说树枝在长",体现了他一生的精粹风格,在对死亡的沉思中表达出对生命的结论性觉悟。顾城终生纠缠在深刻的精神矛盾里,这种矛盾带给他对生命的深刻直觉,他的诗歌是对这种矛盾冲突及寻求精神突围的真实记录。这种深刻的精神体验,加上顾城本人的自然气质,使得他的诗歌有一种惊人的魅力,他也许是 20 世纪新诗写作最纯粹的诗人,思想和诗艺均达到极高境界。

如果顾城是由精神矛盾引领他向生命底层深入,那么海子的精神则如一只气球,不可遏止地向天空突升,寻找"实体":"诗,说到底,就是寻找对实体的接触。""诗人的任务仅仅是用自己的敏感力和生命之光把这黑乎乎的实体照亮,使它裸露于此。"② 他在短短的创作生涯里密集性地追问了远方和天空:"在天空深处 / 高声询问 / 谁在?"(海子:《弥赛亚》)"远方除了遥远一无所有……更远的地方 更加孤独 / 远方啊 除了遥远 一无所有……远方的幸福 是多少痛苦"(《远方》)。海子远游在精神的遥远的天空,表现的神圣境界令人心动而不知所之。

顾城一生在为必死的生命寻找一个终极依据,海子则由寻找实体出发,到张扬生命主体,力争建立一个庞大的"诗和真理"合一的形而上诗国,顾城和海子都是有自己的目标的,戈麦则相反,他不企图在诗歌中建立任何终极真理,而是鲜见地将存在看作无任何确定的本质,他的真理探索之路因之充满怀疑和受难。戈麦不愿将存在看成有任何确定的本质,他却因此不断将

---

① 顾城:《顾城文选》卷 1,北方文艺出版社 2005 年版,第 310 页。
② 海子:《寻找对实体的接触》,西川编《海子诗全编》,作家出版社 2009 年版,第 1017 页。

真理的地平线推远,以免使真理囿于任何观念的小岛。戈麦虽最终迷失,但他对存在进行了遥远的探索和精细的凝视,这些探索深具启示。

在顾城、海子和戈麦那里,我们看到,形而上学不再是诗人费力地去追寻的事物。我们看到一种精神体的兀自膨胀造成的强大生命冲动,他们的诗歌只是这种精神体强烈喷发时发出的光亮和声音。用顾城的话说,诗歌只是神灵走过时发出的声音,诗人只是记录这种声音。在顾城的精神世界里,不存在"作"诗这一回事。形而上学不再只是隐约的闪光,而成为一种凸显的精神实体,这是中国新诗形而上精神生长成形的标志。

但是,中国新诗至此在哲学上的建设并不是成熟完美的,相反,它的境界还有待大力开拓。这其中最重要的、最根本的是,中国新诗人没有建立起自己的哲学。中国新诗人中的佼佼者通过自己的体悟进入了形而上领域,但他们没有在这一领域内找到一种精神形态来平衡他们的精神矛盾,成就他们的形而上理想。王国维的诗歌是迷茫的、"无据"的情绪,鲁迅《野草》的精神更是彷徨、迷茫、虚无、绝望的,穆旦等人的形而上冲动为大地(现实)所紧紧缚住,不能有大的作为,海子渴望寻找一个实体,但这个实体没有对他显露任何确定的性质,"远方除了遥远一无所有""万里无云如同我永恒的悲伤""道路漫长 方向中断 / 动物般的恐惧充塞着我们的诗歌"之类的茫然感在他的诗歌中比比皆是。顾城同样渴望深处的秘密,但却对永恒和死亡之类的形而上精神难题无论为力。在《规避》中,诗人自信地对大海说:"'你说吧 / 我懂全世界的语言'// 海笑了 / 给我看 / 会游泳的鸟 / 会飞的鱼 / 会唱歌的海滩",但大海"对那永恒的质疑 / 却不发一言"。他劝自己"不要在那里踱步 // 梦太深了 / 你没有羽毛 / 生命量不出死亡的深度"(《不要在那里踱步》)。戈麦则干脆承认:"我不信什么。""我本无信仰。""喜欢神秘的事物"及"怀疑论的哲学"。在他的眼里,事物是空洞的,一切均摇摆不定:"那岸上的芦苇在微风中摆动 / 时光在摆动,摆动岸边的叶子,摆动灯塔"(《沧海》),连指引航向的灯塔也在摆动,世界再无稳定的方向。"在我之前,那些不幸的神祇,都已面目全非 / 纠缠着,挥动着帽子一样的头颅"(《深渊》),曾经用来安慰人类的神灵在他看来皆空洞无物,头如空帽。这个形而上学究竟叫什么名字?中国新诗人没有找到。假如我们把新诗人的这种状况跟惠特曼、泰戈尔相比,就看得更清楚了。在泰戈尔和惠特曼的诗中,是对梵和泛神的自信,精神呈一种积极的建设姿态;真理的发现带给诗人深深的精神满足。

20世纪90年代后,伴随着诗坛多位诗人的自杀,新诗哲学精神迅速淡去。此后,虽有诗人继续探索新诗的哲学精神建设,但那种逼视深渊的尖锐精神气息从新诗中消失了。时代有自己的命运。新诗远未完成的形而上精神呼唤另一个精神时代的来临。

第一章
中国新诗哲学精神的
先驱

中国新诗哲学精神的探索与中国新诗的诞生并不是同步的,新诗哲学精神的探索在新诗诞生前就已经出现并有出色的思考,这是以两位学者的诗学著作为标志的,他们是王国维和鲁迅,尤其是王国维,思考更为明确和系统。此前"诗界革命"时期的梁启超,提出诗歌的"新意境",明确指向欧洲的"精神思想"。但梁启超并没有明确说明这种精神思想的内涵;从创作上看,无论是梁启超本人还是黄遵宪、夏曾佑、谭嗣同都不曾涉及哲学,他们的诗歌均在现实世界和现实的社会、人生层面;就是梁启超所称赞的黄遵宪的《今离别》、《吴太夫人寿诗》"纯以欧洲意境行之"① 也只是在语句层面别开生面,毫无"精神思想"的影子。这一点梁启超本人也是知道的:"然以上所举诸家(按:指黄遵宪、谭嗣同等人),皆片鳞只甲,未能确然成一家言。且其所谓欧洲意境、语句,多物质上琐碎粗疏者,于精神思想上未之有也。"② 尽管这样,梁启超因率先提出中国新诗应学习西方的"精神思想"而为中国现代诗歌的哲学精神建设指出了大致的方向,应是中国新诗第一位准先驱学者。

真正标志着中国新诗先驱的学者应是王国维与鲁迅,其中,王国维的标志性意义更为突出。从时间上来说,王国维的系列哲学、诗学论文如《哲学辨惑》《论哲学家与美术家之天职》《述近世教育思想与哲学之关系》大约完成于 1903—1906 年间,而鲁迅的相关论文《摩罗诗力说》《文化偏至论》《科学史教篇》《破恶声论》则完成于 1907—1908 年间。从他们论述的方式看,王国维是在严格的哲学知识论的基础上提出他的诗学主张的,系统性更强。王国维提出哲学的目的是在探索真理,这一真理非社会真理,而是"天下万世之真理",是形而上的真谛。在这一哲学观的基础上,王国维提出他的艺术美学思想,指出美术(包括诗歌在的艺术)的目的也在探索真理;王国维在论述美术的这一功能时,是以诗歌作为代表的,因而他的诗歌观的

① 梁启超:《夏威夷游记》,吴松等点校《饮冰室文集点校》,云南教育出版社 2001 年版,第 1827 页。

② 同上。

本质也就是探索宇宙真理。鲁迅早期思想的立足点是在"立人"的基础上
改造社会。鲁迅颂扬摩罗诗人，就是看重这批诗人充满力量，充满战斗意志、
反抗精神及高尚的道德。只是鲁迅在颂扬摩罗诗人充满力量感时联系了尼
采哲学，因为尼采的权力意志从某种意义上讲就是一种"力"。鲁迅还论述
了其他的哲学、宗教问题，但不如王国维思想的系统。从对文艺的认识来说，
尽管鲁迅和王国维都非常看重文艺的功用，但鲁迅看重的是文艺在改造人心
方面的功用，是一种现实的功利考虑，而王国维从更高的形而上的角度，认为
艺术与哲学一样，是对真理的揭示，只不过哲学诗在发现真理，而艺术是用符
号记录之。

　　尽管这样，鲁迅还是和王国维一样，是中国新诗哲学精神的先驱。首先，
王国维和鲁迅都具有良好的哲学修养。王国维在年青时觉得人生的问题日
往复于前，如不解决则心不宁，这种人生问题将他的精神引向了哲学，于是，
他自学德语、英语，精读叔本华、尼采、康德等哲学家的原著，并且由于他的很
高的悟性，觉悟到西方哲学的核心问题——形而上学。尼采在日本留学期间
也同样爱好西方哲学家的著作，曾阅读尼采、叔本华、克尔凯郭尔等西方哲学
家的著作，尤其喜欢尼采的著作，一册《查拉斯图拉如是说》常置案头。由
于他这种良好的哲学修养，鲁迅在论述有关文化和诗学问题时绝不泛泛而
谈，而是常常看出问题的根底。其次，鲁迅、王国维非常重视哲学、宗教的作
用。尤其是王国维，在举国都在为民族危机和民族命运呐喊时，他则在时代
的一隅，沉思人生、世界和艺术的根本问题，洞察了哲学和美术（艺术）的根
本问题在探求真理，这一真理的重要性直可表述为天下万世之真理，非一时
之真理也。鲁迅虽然是一个现实主义知识分子，但他深厚的哲学修养也使得
他看出哲学、宗教对于人类的重要意义，他看重尼采的超人学说，相信将来的
世界上总会出现更圆满的人类。他赞扬宗教对于人类的意义，"人心必有所
冯依，非信无以立，宗教之作，不可已矣。"[①] 他称赞基督教"希伯来之民，大
观天然，怀不思议，则神来之事与接神之术兴，后之宗教，即以萌蘖。虽中国
志士谓之迷，而吾则谓此乃向上之民，欲离是有限相对之现世，以趣无限绝对

① 鲁迅：《破恶声论》，《集外集拾遗》，人民文学出版社 1973 年版，第 24 页。

之至上者也。[①]"他尤其推崇佛学,称赞"夫佛学崇高,凡有识者所同可"[②]。许寿裳回忆鲁迅的文章,曾记述鲁迅向他这样剖白:"释迦牟尼真是大哲。我平常对人生有许多难以解决的问题,而他居然大部分早已明白启示了,真是大哲!"[③](许寿裳《亡友鲁迅印象记》)再者,鲁迅和王国维都重视诗学的哲学基础,他们在论述诗学问题时,既不是泛泛而论,也不光是从社会学或诗学本身来论述,而是深研诗学的哲学基础。比如,王国维将美术(包括诗歌)看成和哲学一样,是对真理的表现,只不过哲学是发现真理,而美术(包括诗歌)则是以符号表现之。鲁迅在称赞摩罗诗人时,十分注意摩罗诗人强大的力量、顽强的意志与尼采权力意志之间的内在关联,意在将权力意志哲学作为摩罗诗人的哲学基础。

尽管早期的王国维和鲁迅从事诗学活动时新诗尚未诞生,他们当时也不知道"新诗"为何物,但他们的思想道出了新时代的心声,其思想实质为新时代的,其诗学思想为广义的"新诗",尤其是他们所指出的诗歌的本质是追求形而上的真理,诗歌应充满力感,要重视宗教的作用等系列观点正是后来新诗的哲学精神努力的方向,故而王国维、鲁迅是新诗理所当然的精神先驱。

---

① 　鲁迅:《破恶声论》,《集外集拾遗》,人民文学出版社1973年版,第23页。
② 　同上书,第25页。
③ 　许寿裳:《挚友的怀念》,《许寿裳忆鲁迅》,河北教育出版社2001年版,第26页。

第一节　王国维：作为真理的诗歌观

王国维不是就诗学而谈论诗学的理论家,也不是就诗学与社会历史的一般问题来谈论诗学的,而是首先思考人生问题、宇宙问题,为人生和世界确立一个终极依据,在此基础上提出诗学问题。因而,王国维的诗学有一个坚实的哲学基础;而他的诗学思想也与哲学的核心问题深刻相连,表现了至高的境界。

一、王国维的哲学思想

在风云激荡的近现代文化史上,王国维是一个独异的存在。他虽处在大时代风云激荡之中,但时代风云似乎没有对他造成很大的影响。他所关心的,不是民族危亡的现实,不是社会现状的变革,不是国民性的改造。简言之,凡是吸引那个时代几乎一切杰出的知识分子突出的时代问题,都没有引起王国维的兴趣;相反,他却唯独关心"人生",认为"人生是一个问题":"体素羸弱,性复忧郁。人生之问题,日往复于吾前,自是始决从事于哲学。"[1] 这里的"人生问题"不同于后来五四时期的"人生问题",后者是从社会伦理的角度揭示旧的社会制度、旧的伦理关系对人的伤害以及谋求人在社会中的解放和自由,前者是宇宙论意义上的人生,即人在宇宙中的存在是一个问题。他的"人生问题"显然不能通过变革社会的手段来解决,而只能

---

① 王国维:《王国维文集》第 3 卷,姚淦铭、王燕编,中国文史出版社 1997 年版,第 471 页。

在抽象哲学中去寻找。由于一个偶然的机会,王国维接触到西方哲学,从此一发不可收拾,自学英语、德语,直接阅读叔本华、尼采、康德等哲学家的原著,心领神会,觉悟到西方哲学的精髓——形而上学。

形而上学即英文词 Metaphysic,在西方是一种严格意义的学科,它是由词 physic（存在物、自然、物理等）和前缀 Meta-（在……之后,在……之上,在……之外,"超越……"）这两部分构成,指对现存世界之外的另一个世界的觉悟和探究。形而上学最重要的特点是它的超越性,是对实在世界的超越,对感官无能为力的世界的觉悟。西方纯粹的形而上学家所体悟的彼岸世界实际上与现实世界存在严重的断裂感,虚无而不可捉摸。这与中国哲学传统和诗学传统形成区别。中国文化虽然在前秦原典时期有比较纯粹的形而上学,但在实际的发展过程中形而上的因素走向淡漠,中国人实际上关心的是形而下的人间生活,对真理问题并不感兴趣。就是老庄,"比较儒家固较玄邃,比较西方哲学家,仍是偏重人事。他们很少离开人事而穷究思想的本质和宇宙的来源。"① 而"佛教只是扩大了中国诗的情趣的根底,并没有扩大它的哲理的根底。"② "受佛教影响的中国诗大半只有'禅趣'而无'佛理'。'佛理'是真正的佛家哲学,'禅趣'是和尚们静坐山寺参悟佛理的趣味。"③ 在中国哲学中,形而上的世界与形而下的世界在逻辑上一致,不存在西方哲学那种神秘的断裂感,这是中国哲学神秘主义不发达的重要原因。而且,中国的形而上学,只关注与人的幸福、与心灵和谐相关联的那一部分,与之相对立的另一部分,比如荒诞、悖论、死亡等问题（这些问题在现代哲学中恰恰是真理启发之源）,中国文化甚少关心。

形而上学一直是西方哲学的根本问题,王国维从西方哲学中觉悟到的,正是这种人类最深刻的思想。他引用叔本华的话:"叔本华谓人为形而上学之动物,洵不狂也。"④ 也是他的理想。在 20 世纪初的中国学术界,王国维力主形而上学、纯学术、纯哲学、真理（纯学术、纯哲学、真理是形而上学的不同说法）,推崇哲学研究为学术研究的最高价值,具有永恒的意义:"故不研究哲学则已,苟研究哲学则必博稽众说而唯真理是从。"⑤ "夫哲学与美术所志者,真理也。真理

---

① 朱光潜:《诗论》,北京出版社 2005 年版,第 92 页。
② 同上。
③ 同上书,第 98 页。
④ 王国维:《王国维文集》第 3 卷,姚淦铭、王燕编,中国文史出版社 1997 年版,第 4 页。
⑤ 同上。

者,天下万世之真理,而非一时之真理也……唯其为天下万世之真理,故不能
尽与一时一国之利益合。"① 探寻形而上学、求真理是王国维思想的基本特色。

　　观察一个思想家不仅要看他对某种思想的倡导,更要看他对文化问题
的批判所持有的基本视角,内化为"视角"的思想更能体现思想家的本真立
场。王国维正是这样,形而上学不仅是他颂美的对象,也是他批判哲学问题
的基本视角。比如,他批判传统哲学:"故我国无纯粹之哲学,其最完备者,
唯道德哲学,与政治哲学耳。至于周、秦、两宋间之形而上学,不过欲固道德
哲学之根柢,其对形而上学非有固有之兴味也。""披我国之哲学史,凡哲学
家无不欲兼为政治家者……岂独哲学家而已,诗人亦然。"② 对当代哲学的批
判,他仍然取这种视角。他说康有为、梁启超等只是视学术"以之为政治上
之手段","但有政治上之目的"③。"其稍有哲学之兴味如严复氏者,亦只以
余力及之。"④ 且"顾严氏所奉者,英吉利之功利论及进化论之哲学耳,其兴味
之所存,不存于纯粹哲学,而存于哲学之各分科,入经济、社会之学,其所最好
者也。故严氏之学风,非哲学的,而宁科学的也,此其所以不能感动吾国之思
想界也。"⑤ 他对先秦诸子的褒贬也纯以形而上学为尺度,比如,他贬孔子、墨
子而扬老子,原因就是"孔子于《论语》二十篇中,无一语及于形而上学者,其
所谓'天'不过用通俗之语。墨子之称'天志',亦不过欲巩固道德政治之根
柢耳,其'天'与'鬼'之说,未足精密谓之形而上学也。其说宇宙根本为何物
者,始于老子。""于现在之宇宙外,进而求宇宙之根本,而谓之曰'道'。是乃
孔墨二家之所无,而我中国真正之哲学,不可云不始于老子也。"⑥ 老子"道
德政治上之理想,在超绝自然界及人事界之相对,而反于道之绝对。"⑦ "其道
德政治上之理论,不问其是否(非)如何,甚为高尚。"⑧ 在儒家思想家中,他
推崇子思而对孔子多所非议也是基于形而上学的视角,认为子思"以'诚'

① 王国维:《王国维文集》第 3 卷,姚淦铭、王燕编,中国文史出版社 1997 年版,第 6 页。
② 同上书,第 7 页。
③ 同上书,第 37 页。
④ 同上书,第 38 页。
⑤ 同上书,第 37 页。
⑥ 同上书,第 102 页。
⑦ 同上书,第 104 页。
⑧ 同上书,第 105 页。

为宇宙之根本主义,为人类之本性……今不问其论据之是非,如此飘然而涉宇宙问题,孔子之所梦想不到也。孔子平时之所说者,社会内耳,人情上耳,诗书执礼耳,与子思之说,其大小、广狭、精粗之差,果何如乎?"① 无论王国维的论述是否偏颇,但其内在的形而上核心观念是无疑的。

王国维由人生问题出发,探索哲学的基本问题,形成其形而上学观念。其思想是以人本主义为基础的形而上学。这正是现代以来西方哲学的主流。哲学规定文化的方向。在王国维形而上诗学观确立之后,运用这种哲学确立他的诗学观就是水到渠成之事了。

二、王国维的形而上诗学理想

在诗歌本质问题上,中国传统的说法是"诗言志""诗缘情"。无论是"志"还是"情",均是现实人生的表达。王国维却一反传统,依据他由西方哲学得来的信念,提出诗歌与哲学一样,本质是表现真理:"夫哲学与美术所志者,真理也。"② 王国维所谓"美术"即是包括诗歌在内的艺术,哲学与诗歌在本质是一样,它们的区别,只在于哲学"发明其真理",而诗人"以记号表之"。诗歌不再是现实人生的表达,而是终极真理的探索手段。因而,诗歌理应与哲学一样,享有"天下有最神圣、最尊贵"的地位。③

王国维以这种诗学观作为立场,批判了传统诗学。传统诗学的弊端即在于依附于政治和道德,没有自己独立的地位,不能有形而上的追求。传统诗人与哲学家一样,无不兼为政治家,"至诗人无此抱负者,与夫小说、戏曲、图画、音乐诸家,皆以侏儒倡优自处,世亦以侏儒倡优蓄之。所谓'诗外尚有事在','一命为文人,便无足观',我国人之金科玉律也,呜呼! 美术之无独立之价值也久矣。此无怪历代诗人,多托于忠君爱国劝善惩恶之意,以自解勉,而纯粹美术上之著述,往往受世之迫害而无人为之昭雪也。此亦我国哲学美术不发达之一原因也。"④ 而传统诗歌的内容"则咏史、怀古、感事、赠人之题目

---

①　王国维:《王国维文集》第 3 卷,姚淦铭、王燕编,中国文史出版社 1997 年版,第 105 页。
②　同上书,第 6 页。
③　同上。
④　同上书,第 7 页。

弥漫充塞于诗界,而抒情叙事之作什佰不能得一。其有美术上之价值者,仅其写自然之美之一方面耳。甚至戏曲小说之纯文学亦往往以惩劝为旨,其有纯粹美术上之目的者,诗非惟不知贵,且加贬焉。"① 这种状况即使发展到王国维的时代,也亦然如故:"又观近数年之文学,亦不重文学自己之价值,而唯视为教育政治之手段,与哲学无异。"② 正如对哲学的批判所持的形而上哲学观念一样,王国维对诗歌的这种批判也深入体现了他的形而上诗学观。

对王国维来说,形而上学不仅仅是他的理性思考,也是他的感性人生体验,是他对"人生问题"的觉悟,这种体验典型地存在于他的诗词创作中。比如,他写道:"试问何乡堪着我? 欲寻大道况多歧。人生过处唯存悔,知识增时只益疑。"(《六月二十七日宿硖石》)"耳目不足凭,何况胸所思?"(《来日》二首之二)这里,王国维写出人对世界的怀疑,这种迷惑不仅仅是传统意义上的带有朦胧终极意识的人生感兴(如:像《春江花月夜》那样),而是具有知识论立场,这就是在严格的哲学意义上思考人生了。"点滴空阶疏雨,迢递严城更鼓。睡浅梦初成,又被东风吹去。无据,无据,斜汉垂垂欲曙。"(《如梦令》)"万顷蓬壶,梦中昨夜扁舟去,萦回岛屿,中有舟行路。波上楼台,波底层层俯。何人住? 断崖如锯,不见停桡处。"(《点绛唇》)"无据,无据"和"断崖如锯,不见停桡处"同样在人生感怀中包含了严肃的理性思考——人生没有依据。怀疑论和人生的无根据这些观点的提出因为有明确的知识论立场,具有哲学基础,人生的莫名的痛苦因而在高级文化(哲学)上被赋予意义。中国古代也有少部分诗歌表达了这种类似的痛苦,如李贺:"今夕岁华落,令人惜平生。心事如波涛,中坐时时惊。"(《申胡子觱篥歌》)黄仲则:"结束铅华归少作,屏除丝竹入中年。茫茫来日愁如海,寄语羲和快著鞭。"(《绮怀(十六首选一)》)苏曼殊:"契阔生死君莫问,行云流水一孤僧。无端狂笑无端哭,纵有欢肠已似冰。"(《过若松町有感示仲兄》)这些人生痛苦均带有莫可名之的性质,来自现实或精神的某一困境使得诗人计无所出,老庄及儒家文化都不能安慰他们,这是一群逸出文化之外的诗人,预示着新的文化产生的胚芽。但由于他们不能从知识论上来处理他们的痛苦,这些痛苦不能与某种明确的哲学

① 　王国维:《王国维文集》第 3 卷,姚淦铭、王燕编,中国文史出版社 1997 年版,第 7 页。
② 　同上书,第 38 页。

意识关联,所以不能在高级文化上获得意义,只能停留在人生感怀阶段。

明确的知识论立场使得王国维区别于这一批诗人。王国维的诗词一方面不以表现现实的人生困境为主题,而是对人生进行抽象思考,目的是求真理,而不是改变人生困境以增加人生幸福;另一方面又在严格的知识论立场上思考那些莫名的人生痛苦,表现了鲜明的现代哲学色彩。它们别于传统,首开现代风气。王国维认为自己的诗词"意深于欧"①(按:"欧"指欧阳修),事实上不足以表现他的诗词的独特价值:以现代形而上学精神作为诗词的核心精神、诗词作为真理表现的工具这一特性使得王国维有别于整个民族传统;而新诗以形而上学作为自己的哲学精神时,也当然以王国维为自己的旗帜和先行者。

三、新时代诗歌哲学精神的旗手和先行者

在现代诗学上,王国维和鲁迅几乎同时提出诗歌新的哲学精神,但是,这里还是要着意强调王国维的独特贡献,正是基于这一考虑,本文称王国维为新时代诗歌哲学精神的旗手和先行者。之所以这样说,是基于两方面的考虑:

一方面,王国维提出中国诗歌的现代哲学精神在现代是最早的。在王国维提出诗歌哲学精神时期先后,尚有其他人或诗歌派别在探讨诗歌的现代精神,他们是"诗界革命"诸人和鲁迅。稍前于王国维的"诗界革命"时期,梁启超提出诗歌的"新意境",明确指向欧洲的"精神思想"。但梁启超并没有明确说明这种精神思想的内涵,且从梁启超本人的精神趋向看,这种精神思想应是社会功利层面的,并非纯哲学。再从创作上看,无论是梁启超本人还是黄遵宪、夏曾佑、谭嗣同都不曾涉及哲学,他们的诗歌均在现实世界、社会、人生层面;就是梁启超所称赞的黄遵宪的《今离别》《吴太夫人寿诗》"纯以欧洲意境行之"②,也只是在语句层面别开生面,毫无"精神思想"的影子。这一点梁启超本人也是知道的:"然以上所举诸家(按:指黄遵宪、谭嗣同等人),皆片鳞只甲,未能确然成一家言。且其所谓欧洲意境、语句,多物质上琐碎粗疏者,于精神思想上未之有也。"③

---

① 郭绍虞、王文生:《中国历代文论选》第4册,上海古籍出版社2001年版,第387页。
② 梁启超:《夏威夷游记》,吴松等《饮冰室文集点校》,云南教育出版社2001年版,第1827页。
③ 同上。

　　稍晚于王国维的真正从哲学上提出现代诗歌精神的学者是鲁迅。在王国维发表他的一系列哲学诗学论文之后不久的 1907 年,鲁迅写出了《摩罗诗力说》《破恶声论》等诗学著作。鲁迅的这些著作,目的在于破除传统文化和当时思想文化界的种种"恶声",吸纳西方文化之长,呼唤"精神界之战士",一新国民精神,进而达到改变现实,挽救民族危亡的目的。但在这些现实战斗性很强的著作中,鲁迅深入思考人的本质和文化的根本,一直追问到哲学的高度。在这种思路下,鲁迅从哲学的角度提出诗学的建设问题。这表现在两个方面:

　　其一,鲁迅用西方哲学思想支撑了他的诗学主张——摩罗诗力,这就是尼采的权力意志学说。鲁迅所归纳摩罗诗人的特点是"贵力而尚强,尊己而好战"[1],"立意在反抗,指归在动作","大都不为顺世和乐之音,动吭一呼,闻者兴起……"[2] 简言之,即具有强大的意志、力的精神、为我的道德。这些特性和品质自然为当时亟待改造的社会所需,鲁迅的主张也自然也是这样的功利目的;但是,鲁迅在倡导这种"摩罗"精神时并不仅仅在社会功利层面,摩罗精神同样是鲁迅本体哲学观的一种体现:这就是鲁迅对叔本华、尼采的意志学说的吸纳——强大的意志、力的精神、为我的道德即是尼采权力意志学说的核心要素。鲁迅在赞颂他的摩罗诗人时具有这种哲学的自觉的。《摩罗诗力说》中评论到:"固如勖宾霍尔(注:指叔本华)所张主,则以内省诸己,豁然贯通,因曰意力为世之本体也;尼佉之所希冀,则意力绝世,几近神明之超人也。"[3] 实际上是夫子自道,暗示权力意志思想对于他具有的本体论意义。《摩罗诗力说》时时评论尼采的观点,显示出他的摩罗诗人与权力意志的联系:"故尼佉欲自强,而并颂强者。""尼佉意谓强胜弱故,弱者乃字其所为曰恶,故恶实强之代名。"[4] "尼佉不恶野人,谓中有新力,言亦确凿不可移。"[5]

　　其二,鲁迅明确提出了"形而上学":"夫人在两间,若知识混沌,思虑简陋,斯无论已;倘其不安物质之生活,则自必有形上之需求……欲离是有限相

---

①　鲁迅:《摩罗诗力说》,《坟》,人民文学出版社 1973 年版,第 67 页。
②　同上书,第 48 页。
③　鲁迅:《文化偏至论》,《坟》,第 42 页。
④　鲁迅:《摩罗诗力说》,《坟》,第 62 页。
⑤　同上书,第 46 页。

对之现世,以趣无限绝对之至上者也。"① 这实际上为中国诗学指明了至高的目标——纯哲学。在这方面,鲁迅对中国诗学所起的作用几乎与王国维同等。不但如此,鲁迅在提出形而上学的同时还一起提出具有纯粹形而上意义的关于宗教、神话、天然和生死的意见:"人心必有所冯依,非信无以立,宗教之作,不可已矣。"② "夫神话之作,本于古民,睹天物之奇觚,则逞神思而施以人化,想出古异,乍诡可观。"③ "旷观天然,自感神閟,凡万汇之当其前,皆若有情而至可念也。"④ "死生之事大矣,而理至閟。"⑤

　　鲁迅和王国维是现代中国明确提出形而上学的两个具有纯粹哲学意义的学者,他们虽然几乎同时,但王国维还是早于鲁迅,王国维重要的诗学著作《论哲学家与美术家之天职》《论近年之学术界》等完成于1904—1905年,鲁迅的《摩罗诗力说》《破恶声轮》等则写于1907年(发表于1908年《河南》杂志)。有的学者依据《摩罗诗力说》在哲学和其他方面具有的开创性意义,因而认为《摩罗诗力说》为"中国诗学现代转型的开端与标志"⑥,"是中国现代诗学的真正起点"⑦。这是值得商榷的。且不说作为这种开端与标志或曰起点的理由("世界文学背景与本土文化语境","人类文明视野与文化批判意识","西方近现代哲学高度与理性批判精神")⑧几乎同样在王国维的诗学著作中可以找到,而且原文提出的论据尚存严重错误,比如说:"尽管在《摩罗诗力说》之前已有学者用西学来研究中国文学,譬如王国维的《红楼梦评论》;但是对于诗歌来说,《摩罗诗力说》是最早的。"⑨ "《摩罗诗力说》是中国最早在现代哲学的高度上认识并谈论诗歌的诗学文献"⑩,这些说法完全无视王国维在《论哲学家与美术家之天职》《论近年之学术界》等论

---

① 鲁迅:《破恶声论》,《集外集拾遗》,人民文学出版社1973年版,第23页。
② 同上。
③ 同上。
④ 鲁迅:《摩罗诗力说》,《坟》,人民文学出版社1973年版,第72页。
⑤ 同上书,第73页。
⑥ 李震:《〈摩罗诗力说〉与中国诗学的现代转型》,《中国社会科学》2009年第3期。
⑦ 李震:《〈摩罗诗力说〉与中国现代诗学》,《中国现代文学研究丛刊》2006年第4期。
⑧ 李震:《〈摩罗诗力说〉与中国诗学的现代转型》,《中国社会科学》2009年第3期。
⑨ 同上。
⑩ 李震:《〈摩罗诗力说〉与中国现代诗学》,《中国现代文学研究丛刊》2006年第4期。

文中以形而上学的思想来批评中国诗歌的事实,是对历史事实的极大漠视。

另一方面,王国维提出中国诗歌的现代哲学精神是新诗史上最系统、最明确、最彻底的,表现在:

其一,明确提出诗歌的本质和功能是追求真理,将诗歌导向人类的最高价值追求。鲁迅虽然提出过形而上学问题,但并不就这一理想在诗歌上展开论述;它虽然在广泛的意义上对所有文化均具有指导意义,因而对诗歌也具有潜在的指导意义,但鲁迅并没有明确提出"诗歌的形而上问题"。

其二,除诗论家外,王国维还身兼哲学家的身份,其形而上诗歌理论是在严格的哲学知识论基础上提出来的,有坚固的哲学基础。鲁迅只是诗论家的身份,他虽然对西方哲学和诗学有精深的研究,但主要是基于诗学立场的,①对哲学知识论话语没有系统彻底的思考。

在提出诗歌哲学问题的方式上,两人也有不同:鲁迅的观点夹杂在他的社会学、文化学、实用诗学论述中,是零星的,鲁迅并没有专门谈形而上哲学和诗学的著作。王国维不但系统地论证了他的哲学观点,并在哲学的基础上又系统地论证了他的诗学思想。

其三,王国维是纯粹知识分子,有明确的反功利立场,其哲学观点和诗学观点具有纯哲学和纯诗学意义;鲁迅是实用知识分子立场,其诗学观点主要是为了世用,而不是为了建立纯哲学和纯诗学理论。如考查中国新诗最具精神性写作的冯至、穆旦、顾城、海子等人的形而上写作实际（本书在接下来的章节有详论）,更切合王国维的诗学观点和诗学立场。

第四,王国维不但在理论上提出形而上诗学问题,还亲身实践创作哲学诗。鲁迅前期并没有哲学诗创作,《野草》的创作是在他理论提出的几乎二十年后,新诗已经过了它的草创期,《野草》因而失去了先行者的意义（此前郭沫若、冰心的创作都涉及哲学问题,王国维的诗词更不必说）。比较而言,王国维先行者的意义是突出的。

---

①　汪晖也认为鲁迅引用尼采主要是把他"作为诗人或者文学家来介绍的"。汪晖:《反抗绝望:鲁迅及其文学世界》,生活·读书·新知三联书店 2008 年版,第 4 页。

第二节　鲁迅：超越现实的形而上追求

　　研究鲁迅诗学思想与西方哲学的关系，已经不是一个新鲜的工作了，汪晖先生在 20 世纪 80 年代末的博士论文《反抗绝望:鲁迅及其文学世界》是系统的、观察深入的作品。作者怀有对人生悖论的深入体验，因而能观照鲁迅先生类似的存在主义性质的精神世界。比汪晖更早的李欧梵，在其《铁屋中的呐喊》中也对《野草》的形而上意义有所揭示。李欧梵、汪晖等人的研究开启了后来从哲学角度研究《野草》及鲁迅其他作品的先声。但是，关于鲁迅与西方现代哲学的关系，仍存在种种不尽人意之处，比如，学界对《野草》虽有深入的解读，但对鲁迅受其深刻影响的尼采、克尔凯郭尔等人的原著鲜有提及，比如汪晖、李欧梵的著作就是这样;他们对尼采、克尔凯郭尔的思想不仅只是依靠他人的转述（实际上是经过他人过滤过的西方哲学家的思想），而且与鲁迅思想的对照仅限于零星的比较，利用西方哲学家的某些观念来证明他们自己的观念，缺乏对西哲原著核心观念的有机把握。这种状况造成了他们的著作不能充分显现鲁迅与尼采、克尔凯郭尔等人思想的全面、深刻、有机的联系，从而对鲁迅受西哲影响的实际有所遮蔽。再如，关于鲁迅早期的诗学思想，论者大都仅仅把他早期的思想当成个人主义、个性主义等思想的阐释，或关注他"个人与民族、进化与轮回"的矛盾，[①] 对其思想

---

① 　汪晖:《反抗绝望:鲁迅及其文学世界》，生活·读书·新知三联书店 2008 年版，第 47 页。

中流露的形而上学视而不见。或只注意他早期的文学阅读,对他的哲学兴趣缺乏深究,"在日本时期他选读的并不是他们那些形而上学的哲学著作,而是文学性强的作品以及有关他们的传记。"①

我们研究一个作家受其他思想家的影响,不仅要熟悉该作家的作品、思想,同时,也要同等知晓影响他的思想家的作品、思想。只有对二者精神状况有同等深入的观察,我们才能准确把握这二者之间相互联系、联系的方面和程度,从而取得客观的效果。再者,全面、深刻揭示鲁迅与影响他的哲学家思想的联系不仅能更深入地理解鲁迅的思想,还能清晰看出鲁迅与世界哲学思潮之间的联系,显示鲁迅的思想是时代的一部分,是世界哲学、世界文学的一部分,从而可以见出鲁迅作品的世界意义。

鲁迅广泛受到西方哲学家尼采、克尔凯郭尔、叔本华、施蒂纳、舍斯托夫等人的影响,其中尤以尼采、克尔凯郭尔显著,本节试就早期鲁迅对这两位哲学家的思想吸收作一些探讨。

表现在《摩罗诗力说》《文化偏至论》《破恶声论》等一系列论文中的鲁迅的前期诗学思想,其主要立足点在社会改造,目的是挽救民族危亡,而其手段则在立人。无论是对摩罗诗人的呼唤,还是对新神思宗的倡导,无论是力举个人主义,还是强调"白心""内曜",其目的都在于纯洁心地,张大精神,昌明人生的意义,使得"人生意,致之深邃,则国人之自觉至,个性张,沙聚之邦,由是转为人国。"②民族国家的命运是鲁迅思考的逻辑归宿。就这一点而言,鲁迅与当时的思想家如严复、梁启超等人思考的目的没有什么两样,长期以来,学术界对鲁迅前期诗学的关注也主要在这些方面。但是,鲁迅与前者的思考在表面目的一致的前提下包含了极大不同的旨趣:不仅鲁迅的立人思想获得纯哲学的支撑,而且鲁迅在论述立人思想时提出的一系列范畴如"白心""内曜""灵明""内部生活"与形而上学深刻相连。

---

① 　姚锡佩:《现代西方哲学在鲁迅藏书和创作中的反映》(上),《鲁迅研究月刊》1994年第10期。

② 　鲁迅:《文化偏至论》,《坟》,人民文学出版社1973年版,第43页。

一、"摩罗诗人"的提出具有哲学基础

在鲁迅的社会改造策略中,很重要的一点就是向国外学习,"别求新声于异邦"。在这种寻求中,"摩罗诗人"引起了他的注意。所谓"摩罗诗人",就是"魔鬼诗人",这是西方统治阶级对一群富于反抗精神的诗人的称呼,这些诗人的反抗破坏既有的统治秩序,因而招致统治者的憎恨,被称为"摩罗诗人"。这群诗人均受拜伦影响,其中的代表是拜伦、雪莱、普希金、莱蒙托夫、裴多菲等,鲁迅概括这群诗人的特点是:"至力足以振人,且语之较有深趣者"①,"所遇常抗,所向必动,贵力而尚强,尊己而好战"②,"立意在反抗,指归在动作,而为世所不甚愉悦者"③,"大都不为顺世和乐之音,动吭一呼,闻者兴起,争天拒俗,而精神复深感后世人心,绵延至于无已"④。简言之,他们的特点就是充满力量,富于反抗精神,反传统道德,拒斥庸众而为世所憎恨。拜伦的《海贼》可作为这类诗歌的代表作。在《摩罗诗力说》中,鲁迅以诗一般的激情描绘《海贼》中的英雄康拉德的形象:

> 篇中英雄曰康拉德,于世已无一切眷爱,遗一切道德,惟以强大之意志,为贼渠魁,领其从者,建大邦于海上。孤舟利剑,所向悉如其意。独家有爱妻,他更无有;往虽有神,而康拉德早弃之,神亦已弃康拉德矣。故一剑之力,即其权利,国家之法度,社会之道德,视之蔑如。权力若具,即用行其意志,他人奈何,天帝何命,非所问也。若问定命之何如? 则曰,在鞘中,一旦外辉,彗且失色而已。然康拉德为人,初非元恶,内秉高尚纯洁之想,尝欲尽其心力,以致益于人间。⑤

康拉德强大的意志、反抗的精神、为我的道德、蔑视法度道德的勇气和高尚纯洁的思想,使得他成为拜伦的象征。这种精神使得拜伦当之无愧地成为

---

① 鲁迅:《摩罗诗力说》,《坟》,人民文学出版社 1973 年版,第 48 页。
② 同上书,第 67 页。
③ 同上书,第 48 页。
④ 同上。
⑤ 同上。

"摩罗诗人"的代表。摩罗诗人也均具有这些精神,在这些精神品质中,强大的意志和力的精神又首当其冲。具有强大的意志和力的精神的人格自然为当时社会所需,鲁迅提出这个主张时也自然也有这样的功利目的;但是,鲁迅在倡导这种"摩罗"精神时并不仅仅在社会的功利层面;摩罗精神同样是鲁迅本体哲学观的一种体现:这就是鲁迅对尼采的权力意志学说的吸纳。

尼采把权力意志看成世界的终极本质,而权力意志的本质即是力:"你们也知道我的'世界'是什么吗? 要叫我把它放在镜子里给你们看吗? 这个世界是:一个力的怪物,无始无终,一个钢铁般坚实的力,它不变大,不变小,不消耗自身,而只是改变面目;……作为力无所不在,是力和力的嬉戏,同时是一和'众',在此处聚积,同时在彼处削减,就像翻腾和涨潮的大海,永恒变幻不息,……——这是权力意志的世界——此外一切皆无! 你们自身也就是权力意志——此外一切皆无! "① 尼采极为推崇强大的力量感,极力倡导主人的道德,反抗奴隶和懦弱的道德。他称强大的力量感是生命健康的感觉,他以这种感觉觉悟欧洲传统思想的病态,因而极力反对既有道德,打到偶像,宣布上帝的死亡,蔑视庸众,倡导天才,建立健康的新道德。摩罗诗人的一系列特点与尼采的倡导极为相似,这是得益于鲁迅在日本时痴迷尼采的结果。"意志"是尼采从叔本华那里学得,并将后者的"生存意志"发展为"权力意志"。

鲁迅在赞颂他的摩罗诗人时具有这种哲学的自觉:"固如勖宾霍尔所张主,则以内省诸己,豁然贯通,因曰意力为世之本体也;尼佉之所希冀,则意力绝世,几近神明之超人也。"② 权力意志思想对于他具有本体论意义。鲁迅看重尼采对强权的颂扬和尼采颠覆道德的精神:"故尼佉欲自强,而并颂强者。""尼佉意谓强胜弱故,弱者乃字其所为曰恶,故恶实强之代名。"③ "尼佉不恶野人,谓中有新力,言亦确凿不可移。盖文明之朕,固孕于蛮荒,野人狉獉其形,而隐曜即伏于内。"④ 鲁迅对尼采的颂美不仅仅是社会功利意义上

---

① 尼采:《尼采遗稿选》,虞龙发译,上海译文出版社 2005 年版,第 117 页。
② 鲁迅:《文化偏至论》,《坟》,人民文学出版社 1973 年版,第 43 页。
③ 鲁迅:《摩罗诗力说》,《坟》,第 62 页。
④ 同上书,第 46 页。

的,而与本体论相关。

　　权力意志对鲁迅的本体论意义不但表现在他以此支撑了他的摩罗诗力理论,还表现在他以这种哲学观来批判传统道家哲学和儒家诗学,并兼及西方传统哲学。如果说鲁迅称引尼采哲学显示了尼采哲学对他的吸引,而鲁迅以尼采哲学为武器来批判他种哲学则深刻显示这种哲学已内化为鲁迅的世界观,只有内化为自己观念的哲学才能成为自己的精神力量。鲁迅吸收尼采哲学的深刻在此。

　　传统儒道哲学并西方柏拉图哲学在基本观点上与尼采哲学相对,总体表现为"平和"哲学,不尚力量。鲁迅则针对性地提出:"平和为物,不见于人间。"① 明确表示对"平和"哲学的反对。但鲁迅却发现,"吾中国爱智之士,独不与西方同,心神所注,辽远在于唐虞,或迳入古初,游于人兽杂居之世;谓其时万祸不作,人安其天,不如斯世之恶浊阽危,无以生活。其说照之人类进化史实,事正背驰。"② 这种"爱智之士"的哲学基础正在老子哲学,要害在"不撄人心":"老子之辈,盖其枭雄。老子书五千语,要在不撄人心;以不撄人心故,则必先自致槁木之心,立无为之治;以无为之为化社会,而世即于太平。"③ 鲁迅深刻指出,这种不撄人心的哲学带来不撄人心的政治,其目的只是上层统治者借以"保位"或下层百姓借以"安生":"中国之治,理想在不撄,而意异于前说。有人撄人,或有人得撄者,为帝大禁,其意在保位,使子孙王千万世,无有底止,故性解(Genius)之出,必竭全力死之;有人撄我,或有能撄人者,为民大禁,其意在安生,宁蜷伏堕落而恶进取,故性解之出,亦必竭全力死之。"④ 柏拉图的理想国对诗人的放逐实同此意:"柏拉图建神思之邦,谓诗人乱治,当放域外;虽国之美污,意之高下有不同,而术实出于一。"⑤ 故与这些哲学针锋相对,鲁迅提出"撄人心"的诗学观:"盖诗人者,撄人心者也。凡人之心,无不有诗,如诗人作诗,诗不为诗人独有,凡一读其诗,心即会解者,即无不自有诗人之诗。无之何以能够?惟有而未能言,诗人

----

　　① 　鲁迅:《摩罗诗力说》,《坟》,人民文学出版社 1973 年版,第 49 页。
　　② 　同上书,第 50 页。
　　③ 　同上。
　　④ 　同上书,第 51 页。
　　⑤ 　同上。

为之语,则握拨一弹,心弦立应,其声激于灵府,令有情皆举其首,如睹晓日,益为之美伟强力高尚发扬,而污浊之平和,以之将破。平和之破,人道蒸也。虽然,上极天帝,下至舆台,则不能不因此变其前时之生活。"① "撄人心"诗学观击中传统诗学和柏拉图哲学的要害,其哲学基础正在于权力意志学说。权力意志学说是尼采由叔本华求生存意志改造而来,尼采谓生存既然已经存在了,就不需要追求,他将生存意志改造为充满支配意志的权力意志,强调了意志的支配性、侵略性和扩张性。这与"平和"哲学针锋相对。

依据这种"撄人心"诗学,鲁迅对儒家诗学进行了批判:"如中国之诗,舜云言志;而后贤立说,乃云持人性情,三百之旨,无邪所蔽。"② 既许言志,又加以限制阻挠,这是矛盾的,鲁迅反问道:"夫既言志矣,何持之云?强以无邪,即非人志。许自舔于鞭策羁縻之下,殆此事乎?"③ 然而就是这样的诗学主张造成中国诗歌无伟美之声:"故伟美之声,不震吾人之耳鼓者,亦不始于今日。大都诗人自倡,生民不耽。试稽自有文字以至今日,凡诗宗词客,能宣彼妙音,传其灵觉,以美善吾人之性情,崇大吾人之思理者,果几何人?上下求索,几无有矣。"④ 鲁迅通过对儒道诗学的批判而提出的一系列重要概念如"撄人心""美伟强力高尚发扬""平和之破""伟美""美善性情""崇大思理"均与传统儒道思想相对,显示了鲁迅从哲学根本上对传统哲学和传统诗学进行颠覆。

由以上分析可以看出,鲁迅呼唤摩罗诗人虽然以现实功用为目,但因为鲁迅将这种政治性的诉求深深扎根于权力意志哲学中,使得他的诗学有了坚实的哲学基础,而不是仅仅社会学意义上的功利目的。鲁迅给人的突出印象是,虽然他后来根据现实的需要屡屡调整自己的人生策略(这一点跟现代的许多学者一样),但这种权力意志的思想一直深深潜藏在他的精神深处。鲁迅在后来历次的政治斗争、文学论争中从不屈服,从不持消极的观点,这与尼采的影响深刻相关。他实践了他自己在《破恶声论》所期待的理想人物:

①　鲁迅:《摩罗诗力说》,《坟》,人民文学出版社1973年版,第51页。
②　同上。
③　同上。
④　同上书,第52页。

"反其心者,虽天下皆唱而不与之和。其言也,以充实而不可自已故也,以光曜之发于心故也,以波涛之作于脑故也。"① 尼采在现代中国获得广泛的回应,但大多数学者只是利用尼采哲学中的某些范畴临时性地为自己的观念服务,只有鲁迅仿佛将尼采的魂魄置于自己的精神内,一以贯之地以"权力意志"之眼来批评文化、抨击社会、推进国民性改造。(鲁迅后来虽然对尼采颇有微词,但只是针对尼采的过激言论,不影响尼采对于他的本体论意义。)

二、立人理想的形而上学境界

鲁迅在提出社会改造的理想蓝图时,不是仅仅注目于人的行为的社会效果,相反,他更看重每一个单个的个人,注重个人的内在品质,社会功利只是这种内在品质发挥后的自然结果。他常常提到的"人生意义,致之深邃,则国人之自觉至,个性张,沙聚之邦,由是转为人国。"② "人既发扬踔厉矣,则邦国亦以兴起。"③ "中心皆中正无瑕玷矣,于是拮据辛苦,展其雄才,渐乃志遂事成。"④ "是故将生存两间,角逐列国是务,其首在立人,人立而后凡事举。"⑤ "则庶几烛幽暗以天光,发国人之内曜,人各有己,不随风波,而中国亦以立。"⑥ 强调的正是首先改造人的本质再在此基础上进行社会改造的观点。

在对人的思考中,鲁迅提出一系列立人的理想范畴如"个人""内曜""白心""神思",当他思考这些范畴时,并不是仅仅以社会功利来衡定这些范畴的意义,相反,他据此标准对社会和历史人物展开深思,以纯知识论的视角来审视文化。他借尼采的话批评社会时说:"特其为社会也,无确固之崇信;众庶之于知识也,无作始之性质。"⑦ 他称赞雪莱说:"况修黎者,神思之人,求索而无止期,猛进而不退转,浅人之所观察,殊莫可得其渊深。"⑧ 他称

①　鲁迅:《破恶声论》,《集外集拾遗》,人民文学出版社 1973 年版,第 19 页。
②　鲁迅:《文化偏至论》,《坟》,人民文学出版社 1973 年版,第 43 页。
③　同上书,第 32 页。
④　同上。
⑤　同上书,第 44 页。
⑥　鲁迅:《破恶声论》,《集外集拾遗》,第 21 页。
⑦　鲁迅:《文化偏至论》,《坟》,第 35 页。
⑧　同上书,第 71 页。

新神思宗:"据地极固,函义甚深。"① 他批判众数的社会 "故多数相朋,而仁义之途,是非之端,樊然淆乱;惟常言是解,于奥义也漠然。"② 从这些话语可以鲁迅是以严肃的、真理求索的态度来从事立人工作的,远远超出了社会实用目的,而是深追人生意义的本质,以求得本源性的真理。诸如此类的纯知识论话语在他前期的美学著作中比比皆是,显示了鲁迅不同于一般学者的哲学家品质。形而上学成为他思考的归宿乃逻辑的必然。

在立人理想中对纯哲学的关注在他选取的理想代表人物中得到体现。鲁迅在张扬个人主义、抨击物质主义流弊的时候,不是选取其他领域的代表人物,比如政治家、社会活动家、作家、学者等——19 世纪的欧洲并不缺乏这样的人物,而几乎都是选取当时欧洲最杰出的哲学家,他们是斯蒂纳、叔本华、克尔凯郭尔、易卜生、尼采等,即所谓 "新神思宗"。其中仅仅易卜生以戏剧著名,而易卜生又极度崇奉克尔凯郭尔,以克尔凯郭尔的诠释者著称,哲学修养极佳。这些哲学家（除易卜生外）均有自己独到的哲学理念,思想精深,在世界哲学史上均占据重要地位。他们虽然与社会流俗尖锐对立,但这种对立是他们哲学观念的自然后果。也就是说,他们并不主要在社会学领域反社会,而在于他们的哲学理念为世不容;个人主义在他们主要是他们哲学身份的外在轮廓,他们并不特意打出个人主义旗号（斯蒂纳稍例外?）,以期获得政治学意义上的社会效果。如果仅仅着意于社会效果,鲁迅反而不应选取这一批人,而应该像严复那样,选取能更快地产生社会影响的《天演论》的作者赫胥黎那样的人物。但鲁迅不是严复,他的选择恰恰反映了他的旨趣。这种旨趣就是人的终极理想或曰纯哲学。这可从他对新神思宗代表人物的评价中看出:"而契开迦尔则谓真理准则,独在主观,惟主观性,即为真理。"③ "德大斯契纳尔（M. Stirner）乃先以极端之个人主义现于世。谓真之进步,在于己之足下。人必发挥自性,而脱观念世界之执持。惟此自性,即造物主。"④ "故如勖宾霍尔所张主,则以内省诸己,豁然贯通,因曰意力为世界

---

① 鲁迅:《文化偏至论》,《坟》,人民文学出版社 1973 年版,第 35 页。
② 同上书,第 39 页。
③ 同上书,第 41 页。
④ 同上书,第 37 页。

之本体也。"① "尼耙之所希冀,则意力绝世,几近神明之超人也。"② 在这些评论中,标示形而上终极意义的词语真理、造物主、本体、神明触目可见,而对他们的哲学观念造成的社会功利效果倒少有提及。

鲁迅在对立人理想诸多范畴如"神思""白心""内曜""奥义""内部之生活""本原"进行终极追问时,提出了一系列形而上学范畴,涉及形而上学问题、宗教问题、自然哲学问题、神话问题、生死问题、迷信问题等等。

(一)明确提出形而上学问题

在对"恶声"的抨击中,鲁迅写了一大段值得注意的文字:

> 夫人在两间,若知识混沌,思虑简陋,斯无论己;倘其不安物质之生活,则自必有形上之需求。故吠陁之民,见夫凄风烈雨,黑云如盘,奔电时作,则以为因陁罗与敌斗,为之栗然生虔敬念。希伯来之民,大观天然,怀不思议,则神来之事与接神之术兴,后之宗教,即以萌蘖。虽中国志士谓之迷,而吾则谓此乃向上之民,欲离是有限相对之现世,以趣无限绝对之至上者也。人心必有所冯依,非信无以立,宗教之作,不可已矣。顾吾中国,则凤以普崇万物为文化本根,敬天礼地,实与法式,发育张大,整然不紊。覆载为之首,而次及于万汇,凡一切睿知义理与邦国家族之制,无不据是为始基焉。效果所著,大莫可名,以是而不轻旧乡,以是而不生阶级;他若虽一卉木竹石,视之均函有神闷性灵,玄义在中,不同凡品,其所崇爱之溥博,世未见有其匹也。顾民生多艰,是性日薄,泊夫今,乃仅能见诸古人之记录,与气禀未失之农人;求之于士大夫,戛戛乎难得矣。③

鲁迅在这里实际上已经明确提出了哲学的核心问题——形而上学:"倘其不安物质之生活,则自必有形上之需求。""欲离是有限相对之现世,以趣无限绝对之至上者也。"这是继王国维之后再次明确提出哲学核心问题的中国现

---

① 鲁迅:《文化偏至论》,《坟》,人民文学出版社 1973 年版,第 41 页。

② 同上书,第 42 页。

③ 鲁迅:《破恶声论》,《集外集拾遗》,人民文学出版社 1973 年版,第 23 页。

代学者。王国维通过钻研西方哲学,悟得形而上学概念。王国维是对纯哲学、纯形而上学怀着固有兴趣的哲学家,不问现实如何,只问人的形而上本质;鲁迅则不同,他关心的终点是民族命运,是现实问题,但他在对民族命运的终极思考中,一直深入到人的形而上本质,正是在这一点上,他与王国维汇合了。王国维与鲁迅是现代中国对哲学本质问题思考最深入、能把握哲学核心问题的两个学者。

（二）肯定宗教的价值

鲁迅对哲学核心问题的提出是通过反思宗教而得出的,他明确肯定宗教的意义:"人心必有所冯依,非信无以立,宗教之作,不可已矣。""宗教由来,本向上之民所自建。"[①] "夫佛教崇高,凡有识者所同可。"[②] 在《摩罗诗力说》中,他也称赞"天竺古有《韦陀》四种,瑰丽幽复,称世界大文。"[③] 虽是着眼于诗歌意义,但《韦陀》本质为宗教哲学,在其称颂中暗含对宗教的肯定不言而喻。盛赞创造宗教的"吠陁之民"和"希伯来之民"为"向上之民"。鲁迅对宗教热情肯定与郭沫若形成了鲜明的差别,也正证明了郭沫若不懂形而上学,不懂宗教。[④]

还值得注意的是,鲁迅在肯定那种来自西方和印度意义上的宗教时,并不否定中国先民崇拜宇宙万物的宗教意义:"设有人,谓中国人之所崇拜者,不在无形而在实体,不在一宰而在百昌,斯其信崇,即为迷妄,则敢问无形一主,何以独为正神? 宗教由来,本向上之民所自建,纵对象有多一虚实之别,而足充人心向上之需要则同然。顾瞻百昌,审谛万物,若无不有灵觉妙义焉,此即诗歌也,即美妙也,今世冥通神轶之士之所归也,而中国已于四千载前有之矣;斥此谓之迷,则正信为物将奈何矣。"[⑤] 可见鲁迅开阔的泛神胸怀。他

---

① 鲁迅:《破恶声论》,《集外集拾遗》,人民文学出版社 1973 年版,第 24 页。
② 同上书,第 25 页。
③ 鲁迅:《摩罗诗力说》,《坟》,人民文学出版社 1973 年版,第 45 页。
④ 郭沫若曾说:"形而上学者假拟出一个无始无终的本体,宗教家虚构出一个全能全智的上帝,从而宗仰之,冥合之,以图失了的乐园之恢复;但是怀疑尽了头的人,这种不兑换的纸币,终究要失掉它的效力。"郭沫若:《郭沫若全集》文学编 15,人民文学出版社 1984 年版,第 295 页。
⑤ 鲁迅:《破恶声论》,《集外集拾遗》,第 24 页。

盛赞中国文化"顾吾中国,则夙以普崇万物为文化本根,敬天礼地,实与法式,发育张大,整然不紊。覆载为之首,而次及于万汇,凡一切睿知义理与邦国家族之制,无不据是为始基焉。效果所著,大莫可名,以是而不轻旧乡,以是而不生阶级;他若虽一卉木竹石,视之均函有神闷性灵,玄义在中,不同凡品,其所崇爱之溥博,世未见有其匹也。"[1]

包括佛教、基督教在内的宗教在现代中国获得广泛的响应,信仰的学者极多,但大都是着眼于人生困境的解脱的目的,而少及真理探索;但鲁迅在此处不同,虽人生问题在他也不可避免,但鲁迅主要从"神思"的角度、张扬的是宗教的宇宙论意义,这正是典型的形而上学的视角和哲学家气派。

(三)肯定神话的价值

鲁迅对神话的肯定,与他对宗教的态度一样,是处于形而上学的立场:"夫神话之作,本于古民,睹天物之奇觚,则逞神思而施以人化,想出古异,乍诡可观,虽信之失当,而嘲之则大惑也。太古之民,神思如是,为后人者,当若何惊异瑰大之。"在当时的科学语境中,包括宗教信仰、神话在内的许多涉及抽象精神的事物都受到否定、攻击和破坏,但鲁迅却力挺宗教、神话甚至迷信的意义,认为它们是古民神思的结果;而今人以宗教、神话、迷信为无用,正是庸俗的功利主义的表现。鲁迅痛斥这些人"科学为之被,利力实其心,若尔人者,其可与庄语乎,直唾之耳。"[2]尖锐指出"以科学所底,不极精深。"[3]呼唤"伪士当去,迷信可存,今日之急也。"[4]语极警醒。这是对科学功利观的精到批评,其立场正是形而上的"神思"。出于这样的立场,他肯定了中华古老的神话"龙":"夫龙之为物,本吾古民神思所创造,例以动物学,则既自白其愚矣,而华土同人,贩此又何为者?抑国民有是,非特无足愧恶已也,神思美富,益可自扬。"并指出世界民族皆有自己的"神"物:

古则有印度希腊,近之则东欧与北欧诸邦,神话古传以至神物重言

---

① 鲁迅:《破恶声论》,《集外集拾遗》,人民文学出版社1973年版,第23页。
② 同上书,第27页。
③ 同上书,第25页。
④ 同上书,第24页。

之丰,他国莫与并,而民性亦瑰奇渊雅,甲天下焉,吾未见其为世诟病也。惟不能自造神话神物,而贩诸殊方,则念古民神思之穷,有足愧尔。嗟乎,龙为国徽,而加之谤,旧物将不存于世矣!顾俄罗斯枳首之鹰,英吉利人立之兽,独不蒙垢者,则以国势异也。①

(四)颂扬天然

鲁迅在对雪莱思想的考察中提出"天然"哲学观:

虽然,其独慰诗人之心者,则尚有天然在焉。人生不可知,社会不可恃,则对天物之不伪,遂寄之无限之温情。一切人心,孰不如是。……修黎幼时,素亲天物,尝曰,吾幼即爱山河林壑之幽寂,游戏于断崖绝壁之为危险,吾伴侣也。考其生平,诚如自述。方在稚齿,已盘桓于密林幽谷之中,晨瞻晓日,夕观繁星,俯则瞰大都中人事之盛衰,或思前此压制抗拒之陈迹;而芜城古邑,或破屋中贫人啼饥号寒之状,亦时复历历入其目中。其神思之澡雪,既至异于常人,则旷观天然,自感神闷,凡万汇之当其前,皆若有情而至可念也。故心弦之动,自与天籁合调,发为抒情之什,品悉至神,莫可方物,非狭斯丕尔暨斯宾塞所作,不有足与相伦比者。②

这里的关键词是"其神思之澡雪,既至异于常人,则旷观天然,自感神闷,凡万汇之当其前,皆若有情而至可念也","品悉至神,莫可方物",可以看出,鲁迅对"天然"看法仍是神秘主义的形而上学观点。这里有中国道家哲学的影子("天物之不伪"),但主要是西方泛神论意义上的自然观("旷观天然,自感神闷","万汇之当其前,皆若有情而至可念也")。

(五)生死问题

这是对雪莱的不幸海上溺亡的哲学思考:

① 鲁迅:《破恶声论》,《集外集拾遗》,人民文学出版社1973年版,第27页。
② 鲁迅:《摩罗诗力说》,《坟》,人民文学出版社1973年版,第72页。

　　……迨二十二年七月八日，偕其友乘舟泛海，而暴风猝起，益以奔
电疾雷，少顷波平，孤舟遂杳。裴伦闻信大震，遣使四出侦之，终得诗人
之骸于水裔，乃葬罗马焉。修黎生时，久欲与生死问题以诠解，自曰，未
来之事，吾意已满于柏拉图暨培庚之所言，吾心至定，无畏而多望，人居
今日之躯壳，能力悉蔽于阴云，惟死亡来解脱其身，则秘密始能阐发。又
曰，吾无所知，亦不能证，灵府至奥之思想，不能出以言辞，而此种事，纵
吾身亦莫能解尔。嗟乎，死生之事大矣，而理至阃，置而不解，诗人未能，
而解之之术，又独有死而已。故修黎曾泛舟坠海，乃大悦呼曰，今使吾释
其秘密矣！然不死。一日浴于海，则伏而不起，友引之出，施救始苏，曰，
吾恒欲探井中，人谓诚理伏焉，当我见诚，而君见我死也。然及今日，则
修黎真死矣，而人生之阃，亦以真释，特知之者，亦独修黎已耳。[①]

死亡一直是西方哲学的核心问题，西哲往往以反思死亡成就大智慧，尼采谓
"死亡是一切形而上学中的难题"，雪莱对死亡的观点，也属于西方文化，死
亡与真理紧密相连。雪莱谓人生时，不能解释生死问题；而要知晓生死奥秘，
"惟死亡来解脱其身，则秘密始能阐发"，他为此不惜主动投身海中，以身试
死，可见探索真理热情。鲁迅对雪莱的热情颂扬，其真理探索热情自然不减
雪莱。

---

　　①　鲁迅：《摩罗诗力说》，《坟》，人民文学出版社 1973 年版，第 73 页。

第二章
中国新诗哲学精神的
诞生

　　中国新诗哲学精神的表现与新诗的诞生是同步的。"五四"是一个精神异常活跃的时代,诗人们的精神高度敏感,他们在以西方(包括印度)的诗歌作为参照系来进行创作时,包含在西方(印度)诗歌中的哲学、宗教思想也被他们敏锐地直觉到了。这是以几个重要诗人的创作为代表的,他们有各自关注的中心。比如郭沫若,他具有很敏感的观察力,他注意到中外哲学家、诗人中具有共同性的思想因素,如歌德、惠特曼、泰戈尔、斯宾诺莎、华格纳(现译作:瓦格纳)、加比尔和庄子,郭沫若发现他们思想的共同性是将全宇宙、全人类看作有机整体,他称之为泛神论思想。再如冰心,她吸取了基督教思想以及泰戈尔哲学中"爱的哲学"的因子,尤其是其诗歌创作,不论在形式上,更在思想上,吸取了泰戈尔"爱的哲学"的营养,以为"宇宙和个人的灵中间有一大调和",这使得她的诗歌打上了一层朦胧的宇宙论色彩。最后是鲁迅,他早年即对域外哲学、宗教十分倾心,到了20世纪20年代,这些哲学、宗教思想与他的复杂的人生经历相结合,就产生了《野草》具有丰富思想内涵的散文诗文本。《野草》的思想倾向,至少可看出有尼采的虚无主义思想、克尔凯郭尔的悖论思想、佛教的悲苦色彩,基督教的受难和复仇观念等,相对于郭沫若和冰心,鲁迅关注的思想对象要丰富和复杂得多。

　　"五四"诗人视界开阔,感觉敏锐,他们广取世界各种哲学与宗教,在一个广阔的精神舞台上展开。他们关注的思想,既有丰富多样的哲学,也有宗教(包括佛教、基督教),甚至还有剧作家(比如郭沫若关注了德国剧作家华格纳);既有西方的哲学宗教,也有东方的哲学宗教(比如庄子、佛教、以泰戈尔的思想为代表的奥义书、吠陀经等印度古典哲学,郭沫若甚至还注意到加比尔思想中的泛神论因素——这是一位很有成就、很有修养却至今少为中国人注意的宗教圣者和诗人);诗人既有向外的扩张的精神气质(比如郭沫若《天狗》《凤凰涅槃》《地球,我的母亲》等作品将自我人格无限扩展以至于达到宇宙人格),又有内倾沉思的精神趋向(比如冰心对爱的哲学的沉思,鲁迅对人生的荒诞、悖论和虚无的沉思等都是内倾的)。他们为新诗在诞生之初就为新诗带来丰富新鲜的异域文化的思想因子,为后来新诗哲学精神的发展铺开了一条开阔的大道。

在新诗诞生之初的诗坛,虽然新诗免不了与一切新生事物在其诞生初期所具有的稚嫩的特点,但新诗此时已经出现了杰出的诗人和作品,这就是《野草》。《野草》中的《影的告别》《墓碣文》《题辞》《希望》《过客》《死火》《颓败线的颤动》诸篇,已经是非常成熟的散文诗,其思想的高度和艺术的完美使得它置于世界文学之林也不见逊色。《野草》的出现,当然不是偶然的产物,更不是天才的不可思议的创作,它的出现有其必然性。它有鲁迅早年阅读西方哲学、基督教和佛学的思想积累,后鲁迅有幸在文化中心北京经历了“五四”新文化运动的洗礼,随着他进入人生的中年,在 20 世纪中期,社会和他个人的发展都进入了一个看不见希望的沉郁的时期,他淤积在思想和情感深处的思想得以爆发。我们不可忘记,这种爆发是经过了近二十年的思想、情感的积累,其深厚性不同一般,原因可见;再者,《野草》的成功,与使用散文诗这一自由的诗体形式不无关系,很难想象,如果鲁迅此时采用的是后来饱受诟病的“想怎么写,就怎么写”的分行新诗,《野草》还会取得如此的成就? 总之,《野草》是成功的,它突破了事物发展的一般规律,由此说明,历史往往不是一步步由低到高逐渐发展的,在事物发展的初期就出现突崛式的人物也是常见的,又比如在现代诗初发阶段出现巨人式的诗学家和哲学家王国维。

“五四”时期的新诗,吸收西方哲学以建立自己的诗学有自己突出的个性,但是,也应当看到,这个时期对西方的学习,在整体上仍免不了稚嫩和粗糙的特点,一方面,这个时期的诗人学习西方哲学家（诗人）只是学习他们某一种或几种哲学、宗教观念,尚不能在哲学本体论上有深入的觉悟。比如郭沫若只是对泛神论感兴趣,而且他感兴趣的只是泛神论的某些特征,比如世界是“一”;世界是有机的生命体等。冰心只对基督教和泰戈尔哲学中的“爱的哲学”感兴趣。鲁迅的思想相比他们二人要深刻得多,不能谓之稚嫩和粗糙,但鲁迅也是借域外的哲学、宗教来表达自己的生存困境和生存理念。不论是郭沫若、冰心还是鲁迅,他们并不追问世界和人生的本原,他们都没有全身心地进行形而上的追问,他们学习西方（域外）的哲学宗教,要么是为扩张自我人格服务,比如郭沫若;要么是慰藉自我的情感,比如冰心,要以泰戈尔的思想救治她"天赋的悲感",慰藉她"寂寞的心灵";要么是为了表达自己的人生困境,比如鲁迅。一句话,他们尚无彻底追问宇宙终极真理之特点。

另一方面,他们对西方(域外)哲学、宗教思想的学习模仿性强,大部分甚至是浅层模仿,不能深入哲学的核心。当然这是一个新生事物在初期所不可避免的特征。比如郭沫若对泛神论的吸收有概念化倾向(《凤凰涅槃》中的"一"是概念化的,没有和形象的世界有机结合),有表层化倾向(《地球,我的母亲》与地球母亲同一,此即泛神论的要义;"母亲"之称呼,谓地球为一切生命的源泉,也是"我"的生命之源,因而生出要感恩母亲的思想,此亦泛神论之要义。此诗在思想和形象的结合上要好于《凤凰涅槃》,但共同的缺陷是没有穿透性的形而上之思),不能深入其形而上的内核。郭沫若只是抓住了泛神论万物同一、万物相亲近的特征,但内在的"神"(形而上精神)却没有(他甚至将庄子的思想也理解为泛神论,这是不对的:因中国文化没有西方意义上的"神"的概念)。郭沫若的创作同样如此,他对惠特曼和泰戈尔诗歌的模仿是在表层的风格上的模仿,也不能深入其形而上的内核。冰心吸取了基督教和泰戈尔哲学中的"爱的哲学"的因素,诗歌打上了一定的形而上色彩,但她并不深究这些宗教和哲学的超验精神和神性本质。冰心的诗歌对泰戈尔的模仿也是表层的风格类似,泰戈尔诗歌底层渊深的思想在冰心的作品中是看不到的。从哲学原创的意义上讲,甚至《野草》仍不能算是最有原创性的作品,鲁迅也是吸收域外哲学、宗教中的某些思想,《野草》的杰出并不在于鲁迅创造了原创性的思想,而是鲁迅能深刻体会西方哲学家和宗教中的思想,又完美地结合他的复杂的人生和社会经历形成他独具个性的思想。但即便是这样,鲁迅也并没有创造新的哲学思想,《野草》中的思想大体而言也只是吸收域外哲学、宗教中的思想。

第一节　郭沫若：泛神歌者

　　郭沫若于民国四年来到日本，其时日本正流行泰戈尔，第二年上半年他即接触到泰戈尔的诗歌，立即为后者的清新和平易及其中的泛神论思想所吸引，[①] 对泰戈尔的爱好又激活了他对少年时代所读过的《庄子》的观照，在其中"发现出了洞辟一切的光辉"[②]，以为庄子的思想也是一种泛神论。一个作家的阅读往往受到他本能的秘密的引导。随后郭沫若为之深深吸引的诗人和哲学家都是主张或具有泛神论思想的，对此他有明确表述："……又因为接近了太戈尔，对于泛神论的思想感受着莫大的牵引。因此我便和欧洲的大哲学家斯宾那沙（Spinoza）的著作，德国大诗人歌德的诗，接近了……我那时候不知从几时起又和美国的惠特曼的《草叶集》，德国的华格纳的歌剧接近了，两人也都是有点泛神论的色彩的。"[③] 泛神论在郭沫若思想上发生热烈的感应，这种感应由他的阅读生活迅速地转移到他的创作中来，表现为对宇宙中遍在的"一"的精神和"动"的生命的追求。

---

① 郭沫若：《郭沫若全集》文学编 16，人民文学出版社 1989 年版，第 212 页。
② 同上书，第 213 页。
③ 同上书，第 216 页。

一、追问遍在的 "一"

"一" 的精神是泛神论的核心观念。泛神论与西方传统理念论的最大不同在于它不承认宇宙间有主宰一切的神,不认为存在有等级的差别;恰恰相反,它认为宇宙间的万事万物都是神的表现,都是神本身。这种哲学略去了万物各种不同的个别属性,而觉悟万物在本性上的同一。有此特点的哲学家和诗人可能有各自不同的观念,但在这一点上他们是一致的。哲学家用理性,甚至以科学的精确性论证了万物内在的交通与同一,诗人则用丰富的形象、用他们在人间的各种不同的境遇来解释这个单纯的观念。

郭沫若通过对泰戈尔、惠特曼、歌德等诗人和斯宾诺莎等哲学家的研究显然认识到这种观念,在对歌德的《少年维特的烦恼》的评价中,他说:"泛神便是无神。一切的自然只是神的表现,自我也只是神的表现。我即是神,一切自然都是自我的表现。"[①] 这几句话正是泛神论的核心观念。在去日本留学的最初几年,郭沫若的思想被泛神论占据着,那时,他刚好有几位要好的朋友也是喜欢泛神论,他们经常写信探讨泛神论的含义和对诗歌的重要意义,相互之间的交流以及由交流导致的观念强化使得他们把泛神论当作最好的思想。[②]

郭沫若进入泛神论是通过泰戈尔进入的,泰戈尔诗歌的哲学思想来自印度古老的奥义书、吠陀经等著作,虽然其鲜明的生命哲学意识受到近代西方人本主义思想的影响,但其核心的观念——与神合一的终极愿望(这种思想几乎体现在他中年以后的所有诗歌中,尤以《吉檀迦利》为最明显)——无疑是其民族传统思想。在对吠陀本经的哲理进行阐释的《奥义书》里,世界唯一的最高存在被解释为 "梵":"确实,在太初,这个世界唯有梵。它是唯一者。"[③] 在《奥义书》里,另一个与梵同等重要的概念是 "自我" 或 "我"。

---

①　郭沫若:《郭沫若全集》文学编 15,人民文学出版社 1989 年版,第 311 页。
②　宗白华曾致郭沫若说:"你是一个 Pantheist,我很赞成。因我主张诗人的宇宙观有 Pantheismus 的必要。" 郭沫若:《郭沫若全集》文学编 15,第 12 页。
③　《奥义书》,黄宝生译,商务印书馆 2010 年版,第 29 页。

这个概念不同于平常生活所使用的"我"的概念,它是梵的同义词,是宇宙自我、宇宙的本质;这"自我"无所不在,在人身上是指人的本质,是人与宇宙内在同一的东西,是人的最高存在,也就是"这是我内心的自我。它是梵。"因此,所谓的"梵我合一"说到底是对"自我"的觉悟,觉悟自我的最高本质。个体生命一旦觉悟到自我的最高本质,即与梵合一。在泰戈尔那里,这种觉悟含有宇宙意义上的个人修为意义,可以参见下列诗歌:

> 我像一片秋天的残云,无主地在空中飘荡,呵,我的永远光耀的太阳! 你的摩触远没有蒸化了我的水气,使我与你的光明合一,因此我计算着和你分离的悠长的年月。

> 假如这是你的愿望,假如这是你的游戏,就请把我这流逝的空虚染上颜色,镀上金辉,让它在狂风中飘浮,舒卷成种种的奇观。

> 而且假如你愿意在夜晚结束了这场游戏,我就在黑暗中,或在灿白晨光的微笑中,在净化的清凉中,溶化消失。①

这是典型的与神合一的愿望的体现。郭沫若在泰戈尔那里学到的正是这样一种思想,他说:"梵天(Brahma)是万汇的一元,宇宙是梵天的实现,因之乎生出一种对于故乡的爱心,而成梵我一如的究竟。"②

泛神论为域外哲学思想,郭沫若的泛神论思想也是由泰戈尔激发出,但当郭沫若在这一思想的大道上纵横驰骋的时候,他发现中国传统思想里其实也有这种思想:"万物都是'道',也就是说万物都是神。庄子的思想在我们中国古代是一种泛神论的思想。"③"万物是道"与"万物是神"的说法在特征上是极为类似的,但郭沫若将"道"置换为"神"时其实是一种误读:因神是有人格化的,但道没有,老庄的道有很强的科学化客观色彩。但泛神论作为一种在近现代以来流行的哲学思想,本身是许多思想概括的结果,是许多思想的特征归纳而没有自己的核心观念。从这个意义上说,郭沫若将庄子的思想归结为泛神论的一种是大致成立的。在中国古典诗歌中,郭沫若认为

---

① 泰戈尔:《吉檀迦利》,《泰戈尔散文诗全集》,浙江文艺出版社 1990 年版,第 30 页。

② 郭沫若:《郭沫若全集》文学编 15,人民文学出版社 1989 年版,第 272 页。

③ 郭沫若:《郭沫若全集》文学编 20,人民文学出版社 1989 年版,第 335 页。

李白的《日出入行》体现了泛神论思想："吾将囊括大块,浩然与溟涬（"溟涬"实为"溟涬",属郭沫若笔误,笔者注）同科! ……你看是不是'我与天地并生,与万物为一'、'Substantia Sive deus dues sive nature'呢（本体即神,神即万汇）?"① "大块"即大地、宇宙,"溟涬"为天地未开之前宇宙的混沌之气,李白此语表达了扩展自我人格以至于无限从而与存在合一的愿望。

郭沫若显然是对"泛神论"这一思想下过功夫研究的,这种研究不仅体现在哲学研究和诗歌的鉴赏和创作中,他还从科学的角度来研究这种思想,他得出的结论是："宇宙中一切的森罗万象,斡旋无已,转相替禅:一切无形的能和有形的质,自古以来,只有变形,没有增减。植物吸取动物的死骸以为营养;动物也摄取植物的死骸以维持生存,大冶造器,溶化许多古铜烂铁而成新钟。造物生人,只把陈死的元素来辗转搏拟。"② 这大有近代科学上物质不灭定律的影子;而在近代英国自由主义思想家约翰·托兰德（John Toland,1670—1722）专门研究泛神论的小册子《泛神论要义》中,我们可以看到与郭沫若类似的科学研究视角和类似的观点："现象虽常如斯而万物实则流转不已。""每物皆在万物之中,万物皆在每物之中。""无论神的还是人的一切事物都在浮沉转化;昼夜消长,月有盈亏;火与水有相通之路。"③ 即万物只存在形象的不同,实则相互转化,本质如一,永恒不灭。

这种物质转化和永恒不灭的思想在郭沫若的诗歌中体现出来。《凤凰涅槃》《天狗》等诗歌中的凤凰和天狗意象是渴望毁灭和创造的形象,他们的这种愿望不是通过对不合理的世界的毁灭来实现的,而是自我毁灭、自我创造,凤凰是通过涅槃达到新生,天狗是宇宙形象,它渴望吞噬掉日、月和一切的星球,它剥自己的皮,吸自己的血,啮自己的心肝以期自我毁灭。然而更生后的宇宙仍然是同一的宇宙："一切的一,更生了。/一的一切,更生了。"改变的是世界的形貌。

诗歌中的郭沫若对世界内在同一的精神表达了热烈的向往,他借凤凰的嘴唱道："我们便是他,他们便是我。/我中也有你,你中也有我。""一切的

---

① 　郭沫若:《郭沫若全集》文学编 15,人民文学出版社 1989 年版,第 26 页。
② 　郭沫若:《郭沫若全集》文学编 1,人民文学出版社 1989 年版,第 238 页。
③ 　［英］托兰德:《泛神论要义》,陈启伟译,商务印书馆 1997 年版,第 22 页。

一,芬芳。/ 一的一切,芬芳。""一切的一,和谐。/ 一的一切,和谐。""一切的一,悠久。一的一切,悠久。"似宏伟的宇宙交响曲,显示了宇宙气派。在《雪朝》中,他描写道:"雪的波涛!一个银白的宇宙!/ 我全身心好象要化为了光明流去,/Open-secret 哟!"在无垠的世界面前,他的全身心好象要化为了光明流去,这是沁人心脾的意象,深深感人。《演奏会上》描写音乐的效果:"唱的我全身的神经战栗。/ 一千多听众的灵魂都已合体了,/ 啊!沈雄的和雜,神秘的渊默,浩荡的爱海哟!/ 狂涛似的掌声把这灵魂的合欢惊破了,/ 啊,灵魂解体的悲哀哟!"众多的灵魂在音乐的强烈的感召中达到同一,这是音乐强烈的感人效果,也是泛神论的启示。郭沫若对泛神论是专注的,在那段时间内,他的意识被这种思想所主宰,即使在日常生活中,他也有这种意识,比如他描写坐火车的感受:"我的'自我'融化在这个磅礴雄浑的 Rhythm 中去了!我同火车全体,大自然全体,完全合而为一了!我凭着车窗望着旋回飞舞着的自然,听着车轮鞳鞳的进行调,痛快!痛快!"[1]

二、"动"的生命精神（动、力、毁灭、创造）

纵观郭沫若创作于五四前后的《女神》《星空》等作品,其突出的特点是动的精神,这一点早在 1923 年就被闻一多注意到了,并被闻一多作为郭沫若诗歌时代精神的首要特点提出;[2] 尽管郭沫若表现为静的作品也不在少数,但这些作品并没有特出的泛神论精神,它们只是个人在不同境遇中的个人生活感兴,其中有泰戈尔的影子,但泰戈尔的泛神精神体现得也不突出。动的精神典型地体现了郭沫若五四前后个人人格及为时代呼喊的精神。

五四是一个追求动的精神的大时代,是一个呼唤毁灭和创造的时代,是高张扬烈、追求狂飙突进精神的时代,历史在呼唤自己的代言人,郭沫若应和这种呼唤,携带着他的《女神》出场了。但是,传统文化赋予中国人的是一种静的民族气质,这是当时的知识分子的一般看法,典型的代表是李石岑,他说:"东方的精神思想可以以'静观'二字代表之。儒家佛家道家都有这种

---

① 　郭沫若:《郭沫若全集》文学编 15,人民文学出版社 1989 年版,第 122 页。

② 　闻一多:《闻一多全集》,湖北人民出版社 1994 年版,第 110 页。

倾向……这种东方的'静观'和西方的'进取'实是东西文化的两大根本差点。"① 但郭沫若并不同意这种观点,他认为:"我国的儒家思想是以个性为中心,而发展自我之全圆于国于世界,这不待言是动的,是进取的精神。便是道家思想也无甚根本上的差别……无为二字并不是寂灭无所事事,是生而不有为而不恃的积极精神,我们试把为字读成去声便容易得其旨趣……老子的无为说这是这样的精神,老子的恬静说正是由这种精神生出来的活静。"只是由于后来佛教思想传到中国来了之后,中国文化才受到佛教"否定现世以求自我的消灭"的消极思想的影响,"导致民族精神已经沉潜了几千年。"② 郭沫若这种与多数人不相一致的看法正体现了他独到的视角和精神追求:即动的精神的追求。

在现代哲学和诗歌中,郭沫若赋予了这种"动"的精神以新的时代内涵。何谓"动"的精神? 这个动的精神就是泛神论中的那个"大我",这个大我与宇宙精神合一,表现为生生不息、动荡不宁的宇宙万物,即郭沫若所谓:"我头上穹窿着的苍天,我脚下净凝着的大地,我眼前生动着的自然,我心中磅礴着的大我! "③ 它是一种宇宙精神,是生命精神,具有有机性。郭沫若说:"……可是我想哲学中的 Pantheism 确实是以理智为父以感情为母的宁馨儿。不满足那 upholsterer(注:指室内装饰)所镶逗出的死的宇宙观的哲学家,他自然会要趋向到 Pantheism 去,他自会要把宇宙全体从新看作个有生命有活动性的有机体。"④ 这种有机性的生命哲学观点也为约翰·托兰德所主张,他认为"地球上的一切东西都是有机物。"⑤ 石头和金属都会通过细窄的气孔取得营养和增长。⑥ 宇宙万物的有机性是泛神论的核心观点。

这种涌动着生命气息的"大我"不是东方宁静精神的"我",而是泛滥着无穷的力的来自西方世界的不息运动的"我"。它更多的是吸取惠特曼、歌德等人的诗歌精神,而不是泰戈尔的。泰戈尔的泛神论以冥想为特征,在

---

①　郜元宝:《尼采在中国》,上海三联书店 2001 年版,第 123 页。

②　同上书,第 125 页。

③　郭沫若:《郭沫若全集》文学编 1,人民文学出版社 1989 年版,第 225 页。

④　郭沫若:《郭沫若全集》文学编 15,人民文学出版社 1989 年版,第 23 页。

⑤　[英]托兰德:《泛神论要义》,陈启伟译,商务印书馆 1997 年版,第 15 页。

⑥　同上书,第 14 页。

深静的内心觉悟世界的神秘。①

　　郭沫若的大我不是泰戈尔这样的"我",他近于惠特曼的"大我"。惠特曼的哲学充满了一个民族发现新大陆的喜悦和向着未知探险的原始活力,他以一种至今也许是最强大的主体性来肯定存在的一切,肯定身体的活力和野性,肯定庞大世界的不安的动荡流转。"动"是惠特曼诗歌的突出特点。郭沫若追求"雄丽"之文,他在这方面的抱负巨大,曾说:"雄丽的巨制我国古文学中罕见,因为我尤为喜欢是赞颂自然的诗,能满足我这个条件的文章,可惜我读书太少,我还不曾见到。"② 他本人气质如此,故对于惠特曼那种雄浑的风格一见倾心。郭沫若从惠特曼学来的,主要的也就是这一点,他眼里的惠特曼是"海洋一般的惠特曼",是"雄而不丽"的惠特曼,③ "惠特曼的那种把一切的旧套摆脱干净了的诗风和五四时代的暴飙突进的精神十分合拍,我是彻底地为他那雄浑的豪放的宏朗的调子所动荡了。"④ 他的气质和对惠特曼的借鉴也得到宗白华的肯定,后者写信给他说:"你的诗意诗境偏于雄放直率方面,宜于做雄浑的大诗。"⑤ 称赞他"你的凤歌真

---

　　① 在童年时,泰戈尔就与其为大仙的父亲在喜马拉雅山的南半山冰天雪地里修炼;成年后,他每天凌晨 3 点即起床,静坐冥思 2 小时,以类似印度古老哲学里的圣者的修炼方法来修养身心,因而其诗歌深静莹洁,觉悟明慧,一种深刻的宁静精神贯穿在他的诗歌里,正如庞德的感受:"这种深邃的宁静的精神压倒了一切。我们突然发现了自己的新希腊。像是平稳感回到文艺复兴以前的欧洲一样,它使我感到,一个寂静的感觉来到我们机械的轰鸣声中……"他的诗歌如 '清晨的静海,漾起鸟语的微波'这样微妙深静的感觉只有在一个深刻宁静的内心里才能产生;而在这样的心境里,世界深刻的智慧往往得以清晰呈现,可以看他的《我在》:

　　　冬日下麻栗树树林里,静息着溶金的绿涛。紫岚氤氲、垂挂着气根之篮的老搽树,把枝条伸展到路径上。果浆树的枯叶与尘土结为好友,随风飘荡。

　　　倦怠的日子,像南归的白鹤,飞进无限的碧蓝。一句话像绿叶的飒飒声在心中响起:我在。

　　　井台旁那棵普通的芒果树,不动声色地站了一年,披着常见的绿纱。早春二月,激情浮上它的根须,花枝上缀满雪白的词汇:我在。——收缴在日月光华的辞书里。

　　　心灵的主宰在倦困的心儿之侧窃笑,旋即用情人的秋波和诗人的歌曲铸成的点金棒,猛地点触。于是,失却了飞尘蔽暗的日子里的我,霎时间重现在不凡的阳光里。

　　　我不知道那无价的时刻是否收藏在宝库,我只知道它来自自我意识麻痹时的我,在我的心底呼唤宇宙之心的永恒真理:我在。

这是在宁静的时刻从深心的静海里涌上来的真理,直击存在的最底层;阅读这样的诗歌也需要深静智慧的心,不然殊难进入诗歌哲学的堂奥。

　　② 郭沫若:《郭沫若全集》文学编 15,人民文学出版社 1989 年版,第 126 页。

　　③ 同上书,第 125 页。

　　④ 郭沫若:《郭沫若全集》文学编 16,人民文学出版社 1989 年版,第 216 页。

　　⑤ 郭沫若:《郭沫若全集》文学编 15,第 31 页。

雄丽。"①《天狗》《日出》《晨安》《笔立山头展望》《浴海》《立在地球边上放号》《晨安》等诗歌充满宇宙气魄和动荡不安的精神,洋溢着宇宙大我精神。其恣肆雄浑的铺排风格和生动不息的力量感极似惠特曼。尽管《晨安》等诗歌因过于直白而屡屡遭人诟病,但其背后有自己的哲学,尽管这种哲学因处在中外文化交流之初而发育不充分,但其新鲜的思想成分自有其价值在。即使惠特曼类似的诗歌也给人直白的印象,但惠特曼仍不失为大诗人,其诗歌的价值不在表面的美(正如郭沫若说它们不"丽"),而在其背后一整套生机勃勃的哲学观念——那种超出语言的象外之美。

郭沫若这种"动"的精神是从西方文化引进我们还可以提出另一证据。歌德在《少年维特的烦恼》对宇宙精神解释为:"天与地与在他们周围生动着的力,除是一个永远贪婪、永远反刍的怪物而外,不见有别的。"② 我们试将此话与尼采对其的核心哲学概念"权力意志"的经典解释相比:

> 你们也知道我的"世界"是什么吗?要叫我把它放在镜子里给你们看吗?这个世界是:一个力的怪物,无始无终,一个钢铁般坚实的力,它不变大,不变小,不消耗自身,而只是改变面目;……作为力无所不在,是力和力的嬉戏,同时是一和"众",在此处聚积,同时在彼处削减,就像翻腾和涨潮的大海,永恒变幻不息,永恒复归,以千万年为期的轮回,……作为必然永恒回归的东西,作为生成的东西,不知更替、不知厌烦、不知疲倦,自我祝福——:这就是我的永恒自我创造、永恒自我毁灭的狄俄尼索斯世界,……——这是权力意志的世界——此外一切皆无!你们自身也就是权力意志——此外一切皆无! ③

这里,尼采与歌德不但把世界的本质均解释为"力",而且对于"力"的特征的解释也极为类似:歌德的力的特征"贪婪",与尼采的"力"的特征"无始无终""无所不在""不知厌烦、不知疲倦"是一个意思;歌德的力的特征"反刍"与尼采的"力"的特征"永恒复归""轮回""永恒回归"也是一个

---

① 郭沫若:《郭沫若全集》文学编 15,人民文学出版社 1989 年版,第 30 页。
② 同上书,第 311 页。
③ 尼采:《尼采遗稿选》,虞龙发译,上海译文出版社 2005 年版,第 117 页。

意思,这种惊人的相似使得笔者怀疑尼采从歌德这儿吸取了思想灵感(尼采曾盛赞歌德的人格,且二人都对泛神论倾心),当然,笔者没有这样的证据;但是,歌德与尼采的思想都在西方自古希腊赫拉克利特以来的"变易"(在西方后来的哲学中,尤其是近代,"变易"发展为变动不息的力)哲学思想影响之下,无疑属于同一个哲学传统。郭沫若将歌德的那几句话发挥说:"此力即是创生万汇的本源,即是宇宙意志,即是物自体(Ding an sich)。"① 其与西方传统的接壤是明显的,《女神》的众多作品都打上这种"力"的烙印,典型的是《立在地球边上放号》一首:

> 无数的白云正在空中怒涌,
>
> 啊啊! 好幅壮丽的北冰洋的情景哟!
>
> 无限的太平洋提起它全身的力量来把地球推到。
>
> 啊啊! 我眼前来了滚滚的洪涛哟!
>
> 啊啊! 不断的毁坏,不断的创造,不断的努力哟!
>
> 啊啊! 力哟! 力哟!
>
> 力的绘画,力的舞蹈,力的音乐,力的诗歌,力的律吕哟!

力带有本体论色彩,可见郭沫若力的观念与西方文化的关联。

在郭沫若的诗歌中,"动"和"力"的精神表现为两种功用:毁灭和创造。这两种功用既是五四时代特定的历史要求,也是宇宙本体的特征。尼采"权力意志"就是一个"永恒自我创造、永恒自我毁灭的狄俄尼索斯世界"。② 歌德的浮士德和靡菲斯特含有进取创造和破坏毁灭的内在特征。在《草叶集》中,惠特曼不断歌唱死亡和生命。

郭沫若有很强的反省意识,毁灭(反抗)和创造的意识首先在他的人格中,他在给宗白华的信中说:"我现在很想能如 Phoenix 一般,采集些香木来,把我现有的形骸烧毁了去,唱着哀哀切切的挽歌把它烧毁了去,从那干净的灰里再生出个'我'来!"③ 有意思的是,郭沫若把尼采和老子放在一起比较,认为"他们两人同是反抗有神论的宗教思想,同是反抗藩篱个性的既成

---

① 郭沫若:《郭沫若全集》文学编 15,人民文学出版社 1989 年版,第 311 页。

② 虞龙发:《尼采遗稿选》,上海译文出版社 2005 年版,第 117 页。

③ 郭沫若:《郭沫若全集》文学编 15,第 19 页。

道德，同是以个人为本位而力求积极的发展。"① 这可谓郭沫若独特的发现，反应了他意识深处强烈的反抗意识。这种个人意识与时代的要求结合起来，造成了《女神》特有的毁灭和创造精神。首篇《女神之再生》中女神众姐妹在一个毁坏的世界中再造了一个新鲜的太阳。《凤凰涅槃》是凤凰在涅槃中走向新生的赞歌。上引《立在地球边上放号》是对毁灭和创造的直接讴歌。《匪徒颂》歌颂世界上有反抗精神的杰出人物，《湘累》中，作者借屈原的嘴说："我效法创造的精神，我自由创造，自由地表现我自己。我创造尊严的山岳、宏伟的海洋，我创造日月星辰，我驰骋风云雷雨，我萃之虽仅限于我一身，放之则可泛滥乎宇宙。"② 均是这种毁灭和创造精神的体现。

在新诗出现之初，郭沫若首先敏锐地注意到西方哲学的思想因子对诗歌的重要意义，并将泛神论的思想与自己的诗歌创作结合起来，这使他的诗歌（也是整个新诗诗坛）在出现之初就在一个宏阔的宇宙背景上展开，为新诗定下了宇宙意识的基调，在极高的起点上拉开了新诗创作的序幕，并在一定程度上为新诗打上了形而上色彩，它可贵地沿着王国维的路线继续指引着新诗的形而上学方向。

三、形而上学的缺席

郭沫若以泛神论的宇宙气派站立在五四诗坛，然而他根本的缺陷也在于不理解真正的泛神论。

（一）泛神论的核心是形而上学

泛神论属于西方哲学范畴，西方哲学的根本问题在形而上学，这一点为西方哲学界所公认。海德格尔认为，即使是反形而上学家尼采也是典型的形而上学思维。何谓形而上学？形而上学的英文词为 Metaphysic，它是由词 physic（存在物、自然、物理等）和前缀 Meta-（在……之后，在……之上，在……之外，"超越……"）这两部分构成，指对存在物之外、之上、之后的某

---

① 郜元宝：《尼采在中国》，上海三联书店 2001 年版，第 128 页。
② 郭沫若：《郭沫若全集》文学编 1，人民文学出版社 1989 年版，第 22 页。

种东西的察觉和探究。简言之，就是对可感知的世界的超越，人的意识觉悟到可感知的世界之外的另一个世界。无疑，这是一种神秘主义的观点，但神秘主义恰恰是形而上学的典型特征，没有神秘主义即没有形而上学。但问题的关键是，人的意识如何能觉悟到另一个世界？按照马克思的观点，思维是存在的反映。思维并不能超越存在。这当然是一种唯物主义的观点。但在西方宗教和传统哲学中尚有另外一种传统。基督教强调教徒的神秘体验，以为真正的教徒是被上帝"选中"的；叔本华将真正的哲学称为"天惠之功"。无论是"选中"还是"天惠之功"都暗示了宗教和哲学经验不是人努力的结果（尽管人的努力可以加强宗教哲学意识，比如庄子的心斋、坐忘，印度教徒的苦行等），而是神秘直觉的结果，也就是人在人生的某一时刻突然觉悟到世界的真理。这是一个意义产生的时刻。在被真理之光照亮之前，人和世界的存在是黑暗的、被孤零零投放到这个世界。真正的哲学家和诗哲庞大的作品只是对这个时刻注目、反观和解说。（当然，由于种种原因，哲学家和诗人有的会明确说出他们一生中这个觉悟的时刻，大部分则鲜有提及。）因此我们在许多世界大诗哲的作品中可以看到一种惊奇的现象，即他们庞大的作品似乎只是在叙说一个单纯的观念，许多的诗集只是在讲一句话。

　　泰戈尔和惠特曼的作品即具有这样典型的特征。泰戈尔诗歌的哲学观念来自于印度古老的哲学奥义书和吠陀经，核心观念是"梵我合一"。然而，"梵我合一"是古代的观念，它并不许诺任何人可以进进出出，进入其堂奥仍然需要一个幸运的现代人的觉悟。哲学家并不能如科学家一样站在巨人的肩膀上就可以看到更远的世界，哲学家永远从头开始。真正的哲学家永远在扮演创世主的角色。泰戈尔无疑是这样一个幸运的觉悟者。作为纯粹形而上学的神如此清晰地印现在他的作品中，翻开他的诗集，我们仿佛就能清楚看见神迈着步子，从他描绘的白云、天空、婴儿、河流、森林、雨天、牧童上走来，虚无中的微笑又清晰如同恋人的情影。惠特曼是另一个同样伟大的诗哲，他是美国19世纪超验哲学运动的核心成员，年青时，他听到超验主义领袖爱默生的一次讲演后，心有灵犀，发誓要用诗歌将爱默生的哲学观念传达出来。果然，当《草叶集》的初版寄给爱默生时，后者震惊了，以为它是"美国迄今贡献出的一部最杰出的才识与智慧之作"。与泰戈尔不同，惠特曼是粗糙的；他是一个贫民诗人,没有泰戈尔高贵的血统和贵族的优越感,但以诗歌表达他心中崇高的理念这一点与泰戈尔一样。他们的作品都不是要表达在各种境遇里人的不同的生存状况,不同的喜怒哀乐(这一点是世界上大部分诗歌的面貌);而是在各种境遇里表现一个单一的、共同的、关于世界最内在的核心观念,利用各种境遇描画神的踪迹,让各种境遇为存在作证。其丰富和单纯在此。形而上学是他们关注的核心,时代和世界在他们的诗歌里起起落落,但那只是他们返回形而上家园的旅途的风景,神则永驻他们诗歌宫殿的深处,旷古不动。

(二)郭沫若没有觉悟到泰戈尔、惠特曼诗歌中的形而上思想

形而上的觉悟在郭沫若的诗歌中是缺席的。郭沫若的诗歌中有泰戈尔、惠特曼等诗人的影子,但对他们的形而上学,则付之阙如。我们可以对比研究郭沫若从惠特曼、泰戈尔那里学到什么。正如上文所说,五四时期的郭沫若打上了强烈的惠特曼泛神论思想的烙印,诗风强劲雄阔,将时代的热烈情绪扩张得淋漓尽致;但是,正如他自己及他的朋友对他的认可的,他只是学到了惠特曼的"雄"壮的气势,学到的是"如海洋一般的惠特曼"。可是,真正的惠特曼是什么面貌呢? 可以看惠特曼诗下列诗歌:

> 当我阅读那本书、一本著名传记的时刻,
> 那么(我说),这就是作家称之为某个人的一生了?
> 难道我死之后也有人来这样写我的一生?
> 好象有人真正知道我生活中的什么,
> 可连我自己也常常觉得我很少或并不了解我真正的生命,
> 我只想从中找出能为我自己所用的
> 一些些暗示,一些些零散而模糊的线索和术策。
>
> ——《当我阅读那本书》

> 一开始我的研究,最初的一步就使我非常地欢喜,
> 只看看意识存在这一简单事实,这些形态,运动力,
> 最小的昆虫或动物,感觉,视力,爱,
> 我说最初的一步已使我这么惊愕,这么欢喜,

　　我没有往前走,也不愿意往前走,

　　只一直停留这徘徊着,用欢乐的歌曲来歌唱这些东西。

——《开始我的研究》

前一首诗讲看不见的神秘,后一首诗讲"看得见"的神秘。形而上学是这些诗歌中的核心因素。这种相对于其雄阔诗风更为本质的的神秘主义思想在郭沫若的诗歌中是没有的。郭沫若从惠特曼那里学到雄放的诗风,但我们发现,惠特曼的诗歌风格不都是雄放的,甚至相当大一部分是沉静静观的,他更喜欢用他看到的日常生活细节来暗示他形而上的觉悟。当然,那种长篇铺排是存在的,它们典型的特点是雄浑的气势,但朴素,甚至看不见形而上思想。孤立来看惠特曼这样的诗歌与郭沫若似没有两样,但如我们把他的诗集当成一首诗来读,则同样能觉悟到这些铺排中的形而上思想——他的诗集里的诗歌是相互解释的。但郭沫若只学到了他的铺排,对于他的形而上学则没有推开大门,如《晨安》《地球,我的母亲!》这样的诗歌便是。

　　不但创作是这样,就是在解读惠特曼的诗歌的时候,郭沫若同样存在对后者的形而上思想熟悉不能解读的情况。比如他在野外徒步时想到惠特曼的诗歌:

　　Afoot and light——hearted, I take to the open road,

　　Healthy, free, the world before me,

　　The long brown path before me, leading wherever I choose.

　　徒步开怀,我走上这坦坦大道,

　　健全的世界,自由的世界,在我前面,

　　棕色的长路在我前面,引导着我,任我到何方去。

　　Henceforth I ask not good fortune——I myself am good fortune;

　　Henceforth I whimper no more, postpone no more, need nothing,

　　Strong and content, I travel the open road.

　　从今后我不希求好运——我自己便是好运底化身;

　　从今后我再不欷歔,再不踌躇,无所需要,

　　雄纠地,满足地,我走着这坦坦大道。

——惠特曼:《坦道行》(Song of Open Road)

　　他的感受是:"我想永远在这健康的道路上,自由自在地走着,走到我死日为止。海涅的诗丽而不雄。惠特曼底诗雄而不丽。两者我都喜欢。两者都还不令我满足。所以讲到'无所需要'一层,我还办不到。"① 这里,郭沫若引用了惠特曼"无所需要"一语,尽管他借此讲诗风的问题,但他显然对诗中的思想无所体悟:那种世界意义充沛感的形而上觉悟,就如同上一首《开始我的研究》一样。

　　郭沫若对泰戈尔诗歌的学习存在同样的情况。他曾多次讲到对泰戈尔诗歌的感受和看法,他用的词句是"清新和平易"②,"第一是诗的容易懂;第二是诗的散文式;第三是诗的清新隽永。"③ "明朗性"④;他也说了泰戈尔诗歌"超人间性"⑤,阅读它们有"诗美以上的欢悦"⑥,产生"恬静的悲调"⑦,这些涉及泰戈尔的思想了;他并且研究了泰戈尔的思想与古代印度哲学的关系:

　　　　"梵"的现实,"我"的尊严,"爱"的福音,这可以说是泰戈尔的思想的全部,也便是印度人从古代以来,在婆罗门的经典《优婆泥塞图》(《Upanisad》)与吠檀陀派(Vedanta)的哲学中流贯着的全部。梵天(Brahma)是万汇的一元,宇宙是梵天的实现,因之乎生出一种对于故乡的爱心,而成梵我一如的究竟。⑧

这些似乎对泰戈尔诗歌的理解已经很全面了,但事实不是这样。郭沫若从泰戈尔那儿吸收的只是清新和平易的诗风;至于泰戈尔的思想,他虽谈到,但并不深入,那只是些朦胧的感受,不能有穿透性的自觉。尤其是,他有意识地模仿泰戈尔的诗作里,只能见"清新和平易"的诗风,没有泰戈尔思想的

---

①　郭沫若:《郭沫若全集》文学编 15,人民文学出版社 1989 年版,第 125 页。
②　郭沫若:《郭沫若全集》文学编 16,人民文学出版社 1989 年版,第 212 页。
③　郭沫若:《郭沫若全集》文学编 15,第 269 页。
④　郭沫若:《郭沫若全集》文学编 16,第 212 页。
⑤　同上书,第 213 页。
⑥　同上书,第 212 页。
⑦　郭沫若:《郭沫若全集》文学编 15,第 270 页。
⑧　同上书,第 271 页。

影子。他曾明确讲《女神》中的《新月与白云》《死的诱惑》《别离》《维奴司》是"表示着的太戈尔的影响是怎样地深刻"①，我们在此特列举这几首诗：

> 月儿呀！你好像把镀金的镰刀。
> 你把这海上的松树砍到了！
> 哦，我也被你砍到了！
> 白云呀！你是不是解渴的凌水？
> 我怎的把你吞下喉去，
> 解解我火一样的焦心？
>
> 　　　　　　　　　　　　——《新月与白云》

> 一
> 我有一把小刀
> 倚在窗边对我笑
> 她向我笑道：
> 沫若，你别用心焦！
> 你快来亲我的嘴儿，
> 我好替你解除许多烦恼。
>
> 二
> 窗外的青青海水
> 不住声的也向我叫号。
> 她向我叫道：
> 沫若，你别用心焦！
> 你快来入我的杯儿，
> 我好替你解除许多烦恼。
>
> 　　　　　　　　　　　　——《死的诱惑》

---

① 《郭沫若全集》文学编 16，人民文学出版社 1989 年版，第 213 页。

Venus

我把你这张爱嘴，

比成一个酒杯。

喝不尽的葡萄美酒，

会使我时常沈醉！

我把你这对乳头，

比成着两座坟墓。

我们俩睡在墓中，

血液儿化成甘露！

————《维奴司》

残月黄金梳，

我欲掇之赠彼姝。

彼姝不可见，

桥下流水声如泫。

晓日月桂冠，

掇之欲上青天难。

晴天欲可上，

生离令我请惆怅。

————《别离》

可以看出，这些诗歌体现的只是"清新和平易的特点"，几乎丝毫没有泰戈尔式的神秘思想的影子，没有"超人间性"和"诗美以上的愉悦"，它们与泰戈尔诗歌的距离之远是不言而喻的。倒是他诗集里下面这些诗歌：

月光淡淡

笼罩着村外的松林

白云团团

漏出了几点疏星

天河何处？

远远的海雾模糊。
怕会有鲛人在岸，
对月流珠？

———《静夜》

月在我头上舒波，
海在我脚下喧豗，
我站在海上的危崖，
儿在我怀中睡着了。

———《偶成》

南风自海上吹来，
松林中斜标出几株烟霭。
三五白帕蒙头的青衣女人，
殷勤勤地在焚扫针骸。
好幅典雅的图画，
引诱着我的步儿延伫，
令我回想到人类的幼年，
那恬淡无为的太古。

———《南风》

鱼鳞斑斑的白云
波荡在海青色的天里；
是首韵和音雅的，
灿烂的新诗。
听哟，风在低吟，
海在扬声唱和；
这么冰感般的，
幽缭的音波。

———《白云》

笑笑的婴儿，坐在檐前欢喜，
拍拍着两两的手儿，
又伸伸着向天空指指。
夕阳的返照，
还淡淡地晕着微红，
原来是黄金的月镰，
业已现在西空。

　　　　　　　　　　　　　　　——《新月》

雨后的宇宙
好象泪洗过的良心，
寂然幽静。
海上泛着微波，
天空还晕着烟云，
松原的青森！
平平的岸上，
渔舟一列地骈陈，
无人踪印。
有两三灯火，
在远远的岛上闪明——
初出的明星？

　　　　　　　　　　　　　　　——《雨后》

……
婴儿的眼睛闭了，
青天上现出两个大星。
婴儿的眼睛闭了，
海边上站着个年少的父亲。
"爱呀，你莫用唤醒他吧，

婴儿开了眼睛时,

星星会要消去。"

——《新芽》

这些诗歌体现了深静喜悦的特点并深远的意境,特别其中印现有淡淡的宇宙意识,比较接近泰戈尔的诗风,然而也不见神秘思想,基本上还是自然主义的描写;它们不见得只是受惠于泰戈尔,还有古诗和其他诗人的影响。这不奇怪,郭沫若对形而上既不能觉悟,当然说不上有兴趣,正如认为海涅的诗"表示着丰富的人间性,比起泰戈尔的超人间性来,我觉得更要近乎自然。"①可见郭沫若的旨趣。

依靠一种神秘觉悟和高度的修养来获得深刻的精神境界是泰戈尔和惠特曼的共同特点,它们以此获得对世界观照的"神"的视角,以"神"之眼而非"人"之眼来看待这个世界。他们像一个真正的神一样,躲在这个世界的背后来观看这个世界,这就是万物在他们诗歌中具有无穷意义的源泉;而以人之眼来观看万物,万物的意义都是有限相对的,这样的意义与人在特定境遇中的感触准确对应。

郭沫若显然没有获得这样一种"神性"视角。郭沫若的诗歌只是一种现实性的观点,泰戈尔、惠特曼则是启示,是站在一个神秘的角度来肯定现世,有一个很远的视角,而郭沫若的视角就在当下。

(三)泛神论只是诸种哲学特征的归纳

泛神论虽来自西方哲学,流行于 16 到 18 世纪,其代表人物为斯宾诺莎、布鲁诺诸人,但后来经过理论家的归纳,古今中外许多哲学家都被划入这一派别或被认为具有这一派别的特征。因而深入考察我们发现,泛神论不是某一种特殊的哲学派别,它只是从各种不同的哲学派别中归纳出的一种思想,是这些哲学思想的共同特征。这些特征可归纳为:

其一,平等看待万物,万物都是神,都是神的体现,万物都有莫大的价值;拒绝高高在上的一神论。

---

① 郭沫若:《郭沫若全集》文学编 16,人民文学出版社 1989 年版,第 213 页。

其二,万物都有生命,世界呈有机性。万物相互亲近。我即万物。拒绝客观冷漠的物质论。

其三,存在具有系统性,万物相互联系,每一事物对另一事物都有至关重要的意义。拒绝孤立的观点。

其四,宇宙和生命是永恒、无限的。

其五,宇宙是有智慧的存在,有崇高的理性。

这是一种"泛"观念。泛神论没有如"理念""意志""梵""道""上帝"等哲学思想一样的核心观念,相反,"理念""意志""梵""道""上帝"等观念里都有泛神论的主要思想成分。因为泛神论思想"泛"的性质,因而古今中外的许多哲学思想中都有这种思想的因子,仅仅郭沫若本人认可的就有泰戈尔、伽比尔、惠特曼、歌德、华格纳、庄子、孔子、斯宾诺莎、柏格森、我国宋时的一部分学者、欧西的古代和中世的一部分思想家等等。托兰德在《泛神论要义》中提到的更多,如所罗门、泰勒斯、阿那克西曼德、克塞诺芬尼、麦里梭、奥西露斯、德谟克里特、巴门尼德、第凯阿尔库斯、孔子、克莱奥杜利耶、安泰诺、潘斐拉、切雷利亚、希巴梯亚、毕达哥拉斯、西塞罗等等哲学家及哥白尼等众多的科学家,几乎到了无所不包的地步。这样,从逻辑上讲,泛神论与某种具体的哲学思想在含义上的不等同就是明显的了,介于此,某些被公认为是泛神论的思想家并不认可戴在他头上的这顶帽子,甚至不以为然地拒绝之,比如泰戈尔:"神学家可以追随学者,认为我写的一切都是泛神论。但是我不会崇拜这个术语,不会为保护它而抛弃活生生的真理。"①

介于泛神论的"泛"思想特征,在借鉴这种哲学时有着潜在的危险:我们可以学习到这种思想的许多特征,但我们永远也不可能进入一种实质性的、有自己特定内核的思想。郭沫若借鉴泛神论时恰好陷入这个误区。他广泛学习了泰戈尔、惠特曼、歌德、庄子等人的哲学思想,然而他只是学习了这些思想家的共同特征,无论对泰戈尔的"梵"、惠特曼的先验哲学、歌德的形上观念还是庄子的道,他都没有深入体悟以至于达到与他的研究对象合一的

---

① 　泰戈尔:《泰戈尔散文诗全集序》,浙江文艺出版社 1990 年版,第 7 页。

精神境界。特征只是本质的特征,而不能代替本质——这是我们在引进泛神论时尤其要警惕的,郭沫若恰恰是以特征代替本质。

正因为如此,郭沫若的诗歌没有实质性的泛神论思想,他的诗歌只有惠特曼的雄浑阔大、泰戈尔的清新平易等外在特征,但没有神,没有真正的形而上学。根本说来,郭沫若只是利用泛神论来养育性情,扩展人格,丰富想象,鼓舞精神。泛神论只是激发了郭沫若的诗人想象,却没有激发他的哲学潜能。郭沫若在运用泛神论思想创作时有很强的表面化、概念化的特征,他最有代表性的作品《凤凰涅槃》中的泛神论思想是喊出来的:"一切的一,一的一切",概念化的,毫无触及世界的神秘本质。有坚强的内部生活,这才是真正的大诗人的标志。一个人可能非常爱好哲学,可能认真研究了哲学,对很多具体的哲学观念可能有比较好地领会,但对哲学的核心问题——形而上学,则可能完全没有感应。这是不奇怪的。形而上学是命运的产物,不是努力的结果。

第二节 《野草》：悖论和虚无

从上一章对鲁迅早期诗学思想的解读，我们可以肯定，鲁迅在其从事诗学活动之初就不完全是一个现实主义者，他的精神没有完全为现实所拘，而向最高的存在敞开。固然，鲁迅在张扬他的形而上学思想时怀着青年人的浪漫主义热情，是对无名世界的一种热情向往，其形而上理想是一种浪漫主义的形式，尚没有进入对西方哲学某种具体的精神形态的体验和深思，尽管权力意志被用来作为他的摩罗诗人的哲学基础，但这一形态仍是青年浪漫主义的形式，没有进入对生命复杂深刻的体验。他仅仅用个人主义、神思等几个概念就将斯蒂纳、叔本华、克尔凯郭尔、尼采一网打尽显然是笼统的，甚至是肤浅的。随着鲁迅进入中年和阅历的增长、社会活动的增加和进入实际的文学创作及其导致的体验的深入，前期的浪漫主义热情渐渐沉淀为几种存在主义意义上的精神形式：荒谬和虚无，以及荒谬中的选择、虚无中的抗争。这些形式不再有早期的那种昂扬的精神，而且呈现为一种"负"精神的形式：它们不是像早期那样以丰富生命而存在，而是可疑的、甚至是伤害生命的。正因为这样，才成就了鲁迅的深刻。这就是《野草》。

一、存在的形态：悖论和虚无

在《野草》里，存在表现为两种状态：悖论和虚无。悖论是背自然常理，虚无是丧失一切价值。这两个概念就其原教旨主义而言,都是纯粹哲学意义上的,均会导致人类精神的无所依归,前者产生于克尔凯郭尔,后者产生于尼采。而鲁迅对西方哲学家的喜爱中,没有超过这两位的;在《野草》中,打上最深刻西方思想家烙印的,也是这两位哲学家。

在克尔凯郭尔的哲学中,存在着某种否定生命本能的力量,这种力量把人打出生存的常规。被打出生存常规的人不但普通的社会伦理对于他没有什么意义,他甚至怀疑存在的那些最基本的规律——普通人在生存背后无可置疑的、潜在起作用的规律对这些人都是一种问题。那种异己的力量无止境地把他一直打出生活的常规,使得他一直活在尖锐的矛盾中。这就是克尔凯郭尔的精神之刺。简言之,人的自然存在在这样的人身上不是不言自明,而是成为最大的疑问。而正是这样的问题把他带出生存的常规,使得他看清存在的面貌。因为对于一个无论什么东西,如果我们与它浑然同一时我们是看不清它的;只有我们离开它、与它保持了一定的距离时才看清它。存在主义者通过那种异己的力量离开的不是一般的东西,而是整个存在;他看清的也不是一般的东西,而是整个存在。小孩子只有离开母亲时才看清母亲,在娘胎里是不可能看清母亲的。一个真正的存在主义者是一个离开了存在母胎的人。他被置于绝对的荒凉中,绝望而无语,陷入生存悖论。他从根本上失去了存在的安定感,仿佛地球被人从他脚底下抽出一般,悬在绝对的虚空中。他从生活的一切方面看到的都是不可能,因为那太不可思议了!而作为这种不可能的反动,作为存在最大的辩证法,上帝带着"没有什么不可能"出场了。荒诞靠上帝得到拯救。

在《野草》最好的几篇散文诗中,几乎布满了那种荒诞的悖论式的存在状况,死火、无地、不知道时候的时候等悖论式的词语和"黑暗会吞没我,光明会使我消失","待我成尘时你将见我的微笑","于一切眼中看见无所有,于无所希望中得救"悖论式的句子触目可见。

死火、无地、不知道时候的时候等悖论式的词语均是"有意味的形式",他们在存在上是难以想象其状的,因而也绝非自然的存在可比。死火即被冰冻住的火,按照自然规律,结冰需在零度以下,火自然也已熄灭;熄灭的火绝无火焰,而死火却有炎炎的形,这是不可能的。但就是这种不可能构成了审美奇观！这种审美奇观与鲁迅主体精神构成同构的关系："死火"事实上就是鲁迅悖论精神状态的象征，死火绝非肉眼的发现，而是精神之眼的发现，简言之，死火的悖论就是精神的悖论。①

这种悖论在《影的告别》中再一次得到表现。影子，如果它一定存在，按照自然规律，则必定有存在的空间和时间；然而，这里的影子却彷徨于"无地"，"在不知道时候的时候"独自远行。这种表达对主体精神在某种精神困境中企图突围又由于某种宿命的原因绝无可能的悖论作出了绝妙的暗示。

存在的悖论在《墓碣文》中得到集中的表现。墓碣的正文展示了存在悖论。"……有一游魂，化为长蛇，口有毒牙。不以啮人，自啮其身，终以殒颠。……"蛇是诗人主体精神的象征——象征了精神的悖论：智慧之蛇咬住自己的尾巴，精神如此，只能在自己的矛盾内无休止地打圈。这条精神之蛇让人想起里尔克的笼中虎（里尔克《在巴黎植物园》）——笼中虎同样是精神矛盾的隐喻，隐喻了精神的困境。② 存在主义者有别于古典哲学，他们把哲学的核心问题带到人的精神内，不考虑宇宙和理念问题，世界观上的外部矛盾转化为内部矛盾。蛇正是存在主义内部矛盾的隐喻。"……于浩歌狂热之际中寒；于天上看见深渊。于一切眼中看见无所有；于无所希望中得救。……"这种矛盾的表达正昭示了生存的悖论。在存在主义那里，天堂和地狱不再是存在的两个明显对立的处境，而在实际上就是同一个情景。克尔凯郭尔的上帝即是在人的精神最绝望时出场。现代哲学不再有古典哲学的自明性，表现了前所未有的复杂和荒诞。

碣后的话是对人的本质的追寻。"……抉心自食，欲知本味。创痛酷烈，本味何能知？……"是讲生命的本来已被痛苦所改变，已不可寻。"……痛定之后，徐徐食之。然其心已陈旧，本味又何由知？……"是讲本来的生命已在时间之流中陈旧逝去，仍不可寻。综合两句，是讲生命处于时间之流的变幻中，所能感知的只是被现实条件造成的"自我"，本源的自我已无可追

---

①　有人讲，"'死火'的主题，即被关在冰的外框中的激情。"（见李欧梵：《铁屋中的呐喊》，尹慧珉译，河北教育出版社 2002 年版，第 98 页。）这是不对的：它没能道破死火这一意象所包孕的精神悖论。

②　参见笔者：《精神矛盾的隐喻——里尔克〈豹〉的哲学解读》，《世界文学评论》2010 年第 2 期。

寻。这正是丧失形而上支撑的现代人面临的存在困境:无本质的人,生命惶惶无所依,正如《过客》中的那个中年过客,没有名字,不知道从哪儿来,要到哪儿去,明知前面是坟却还要走。

虚无与悖论一样,是笼罩《野草》的主要精神氛围。虚无主义,简言之,就是丧失价值观,生命处于无所皈依的状态。《野草》出现于"上帝已死"后的后形而上学状态。尼采以极端的权力意志学说,看破人类精神史上种种价值形态只是人类意志软弱的结果,上帝、理念等等只是人类寻求安慰和精神支撑的结果,最高价值是不存在的,是人类的虚妄,是意志疲惫的结果,真理是不存在的。尼采是残酷的,他把人类处于潜意识当中最深刻的精神支撑统统拿掉,让人类身处价值荒原,看清自身存在的虚无。"为什么现在就必然出现虚无主义呢? 因为迄今为止我们文化中的一切价值都可以从虚无主义中得出最终结论;如果我们对伟大的价值与理想进行最彻底的逻辑思维,那么这种思维的结果就是虚无主义;只有经历过虚无主义这个阶段之后我们才会明白一切旧的'价值'究竟有何价值。"[1] 在尼采之前,人类无论多么痛苦,但总有终极依靠,即上帝、神、理念等,这些人类精神史上最高的价值形态给人类提供了最深刻的心理平衡,此为古典哲学状态。然而,尼采深刻的怀疑精神带着他越过了这些概念,看清了这些概念的虚无本质,指明并无真理。

虚无主义对于尼采而言,还不仅仅是人类价值勘破后的状态,它甚至对尼采具有本体论意义。"虚无主义就是,一切价值终无价值",尼采用虚无主义瓦解了一切价值形态,而将自己的权力意志看做世界的终极形态;但是,尼采又承认,他的权力意志"被'虚无'所缠绕"[2],他在晚年承认,权力意志也不是世界的终极形态,"意志自身也还是一个囚徒。"直至彻底否定自己所有的思想:"我所有的思想都是宇宙命运之风中的谷壳。"[3] 导致不可知论,陷入彻底的虚无。这正是尼采思想的艰难之处,迄今为止,这一浓重的阴影仍笼罩着哲学史和人类。

鲁迅的思想就处于这种上帝已死的后形而上学状态中,其虚无主义具

① 尼采:《权力意志》,漓江出版社 2000 年版,第 212 页。
② 尼采:《尼采遗稿选》,上海译文出版社 2005 年版,第 117 页。
③ 尼采:《我妹妹和我》,文化艺术出版社 2003 年版,第 54 页。

有广阔的世界文化背景和历史的必然性。鲁迅有很强的虚无感,在带有总结意义的《野草·题辞》中,他对生命的总结就是虚无:"过去的生命已经死亡。我对于这死亡有大欢喜,因为我借此知道它曾经存活。死亡的生命已经朽腐。我对于这朽腐有大欢喜,因为我借此知道它还非空虚。"对死亡和朽腐感到欢喜,是因为借朽腐和死亡证明生命已经存在过——这却从侧面证明了当下的生命的虚无。这种虚无感在《希望》中又得到强有力的表现:"我的心也曾充满过血腥的歌声:血和铁,火焰和毒,恢复和复仇。而忽而这些都空虚了……"这是空虚于历史价值;而当作者接着说:"但有时故意地填以没奈何的自欺的希望。希望,希望,用这希望的盾,抗拒那空虚中的暗夜的袭来,虽然盾后面也依然是空虚中的暗夜。"用希望填充内心,希望并不能充当生命全体的意义,这反证了内心的虚无;而希望背后层层的虚空的暗夜才是生命的本来。

虚无主义就是价值的根本性缺失。《影的告别》中以影子为喻是有意味的:影子的存在本身具有浓重的虚无性。它不愿意去天堂、地狱和黄金世界,不但是对天堂、地狱和黄金世界的否定,而且这种隐喻几乎是对一切价值观的否定,因为根本就没有一个去处可以安顿一个存在主义者,影子的话只是一个存在主义者象征的表达。影子的无地彷徨和西西弗的无尽地推动巨石隐喻的是一个共同的哲理;"过客"隐喻的也是同样的哲理,过客与影子、西西弗一样面临价值的根本性缺失,他不知道自己的来由和本性,自己的去向只是坟——价值虚无的隐喻。

二、如何面对存在：在荒谬中选择，在虚无中抗争

如何面对存在就是如何面对存在的荒诞和虚无。鲁迅的态度是:在荒谬中选择,在虚无中抗争。

经典存在主义作家面对荒诞的态度是穷尽荒诞以接近上帝。克尔凯郭尔在《致死的疾病》中讨论了"绝望"的价值,以为绝望就是不可能,个体处于绝对的困境中,现存的文化对于他的困境毫无用处,他孤零零地悬在宇宙中。但是,如果他敞开自我,就会意识到上帝,上帝就是那拯救的力量,因

为上帝意味着没有什么不可能。在极端的绝望处觉悟到无所不能的上帝,这是一种伟大的灵感;克尔凯郭尔又定义了"自我":自我是自身与自身发生关联的关系:人是一个有限与无限、暂时与永恒、自由与必然的综合,在这二者的关系中,这关系是一个第三者,此即自我。自我,或曰此关系,由上帝建立。① 他把自我看作一种有限与无限之间的关联,现实中的有限的必然的自我向无限神性的自我敞开,人要在绝境中才能觉悟这种关联,即觉悟到上帝。加缪也通过对荒谬的自觉而觉悟到这个世界之外一定还有一种理性来肯定荒谬,简言之,荒谬暗示了某种还未出场的价值观,那就是上帝。

选择是困难的,原因在于荒谬中的人无论选择什么都会落入悖论和虚无的命运,但荒谬中的人又尖锐地面临选择,其选择的迫切性和难度超越一切选择,原因在于它涉及根本价值。鲁迅的做法是,他选择比较接近生命意志的方案。死火处于刚被冰冻而又没有完全熄灭的状态中,这是尖锐的生存状态:假如不给以温热,即马上被冻灭;如果给以温热,则又马上烧完。选择对于死火似乎是没有意义的。然而,两相比较之下,死火选择了烧完,就因为烧完在生命即将结束时又肯定了自己一次,这样的选择就具有了意义。影子不愿意去天堂、地狱和未来的黄金世界,不是不愿意,而是被迫。天堂和黄金世界代表光明,地狱代表黑暗,影子意识到,"然而黑暗又会吞并我,然而光明又会使我消失。"这种意识其实暗含了对自我的肯定:影子不愿意成为无论光明或黑暗从而失去自我,这实际上是要确保自己的存在。

否定了光明和黑暗,影子接下来面临最艰巨的选择。因为可供他选择的似乎只有光明和黑暗,除开光明和黑暗还有什么留给影子呢? 可是他又决绝地否定这两种途径,因此他反复地说"我不如彷徨于无地","我不如在黑暗里沉没","我将在不知道时候的时候独自远行","我将向黑暗里彷徨于无地",影子反复纠缠在自己的精神悖论里,就因为潜意识深处有对自我意志的坚守,在寻找到新的价值形态之前绝不放弃自我。在这里,我们可以看见尼采的影子:权力意志将越过虚无向着未知之境进发,权力意志无论在什么情境下都不会丧失对自我的肯定。

---

① 克尔凯郭尔:《致死的疾病》,张祥龙、王建军译,中国工人出版社 1997 年版,第 10—13 页。

影子隐喻了中国人在放弃传统之后向西方学习又没有找到终极价值观的价值缺席状况。

《过客》的主题,学术界定义为"绝望地走",并被认为是鲁迅的哲学。但这种哲学的本体论依据是什么?学界并没有深入的探究。"绝望地走"如果被认为是鲁迅的哲学,这种判断更多也只是诗意的成分,尚缺乏知识论基础。但这种哲学是有本体论依据的,那就是权力意志哲学。在《野草》中,权力意志突出表现为针对虚无、虚妄和荒诞发言,意志力图冲破存在的虚无和荒诞、虚妄,决绝地走向未明,为自己辩护。虚无和权力形成最紧张的辩证关系。

尼采的权力意志与虚无主义是纠缠不清的,二者可同谓尼采哲学之根,均具有本体论意义;而更要命的是,权力意志与虚无主义相互否定,谁也不能说服谁。这种矛盾是惊心动魄的。好几年前,笔者正是醉心尼采哲学的时候,有一天晚上我做了一个梦:梦中发了大洪水,这洪水类似于《圣经》中上帝降大水 49 天,普天之下均被洪水淹没。我和我的哥哥泅游在大洪水中,我看到我的哥哥因为惊惧和绝望而面如炭黑,我大约也面如炭黑。可我不停地对哥哥说:"坚持啊! 坚持啊!"绝望造成了内心的紧张,我于是醒来,毫不困难地意识到这个梦的主题就是权力意志:梦中我和哥哥的处境是毫无任何希望的,我们不可能泅渡到一个可以赖以生存的一小块陆地——彼岸的象征,我确认这种恐惧和虚无;但我仍对哥哥喊叫坚持,我们没有放弃,因为意志的本性是不放弃。阅读《过客》我想起了这个梦,因为它们是一个共同的主题。过客的前途是坟,没有任何希望;而他又处于人生的中年,困顿,疲惫,举步维艰。但他没有休息,因为前面有声音叫他走,这声音就是权力意志——那种让生命无论在什么情况下都要持续向前的根本力量。①

权力意志针对虚无发言,它在看破一切价值毫无价值后又继续寻找新的价值。然而在寻找到新的价值以前,意志宁愿走向痛苦的未明,在虚无和绝望中泅渡也不愿屈就于任何一种旧价值。《希望》是同样的主题。在空虚于历史价值后,"我"只能以虚妄的希望为盾抗击空虚中的暗夜;而自我也

---

①　有人认为,"'过客'还听见另外一种'常在前面催促我,叫唤我,使我息不下'的声音。虽然不免想到基督教的'狂野的呼唤',但从人文主义的前后文看,却只能解释为某种责任感的内心呼唤。"(见李欧梵:《铁屋中的呐喊》,河北教育出版社 2002 年版,第 97 页。)这种伦理的解读显然削弱了鲁迅哲学本体论的意义。

同时清楚地意识到盾后面还是空虚中的暗夜。当这种虚空耗尽"我"的青春时,"我"又将希望寄托在身外的青春,然而可悲的是,身外的青春也不存在。当这种里里外外的价值感都陷入虚空时,"我"的选择是"肉搏这空虚中的暗夜",意志不停留。《影的告别》也是同样的主题。影子否定了天堂、地狱和黄金世界,不愿意依附于任何价值观,宁愿无地彷徨;而又不满足于无地彷徨,终于决定"在不知道时候的时候独自远行"。

权力意志的重要特征是求真。它能拨开历史价值的虚妄走向真实。尼采就是凭借求真的精神看清柏拉图主义、基督教传统、科学理性主义等形形色色价值观的虚妄,而凭意志继续走向对最高价值的寻求。《秋夜》中的天空"奇怪而高",它没有明确的精神特征和精神价值,却仿佛崇高,给人以压制:"仿佛要离开人间而去","闪闪地眹着几十个星星的眼,冷眼","自以为大有深意","降繁霜洒在我的园中的野花草上",这是某种诡诈的形而上学的象征。而枣树面对这样的天空,不像野花一样,"瑟缩地做梦,梦见春的到来",只是"默默地铁似的直刺着奇怪而高的天空,一意要制他的死命","使月亮窘得发白"。意志的不妥协逼着这种虚妄的形而上价值退场。"这样的战士"识辨各种旗帜、各样好名称、各种外套、各种花样,识别敌人点头式的武器,察觉敌人的护心镜,宛如走入无物之阵,知道敌人狡猾的伎俩,也知道自己最终失败,而无物之物最终获胜,但他不停地举起投枪,正见出权力意志在虚无的、虚妄的价值面前的不妥协。

三、对存在的超越: 呼唤新的价值形态

克尔凯郭尔和加缪在应对存在的荒诞时都觉悟到上帝的存在,它们都以上帝的"没有什么不可能"解救了"没有任何可能"的绝望和荒诞,换言之,终极价值在它们是存在的。尼采的权力意志也向未来敞开,它虽还没有发现或曰根本否定终极价值,但并不否认追问的权力;他虽否定终极价值,但仍在呼唤最高价值。《野草》是没有终极价值形态的,作者面对荒诞和虚无虽然在进行紧张地选择和强力地抗争,但笼罩着他的顽强的求乞者的只是"灰土、灰土、灰土……"跟在过客身后的是夜色,影子最终将沉没在黑暗里。

"你还想我的赠品。我能献给你甚么呢？无已，则仍是黑暗和虚空而已。"这是他对自己精神所有的终极表达。

但是，《野草》是否仅仅停留在"无地彷徨"的"黑暗和虚空"状态中，而无超越的努力？表面上看，《野草》确实没有奉献一种积极的精神形态，但是，《野草》深刻地展现了虚空和绝望，并将这种虚空和绝望展现到了极致。当一种黑暗到达最深刻的时候，紧接着出场的可能就是新价值的黎明。鲁迅没有把这种新价值的黎明描画在他的哲学的天际，但这种黎明已经胎动在他的最深刻的黑暗和虚无里。尽管出现在这种黎明天空里的色彩是什么样的尚属完全未知。

这种胎动是可以感受的。《影的告别》和《墓碣文》是整本《野草》虚无和怀疑色彩最浓的两篇，影子在结尾说："只有我被黑暗吞没，那世界全属于我自己。"死尸在结尾说："待我成尘时，你将见我的微笑！"这两句话是整本《野草》少见的有信心地从正面表述自己精神状况的话，影子和死尸生前都处于生存悖论中，它们的抗争都不可能超越自己矛盾的怪圈。面对这种困境，影子选择了与黑暗一起沉没；但这种沉没不仅仅是同归于尽，沉没的结果是影子获得了全世界。这是一种觉悟，而不仅仅是一种态度。同样，死尸觉悟到等到自己与自己的存在悖论一起彻底消失成尘时，它将可能在某种新的存在形态里微笑。从这个意义上讲，《影的告别》和《墓碣文》这样的文本就是一种"召唤结构"：虽然展现的是作者存在的悖论之境，但展现就意味着呼唤。

这种召唤结构在《颓败线的颤动》得到典型地表现。《颓败线的颤动》讲述了"我"的一个梦：一个老妇人年青时为了饥肠辘辘的女儿，不得已出卖自己的肉体以换取烧饼。但多年后，老妇人的女儿也有了自己的孩子，生活幸福，他们一家却为老妇人当年的行为感到深深耻辱，因为老妇人的这一行为也使得他们蒙受耻辱，因而他们一家对老妇人极为怨恨鄙夷。一天晚上，当他们一家甚至包括他们最小的孩子依次向老妇人发表怨恨的意见时，老妇人痉挛了，她在深夜中出走，来到无边的荒野，赤身露体地向天无言地呼告。当她呼告时，她那已经荒废的、颓败的身躯全面颤动了，空中也同一震颤，仿佛暴风雨中荒海的波涛。

这个故事中老妇人的行为具有本能上的合理性，因为她的行为出于一个母亲的至深的本能;但在伦理中她却不合法。作者写作这样一个故事不是单纯为了谴责老妇人的女儿忘恩负义,因为她的女儿也是伦理的受害者,他们一家对老妇人的怨恨是有伦理的依据的。老妇人无言地呼告实出于这种深刻的矛盾。作者的意图也不在于呼唤伦理还老妇人以公道,这在现存的伦理是不可能的。那么作者的寓意究竟何在?

我们可以把克尔凯郭尔在《恐惧与颤栗》中讲的两个故事来进行类比。亚伯拉罕受到神示,上帝要亚伯拉罕把他的儿子献祭给上帝。亚伯拉罕在70岁时才得到他的儿子,后者被视为他的生命;但亚伯拉罕又信奉上帝,他绝不会违背上帝的旨意。因而他忍住内心巨大的哀痛,将儿子带到摩利亚山上,准备柴菜,绑缚起儿子,准备杀死他献祭给上帝。当亚伯拉罕向儿子举起尖刀时,神送来了作为祭品的羔羊,代替了以撒。这里关键的,不是故事的结局,而是亚伯拉罕执行神的旨意的过程——这个过程充满爱子与献祭,上帝与牺牲的紧张而荒诞的悖论。另一个故事是,小亚细亚战争中,希腊联军统帅阿伽门侬在将要渡海向小亚细亚进发时得到神谕:海神要阿伽门侬将自己的女儿献祭给海神,不然大军将在大海上面临灭顶之灾。在联军的整体利益和对女儿的挚爱之间,统帅同样承受着惊人的痛苦,选择了将女儿献祭给了海神。

克尔凯郭尔比较了这两件事的意义:阿伽门侬因为考虑的是联军的整体的利益,因而他杀死女儿的行为获得联军的理解。故阿伽门侬虽然失去了女儿,却获得伦理的同情。而亚伯拉罕因为接受的是神的私密的启示(这一启示其他人不可能知晓,也不可能理解),伦理无法理解他,他的行为因而是荒诞的(亚伯拉罕执行神示的整个过程都受到荒诞的痛击:他引着儿子向摩利亚山走了三天,他要准备柴草,绑缚儿子,回答儿子难堪的提问,要亲手举刀刺死儿子等)。但是,亚伯拉罕的行为与上帝相连,与最高价值相连,具有超伦理的宗教哲学意义,可谓"信仰骑士";而阿伽门侬则只能称之为"伦理英雄",他的行为只有伦理的意义。阿伽门侬与亚伯拉罕的精神境界是不可同日而语的。

亚伯拉罕的故事是一个隐喻,它隐喻了荒诞以及荒诞中包孕的最高价值。

老妇人的呼告也与亚伯拉罕类似,作者虽没有明确昭示老妇人行为的宗教意义,但作者深刻展示了老妇人荒诞的处境——这种矛盾是现存文化不可能解决的,这种意义的空白其实是在呼唤一种新的精神形态来给予这种"荒谬"以价值。

　　这种精神形态不是社会伦理层面的,而是形而上的。《颓败线的颤动》具有浓厚的宗教哲学气息。文本采用了"旷野呼告"的形式,老妇人在深夜一直走到无边的荒野,四面什么也没有,头上只有高天,连一只飞鸟也没有。此处的旷野就是老妇人的摩利亚山。这是精神旷野的隐喻,暗示老妇人面对的是欲言未能言的深刻精神悖论。老妇人的遭遇也超出了传统的伦理控诉性质,中国人如果遇到人间伦理不能解决的问题时,也常常向天呼告,比如《窦娥冤》中窦娥面对无可控诉的血海深仇只有向天地控诉:"天啊! 你错堪贤愚枉做天;地啊! 你不分好歹何为地? "最后感动天地六月飞雪。这种控诉,虽带有超人世的性质,但这种超现实的手法表达的还是人间伦理批判,控诉人间的不公到了令人发指的程度,希望老天爷为人间主持公道。这样的意图在面对旷野无言呼告的老妇人那儿是没有的。作者暗示的是老妇人呼告的宇宙意义。"颓败线的颤动"引起"空中也即刻同一颤动,仿佛暴风雨中的荒海的波涛""惟有颤动,辐射若太阳光,使空中的波涛立刻回旋如遭飓风,汹涌奔腾于无边的荒野。""空中震颤""荒海的波涛""空中的波涛""无边的荒野"暗示了"颓败线的颤动"所引起的宇宙效果,也即暗示了老妇人的绝望的宇宙意义。这里空中颤动回旋的波涛、汹涌于无边的荒野中的波涛则没有拯救的意味,它只是无限扩展了老妇人的痛苦,把老妇人来自人间的痛苦升华为一种宇宙意识,强调了老妇人痛苦和荒诞的超越性意义。

第三章
中国新诗哲学精神的
成形

新诗哲学精神的建设自诞生后并不是进展得很顺利，20世纪30年代就没有产生过像样的哲学诗人，尽管诗人们在理论上呼唤"诗要暗示内生命的深秘"，"启示出无限的世界是诗的本能"[1]，但却缺少相应的诗歌文本和诗人。但是这一状况到40年代有了重大的突破：哲学诗的创作在大后方的昆明开出了奇葩！新诗的哲学精神不但打破了30年代沉寂的局面，而且在整体上超越了五四新诗。此时新诗的哲学精神建设，出现了诸多新的特质，这些特质标示新诗的哲学精神在此时基本成形，这一论断基于下面两个理由：

第一，此时有一批诗人专注于形而上的思考，他们的杰出代表是冯至、穆旦和郑敏。由于他们的努力，一个形而上思考的时代氛围基本显形。这时候的诗人们，努力以形而上的眼光来看待现实，尽管这时尖锐复杂的社会矛盾使得诗人们还是以很大的精力去关注现实，但是他们的思想明显地为形而上的精神留下了空间。有人说，"为艺术而坚韧地工作与为人类社会中形而上的冲突而痛苦思考和煎熬的精神光辉，同时存在于冯至的灵魂之中"[2]，这表明冯至的精神中有了形而上的空间，冯至在他的《十四行集》结尾的带总结意义的一首诗中说，他希望他的诗像一面风旗，"把住一些把不住的事体"，宇宙的变幻更生的原理，死亡中有不死的泛神论式的生命信念都同时留存在冯至的大脑中。同样，穆旦有强大的追问世界本体的冲动和对神的本质的热烈探寻，在穆旦的精神世界中，尽管沉重的现实让他的良知不能不投入对现实的关心，但他的诗表明他时时想超越现实，飞升到形而上的天空，"常想飞出物外／却为地面拉紧"（穆旦《旗》），这就是他的精神的写照。在穆旦的诗歌中，不但有《诗八首》这样将现实恋爱和形而上的玄思结合在一起进行沉思的诗篇（它是现实的，也是形而上的），更有《隐现》这样完整而系统地沉思如何走向神的鸿篇巨制，纯粹形而上思考始终是穆旦的追求。郑敏有神圣的信念和圣母一样的情怀，宇宙万象在她圣母一样的情怀里都神圣化

---

① 杨匡汉、刘富春：《中国现代诗论》，花城出版社1985年版，第99页。

② 孙玉石：《中国现代诗国里的哲人》，《北京大学学报》1994年第4期。

了。在郑敏的眼里,生、死、变化是一体的,都是"整体生命"的一部分,这显示郑敏的精神里有一个泛神论的境界,相对于郭沫若的泛神论世界,郑敏的泛神论精神冷静下来了,她不是如郭沫若那样借泛神论来扩张自己的性情,而是要探求世界的一般原理。

简言之,对世界的一般原理的探求逐渐成为冯至、穆旦和郑敏的兴趣所在。诗人们的精神逐渐客观化,他们对哲学、宗教的吸收不是为了自我抒情(郭沫若是扩张人格,铺展性情;冰心是以哲学、宗教思想来救治她天赋的悲感。宇宙的本体是什么,他们并不深思),而是努力寻找宇宙的客观精神,这一点超越了"五四","五四"诗人只是借西方的哲学、宗教观念来表达自我的性情和生存状况,尚不能将现实进行形而上的转化,现实的世界仍是质实的,尚没有出现形而上的松动和飞升。在郭沫若、冰心和鲁迅的世界里,现实的世界和形而上的世界是分开的,他们处理现实的世界和形而上的世界所使用的工具是不同的,处理形而上的世界使用的是诗歌,处理现实的世界则是小说、杂文和戏剧,他们尚不能用统一的形而上的眼光来看待整个世界。20 世纪 40 年代的冯至尽管也保留有这样的特点,但他已经开始将现实和形而上的世界通约了,穆旦和郑敏更是这样,在他们的作品里,已经尝试在用统一的形而上的眼光来看待宇宙万物,尽管是不彻底的,但这种努力是一望而明的。

第二,此时的哲学诗写作更加专业与深入,往精深的方向发展。典型的是郑敏,她是学哲学出身,对中西方哲学有系统的学习,其哲学诗的创作有良好的哲学(主要是西方哲学)知识支撑。冯至也一向对哲学抱有爱好,留学德国的背景使得他对歌德、里尔克等西方哲学诗人十分熟悉,而对十四行诗这一西方诗体形式的娴熟的运用,使得他的诗集《十四行集》有一种优美的形式,这是他的《十四行集》取得成功的原因之一。穆旦也具有良好的西学修养,王佐良认为"穆旦的胜利却在于他对于古代经典的彻底的无知"[1]。此时的诗人基本是纯诗人身份,而且是哲学诗人的身份,不似五四时期的诗人既是诗人,又是小说家、散文家、戏剧家、学者等,只有冯至在诗歌之外还进

---

① 　王佐良:《一个中国诗人》,引自《"九叶诗人"评论资料选》,华东师范大学出版社 1996 年版,第 311 页。

行了散文、小品文的写作,但他的主要方向还是诗歌。穆旦也只有不多的散文。他们比较能全心进行诗歌创作和哲学沉思,专业的哲学诗人身份更加凸显。诗歌的哲理往深入的方向发展。同样是女诗人,郑敏的诗歌在哲理的表现和诗艺的表现上均超越了冰心。穆旦形而上之思强烈,精神体验尖锐,思想分子密度极大,相对于呐喊式的浮泛的郭沫若的哲学诗已是一大进步。冯至有巨大的形而上抱负,他希望自己的诗歌像一面风旗,把住一些把不住的事体,其精神的抽象性已达到一个很高的程度,并显示了高峰哲学所特有的精神辩证法;再者,冯至具有突出的神圣精神觉悟,对神圣人格的追求是他的诗歌的一个主要内容,这一点与郑敏是类似的,显示了他们的宗教情怀。在哲思的深度上,尽管“五四”时期的鲁迅高峰凸起,为20世纪40年代诗人所不及,但鲁迅是“五四”时期少有的个案,且其用散文诗这一形式进行创作也与分行的新诗也有了很大程度的区别。

　　第三,尽管20世纪40年代的哲学诗写作取得不俗的成就,但由于历史原因,这些哲学诗人的写作普遍时间较短。冯至是由于偶然的机会在昆明的郊外得到一所房子,这使他获得了沉思哲学诗难得的宁静的空间,但《十四行集》写完后,冯至即搬到昆明城中居住,终止了哲学诗的写作。同样,郑敏创作完《诗集:一九四二——一九四七》后即去美国留学,自然中断了哲学诗的写作。穆旦的写作也出现在40年代,但随着全国的解放也终止了哲学诗的写作。他们的写作虽然都有一个良好的基础,并且他们都处在人生岁月精力旺盛的时期(他们三人中,冯至年龄最大,也在四十岁左右,穆旦和郑敏则是二十多岁的年轻人),他们的写作应该还有更大的空间可供拓展,哲思的境界也有很大提升的空间,但由于他们过早地结束了哲学的写作,这使得他们的潜能还远远不能发挥出来,更为宏大的诗学抱负还来不及实现,他们还处于“才子(才女)”① 阶段,从广泛的世界诗歌范围看,离大诗哲尚有不小的距离。他们留下的遗憾只能在另外的时代来弥补。

---

　　① 　此处的“才子”概念与本文在导论中提出的中国古代诗人为才子的概念不同,后者指的是以才华而不是以思想取胜的诗人,前者指的是以青春的才华、敏锐的思想进行创作,尚未能沉淀成为大诗哲。

第一节　冯至：形而上意义上的精神建设姿态

　　中国现代诗学是在西方的影响下发生，现代诗人、理论家以西方诗学来思考中国诗学问题时，他们给中国现代诗学带来了西方诗学所固有的、浓厚的哲学精神。以追求彼岸真理而不是建设现世人生为目的成为中国现代新诗越来越明显的精神趋向。只问真理是什么，而不是利用哲学的某些属性来为现世人生的物质利益、内心和谐服务，甚至为了真理而牺牲现世的物质利益、健康和生命，直到主动将生命献祭给最高精神，这些正是新诗典型的哲学精神，也是西方的哲学精神；而强烈的现世精神恰恰是民族诗学的典型特点，中国现代诗学因而走上一条与传统诗学不同的哲学道路。但是，中国现代诗学在接受西方哲学精神时也吸收了西方哲学所固有的虚无和悖论色彩。纵观中国现代诗歌，可以发现，在那些处于时代先锋位置、具有明显哲学倾向的诗人那里，虚无主义和绝望悖论也是他们明显的色彩。这些在各个历史时期走在时代精神最前沿的诗人在利用西方哲学极大地丰富自我精神的同时，也吸收了他们精神的负面质素，给自我精神打上鲜明的黑色印记，使得他们用"黑色的眼睛"来观察世界，用"黑色的翅膀"在世界上飞翔，甚至飞进黑暗的深渊。从哲学的意义上讲，这种精神色彩对于纯粹精神固然是必需的，因为"精神藉创伤生长"[1] 但是，人类精神的骄傲必定不会允许自己停留在这样一个状

---

　　① 尼采：《偶像的黄昏·前言》，周国平译，《尼采文集》，改革出版社 1995 年版，第 425 页。

况;人类在探索形而上精神的玄奥时必不会丧失对生命的信心,向着一个更光明的世界飞翔。在中国现代诗国,在一片绝望、痛苦的形而上世界里,我们也发现一位诗哲,在艰难中却不丧失信心,在虚无里不丧失信念,力争"把住一些把不住的事体",从西方诗哲那里吸取积极的精神元素来建设现代诗歌的哲学精神。他就是冯至。可以说,在一片灰暗、绝望的形而上精神世界里,这是一个亮点,甚至是唯一的亮点:用积极的精神哲学思想在形而上诗国里耕耘。

一、新诗哲学精神的虚无主义倾向

中国新诗的形而上写作在其发生和生长的过程中呈现出明显的虚无主义、怀疑主义、精神悖论及绝望色彩和倾向,这是我们观察具有代表性的有鲜明哲学诗创作倾向的诗人后得出的结论。我们将以王国维、鲁迅、穆旦、顾城、海子为代表来考查这种精神倾向。

中国现代诗学的哲学精神始于王国维。王国维由于羸弱的身体、贫寒的家世、忧郁的性情而造成人生问题之不解,他到西方哲学中去寻求问题的答案,这种寻求的回报是丰厚的,他觉悟到哲学的根本问题——形而上学,认识到哲学和艺术的目的是求真理——非一时一地之真理,而是天下万世之真理,这就与传统的以现世人生为旨归的哲学和诗学区别开来,从而为中国现代哲学和现代艺术奠定了形而上学的纯学术基础。但是,领悟到形而上境界的王国维并没有在这种崇高的精神境界里找到安慰人生痛苦的精神形态,相反,哲学的自觉更加强化了他的人生痛苦意识和怀疑精神。王国维在诗词里写道:"试问何乡堪着我? 欲寻大道况多歧。人生过处唯存悔,知识增时只益疑。"(《六月二十七日宿硖石》)"耳目不足凭,何况胸所思?"(《来日》二首之二)"尔从何处来? 行将徂何处! "(《来日》二首之二)怀疑主义充满他的诗词。"点滴空阶疏雨,迢递严城更鼓。睡浅梦初成,又被东风吹去。无据,无据,斜汉垂垂欲曙。"(《如梦令》)"万顷蓬壶,梦中昨夜扁舟去,萦回岛屿,中有舟行路。波上楼台,波底层层俯。何人住? 断崖如锯,不见停桡处。"(《点绛唇》)"无据,无据"和"断崖如锯,不见停桡处"提出人生没有依据,惶恐情绪跃然纸上。值得注意的是,王国维的这种痛苦情绪与传统诗人的人生感兴是不同的,它们是哲学意识自觉的结果,有明确的知识论基础。比如,他一方面发觉哲学上的理论,大都"可爱者不可信,可信者不可爱"[1],对哲学理论产生怀疑;又陷于"为哲学家则不能,为哲学史家则不喜"[2]的矛盾,绝望于自己哲学创造的不可能,因而最终离开哲学。哲学上的不自信决定了王国维在诗学上建立一种安慰生命的积极精神形态的不可能。王国维的自杀与这种具有怀疑和虚无色彩的哲学带来他的心理背景大有关联。

新诗产生后,第一个在哲学上卓然成家的诗人却是用散文诗写作《野草》的鲁迅。此前的郭沫若、冰心等人虽然借用了泰戈尔、歌德、惠特曼等人的哲学和诗学思想,创作带有一定的超越色彩,但由于他们对真理没有固有的兴趣,因而他们的形而上学没有达到应有的深度。鲁迅早年在日本留学时对尼采、克尔凯郭尔、叔本华等哲学家产生兴趣,并写过《摩罗诗力说》《破恶声论》等诗学著作。在这些著作里,他曾以浪漫主义的热情态度鼓吹尼采的权力意志哲学,颂美"摩罗"诗人,甚至明确提出形而上学世界观,[3]表达了对精神建设的热情期待。但是,近二十年后,当鲁迅同样运用尼采、克尔凯郭尔等人的思想资源创作《野草》时,呈现给现代诗学的,则是一个充满深刻悖论、虚无和怀疑主义的精神世界:"过客"明知前途是坟还是绝望地走向黄昏;"影子"徘徊于明暗之间,无地彷徨,无终极安身之境;游蛇咬住自己的尾巴,暗示了不可解决的精神悖论;"颓败线的颤动"引起宇宙颤动,人间的绝望升华为宇宙论意义上的绝望。所有的这一切都昭示了鲁迅精神世界深刻的存在悖论和绝望感。虚无主义、怀疑主义和精神悖论搅扰着这本小小的诗集,使得这本小书成为一本令人颤栗的存在深渊。

新诗的哲学精神在草创期的郭沫若、冰心那里得到倾心的向往,在鲁迅那里得到深刻的表现,在 20 世纪 30 年代象征派那里得到一定的发展,又在40年代的昆明形成高潮,这就是冯至的《十四行集》和穆旦的诗歌。穆旦是一个被形而上精神和形而下的现实世界所分扯的痛苦诗人,一方面,他以极

---

①　王国维:《王国维文集》第 3 卷,姚淦铭、王燕编,中国文史出版社 1997 年版,第 473 页。
②　同上。
③　鲁迅提出:"夫人在两间,若知识混沌,思虑简陋,斯无论已;倘其不安物质之生活,则自必有形上之需求……欲离是有限相对之现世,以趣无限绝对之至上者也。"鲁迅:《破恶声论》,《集外集拾遗》,人民文学出版社 1973 年版,第 23 页。

大的热情关注苦难深重的民族命运和民族前途,为之痛苦呐喊,写出像《在寒冬腊月的夜里》《赞美》等广为传诵的现实性诗篇;另一方面,他的精神世界里又有一条常在的形而上暗河在强劲奔流——他的精神常常略过现实深入到形而上的精神深处,以著名的《隐现》为代表的作品是抽象精神的佳作。但是,在纯粹精神哲学领域,觉醒的智慧没有给穆旦带来稳定的精神安慰,相反使得他有一种深刻的脱离本体的隔绝感("从子宫割裂,失去了温暖,/是残缺的部分渴望着救援,/永远是自己,锁在荒野里。"——《我》。"稍一沉思会听见失去的生命,/落在时间的激流里,向他呼救。"——《智慧的来临》)。因而他常常在诗作中表现对前生命的回忆,对本真生命的回归,以及回归不得的绝望:"我曾经迷误在自然底梦中,/我底身体由白云和花草做成,……我们谈话,自然底朦胧的呓语,//美丽的呓语把它自己说醒,/而将我暴露在密密的人群中,/我知道它醒了正无端地哭泣,/鸟底歌,水底歌,正绵绵地回忆……我是有过蓝色的血,星球底世系。"(《自然底梦》)徘徊在鲁迅《野草》里的惶惶不安的无终极归宿感的灵魂也徘徊在穆旦的精神中:"而有些走在无家的土地上,/跋涉着经验,失迷的灵魂/再不能安于一个角度/的温暖,怀乡的痛楚依然。""自从命运和神祇失去了主宰,/我们更痛地抚摸着我们的伤痕。"(《不幸的人们》)穆旦形而上诗学精神少有乐观情绪。

　其实,被形而上和形而下两个世界所分割,不能潜心于形而上精神世界的创造并不是穆旦一个人的悲剧,而是整个现代有哲学倾向的诗人的共同悲剧。穆旦的诗、《野草》、冯至的《十四行集》里并不全是形而上诗篇;就是那些蕴含深邃形而上哲学的诗篇里往往都有现实苦涩的因子。穆旦的诗"常想飞出物外/却为地面拉紧"(穆旦:《旗》)其实概括了整个现代有形而上写作倾向诗人的命运。这种状况直到20世纪80年代才得以有效克服。那时,人们不仅享受了和平的环境,更有思想解放的活跃的精神空气,这使得一批诗人单向突进,直问形而上的真理。中国新诗在80年代迎来了它的纯形而上学时代,却也是形而上精神危机更大的时代。人们的追问只是极大地开拓了形而上的境界,却使得那种庞大的形而上精神变得更加不安和绝望,八九十年代之交的一批诗人相继辞世与此深刻相关。他们的代表是顾城和海子。

　顾城由死亡体验进入精神领域。他多次回忆他五岁时的一次经验:有一次他一个人关在屋子里,突然明白有一天他将会死去,像白石灰一样涂在墙上。这给他带来深深的恐惧:"那时我是真正大吃一惊。"[1] 这次体验影响他终生:"最重要的感觉是我是要死的,我必死;这种无可奈何的宿命的恐惧的感觉一直跟随着我,使我感到一种无处不在的害怕,一切都变得毫无意义""有知识毫无意义。"[2] 对死亡的觉悟实际上开启了顾城对另一个世界的觉悟,顾城因而成为一个彻底的形而上学者。对现世之无意义的恍然一悟导致了他对彼岸世界的追索:"我喜欢童话的另一个原因,跟那种空虚的压迫是有关系的,我的自性由于恐惧而收缩,由于童话而解放。""哲学也是在不断受挫受伤而产生的不失本性的一个解。"[3] 死亡恐惧导致顾城寻求解脱死亡的方法,寻求永恒,但这种寻求是失败的:"不要在那里踱步 // 梦太深了 / 你没有羽毛 / 生命量不出死亡的深度。"(《不要在那里踱步》)"对那永恒的质疑 / 却不发一言"(《规避》)"……没有谁告诉他们 / 被太阳晒热的所有生命 / 都不能远去 / 远离即将来临的黑夜 / 死亡是位细心的收获者 / 不会丢下一穗大麦"(《在这宽大明亮的世界上》)"你登上了,一艘必将沉默的巨轮 / 它将在大海的呼吸中消失。"(《方舟》)几乎在对死亡所有沉思中,顾城都无功而返。最后,他企望用自然哲学来解脱死亡,写出像《墓床》这样的诗:"我知道永逝降临,并不悲伤 / 松林中安放着我的愿望 / 下边有海,远看像水池 / 一点点跟我的是下午的阳光 // 人时已尽,人世很长 / 我在中间应当休息 / 走过的人说树枝低了 / 走过的人说树枝在长"。这时诗人对死亡已获得一种平静的观照,他对死亡已不作价值论的评价(典型的是最后两句诗),只以自然的眼光看待,正如他所说:"死亡是没有的,死亡是文化的结果,一代一代文化积累起来,诉说着死亡。"[4]《生也平常》写道:"生也平常 / 死也平常 / 落在水里 / 长在树上",这样的诗歌具有深刻的道家自然哲学精神,那种死亡带来的高度紧张感几乎得以消解无踪。但是,道家哲学对于顾城只具有工具论的意义,他的创作没有显示出他建立了以道家思想为核心的本体论哲学,因而

---

[1]　顾城:《顾城文选》卷1,北方文艺出版社 2005 年版,第 311 页。
[2]　同上书,第 310 页。
[3]　同上。
[4]　同上书,第 29 页。

死亡的恐惧并没有通过对死亡本身的探讨得到有效地克服 ①——顾城并没有建立一种成熟的哲学来克服死亡恐惧。

如果顾城是由死亡的沉思而企望永恒,企望解脱死亡带给他的生命沉重感,海子则以更加自觉的哲学意识来创作诗篇。作为万物之母的"实体"首先是他关注的对象:"诗,说到底,就是寻找对实体的接触。""诗人的任务仅仅是用自己的敏感力和生命之光把这黑乎乎的实体照亮,使它裸露于此。"②后期的海子,觉悟到仅仅追问实体是不够的,实体只是一种回归本源的冲动,一种冥冥的死亡情绪,人类的主体意识在这种朝拜性的精神活动中靡而不彰。因此,他觉悟到最重要的是行动,主体应当从实体中冲出(实体即主体,是主体沉默的核心),脱离实体的深渊,飞向天空,做一个"太阳王"。但是,无论是实体还是太阳王,作为纯粹哲学概念(海子诗歌哲学最高的概念)均无任何确定的属性,献身于它们注定是悲剧。无论是对实体的寻找还是作为行动的太阳王(太阳王子),海子得到的都是绝望与空无:"在天空深处 / 高声询问 / 谁在?"(《弥赛亚》)"远方除了遥远一无所有……更远的地方更加孤独 / 远方啊 除了遥远 一无所有……远方的幸福 是多少痛苦"(《远方》),"道路漫长 方向中断 / 动物般的恐惧充塞着我的诗歌"(《秋》),"该得到的尚未得到 / 该丧失的早已丧失"(《秋》),"你所说的曙光到底是什么意思"(《春天,十个海子》),浓浓的死亡情绪和献祭精神弥漫在海子的诗歌里,他仿佛是一个真理的头生子,注定了被牺牲的命运。顾城海子之后,新诗的形而上精神迅速衰落,从此少有人向着尖锐的精神作诗学探索,那种逼视深渊的、恐怖黑暗的精神气息也离新诗渐行渐远。

这些新诗中具有哲学倾向的代表性诗人的写作说明,中国现代新诗的形而上写作没有建立起一种观念系统来安慰形而上学之悟带来的生命虚无感,新诗的形而上精神的基本格调是虚无、怀疑、悖论、绝望(其中只有少量的、不起主导作用的乐观情绪,更没有系统的乐观观念)。这是有深刻原因的。形而上学作为人类的最尖锐思想,其本性是面对无理性的彼岸世界,与死亡、虚无深刻相关;死亡、虚无、悖论、绝望等属于哲学的本性。再者,中国新诗接

① 例如像泛神论者那样,认为死亡只是生命的另一只存在形式。

② 海子:《海子诗全集》,西川编,作家出版社 2009 年版,第 1017 页。

受西方诗学是在"上帝已死"后的后形而上哲学语境里,无终极依据带来的惶恐不安深刻影响世界哲学潮流和世界文化,中国新诗断不能例外。

二、冯至形而上诗学的建设性

新诗哲学精神的虚无和绝望色彩自有逻辑和历史的必然性,可以预料,新诗在未来的写作中将会继续这种虚无和绝望色彩。然而,就在这种几乎普遍的虚无和绝望的写作中,我们发现一位诗哲,却用一种不同的精神风格建立了另一片形而上诗国:积极、温馨、宁静,对生命持有内在的信心,对世界怀有广大的同情,他的形而上观念呈现一种积极的建设姿态。放眼百年新诗史,以这种积极的观念来建设形而上诗国的除冯至外尚无第二人。新诗写作之初的郭沫若吸收歌德、惠特曼、泰戈尔等人的泛神论,哲学精神积极,但一方面郭沫若对真理无固有的探索兴趣,形而上沉思不深;其诗表面看是泛神论,实际是性情抒写,没有对哲学观念的系统沉思,没有建立一套富有建设性的哲学观念。只有冯至突破了新诗哲学精神的虚无和怀疑倾向,用一种建设性观念来建构新诗的哲学精神。这些建设性的观念可归纳为:

(一)蜕变论

蜕变论首先是观察自然的结果。生物界常有为了新生而蜕去旧的生命的现象,这给人生以启示:人生常常处于各种困境中,需要不断地褪去旧的生命,从而获得新生。冯至对这一思想异常重视,他花了大量精力研究并介绍它;在全部《十四行集》27 首诗中,就有 4 首称颂这一思想或与这一思想有关,其中为歌德画像的诗《歌德》就是以"蜕变论"为核心思想的:

> 你生长在平凡的市民的家庭, / 你为过许多平凡的事物感叹, / 你却写出许多不平凡的诗篇; / 你八十年的岁月是那样平静,
>
> 好象宇宙在那儿寂寞地运行, / 但是不曾有一分一秒的停息, / 随时随处都演化出新的生机, / 不管风风雨雨或是日朗天晴。
>
> 从沉重的病中换来新的健康, / 从绝望的爱里换来新的营养, / 你

知道飞蛾为什么投向火焰，

　　蛇为什么脱去旧皮才能生长；/万物都在享用你的那句名言，/它道破一切生的意义："死和变。"

《什么能从我们身上脱落》是运用这一思想体悟人生境界的佳作：

　　什么能从我们身上脱落，/我们都让它化作尘埃；/我们安排我们在这时代 / 象秋日的树木，一棵棵

　　把树叶和些过迟的花朵 / 都交给秋风，好舒开树身 / 伸入严冬；我们安排我们 / 在自然里，象蜕化的蝉蛾

　　把残壳都丢在泥里土里；/我们把我们安排给那个 / 未来的死亡，象一段歌曲，/

　　歌声从音乐的身上脱落，/ 归终剩下了音乐的身躯 / 化作一脉的青山默默。

诗人以树叶花朵和树身、残壳和蝉蛾、歌曲和音乐反复类比，对死亡作了辩证的思考，认为人具有永恒的一面，生命在蜕变中永远焕发新的生机。在现代性普遍的死亡焦虑中，这种思想是具有安慰精神的作用的。这样的思想也体现在《这里几千年前》中："看那小的飞虫，/ 在它的飞翔内 / 时时都是新生。"《有加利树》也写道："你无时不脱你的躯壳，/ 凋零里只看着你成长；/ 在阡陌纵横的田野上"，通过不断地蜕变，生命发展出神圣的境界。

（二）丰富的生命形态

其一，生命的永恒、普在及丰富形态。

在上引《什么能从我们身上脱落》一诗中，"死和变"事实上暗示的是生命的永恒性，因为死去的只是"残壳"，残壳蜕去，生命却以新的形态在时间中永存。冯至把死亡类比为歌曲，歌曲总会消失，但是，作为歌曲的内核的音乐，却永存于宇宙："我们把我们安排给那个 / 未来的死亡，象一段歌曲，// 歌声从音乐的身上脱落，/ 归终剩下了音乐的身躯 / 化作一脉的青山默默。"

对于冯至来说，生命绝不是哪一种具体的形态，宇宙万物无不是生命，这

就是冯至诗歌表现的生命普在性。在冯至的精神世界里,人的生命可以化身为"广漠的平原""交错的蹊径",路、水、风、云相互关联,"山坡的一棵松树""城上的一片浓雾"都是我们生命的存在形态。这是一种典型的泛生命形态。

对于冯至来说,我们的生命绝非我们个人之事,而是有其他生命的参与,共同形成我们现在的生命。我们的生命如同原野的小路,是由无数行人践踏出来的。"寂寞的儿童、白发的夫妇,/还有些年纪青青的男女,/还有死去的朋友,他们都//给我们踏出来这些道路。"(《原野的小路》)生命是普遍联系的。一片亘古的森林就是我们自己,远古以来它们歌唱的就是我们自己的命运(《这里几千年前》)。

每一种陌生的生命对于另一个人来说,它呈现的只是这个人见到它时当下的面容,这个生命过去及未来的样子对于这个人来说不可知晓。比如我们在一间生疏的房里度过一个亲密的夜,这个房间白天的模样无从认识。这是冯至在《我们有时度过一个亲密的夜》里表达的内容。它是冯至眼里一种生命形态的隐喻,显示冯至对藏在时间背后的生命的默默怀想:"我们的生命象那窗外的原野,//我们在朦胧的原野上认出来/一棵树、一闪湖光,它一望无际/藏着忘却的过去、隐约的将来。"

在《有多少面容,有多少语声》里,冯至表达了另一种生命观:一个统一的生命可以分裂为千万不同的生命:"有多少面容,有多少语声/在我们梦里是这般真切,/不管是亲密的还是陌生://是我自己的生命的分裂";一个单独的生命也是融合了许多不同生命的结果:"可是融合了许多的生命,/在融合后开了花,结了果?"我们的生命已经无数次在其他的生命里存在过:"我们不知已经有多少回//被映在一个辽远的天空,/给船夫或沙漠里的行人/添了些新鲜的梦的养分。"这是对牢固"个我"生命观念的否定和再认识。冯至的生命观实际上是一种泛生命形态或泛神论。在世界哲学史和文学史上,泛神论从来就是给人以积极生命信念的思想。

其二,寂寞、绝望、孤独的生命。

冯至的生命世界还有另一种生命形态:寂寞、绝望、孤独的生命。《威尼斯》以这座被海水分割的隔离的岛象征人世"千百个寂寞的集体",一座岛是一个寂寞,你我拉一拉手,就像水上的一座桥;你我笑一笑,就像对面的岛上开了一扇窗。诗人表达的是："只担心夜深静悄，/楼上的窗儿关闭，/桥上也断了人迹。"缭绕着诗歌的是一种寂寞的情绪。《原野的哭声》里那个村童和农妇，在原野里"向着无语的晴空啼哭"，"啼哭的那样没有停息"，"我觉得他们好象从古来/就一任眼泪不住地流/为了一个绝望的宇宙"，这种绝望浸透着深深的宇宙气息。《一个旧日的梦想》那个往日的梦想"想依附着鹏鸟飞翔/去和宁静的星辰谈话"最终无法实现，只化作"远水荒山的陨石一片"像一个被抛弃在宇宙中的生命，显得尤其孤独。

这种寂寞、绝望、孤独的生命相对于生命的永恒和普在，相对于上述那些丰富的生命形态，似乎是消极的，不能给人以信心。但是，仔细揣摩，这些孤独寂寞绝望的生命形态，无论它们是一座孤岛、一抹灯红、一个村童或农妇，还是一片荒山的陨石，诗人都是在距离一个很远的视角观看，遥远的视角又是一个博大胸怀的结果，诗人实际上是以一种佛性视角在观看这些寂寞绝望孤独的生命，在这里，真正起作用的是视角的力量，视角决定了这些诗歌并非消极，相反，读者看到的是诗人博爱的心胸包容人间的苦难，与王国维、鲁迅、穆旦、顾城、海子无间距的精神受难相比，这种博爱的胸怀同样洋溢着精神的温馨。

（三）神圣人格的追求

《十四行集》中出现一种对神圣人格追求的倾向，诗人通过多个人物、多种事物从多个侧面表达了这一神圣境界。有加利树在诗人的眼里是"一座严肃的殿堂"，是"插入晴空的高塔"，它秋风里萧萧的声音又像是"一片音乐在我耳旁"。这是一个圣洁的、令人肃然起敬的形象："有如一个圣者的身体，/升华了全城市的喧哗。"鼠曲草则是另一种形象，它"躲避着一切名称，/过一个渺小的生活，/不辜负高贵和洁白，/默默地成就你的死生。"鼠曲草是卑微的，但是，诗人发现："一切的形容、一切喧嚣/到你身边，有的就凋落，/有的化成了你的静默"，这同样是神圣人格，只是在"否定里完成"。诗集中的一个战士是现实社会中的人物，杜甫也历来以"现实主义"诗人著名，但是，诗人升华了这两个人物的精神到一个神圣的境界。从生死边缘回到堕落的城中的战士对周围堕落的环境感到眩昏，但战士"在另一个世界永向苍穹"，他"超越了他们，他们已不能/维系住你的向上，你的旷远"。杜甫的人格是崇高的,这里,诗人关注的是杜甫的"贫穷",诗人圣化了这种贫穷:"你的贫穷在闪烁发光 / 像一件圣者的烂衣裳, / 就是一丝一缕在人间 // 也有无穷的神的力量。/ 一切冠盖在它的光前 / 只照出来可怜的形象。"无论是有加利树所面对的全城市的喧哗,还是鼠曲草的卑微、战士的平凡、杜甫的贫穷,都是人间生活或精神消极面的象征,经过精神转化,冯至都把他(它)们转变为一种神圣的人格的象征、一种具有感发人的积极精神力量。

（四）思想的目的：把住一些把不住的事体

王国维为现代诗歌确立了追求真理的终极目的,这种目的在冯至这儿具体表现为"把住一些把不住的事体",这就是《十四行集》最后一首中"风旗"隐喻:"看,在秋风里飘扬的风旗, / 它把住些把不住的事体","但愿这些诗象一面风旗 / 把住一些把不住的事体"。这体现了冯至的诗歌功能观,实际上是冯至的思想功能观。中国现代诗学向西方学习最重要的哲学观念就是形而上学,形而上学的本质特征是它的超越性:超越于现实世界的另一个不同的精神世界,形而上学带有神秘性特征,人的理想很难甚至不可把握。正如上文所述,现代具有哲学倾向的新诗诗人往往在形而上的世界里迷失,陷于绝望、虚无和矛盾,冯至在《十四行集》里却表现另一种积极的精神倾向,他希望他的诗歌像一面风旗,把住一些把不住的事体。这种观念在《十四行集》最后一首诗中提出来,是带有写作宗旨的意义的。

实际上,纵观整本《十四行集》,这种"把住一些把不住的事体"一直是诗人追求的目标,在多首诗中体现出来。比如第一首《我们准备着》以总纲式开端讲诗人的觉悟:神奇的精神经历会导致对另一个世界的发现,现实世界因而显示出深刻的精神意义。《我们天天走着一条小路》体悟在熟悉的事物中有新的发现,"到死时抚摸自己的发肤 / 生了疑问:这是谁的身体?"启示对本真生命的觉悟。《我们有时度过一个亲密的夜》认识到当前的生命包含过去和将来的生命状态。《有多少面容,有多少语声》认识到生命可以分裂为多种生命,多种生命也可以融合为一个生命,我们的生命会以种种的生命形态存在。《看这一队队的驮马》体悟实在与空无的辩证关系,实在即空无。《我们站立在高高的山巅》启示所有自然事物的整体性的生命关联。《原野的小路》体悟我们的生命是由许许多多其他生命踏出。等等。所有这些认识,均用打破常规的精神视角,启示我们对另一个精神世界的认识。整本《十四行集》如一本认识论,体现了诗人力争把握不可把握的形而上世界的积极心态。

从上面的归纳可以看出,不论是蜕变论、生命形态的丰富、神圣人格的追求还是努力把握一些把握不住的事体,都是用一种积极镇定的心态来看待和把握这个世界。《十四行集》具有良好的形而上学品质,但在这个虚玄的精神世界里,冯至没有像一般的形而上诗人那样,消解人生于虚无和怀疑,而是给人以积极的生存信念,整部《十四行集》洋溢着温和、乐观和悲悯的情调,这与王国维、鲁迅、穆旦、顾城、海子等人形而上写作中普遍存在的焦虑、虚无、怀疑、悖论、神秘、恐惧及绝望色彩明显区别开来。如果说后者对生命是一种解构的立场,冯至就是一种建构的态度;如果说后者像黑暗的深渊,冯至的诗歌就是一片蔚蓝的晴空;如果说后者流露出酒神的毁灭气息,冯至的诗歌就是日神的明净的光辉。在一片灰暗的形而上诗国里,冯至的诗歌像一颗茂盛的常青树,闪耀着独有的生命光彩。

三、冯至建设性观念的原因及启示

但冯至并不是没有消极精神体验,恰恰相反,那种积极的精神追求正是努力超越恶劣的生存境遇和悲观观念的结果。冯至大学毕业后,听从友人的建议,到哈尔滨的一所中学任教。但哈尔滨的环境完全出乎他的意料。处于北满中心的哈尔滨曾是沙俄的天下,后又被日本人染指。那时,东北三省在奉系军阀的统治下,再加上日本帝国主义的欺凌和侵略,劳苦大众过着暗无天日的生活,而哈尔滨的官僚买办却醉生梦死,浑浑噩噩,松花江边这颗明珠更被搞得污浊不堪。犹太的银行,希腊的酒馆,日本的浪人,白俄的妓院,经不起风吹雨打的贫民窟,太人小姐们的珠紫气,达官贵人的酒气雨腥和劳动人民的血泪,都统统他混和在一起。[①],冯至在这里感觉非常孤独,无人可以讲话,"真是同死亡一样,不复有人生意义。"[②] 这种境况逼迫冯至对人生展开了悲观的反思:"匆匆地来,

---

① 周棉:《冯至传》,江苏文艺出版社 1993 年版,第 115 页。
② 同上书,第 117 页。

促促地去,什么也不能把定 / 匆匆地来,促促地去,匆促的人生!"可曾有一次
把人生认定 / 认定了一个方针?"(《北游》)加之半年后,同他一起来哈尔滨的
好友陈炜不适应这里的环境,不幸患上精神分裂症,这无疑又加重了冯至的悲
观绝望感,他甚至打算与好友相约蹈海而死,并留下两张照片,题写上荷尔德
林的诗句:"没有人从我的额上取去悲哀的梦吗?"① 哈尔滨时期的冯至开始接
触叔本华、陀思妥耶夫斯基等人的著作,"我只把自己关在房中,空对着 /《死
室回忆》的作者像片发闷。"(《北游》)而悲观的形而上之思在此时已经开始
来到他的脑海:"我徘徊在礼拜堂前, / 上帝早已失却了他的庄严。"(《北游》)
可以有理由说,冯至的思想本来是很有可能向悲观绝望的方向发展的。他在
20 世纪 30 年代选择德国作为留学的去向也不是偶然的,可以说,是精神中的
痛苦虚无感驱使冯至在德国文化中寻求人生的答案。② 但是,冯至最终没有
朝这个方向发展,而是在长达十年的创作停顿期后写出《十四行集》这样积
极的作品,原因是复杂的,可能涉及冯至的性情、早期的经历、在昆明相对安宁
的环境等诸多要素,但重要的一点,就是与他以开阔的心胸积极吸收中外诗哲
思想中的积极因素密切相关。他广泛地吸收过歌德、里尔克、荷尔德林、尼采、
克尔凯郭尔、诺瓦利斯、都勒等西方诗人、哲学家、艺术家的思想,也对杜甫、鲁
迅、陆游等古今作家产生兴趣。这些人中,歌德、里尔克、杜甫等人对他的影响
极大。限于篇幅,本文重点谈谈冯至从歌德那儿受到的人生启示。

　　冯至明确表示他研究歌德是兴趣使然,是歌德的人生给了他启示,从歌
德的作品中吸取创作技巧还在其次。冯至关注最多的就是歌德的人生智慧,
这些智慧不但帮助冯至调节了生活,更使他在形而上的领域建立了富有建设
意义的精神诗学(歌德的人生智慧原本就是形而上形而下不分的)。冯至

---

　　① 　周棉:《冯至传》,江苏文艺出版社 1993 年版,第 117 页。
　　② 　冯至曾回忆说:"实际上我在海德贝格的时期内,无论是国内或是国际上进步势力和反动
势力的斗争都达到火炽阶段,我却仿佛置若罔闻。我只认为,德国社会的动荡不安与我无关,中国
人民的水深火热我也无能为力。但是我的内心却感到无限的空虚。……有如断了线的风筝,上不着
天,下不着地飘浮在际际。"(冯至:《冯至全集》第 4 卷,韩耀成等编,河北教育出版社 1999 年版,
第 405 页。)"我却无视现实,听雅斯贝斯讲存在主义哲学,读基尔克郭尔和尼采的著作,欣赏凡高和
高甘的绘画,沉溺在以里尔克为代表的现代派的诗歌里。"(周棉:《冯至传》,江苏文艺出版社 1993
年版,第 139 页。)"我就用读里尔克的书、听宫多尔夫的讲演排遣(而不是填补)我内心的空虚。"
(冯至:《冯至全集》第 4 卷,韩耀成等编,第 406 页。)均可以见出他留德时的思想状况,这种精神状
况可以说是他"北游"时期思想的直接发展。

关注的歌德的人生智慧包括蜕变论、反否定精神、向外而又向内的生活、断念、形而上和形而下一体等观念。

蜕变论：首先是作为自然科学家的歌德通过观察自然得到的结论："他在高级植物中看到原始植物（叶），在高级动物中看到原始形体（脊椎），在矿物中看到原始石（花岗石），在人的现象之后看见神的、原始的创造力（爱）。——从这些原始现象中蜕变出宇宙的万象，这就是歌德的蜕变论。"① 但是歌德不同于纯粹自然科学家，他研究自然的目的不仅仅是认识大自然，而是把从大自然中认识的真理推广为一般宇宙真理进而用于指导人生，他的这种研究可谓之为一种"宇宙科学论"或"人生论科学"。反科学哲学家尼采当年在反思自然科学之失时曾说，自然科学失去了当年歌德安慰人生的效果，称颂了歌德的这一理路。歌德是抱着自觉的态度从事这样的科学研究："深入钻研植物学的个别部门，这不是我走的道路，这我要交付给比我更高明的内行的人们去做。我的职责仅只是把个别的现象归纳为普遍的规律。"② 《幸运的渴望》一诗集中体现了歌德的蜕变论思想：

> 别告诉别人，只告诉智者， / 因为众人爱信口雌黄； / 我要赞美那生存者， / 他渴望在火焰中死亡。

> 在爱的深夜的清凉里， / 创造了你，你也在创造， / 有生疏的感觉侵袭你， / 如果寂寞的蜡烛照耀。

> 你再也不长此拥抱， / 在黑暗的阴影下停留， / 新的向往把你引到 / 更高一级的交媾。

> 没有远方你感到艰难， / 你飞来了，一往情深， / 飞蛾，你追求着光明， / 最后在火焰里殉身。

> 只要你还不曾有过 / 这个经验：死和变！ / 你只是个忧郁的旅客 / 在这阴暗的尘寰。

从《北游》时期的痛苦绝望到留德时期的空虚，又经过 20 世纪 30 年代民族战争的洗礼，昆明时期的冯至达到一个精神安宁、澄澈的状态，这与他利

---

① 冯至：《冯至全集》第 8 卷，韩耀成等编，河北教育出版社 1999 年版，第 58 页。

② 同上书，第 19 页。

用"蜕变论"来调节生活和精神是分不开的:"在变化多端的战争年代,我经常感到有抛弃旧我迎来新吾的迫切需求,所以我每逢读到歌德的反映蜕变论思想的作品,无论是名篇巨著或是短小的诗句,都颇有同感。"① "如果有人问我,'你一生中最怀念的是什么地方?'我会毫不迟疑地回答,'是昆明'。如果他继续问下去,'在什么地方你的生活最苦,回想起来又最甜? 在什么地方你常常生病,病后反而觉得更健康? ……"冯至的这些回忆都反映出他运用蜕变论调节人生的智慧。② 这些人生经验凝成了《十四行集》对蜕变论深情歌咏的诗篇,生活智慧升华为哲学智慧。

反否定精神:主要表现在《浮士德》中。浮士德与魔鬼靡菲斯特是一种对立的形象,浮士德终生奋斗,从不满足,不断开拓出人生的新境界,靡菲斯特则认为人生毫无意义:"过去与纯粹的虚无,完全一样 / 永久的创造对我们有什么用处 / 创造的事物归终又归入虚无",浮士德却宣称:"在你的无里我希望得到一切。"这种观念实际上是歌德本人积极人生观的象征。歌德有一位消极的朋友叫梅尔克,歌德曾说:"梅尔克和我两人,总像是靡菲斯托非勒斯与浮士德似的。"③ 表明了歌德的人生观。实际上,靡菲斯特与浮士德的对立就是歌德思想中积极的一面与消极的一面的对立和斗争,浮士德对于靡菲斯特的胜利就是歌德不断斗争、战胜自我消极思想的历程。冯至说:"那时我读《浮士德》,把它看作是一部肯定精神与否定精神斗争的历史。""我反复诵读浮士德的独白和浮士德与魔鬼的对话,受益很深。"④ 表明他从这种观念里获得的启示。在《十四行集》中,我们看不到灰色情调,看不到虚无主义,看不到不可解决的尖锐的精神矛盾和个人精神绝望,精神生活的肯定趋向主宰了这部诗集,这是有歌德的反否定精神的启发的。

形而上世界与形而下世界一体:在歌德的精神世界里,没有那种许多哲学诗人形而上精神与形而下生活断裂的现象,相反,他的形而上世界与形而下世界不存在对立,而是有机联系的,形而上的观念在形而下的世界里显现,形而下的世界也呈现形而上的境界。

---

① 冯至:《论歌德》,上海文艺出版社 1986 年版,第 5 页。
② 冯至:《冯至全集》第 4 卷,韩耀成等编,河北教育出版社 1999 年版,第 341 页。
③ 冯至:《冯至全集》第 8 卷,韩耀成等编,河北教育出版社 1999 年版,第 36 页。
④ 同上书,第 6 页。

在精神领域,歌德反对18世纪在德国哲学界和文艺界有人主张的对客观世界的不可知论,他用科学研究的手段研究自然,在植物学、动物学、矿物学、颜色学等诸多领域有所发现或取得成就,揭示出自然的诸多奥秘。他主张自然无私地呈现在人们面前,无所隐藏,但自然有其本身特有的矛盾和规律,有的已被发现,有的还有待于深入研究,这又好像还有不少奥秘。歌德把这种情况叫做"公开的秘密"①,这种说法表明歌德探索最高存在的信心。但另一方面,歌德又坚决反对那种纯形而上的空想,他申明自己对于古希腊的那句格言"认识你自己"始终是怀疑的,他觉得这是祭师们的诡计,他们想把人们从对于外界的努力引到一种内心的虚假的冥想里。因为"人只在他认识世界时才认识自己,他只在自己身内遇见这世界,只在这世界内遇见自己"②。形而上学者歌德同时是一个实际主义者,宇宙万象没有他不关心的,他力图通过科学的手段去明晰地把握自然的奥秘。

歌德的思想可用他的一句话来总结:"绝对皈依于神的不可测的意志,爽朗地概观那活动的、环状与螺旋状永久循环的尘世生活,爱情、倾慕,翱翔于两个世界之间,一切实际的事物在醇化,在化为象征。"③ 冯至评歌德晚年的诗集《西东合集》时说:"这里的自然,一草一木,一道虹彩,以及一粒尘砂,都是诗人亲身经历的、亲眼看见的,但又无时不接触到宇宙的本体;这里的爱与憎,以及对生命的种种观察,都是诗人自己的,同时又是人类的。"④ 对歌德的这种形而上形而下一体的思想表达了由衷的倾心。《十四行集》中,那些广漠的平原、交错的蹊径、山坡的一棵松树、城上的一片浓雾、一棵树、一闪湖光、有加利树、鼠曲草、驮马、小狗、路、水、风、云也如同冯至所说,"都是诗人亲身经历的、亲眼看见的,但又无时不接触到宇宙的本体",歌德、杜甫、凡高、蔡元培、鲁迅、村童、农妇、一个战士既是现实或历史中的具体人物,同时也是某种生命精神、宇宙精神的象征。

断念:是指对不可达到的目标的主动放弃,但这并不等于说人遇到障碍便逃回,用某种消极思想来限制自己;而是出于要达到一个更高目标的主

①　冯至:《冯至全集》第8卷,韩耀成等编,河北教育出版社1999年版,第123页。
②　同上书,第58页。
③　同上书,第62页。
④　同上书,第61页。

动放弃。它既是歌德平衡生活的艺术又是他平衡精神和创作的艺术。歌德1782 年写信安慰一个性格忧郁的朋友时说："人有许多皮要脱去,直到他有几分把握住他自己和世界上的事物为止。……我能确实告诉你说,我在幸福中间是在不住的断念里生活着。"① 最能说明这一点是歌德人生的最后一次断念。他在 74 岁的高龄爱上 19 岁的姑娘乌尔利克,全身心焕发出新鲜的生命。但是,由于种种原因,他不得不在几天后与乌尔利克分手。歌德陷于极大的感伤,创作《玛利浴场哀歌》,并大病一场。但歌德经受住了严峻的考验,从对乌尔利克失败的恋情中断念,投身到《浮士德》的创作中。因为绝望最深,断念也最坚决,他终于靠着理性的力量完成了不朽的巨著《浮士德》。②

在精神领域内,他主张:"思想的人最高的幸福是探究了可以探究的事物,不可探究的事物则静静地去尊敬它。"③ 这是对不可把握的事物的断念,它保证了歌德没有像很多形而上学者一样陷于的虚玄;同样,我们在《十四行集》中也看不到虚玄思想的过度发展。

很有意思的是,冯至注意到歌德、画家都勒、诗人里尔克在中年以后都有一个创作转向的经历。青年歌德是一个无拘无束、一任情感奔放、打破一切限制的奇才。他自从到了魏玛后,现实的生活,意大利的古典艺术,以及席勒的友情和蕴蓄多年的伟大的计划,都使他渐渐意识到"限制"的必要,"若是我任性下去,我恐怕要粉碎了一切。"与歌德类似的都勒,中年以后心情渐渐冷静,南游意大利,受到意大利艺术形式的启发,将北方哥特式奔放的热情融化到南方优美的形式里,艺术出现新的境界。同样,里尔克接触到罗丹后,受其"诗不是情感,诗是经验"的启发,改变年轻时的浪漫抒情,冷静观察世间万物,成功地进行了"咏物诗"的创作。冯至对这几位诗人和艺术家中年以后的"断念"津津乐道,他受到后者的启发是不言而喻的。冯至的创作经历与上述三位艺术家极为类似,早年的冯至以浪漫抒情诗人著称,经过十年的沉寂后,20 世纪 40 年代初的《十四行集》呈现出与早期截然不同的静观、明澈、智性的风格,这与歌德等人的启示不无相关,它同样是中年冯至断念于青年时的浪漫抒情的结果。

---

① 冯至:《冯至全集》第 8 卷,韩耀成等编,河北教育出版社 1999 年版,第 72 页。
② 同上书,第 74—78 页。
③ 同上书,第 85 页。

向内又向外的生活：歌德在1797年写的《自述》一开始就说："永远努力的、向内又向外不断活动着的、诗的修养冲动形成他生存的中心与基础。"歌德在他的一生中努力向外发展，担任行政工传，观察自然界的万象，与同时代的人有广泛的交往，但也经常感到有断念于外界事物、返回内心世界的需要。从外界他吸收营养，积累经验，随即在内心里把营养和经验化为己有。歌德常把生物的呼与吸看作是向外与向内的必然规律，在一呼一吸之间"生命是这样奇异地混合"。向外追求与返求诸己，这两种力量互相轮替，互相影响，日益提高和加深了歌德的思想感情。《维廉·麦斯特的漫游时代》第二篇第九章里有这样一段话："思与行，行与思，这是一切智慧的总合。从来就被承认，从来就被练习，并不被每个人所领悟。二者必须像呼与吸那样在生活里永远继续着往复活动；正如问与答二者不能缺一。谁若把人的理智神秘地在每个初生者的耳边所说的话作成法则，即验行于思，验思于行，这人就不能迷惑，若是他迷惑了，他就会不久又找得到正路。"冯至屡屡称颂这些思想，说"这段话说得多么深刻，多么亲切，对我这个乏于行又懒于思的人是一个有力的鞭策，它成为我最宝贵的一条格言。"声明从中"获益较多"。①

蜕变论、反否定精神、断念、形而上形而下一体、向内又向外地生活这些观念既是生活的智慧，又是精神的智慧、形而上的智慧。它们实际上是一体的，是一个活跃的生命几个不同侧面，依靠这几个方面，歌德维护了自己生活和精神的活跃和平衡，使得他的精神保持了积极的建设姿态。冯至评价德国民族富于变化的浪漫性格时说："在历史上每逢一次火山爆发后，而不至于只剩下一座死冷的火山口供人凭吊者，是依仗着这个民族中有另一种不同的、稳重的力量在维护平衡。这力量聚集在几个伟大的人物身上：最显著的是都勒，是歌德。"② 即指出了歌德的这种富于平衡性的精神的重要性。《十四行集》明显吸收了这种生活和精神的平衡艺术。整部诗集总体的精神风格表现为一种平稳的心态，他不过于关注精神黑暗、矛盾、虚无的一面，而更多地去关注生命如何走向新生和发展，在普遍联系的生命中去发展生命信念，对寂寞、绝望、孤独的生命，则以深厚的仁心、博爱的胸怀去静静注视，对把不住的事体只是尽

① 冯至：《冯至全集》第8卷，韩耀成等编，河北教育出版社1999年版，第7页。
② 同上书，第88页。

量去把握一些。他的精神一直处于这样一个建设性的状态。他不像中外许多形而上诗人那样,在一个无边无际的、不可把握的形而上世界里永不回头地走向远方,从而迷失。冯至不执着于精神极端,尽管精神极端具有价值。

除了歌德,里尔克、杜甫等中外诗人也给冯至以启示。比如,他领悟到里尔克的咏物诗"像是佛家弟子,化身万物,尝遍众生的苦恼一般"的思想,[①]他诗歌中以佛性的视角注目痛苦绝望的生命显然与此相关;他从以"穷苦"著名的诗人杜甫的作品中读出了"乐观精神":"杜甫写他的时代和他自己的生活部是蘸满血泪,沉郁悲哀,但是读者读了他的诗,并不因而情绪低沉,反倒常常精神焕发,意气高昂。这是什么原故呢? 主要是他那百折不回的乐观精神在字里行间感染着读者。"[②] 也显然给了他以积极的教益。

面对冯至,我们很自然地会想起新诗史上那些富有哲学觉悟的天才写作者,想起王国维、鲁迅、穆旦、顾城、海子的迷茫和迷失。新诗形而上写作为什么没有积极的精神建设? 这是一个复杂的问题,涉及诗歌之外的中国现代哲学的建设,涉及新诗的成长、历史机遇等诸多问题,但下列两点是不可以忽略的:

第一,新诗的哲学精神太过于专注形而上,以至于陷入黑色的深渊。形而上的本性即是超越,从理论上讲,它带有浓重的不可知论的色彩,形而上的追寻是一个没有终极结论的过程。极端的追寻虽会导致深刻,却易于迷失。歌德就不喜欢纯粹的形而上空想,拒绝阅读荷尔德林。他对形而上有更明智的态度:"思想的人最高的幸福是探究了可以探究的事物,不可探究的事物则静静地去尊敬它。"[③] 他的"断念"论在此显示了最高的形而上价值,带有识破天命后的平静以及在这种平静里有所作为。中国现代诗人在对形而上的处理上几乎没有这样的理性,王国维陷入可爱与可信的矛盾,不得已放弃哲学,但没有解决矛盾。鲁迅最好的形而上思想就是那些反复表述的不可解决的悖论:影子的无地彷徨、过客的绝望地走、咬住自己尾巴的游蛇、死火的温燃还是冻灭等。20 世纪 80 年代顾城对死亡的追问,海子对实体的超越和对太阳王的追求,都表明新诗在此时达到一个纯粹的形而上境界;但另一面,顾

---

① 冯至:《冯至全集》第 4 卷,韩耀成等编,河北教育出版社 1999 年版,第 86 页。
② 冯至:《冯至全集》第 6 卷,韩耀成等编,河北教育出版社 1999 年版,第 156 页。
③ 冯至:《冯至全集》第 8 卷,韩耀成等编,河北教育出版社 1999 年版,第 85 页。

城海子在对各自理念的追寻中,都走向了一去不返的无尽的远方,直至陷入迷失。在终极精神平衡这个问题上,中国现代诗人似乎还没有找到出路,冯至对歌德"断念"论的吸收是有启示意义的,《十四行集》没有新诗哲学精神写作中浓重的深渊气息,它的澄澈的风格给了新诗一片明净的秋天的蓝空。

第二,形而上和形而下的矛盾不能解决。新诗人在形而上的超越精神和形而下的现实关系处理上有两种情况,一是兼顾形而上和形而下,但不能统一二者,比如王国维、郭沫若、鲁迅、穆旦的诗集中都描写了形而上和形而下两种境况,但这两种境况在他们的诗集中是(或基本是)两种不同的精神,各自独立,没有内在的统一。二是全力追问形而上精神,抛弃现世的价值,这典型地体现在顾城海子等人新时期的诗歌中,顾城海子的诗歌中均有少量的几乎可以忽略不计的现实描写,其诗歌价值的重心明显倾向于形而上精神。这两种情况都没有重视现世的价值,都没有将现世的价值和超世的价值统一起来,因而精神陷入失衡或分裂。我们在此明显可以感觉到歌德"形而上形而下一体"观念的力量。新诗人少有在这方面进行精神探索的,他们比较普遍地重视了冥想的力量,却忽略日常生活的神秘性。另外,"向内又向外地生活"对解决形而上和形而下的矛盾也是有启示意义的。不光从精神冥想,也要从现实经验当中获得启示也是丰富和平衡精神的有效手段。在这一方面,现代诗人也是缺乏的,尽管鲁迅、穆旦等人同时关注了现实和精神,但他们并没有在这两者之间寻求一种统一的精神,他们外在的实用理性和内在的超越之思各自走往不同的方向。

冯至学习歌德等人的思想在新诗的形而上写作中是有启示意义的。当然,这样说并不等于冯至已经较好地解决了新诗形而上写作中的建设性问题,相反,冯至的努力还远远不够。首先,他的形而上体验还不能达到一个纯粹的程度。再者,他比较善于学习中外诗哲积极性的思想,但他的缺陷也在此:《十四行集》中的观念大都是学习的结果,缺少诗人自己的独创性。还有,即使是他向其他诗哲学习来的观念,他也不能充分实践,比如在科学研究的基础上发展哲学观念,向内又向外地生活等方面,冯至还只是停留在"心向往之"的阶段,不能实践或充分实践。但是,冯至以积极的思想建设形而上精神的鲜明态度、平衡生活和精神的努力在应对新诗形而上写作中的启发性价值不言而喻。

第二节　穆旦：常想飞出物外，却为地面拉紧

在现代诗人中，穆旦大约是谈诗学最少的诗人之一；尤其是作为优秀的哲理诗人，他几乎不谈哲学，这一点与王国维、鲁迅、郭沫若、宗白华、冰心、梁宗岱、冯至等人明显区别开来。而在可以见到的资料中，也几乎不见穆旦对西方哲学家专门研究的资料。① 但他的哲学体验显然不是在一个泛泛的水平上。相反，在对西方哲学体验的丰富和复杂性方面，穆旦在现代诗坛占据了一个醒目的位置。这应与两点有关：一是穆旦的西学背景，二是穆旦本人对西学的重视，对传统的排斥。穆旦在南开高中时就开始学英语，他的英语启蒙老师是巴金的三弟李尧林。1935年，穆旦高中毕业后考入清华大学外文系，主修英语。1937年，清华大学与北京大学、南开大学南迁长沙组成长沙临时大学后，穆旦在这儿上的是吴宓教的《欧洲文学史》，叶公超教的《大二英文》，旁听了冯友兰教的《中国哲学》，还有威廉·燕卜荪所开的两门课《莎士比亚》和《英国诗》。② 因为燕卜荪特别推崇威廉·布莱克，因此，穆旦除了喜欢拜伦、雪莱、叶芝之外，也特别喜欢布莱克，在课余常常和同学们谈

① 只有他读大学时看过柏拉图的记载。穆旦好友王佐良也说过："他（穆旦）注重创作实践，对于理论家不甚理会，自己也没有谈过诗学。"王佐良：《论穆旦的诗》，李方编《穆旦诗全集·前言》，中国文学出版社1996年版，第6页。

② 陈伯良：《穆旦传》，世界知识出版社2006年版，第29页。

论布莱克。① 后来在西南联大蒙自分校,在燕卜荪的启发引导下,他对雪莱、济慈、布莱克等英国浪漫派作家的作品更是着迷。他专心致志地读完了艾略特、奥登等人的诗歌,也十分喜爱美国诗人惠特曼的作品,"简直到了发疯的程度"②。当年在西南联大求学的穆旦的同学回忆,当时他们都喜欢艾略特。除了《荒原》等诗,艾略特的文论和他所编的《标准》季刊对他们也有影响。威尔逊(Edmund Wilson)介绍现代派的名著《爱克斯尔的城堡》是它们经常在一起谈论的话题。穆旦特别对艾略特的文章《传统和个人的才能》感兴趣。③

穆旦所喜欢的西方诗人中,拜伦、雪莱、叶芝、布莱克、艾略特、奥登、惠特曼等都具有某种宗教哲学观念,其中布莱克、惠特曼、艾略特等宗教哲学观念还很浓厚,他们无疑会影响到穆旦的思想和创作。

在写作观念上,穆旦对西方诗歌十分重视,他极力反对的是传统诗歌的陈词滥调和模糊不清的意境。④ 直到晚年,他还是明确表示中国新诗的成功要依赖西方诗歌。⑤ 强烈的西学观念也无疑会使得穆旦注重从西方诗学和哲学中吸取创作营养。

穆旦虽然不喜欢谈论诗学,但他的创作显示了他对西方哲学宗教的嗜好。但穆旦不是一个与世隔绝、闭门沉思的哲学家或宗教信徒,相反,穆旦基本上是一个现实的人,他一生关心的核心问题是现实问题,而不是远离现实的抽象精神。由于这两个因素的共同作用,穆旦的诗歌显示了他独到的哲学色彩。

一、形而下向形而上的艰难飞升

在现代派诗人中,奥登对包括穆旦在内的"九叶派"诗人的影响是比较大的。杜运燮提到奥登等人反映重大现实的新写法的兴趣,这种写法就是既反映重大的现实,也抒写个人的心情,把个人抒情与描写现实结合起来,或者

---

① 　陈伯良:《穆旦传》,世界知识出版社 2006 年版,第 30 页。
② 　同上书,第 45 页。
③ 　高秀琴、徐立钱:《穆旦:苦难和忧患铸就的诗魂》,北京出版社出版集团、文津出版社 2007 年版,第 54 页。
④ 　穆旦:《穆旦诗文集(二)》,中国出版集团、人民文学出版社 2007 年版,第 145 页。
⑤ 　同上书,第 148 页。

也通过抒写个人心情来表达对重大社会问题的看法。奥登的名作《西班牙，一九三七》和《战时》是这种新写法的范例。九叶诗派提出的"既不许诗逃避现实，也不许现实淹没了诗。"就是这一观点的表达。①

在九叶派诗人中，穆旦是一个典范。他首先是一个非常关注现实的诗人，曾经参加过长沙临时大学的长途行军，徒步3300多公里达到昆明；曾参加缅甸远征军，在著名的野人山战斗中九死一生；解放后，他曾放弃在美国的求学和印度某大学教务长的聘请，回国参加祖国的建设。他非常看重一个诗人对现实的表现，他说："一个深刻的诗人的诗总是和现实相结合着；他的概念和感觉都必根植于他的社会生活的土壤中。即使他受着某种哲学的影响，那最终原因也必是为他的生活感所决定着的。"②但另一方面，他不是如艾青那样是一个纯粹的现实主义的诗人，在深层思维里，他更注意以个人的精神视角来看待现实，批评现实。他提出"新的抒情"说："这新的抒情应该是，有理性地鼓舞着人们去争取那个光明的一种东西。我着重在'有理性地'一词，因为在我们今日的诗坛上，有过多的热情的诗行，在理智深处没有任何基点，似乎只出于作者一时的歇斯底里，不但不能够在读者中间引起共鸣来，反而会使一般人觉得，诗人对事物的反映毕竟是和他们相左的。"③在操作上，他提出"首先要把自己扩充到时代那么大，然后再写自我，这样写出的作品就成了时代的作品。"④强调的是对时代精神的把握；提出"诗应该写出'发现底惊异'。你对生活有特别的发现，这发现使你大吃一惊……注意：别找那种十年以后看来就会过时的内容。这在现在印出来的诗中很明显，一瞬即逝的内容很多；可是奥登写的中国抗战时期的某些诗（如一个士兵的死），也是有时间性的，但由于除了表面一层意思外，还有深一层的内容，这深一层的内容至今还能感动我们，所以逃过了题材的时间局限性。"⑤强调对现实的分析和发现，提炼出现实中的永恒性因素。

---

① 高秀琴、徐立钱：《穆旦：苦难和忧患铸就的诗魂》，北京出版社出版集团、文津出版社2007年版，第81页。

② 同上书，第93页。

③ 穆旦：《穆旦诗文集（二）》，中国出版集团、人民文学出版社2007年版，第54页。

④ 同上书，第188页。

⑤ 同上书，第184页。

　　无论是"有理性地",还是"把自己扩大到时代那么大""发现底惊异",都显示了穆旦对主题精神的强调,强调主体对现实的思考和发现。在很多情况下,他的思考异常尖锐,以至突破实用理性向形而上的天空飞升。具体分析起来,可以归结为四种情况:

　　其一,纯粹实用理性。这从数量上看在他的诗歌中是最多的,如描写报贩:"我们的梦被集拢着／直到你们喊出来使我们吃惊。"(《报贩》)对"文明社会"的解剖:"呵,这一片繁华／虽然给年轻的血液充满野心,／在它的栋梁间却吹着疲倦的冷风!"(《诗二章》)对战争的分析:"你的多梦幻的青春,姑娘,／别让战争的泥脚把它踏碎,／那里才有真正的火焰,／而不是这里燃烧的寒冷／"(《一个战士需要温柔的时候》)等。穆旦诗歌的实用理性大多是对现实的批判,表现的是痛苦的哲思。

　　其二,形而上与形而下的交织。这类诗整体上还是在表现现实,但诗人思考现实问题时对现实已有所超越,对形而上有某种程度的暗示或飞升到形而上的天空。

　　如《蛇的诱惑——小资产阶级的手势之一——》是一首叙事诗,描写"我"陪同德明太太购物的一段经历。"我"深深厌倦于百货公司那些老爷太太的讨价还价、衣裙窸窣、店员的打躬作揖。诗人写道:"而店员打躬微笑,像块里程碑／从虚无到虚无","而我只是夏日的飞蛾,／凄迷无处"。这些哲理在批评现实时又给人以形而上的暗示。

　　再如《旗》一诗:"我们都在下面,你在高空飘扬,／风是你的身体,你和太阳同行,／常想飞出物外,却为地面拉紧。"诗歌写旗在战争中的作用:是战争的动力,见证战争的残酷,代表不同力量,统一某一力量,是行动的方向等等,均是实际的现实归纳,但是,"常想飞出物外,却为地面拉紧"在描画旗帜的形神时却写出了诗人潜意识中形而上心灵结构:诗人的精神渴望飞升到至高的形而上天空,却为现实问题所困,不得自由。这句诗实际上与实用理性的关系已经很稀薄了,诗人的心灵似乎一下子脱离了现实,飞升到形而上的天空。

　　类似这种写法的诗歌在《穆旦诗全集》中并不是单一的,比如《控诉》中写道:"而有些走在无家的土地上,／跋涉着经验,迷失的灵魂／再不能安

于一个角度 / 的温暖,怀乡的痛楚依然",就是对丧失最高价值后后现代灵魂绝妙的形而上概括。类似的概括也出现在《不幸的人们》中:"自从命运和神祇失去了主宰, / 我们更痛地抚摸着我们的伤痕"。它们明显超越了实用理性,已经有了相对独立的形而上价值。

其三,纯粹形而上思想。诗人在这样的诗中主要的不再是关心现实,或对现实作了形而上的升华,构建精神世界是作者的兴趣所在。最有代表性的是《隐现》。诗歌分为"宣道""历程""祈神"三个部分,诗人系统地沉思了走向上帝之途,在穆旦的精神之旅中有集大成的意义。"宣道"篇以"轮回"和"一切皆流逝"的理念宣示了一切皆空虚的观念,这与《圣经》中大卫王所呼喊的"虚空的虚空,一切皆是虚空"的宣道相一致。"历程"篇指出人的被造性与有限性,指出现世无稳固之基础,强调通过幻想窥见真实以及对处在幻象中的人的宽恕。这是走向上帝之途的"历程"。因为现世是有限、虚无和荒诞的,所以"祈神"篇表达了与现世背道而驰、在违反自我中与神合一:"在非我之中扩大我自己","让我们违反自己,拥抱一片广大的面积"。强调在绝望的处境里觉悟上帝:

> 主啊,因为我们看见了,在我们聪明的愚昧里
> 我们已经有太多的战争,朝向别人和自己,
> 太多的不满,太多的生中之死,死中之生,
> 我们有太多的利害,分裂阴谋,报复,
> 这一切把我们推到相反的极端,我们应该
> 忽然转身,看见你

这种观点与克尔凯郭尔在《致死的疾病》中表达的在极端的绝望中可见上帝的观念类似。布莱克的名言:"在荒原的尽头,手指可以触天",同样是此理。其思路与自克尔凯郭尔、尼采、叔本华以来的现代悲观、悖论哲学极为类似。

类似于《隐现》这样消隐了实用理性、纯粹形而上思辨的诗歌在穆旦的诗中也不是少数,如《我》《智慧的来临》《神魔之争》《自然底梦》《忆》《海恋》《云》《我歌颂肉体》等。

　　从这三种情况看,穆旦的诗歌有一个由形而下到形而上的升华过程,那些不同程度打上形而上色彩的诗篇随着时间的发展愈来愈显示了它们的重要性和魅力。但穆旦从现实到形而上的飞升是不轻松的。由于中国现代特定的复杂社会环境,现实给穆旦的,常常是荒谬、悖论、没有意义。上流社会的空虚无聊,军队内部的腐败不公,社会的混乱黑暗都在刺激着诗人,使得他在现实中迷惑。《诗二章》写道:"这一片繁华/虽然给年轻的血液充满野心,/在它的栋梁间却吹着疲倦的冷风!"《海恋》:"我们已为沉重的现实闭紧。"《时感四首》:"因为在我们明亮的血液里奔流着勇敢,/可是在勇敢的中心:茫然。"甚至到了晚年,他还是反思:"呵,耳目口鼻,都沉没在物质中,/我能投出什么信息到他窗外?/什么天空能把我拯救出'现在'?"一个关心现实的、具有精神需求的诗人是不可能将自己全副生命与这样的现实捆绑在一起的,因此,他需要在一个精神世界里为自己寻找自由和世界的本真面目。正是在形而上的沉思中,穆旦获得精神的高度自由和对世界的本真言说。使得穆旦丰富活跃的精神安宁下来的,是《隐现》《忆》这样的诗篇。

　　然而,由于穆旦现实主义的创作理念,他不可能完全放弃现实,以全副的精神进行形而上沉思;他更不能如泰戈尔那样找到一种哲学,能一通现实和形而上,让现实成为某种抽象精神的体现。从他的哲学需要来说,现实往往成为一幅沉重的负担。穆旦向形而上精神天空的飞升是艰难的。"常想飞出物外,却为地面拉紧"是他精神状况的隐喻。

二、丰富复杂的形而上思想

　　穆旦的诗歌具有丰富复杂的形而上思想。他的诗歌中有多种宗教哲学思想形态,出现在他诗歌中有形而上意义的关键词有上帝、主、穆罕默德、自然、神魔等,他的思想涉及基督教、现代生命哲学、泛神论、自然哲学、存在主义、虚无主义、佛家的轮回观念、后形而上学等等。而且,即使在他的同一首诗歌中也有不同的、众多的宗教哲学思想,这种状况尤其反映出他诗歌思想的复杂性。

　　穆旦诗歌中的宗教哲学观念主要有以下数种:

基督教的上帝观念：来自基督教的上帝（主）的观念在穆旦的诗歌中占有比较多的篇幅。它们相对集中于《隐现》《诗八首》《忆》等诗歌，尤其是《隐现》，表现了相对纯粹的基督教思想，分析已如上述。由于这些思想，王佐良曾认为穆旦诗歌的主要价值是为中国新诗"创造了一个上帝"①。

生命哲学观念：穆旦诗歌中蕴含丰富的生命哲学观念，这些观念又可归纳为两类，一类是生命家园，生命的本根，或曰前生命形态。这在《我》《智慧的来临》中体现得很明显。"从子宫割裂，失去了温暖，/是残缺的部分渴望着救援，/永远是自己，锁在荒野里"（《我》）表现了与生命本体隔绝的存在状态，"不断的努力带不回自己"，回归前生命是不能的、令人绝望的。它们均暗示了本来的生命家园。

相对于这种绝望感，《智慧的来临》则表现了对终极生命追求的积极姿态和信心：

成熟的葵花朝着阳光转移，/太阳走去时他还有感情，/在被遗忘的地方忽然是黑夜，

对着永恒的相片和来信，/破产者回忆到可爱的债主，/刹那的欢乐是他一生的偿付，

然而渐渐看到了运行的天体/向自己微笑，为了旅行的兴趣，/和他们一一握手自己是主人，

从此便残酷地望着前面，/送人上车，调回头来背弃了/动人的忠诚，不断分离的个体

稍一沉思听见失去的生命，/落在时间的激流里，向他呼救。

太阳象征本来的生命，葵花对太阳的仰望象征对本根生命的回归。但觉悟本根生命是要付出代价的——因为他从此按照本根生命的逻辑来生存，这与非觉悟者是背离的；但他也得到补偿：作为主人——生命的本来与天体握手，

---

① 王佐良：《一个中国诗人（代序）》，见穆旦《蛇的诱惑》，珠海出版社1997年版，第8页。

这是一个获得拯救者的姿态,他悲悯地看着芸芸众生,那些"不断分离的个体","落在时间的激流里,向他呼救"。

另一类是泛生命状态。诗人显然受到泛神论的影响,他虽然不像郭沫若一样用专门的诗篇表现这种哲学,但在对世界、对生命的沉思中,常常借这种哲学来表现自己的思想。"我是谁? 在时间的河流里,/一盏起伏的,永远的明灯。/我听过希腊诗人的歌颂,/浸过以色列的圣水,印度的/佛光。我在中原赐给了/智慧的诞生。"表现了超越具体文化形态的普在生命。在《神魔之争》中,诗人通过神的口吻,表现了一种宇宙生命观,其中有泛神论的影子。在同一首诗中,代表造物者的东风对存在的一切说:"我知道,我给了你/过早的诞生,而你的死亡,/也没有血痕,因为你是/留存在每一个人的微笑中,/你是终止的,最后的完整。"同样指出了生命内在的贯穿于一切的泛在本质。在《海恋》中,诗人放怀歌颂的"蓝天的漫游者,海的恋人"其实也是这种泛在的生命:"自由一如无迹的歌声,博大/占领万物,是欢乐之欢乐,/表现了一切而又归于无有"。即使对缅甸远征军中那些死于胡康河原始森林士兵的缅怀,也渗入了这种思想:"静静地,在那被遗忘的山坡上,/还下着密雨,还吹着细风,/没有人知道历史曾在此走过,/留下了英灵化入树干而滋生。"(《森林之魅——祭胡康河上的白骨》)诗人表现了他的良好生命愿望:生命是不会死去的,他们将以另一种生命形态而存在。

否认终极价值的后形而上哲学观:西方哲学自从尼采打倒上帝之后,终极价值不再存在,人们迷失彷徨,无家可归,世界哲学进入后形而上学时代。中国新诗向西方学习,深刻地受到这种哲学的影响,王国维和鲁迅是典型的,穆旦也不例外,他的《控诉》里有几句诗对这种精神刻画很传神:"而有些走在无家的土地上,/跋涉着经验,失迷的灵魂/再不能安于一个角度/的温暖,怀乡的痛楚依然"。而在另外几首诗里,也有这种思想的流露:"自从命运和神祇失去了主宰,/我们更痛地抚摸着我们的伤痕"(《不幸的人们》),"当庄严的神殿充满了贵宾,/朝拜的山路成了天启的教条,/我们知道万有只是干燥的泥土,/虽然,塑在宝座里,他的容貌"(《潮汐》)。甚至写生机勃勃的春天,也暗含这种思想:"蓝天下,为永远的谜迷惑着的/是我们二十岁的紧密的肉体,/一如那泥土做成的鸟的歌,/你们被点燃,却无处皈依"(《春》)。

　　自然哲学观念:这种哲学主要来自中国道家,但有时也受到西方哲学的影响,表现了与西方哲学结合的时代特色。在穆旦早些时候的创作里,他的自然观基本是受传统道家的影响,比如他20岁发表的《我看》:"去吧,去吧,O生命的飞奔, /叫天风挽你坦荡地漫游, /像鸟的歌唱,云的流盼,树的摇曳! /O,让我的呼吸与自然河流! /让欢笑和哀愁洒向我心里, /像季节燃起花朵又把它吹熄。"生命的节奏是自然的节奏,这里表达就完全是传统的自然观,它让人想起孟浩然的诗句:"愁因薄暮起,兴是清秋发。"

　　但在《神魔之争》中,这种自然观在发生一些变化:"或者, /钻入泥土听年老的树根/讲它的故事? /O谁在那儿? /那是什么?"表现了在年老的树根中去探寻生命终极本来的愿望,在传统自然观的基础上增加了生命哲学的内容。以自然为生命的本来这种观念在《自然底梦》中表现得最为典型:

　　　　我曾经迷误在自然底梦中,
　　　　我底身体由白云和花草做成,
　　　　我是吹过林木的叹息,早晨底颜色,
　　　　当太阳染给我刹那的年轻,

　　　　那不常在的是我们拥抱的情怀,
　　　　它让我甜甜的睡:一个少女底热情,
　　　　使我这样骄傲又这样的柔顺。
　　　　我们谈话,自然底朦胧的呓语,

　　　　美丽的呓语把它自己说醒,
　　　　而将我暴露在密密的人群中,
　　　　我知道它醒了正无端地哭泣,
　　　　鸟底歌,水底歌,正绵绵地回忆,

　　　　因为我曾年青的一无所有,
　　　　施与者领向人世的智慧皈依,
　　　　而过多的忧思现在才刻露了
　　　　我是有过蓝色的血,星球底世系。

诗歌追忆年轻时的自然生命状态，与有了智慧并丢失了自然的"现在"对比，我们不难读到诗人对"智慧"的婉讽，表现了诗人对失去自然后在现代人群中的孤立无依，以及追念自然而不得的本真觉悟。

以上是穆旦诗歌中几类表现得较多、较集中的观念，他的诗歌中远不止这些观念，比如《隐现》中还有"轮回"的佛家观念，有虚无主义思想；《诗八首》中有存在主义思想；《我歌唱肉体》中有惠特曼式的神秘生命觉悟等。

更能说明穆旦哲学宗教思想的复杂的在于：他在一首诗中往往表现多种哲学观念，这些观念并不形成内在的统一。这比较典型地体现在《诗八首》中。《诗八首》写了一次失败的爱情经历，它展示了爱情的全过程。但这首爱情诗是特别的，它在形而上的思想背景下演绎爱情故事，它的奥秘在于在可感知的现世爱情活动中暗示一种绝对精神。它把爱情作为"永恒"的一个生动特例，我们可以说它是以爱情演绎永恒。

整首诗在现实层面上展开爱情活动，又时时暗示永恒的、绝对的精神。这里绝对精神不是那一家宗教哲学的特定理念，而是吸收了多家宗教哲学思想甚至包括民族道家思想。"从这自然底蜕变程序里，／我却爱上一个暂时的你"，这是民族的自然哲学"变"的观念，也有歌德"蜕变论"的影子。[①] "即使我哭泣，变灰，变灰又新生，／姑娘，那只是上帝玩弄他自己"，上帝是基督教的观念，但细细推敲，这里的精神实质其实不是基督教的。基督教的上帝高出于世界万物之上，并不与万物合一。而我的哭泣、变灰和新生是上帝玩弄自己，这样的观念里暗示了绝对精神与"我"这个现世存在物是合一的。这其实是泛神论的某种表达。

自然哲学的变易观念在以下的句子中同样体现："水流山石间沉淀下你我"，"我和你谈话，相信你，爱你，／这时候就听见我底主暗笑，／不断地他添来另外的你我／使我们丰富而且危险。"此处"主"的观念相对于上一处"上帝"，更接近基督教的观念，"暗笑"一词暗示了上帝高高在上，以其绝对"暗笑"我和你的相对。"它要你疯狂在温暖的黑暗里"，"静静地，我们

---

① 冯至说"他（歌德）在高级植物中看到原始植物（叶），在高级动物中看到原始形体（脊椎），在矿物中看到原始石（花岗石），在人的现象之后看见神的、原始的创造力（爱）。——从这些原始现象中蜕变出宇宙的万象，这就是歌德的蜕变论。"见《冯至全集》第8卷，韩耀成等编，河北教育出版社1999年版，第58页。

拥抱在／用言语所能照明的世界里"，是海德格尔式的存在主义观念；"所有科学不能祛除的恐惧"也是一种存在主义观念，但更接近克尔凯郭尔式的神秘恐惧。"等季候一到就要各自飘落，／而赐生我们的巨树永青"是某种生命哲学观念。"它对我们的不仁的嘲弄／（和哭泣）在合一的老根里化为平静"是典型的道家观念："天地不仁，以万物为刍狗。"显示生命的终极命运；老子云："夫物芸芸，各复归其根。归根曰静"，穆旦利用了这一思想来解释生命的归宿——在合一的老根里化为平静。可以见出《诗八首》中丰富复杂的哲学宗教观念。

对于自己思想的丰富和复杂，穆旦有明确的自觉意识，他说："就把我们囚进现在，呵上帝！／在犬牙的甬道中让我们反复／行进，让我们相信你句句的紊乱／是一个真理，而我们是皈依的／你给我们丰富，和丰富的痛苦。"

三、未统一、不成形的形而上精神

回顾穆旦诗歌里的宗教哲学思想，可以发现，他全部的诗歌充满了丰富复杂的宗教哲学观念，但是，这些思想没有形成统一和系统。不但作为整体的诗集没有相对明确的思想倾向，就是在同一首诗中，思想也有混杂的，远不如王国维的怀疑论、郭沫若的泛神论、《野草》的虚无主义和精神悖论、《十四行集》的积极肯定的生命观念之单纯明晰（虽然后者也还没有达到一个纯粹的境界）。

对于这些众多的观念，穆旦似乎无意于穷究其中任何一种，他没有如王国维、鲁迅对虚无主义、怀疑主义，没有郭沫若对泛神论那样对某一种哲学观念持有强大的信念，没有一种观念在他的诗歌中形成主宰，代表他对世界人生的根本看法。他丰富、强大的精神力量向四方奔突，却一直不能形成相对统一的趋向，一任这些力量奔突，扩展他的体验和精神世界。穆旦对自己的精神状态十分自觉，他在写于1940年的《玫瑰之歌》中说："然而我有过多的无法表现的情感，一颗充满熔岩的心／期待深沉明晰的固定。一颗冬日的种子期待着新生"，表明他在很早的时候就自觉其精神的丰富复杂，期望获得某种明晰的、固定的形式。但是，五年后，当他的诗歌迈向成熟时，他的思想仍然没有获得他想要的明晰性："从你的眼睛看见一切美景，／我们却因忧郁而更忧郁，／踏在脚下的太阳，未成形的／力量，我们丰富的无有"（《海恋》，发表于 1945 年 4 月）。他的精神还是"未成形的力量"，他似乎没有办法来获得一种系统的、成形的思想。两年后，他虽写出像《隐现》这样比较系统的作品，但这是远远不够的，他全部的作品没有呈现出清晰的思想走向。他的诗歌缺少主宰性的精神形态。

穆旦是九叶派代表诗人，"既不许诗逃避现实，也不许现实淹没了诗"的创作理念在他身上体现得很充分。他的诗歌虽然有很好的形而上观念，但现实仍然潜在地制约着他的哲理。而穆旦显然还没有形成一种理念来统一现实和形而上；由于现代中国特殊的内忧外患的背景，现实尤其复杂、荒诞，他的哲理随现实而产生，受到种种不同的现实的制约，因而繁复和芜杂不可避免。纷乱的现实决定了他形而上思想的纷繁。

在现代诗歌史上，与王国维、鲁迅、郭沫若、冯至等人不同的是，穆旦不是通过深入钻研一两家哲学或某一哲学流派、某一哲学思想突出的诗人的思想来作为自己的思想基础。穆旦的传记及相关回忆录里没有他对某一哲学家或思想流派、宗教思想的深入钻研 ① 的记载；在他少量的谈诗学问题的书信及日记里，他从来不专门谈哲学问题，他对哲学知识论话语似乎没有固有的兴趣，他的宗教哲学观念基本都是从他感兴趣的西方诗人那里获取的，是二手的，不彻底、不系统的。穆旦没有经过哲学知识论的严格熏陶，未穷究哲学根本原理，他的宗教哲学思想以体验为主，是零星的。这是他的形而上思想不统一、不彻底的另一个原因。

假如立足于纯粹的宗教哲学立场，穆旦的形而上思想不透彻、不系统，根本的还在于他的精神缺少一种经历，一种天启般的觉悟。没有这样的哲学事件来主动抓住他，把他拉向哲学的深处、拉向彼岸。天启般的精神历程对于一个真正的哲学家或诗哲来说从来都是至关重要的，它决定了一位哲学家或诗哲是否对世界人生有透彻的神秘直观。穆旦所喜爱的宗教诗人布莱克在四岁时就看见宗教幻象，叔本华讲真正的哲学家靠的是"天惠之功"，顾

---

① 在笔者所见到的资料中，只有他在大学读过柏拉图哲学的记载。

城五岁时突然觉悟到死亡。穆旦的诗歌缺少这样一种直观,一种绕到舞台背后、偷窥到世界戏剧背后运作机制的直觉智慧。当然,在现代中国哲学诗人中,这种经历的缺乏不是穆旦独有的。

穆旦的形而上观念不统一,它们没有提出对世界人生的根本性看法,它们的产生带有随机性。从成熟的哲学诗的立场来看,穆旦还做得不够。但这样说并不否定穆旦在中国新诗史上的价值。穆旦是体验的哲人,不是系统观念的哲人。他的诗歌的特点在于他丰富、细微的体验,而不在于提出系统的思想。① 穆旦能充分体验来自现实和他精神生活中的每一个独特的、细微的矛盾,他能充分进入每一个细节,看清每一个幽暗(黑暗、可疑、模糊)之处,却不急于用一两个大的概念概括世界。这对于中国诗歌现代哲学精神的建立是可贵的。因为体验是我们获得知识的唯一入口;外来的思想只有获得我们体验的支持才具有合法性,未明的世界也只有通过体验才能进入。只有在体验的基础上我们才能建立属于我们自己的真正的哲学、真正的诗学。穆旦诗歌体验的丰富、深刻,思想的繁复,精神的多方面开拓,思想之沉实,诗歌内在的充沛的力量感(相比而言,冯至的诗歌稍嫌飘忽),都是他的独到特色。他的诗集给人沉甸甸的感觉,那里面有太多高密度的细碎金块。穆旦诗歌是细节的价值,而不是体系的价值,在细节方面都是金灿灿的。20 世纪 80 年代朦胧诗丰富的哲理抒写与穆旦诗歌的这一特色是分不开的;当然,中国新诗的形而上抒写远未成熟,穆旦的启示还会继续。在诗歌史上,穆旦是开路的急先锋,而不是最终获得大捷的将军。

---

① 　在体验的基础上提炼丰富的哲理,而不是通过沉思提出系统的哲学观念,这一点将穆旦与冯至区别开来。冯至通过对歌德等人的深入研究,在《十四行集》中表现了系统的形而上观念,如蜕变论、泛生命论、佛性生命视角、把住一些把不住的事体、神圣人格论等,它们内在地统一于建设性的生命姿态。

第三节　郑敏：神圣之境

在新诗史上，以自觉的哲学意识进行诗歌创作最突出的要算是郑敏了。郑敏是一个典型的学院派诗人，她是先经过系统的哲学学习，再进行诗歌创作的诗人。她对此多有表述："我在大学时所修的哲学是我此生写作和科研的放射性核心。"[①]"冯先生的'人生哲学'与'中国哲学史'课却像一种什么放射性物质，一旦进入我的心灵，却无时不在放出射线，影响着我的思维和感性结构。这两门课加上汤用彤先生的魏晋玄学、郑昕先生的康德与冯至先生的歌德是我的知识建构中的梁柱与基石。"[②]他又曾说受三位诗人影响最深，约翰·顿、华兹华斯、里尔克，共同点是"深沉的思索和超越的玄远，二者构成他们的最大限度的空间和情感的张力"[③]。尽管很多诗人也经历了先学习再创作的过程，但郑敏却典型得多。学院的生活赋予了郑敏良好的教养，使得她的诗歌一出现就显出不凡的品质。但是，学院的生活也使得郑敏的诗歌如同在温室里成长的玉兰花，高贵典雅却缺乏自然的风霜雨露的气息，她自己也有所反思："我的成长有太多的城市的、学院的的成分，因此，特别羡慕长在沙漠里的诗人和艺术家。"[④]郑敏的带有哲思的诗歌缺乏那些具有先验体验的诗人所具有的尖锐的穿透力，甚至有些诗歌是他学习的哲学观念的演

①　郑敏：《郑敏文集》文论卷（中），章燕主编，北京师范大学出版社 2012 年版，第 608 页。
②　郑敏：《郑敏文集》文论卷（下），章燕主编，北京师范大学出版社 2012 年版，第 838 页。
③　郑敏：《郑敏文集》文论卷（中），章燕主编，第 325 页。
④　郑敏：《郑敏文集》文论卷（下），章燕主编，第 835 页。

绎,很多观念不具有原创性和新鲜感,① 但她以自己的虔诚来学习哲学,并以之观察和解释世界,故其诗作仍具有真诚的力量;而由于她的虔诚,她对宇宙的某些觉悟触及到某些本质的因素,正如她所说:"诗人的心灵里是不可能没有宗教感的,只要你的心灵跟自然、跟无形的东西有过交流,在我看来这就是宗教感。你不一定要成为一个宗教徒。这就是一种敬畏之感,忽然之间打开一个更大的世界。"② 说明她对宇宙精神有所见。尤其是由于她在艺术上的成功表现,使得她的诗歌具有感人的效果、思想的启迪和美的享受。

也许女性诗人这一特定的性别写作趋向决定了郑敏的诗细腻、感性多于理性和冷静,但郑敏的诗歌仍然有自己的观念世界,虽然这些观念包含在丰富的感性中,但仍然有明晰的思路和巨大的思想力量,它们是整体生命观、神圣人格和圣母境界,这些观念体现了一种神圣之境的精神倾向。

一、整体生命观

在所有对世界、生命进行形而上解释的哲学里,泛神论是迷人的。从泛神论的角度看,生命不会因为死亡而陷入虚无的恐惧里,生命更像是一个孩子,他在所有的存在里游玩,一会在此世,一会在彼岸;有时是有形的,有时是无形的,也如同一个藏猫猫的孩子。在泛神论者看来,生命里的种种矛盾也不再是让人神魂颠倒的悖论,因为它们都系于那永恒的"一",所有的存在皆有价值。泛神论是给予生命以信心的。在郑敏的早期诗歌里,也存在这样一个泛神的境界,她用一种整体的观点来看待世界,这样,隔绝和偏见在她的精神世界里是不存在的,相反,整体的观点给她带来生命的信心。

在郑敏的精神世界里,生、死和变化是一体的,现在、过去和未来也是一体,它们都是"从同一株老树上发出新的嫩芽, / 从同一颗心灵里涌出新的智慧"(《读 Selige Sehnsucht 后》),来自于歌德的智慧让她对生命的一体

---

① 唐湜在写于 20 世纪 40 年代的论文《郑敏静夜里的祈祷》中认为郑敏诗歌中的思想和哲理"这仅仅是过于绚烂,过于成熟的现代欧洲人思想的移植,一种偶然的奇迹,一颗奇异的种子,却不是这时代的历史的声音。"见吴思敬、宋晓冬编:《郑敏诗歌研究论集》,学苑出版社 2011 年版,第 24 页。

② 郑敏:《郑敏文集》文论卷(下),章燕主编,北京师范大学出版社 2012 年版,第 797 页。

性怀有信念,"假如死和变都是至宝贵的,因为/他们却系于那不断的'同一'",这"同一",也就是超越生死又包含生死的完整的生命才是郑敏所关注的内在生命事实,郑敏沉思了死亡,他并不如存在主义者那样对死亡怀着深深的恐惧,而是把生和死都看成是完整生命之树上的两枚果子,"完整的生命"是不会消失的,她以此摆脱了死亡恐惧。郑敏认为,完整的生命必然包含死亡,"'终结'早已在'起始'里等候,/好像种皮里包藏着子叶","你不会更深的领悟到生的完全/若不是当它最终化成静寂的死",《墓园》里的这些咏叹表现了郑敏对死亡"不死"的信念,她还说:"生命在这里是一首唱毕的歌曲/凝成了松柏的苍绿,墓的静寂/它不是穷竭,却用'死'做身体/指示给你生命的完整的旨意。""为了焕发的姿容/多少人欢腾歌颂/为了凄凉的凋敝/多少人悲哀慨叹。"与这些大多数人不同,郑敏既不会为了生的快乐而"欢腾歌颂",也不会为了死的凄凉而"悲哀慨叹",她把生命的结束看成是"向无穷旅行"的过程,"待望到生的边疆/却又像鸟死跌降/松舍了天空万顷",这就像鸟儿离开此世的天空,还会有进一步的旅行。

但郑敏的这种生死观并非纯粹是形而上的逻辑演绎,她同时是关注现实的。在郑敏写《诗集》的时代里,正是民族争生存的关键时刻,而死亡则是朝夕的事实,对此,郑敏以她一贯的生死观对时代作出自己的诠释,在《时代与死》里,她这样写道:

> 在长长的行列里
> "生"和"死"是不能分割
> 每一个,回顾到后者的艰难,
> 把自己的肢体散开,
> 铺成一座引渡的桥梁,
> 每一个为了带给后者以一些光芒,
> 让自己的眼睛永远闭上。
>
> 不再表示着毁灭,恐怖,
> 和千古传下来的悲哀
> 不过是一颗高贵的心

化成黑夜里的一道流光，

照亮夜行者的脚步。

当队伍重新前进，

那消逝了的

每一道光明，

已深深融入生者的血液，

被载向人类期望的那一天。

倘若恨正是为了爱，

侮辱是光荣的原因，

"死"也就是最高潮的"生"，

还美丽灿烂如一朵

突放的奇花，纵使片刻

间就凋落了，但已留

下生命的胚芽。

诗句表明，郑敏以他形而上的理念解释了死亡的价值，她正是站在整体生命观的角度，歌颂了死亡对于生命的意义，可以说，郑敏以她独特的生存哲学理念，关注了现实并对现实进行了升华。

正如生、死和变化是一体的，现在、过去和未来也是一体，现在、过去和未来都是整体生命的一部分，"带着过去的整体，生命，他才像 / 一条河流无休止地向前进行"，"在看得见的现在里包含着 / 每一个看不见了的过去。/ 从所有的'过去'里才 / 蜕化出最高的超越 / 我们高立在山岩上看海潮的卷来: / 在那移动的白线之后 / 却是整个的海的力量"，相反，"从现在里抽出过去 / 生命和他勇猛的前进都将 / 同于落日的退汐，无声的 / 退回海的最寂寞的深处。"（《读 *Selige Sehnsucht* 后》）

现在、过去、未来是一体的，生命是不断变动的，但这种不断消逝的时间带给郑敏的并不是如古希腊哲人赫拉克利特所言"人不能两次踏入同一条河流"那种不可把握的流逝感，相反，她却主动出击，与流逝的时间同在。"让我们的思维深深走入四周 / 捉住变动的一切 / 如同一个标本的采集者 /

网到一只凤蝶 / 折到一枝奇卉",对于郑敏而言,无论时间如何流逝,都是整体生命的体现,所以她主张"对于流逝的时间 / 一只驾驶着的船只 / 是它的勇敢的伴侣 / 一个呆立在岸上感系的人 / 它只能掠他而没入无穷。"因而她对于时代的意见是:"叹息已不是 / 这个时代的歌声。"(《时间》)她显然主张应当投入到时代的大变动之中。

说到底,内在的整体生命观带给郑敏的是对于生命的信念,这使得她能超越外在生命的种种混乱、隔绝、寂寞和消极。比如她观察到混杂在灰白的石子下,和在海滩破碎的贝壳下,有静静地睡着了的美丽的纹石和有虹彩的蚌壳,她悟道:"一个盈壳的海蚌锁尽 / 宇宙最深的秘密: / 在杂乱,贫乏的深处 / 静静睡着'美丽'的整体, / 日夜勤勉的磨光他的珠子。"(《人们》)这就形成了内在的整体生命对于外在混杂世界的超越。

对于一个有良知的诗人来说,在一个混乱的时代,寂寞和隔绝可能是她的最基本的体验,郑敏就是这样,她常常觉得,"我是单独的对着世界。 / 我是寂寞的。"她看到两块岩石,感觉"对于我它们 / 只不过是种在庭院里 / 不能行走的两棵大树, / 纵使手臂搭着手臂, / 头发缠着头发; / 只不过是一扇玻璃窗 / 上的两个格子, / 永远的站在自己的位子上。"一种深深的寂寞和隔绝感使得诗人祈求道:"呵,人们是何等的 / 渴望着一个混合的生命, / 假设这个肉体内有那个肉体, / 这个灵魂内有那个灵魂。"但,这是不可能的,因而,诗人叹息道:"世界上有哪一个梦 / 是有人伴着我们做的呢? / 我们同爬上带雪的高山, / 我们同行在缓缓的河上, / 但是 能把别人 / 他的朋友,甚至爱人, / 那用誓言和他锁在一起的人 / 装在他的身躯里, / 伴着他同 / 听那生命吩咐给他一人的话, / 看那生命显示给他一人的颜容, / 感着他的心所感觉的 / 恐怖、痛苦、憧憬和快乐吗?""为什么我常常希望 / 贴在一棵大树上如一枝软藤? / 为什么我常常觉得 / 被推入一群陌生的人里?"但正是由于诗人的极端的寂寞,她由此悟出寂寞如一个"最忠实的伴侣",永远和她相伴,诗人也在"'寂寞'的咬啮里 / 寻得'生命'最严肃的意义","因为它人们才无论 / 在冬季风雪的狂暴里, / 在发怒的波浪上, / 都不息的挣扎着",诗人并"把人类一切渺小,可笑,猥琐 / 的情绪都抛入他的无边里, / 然后看见: / 生命原来是一条滚滚的河流。"(《寂寞》)诗人最终从寂寞里看出生命是包含寂寞在内的一条滚滚的河流,寂寞也因而在诗人那里不再纯粹是消极的意义,这同样是诗人把寂寞看成是整体生命一部分的结果。

正是因为寂寞和隔绝的痛苦,使得诗人对内在的完整的生命倍加珍惜。她形容这种生命的到来的状况:"那轻轻来到他们心里的 / 不是一根箭, / 那太鲁莽了;/ 也不是一艘帆船 / 那太迟缓了, / 却是一口温暖的吹嘘, / 好像在雪天里 / 一个老人吹着他将熄的灰烬",相对外在的生命,内在的生命是不易感知的,诗人说它像"幻景的泄露",并想象现世的隔绝的生命"像一座建筑那样 / 凝结在月夜的神秘里, / 他们听不见彼此的心的声音 / 好像互相挽着手 / 站在一片倾逝的瀑布前 / 只透过那细微的雾珠 / 看见彼此模糊了的面影。"(《来到》)这种模糊的面影就是内在整体生命之恍然一悟,即便是模糊的,但也是美好的。

1945 年 4 月 13 日,正在第二次世界大战中指挥美国进行最后胜利决战的美国总统罗斯福猝死,这种让人猝不及防的事件给诗人很大的震惊,诗人不禁写道:"世界是在极大的哑静里 / 接受一个冷酷的试探, / 这是在问:/ 纵使在一个科学的时代 / 历史的因素中不仍是 / 存有一个不定形的'偶然'吗? / 即使对于能计划未来的人类 / 不仍有一只外在的手 / 可以扭转他们的命运吗? "面对这种疑惑,诗人展开了可贵的"沉思":"他记起寒带的树木 / 只有在寒流的风雪里 / 生长得坚实 / 他记起浮士德的灵魂 / 只有在魔鬼的追逐下 / 更迅速地向'超越'上升 / 他记起人类尊严的意志 / 他用粗大的笔从 / 作品里将'偶然'涂去 / 在他的痛苦的疲劳的 / 微笑里只写有诗人所说的 / '我赞美! '"(《一九四五年四月十三日的死讯》)这种沉思,从而将"寒流""魔鬼""偶然"这些负面的价值纳入了整体生命之中,并在其中产生价值。

二、神圣人格

在郑敏的诗歌中,存在着神圣人格,但这种神圣人格不是脱离现实的纯粹形而上实体,相反,他们是由现实人格经过某种孕变后所产生的精神效果,所以,这种神圣人格的追求不是郑敏要摆脱现实、逃脱到一个形而上的王国,而是她执着现实,努力将现实升华到一种神圣境界的结果。郑敏从各种角度描绘了这种精神孕变的经过,这种精神孕变以幽闭和痛苦为主要特征的。

（一）神圣的幽闭

在郑敏诗歌的人物画廊里,有一系列沉默的幽闭着自己的人物,这些人物出于一个神秘的理由宁愿幽闭着自己的精神,不轻易让自己在这个世界上有丝毫的显露,《Renoir 少女的画像》里的少女就是这样一个典型的人物:

> 追寻你的人,都从那半垂的眼睛走入你的深处,
> 它们虽然睁开却没有把光投射给外面的世界,
> 却像是灵魂的海洋的入口,从那里你的一切
> 思维又流返冷静的形体,像被地心吸回的海潮
>
> 现在我看见你的嘴唇,这样冷酷的紧闭,
> 使我想起岩岸封闭了一个深沉的自己
> 虽然丰稔的青春已经从你发光的长发泛出
> 但是你这样苍白,仍像一个暗澹的早春。
>
> 呵,你不是吐出光芒的星辰,也不是
> 散着芬芳的玫瑰,或是泛溢着成熟的果实
> 却是吐放前的紧闭,成熟前的苦涩
>
> 瞧,一个灵魂怎样紧紧把自己闭锁
> 而后才向世界展开,她苦苦地默思和聚炼自己
> 为了就将向一片充满了取予的爱的天地走去。

这位少女,眼睛是“半垂”的,“它们虽然睁开却没有把光投射给外面的世界 / 却像是灵魂海洋的入口”,从这入口里,少女“一切思维又流返冷静的形体,像被地心吸回的海潮”;同样,她的嘴唇也是“这样严酷的紧闭 / 使我想起岩岸封闭了一个深沉的自己”。“紧闭”“封闭”“闭锁”就是这位少女的特征,诗人强调,这位少女“不是吐出光芒的星辰,也不是 / 散着芬芳的玫瑰,或是泛溢着成熟的果实”,而是“吐放前的紧闭,成熟前的苦涩”,要

言之,"紧闭""封闭""闭锁"云云并不是这位少女的目的,她最终也是要"向世界展开";而为了更好地向世界展开,她才"苦苦地默思和聚炼自己 / 为了就将向一片充满了取予的爱的天地走去。"可以简单地说,"紧闭""封闭""闭锁"是这位少女走向神圣之境的路途。

类似的少女还存在于《一瞥 Ranbrandt: Young Girl at Open Half-door》中,这位少女也显示出幽闭的特征,她"闭锁着丰富如果园的胸膛",显露出的只是像梦一样的光辉的脸庞,和歇在矮门上的手。任使时间流逝,这位少女,"半垂的眸子,谜样,流露出昏眩的静默",只是"在一个偶然的黄昏,抛入多变的世界这长久的一瞥。"这一瞥充满言说不尽的意味,仿佛透露出她闭锁在心胸中的秘密。

由于耳聋的贝多芬在郑敏的笔下也具有闭锁人格,"随着躯体的聋黯你仍像 / 一座幽闭在硬壳里的火山 / 在不可见的深处热流旋转",这种幽闭是一个积蓄力量的痛苦的过程,一旦这种积蓄完成,贝多芬也就完成了他神圣人格的形成:"于是自辽远的朦胧降临 / 你心中:神的宏亮的言语 / 霎那间千万声音合唱圣曲"(《贝多芬》)。

《盲者》里的盲人走在街上,"月光和她的姊妹们, / 眼光和色彩的世界, / 围绕着你 / 好像围绕着 / 一座紧闭的寺院。"盲者虽然不见光明,但正是他的盲目造成的"紧闭"的世界构成了他的神圣,就好像"在一块不语的石头里, / 在一座沉默的山头上, / 人们都感觉到神的寓居"。盲者不能为谁所了解,但"那些目送你远去者,却从你平稳的迈步里 / 觉悟到纵使在黑暗中 / 也有一只手牵引着, / 那忠于忍受苦难的人。"盲者并不失圣者的方向。

在《雕刻者之歌》里,那位雕刻者力争使自己宁静下来,然后"我用我的智慧照见 / 一尊美丽的雕像,她在睡眠, / 阖上她的眼睛,等待一双谦逊的手 / 一颗虔诚的心,来打开大理石的封锁 / 将她从幽冷的潜藏世界里迎接 / 到这阳光照耀下的你们的面前。"对于雕刻者而言,坚固的石头里幽闭着神圣的生命,这种神圣的生命等待一颗宁静的心和一双谦逊的手来打开。

(二)神圣的痛苦

走向神圣之路是痛苦的,这种痛苦在郑敏看来不但是必然的,还是一种美,《生的美:痛苦,斗争,忍受》就把这种美归结为痛苦,斗争,忍受,其核心就是痛苦：

> 剥啄，剥啄，剥啄，
> 你是那古树上的啄木鸟，
> 在我沉默的心上不住的旋绕
> 你知道这里躲藏有懦怯的虫子
> 请瞧我多么顺从的展开了四肢
>
> 冲击，冲击，冲击，
> 海啸飞似的挟卷起海涛
> 朝向高竖的绝壁下奔跑
> 每一个冷漠的拒绝
> 更搅动大海的血液
>
> 沉默，沉默，沉默，
> 像树木无言地把茂绿舍弃
> 在地壳下忍受黑暗和压挤
> 只有当痛苦深深浸透了身体
> 灵魂才能燃烧，突出光和力

可以说，痛苦、斗争、忍受构成了一位圣者人生经历的三个关键词。

在《诗人的奉献》里，郑敏将诗人的胸怀看成是一片阴郁的森林，里面没有肥硕的果实，而是用累累的痛苦织成了丰富，诗人没有欢乐，"他只是低首摘食着／胸前的果实，仿佛要／从那口口的苦汁里／寻得一个平衡的世界。"在郑敏看来，现实的世界是崎岖的，英雄也只是一种太灿烂的理想，这正如《马》所象征的："无尽道路从它的脚下伸展／白日里踏上栈道餐着荒凉／入暮又被驱入街市的狭窄／／也许它知道那身后的执鞭者／在人生里却忍受更严酷的鞭策／所以它崛起颈肌，从不吐呻吟／载着过重的负担，默默前行。"作为负载而行的形象，《人力车夫》也暗示了与《马》一样的痛苦，这种痛苦甚至超越了《马》："举起，永远的举起，他的腿／在这痛苦的世界上奔跑，好像不会停留的水，／用那没有痛苦的姿态，痛苦早已经昏睡／在时间里，仍能屹立的人／他是这古老土地的坚韧的化身。""若是他输了，就为死亡所掳／若是他赢了，也听不见凯歌"，"举起，永远的举起，他的腿／奔跑，一条与生命同始终的漫长的道路／寒冷的风，饥饿的雨，死亡的雷电里／举起，永远的举起，他的腿。"这种痛苦是惊人的，没有任何希望，只有沉默伴随，又永无止境。靠什么来安慰这种痛苦，《残废者》的回答是："唯有让更多的痛苦弥补／你正在痛苦着的创伤。"这种悖论让痛苦更加惊人。但是，诗人不会仅仅满足于痛苦的表达，而是要为痛苦寻找一种价值观。在《献给贝多芬》里，那种战胜痛苦的昂扬的力量就出现了："人们都在痛苦里哀诉／唯有你在痛苦里生长／从一切的冲突矛盾中从不忘／将充满希望的主题灿烂导出／／你的热情像天边滚来的雷响／你的声音像海底喷出的巨浪／你的心在黑暗里也看得见善良／在苦痛的巨流里永不迷失方向"，直到最终"于是自辽远的朦胧降临／你心中：神的宏亮的言语／霎那间千万声音合唱圣曲。"痛苦是造就圣者之路，这在《马》中就已经暗示出：马踏遍了人间的坎坷，餐饮了人间的荒凉，形体日渐丧失了雄美，潇洒的姿态也被磨灭，直到有一天倒在路旁，"从那具遗留下来的形体里／再也找不见英雄的痕迹／当年的英雄早已化成圣者／当它走完世间艰苦的道路"，苦难者最终变为圣者。

（三）神圣的人格

神圣人格的造就是以痛苦为前提的，而这种痛苦是超乎人们想象的，不仅怯懦的人不能忍受，就是勇敢者也无法克服，甚至连英雄也会停止自己的脚步。在生命的痛苦和危机面前，郑敏写道："懦怯者早已没顶，勇敢者也终于厌倦。／／早年的热望在冗长的等待里／滋长出怀疑的苔藓，信仰／动摇了，四肢在片刻里失去气力／哦，看那些彷徨的人，没入生的波浪。"与此相反，圣者才是"那始终默默忍受着无华的痛苦者？"即便是英雄，也只能"像一只火炬，用一次灿烂／的焚烧，在战鼓的赞美中把怯弱的战场之夜照亮。"但是，"圣者，却是灯塔，终年以不耀目的光／抵抗每一个夜，在风雨里忍受人们的遗忘"。神圣者不在于人间的轰动和成功，他沉默着，"从痛苦中掘出对造物的爱"（《生命》）。可以说，神圣者是一位伟大的超越者，他不但超越了人间的痛苦，更超越了敢于同痛苦挑战的勇敢者，甚至英雄。

在超越这一意义上,郑敏直接描绘或以象征的手法描绘了她心目中的圣者群雕。《歌德》写道:"你多像一条河,当它/不断的吸收,不停的前流/身心太伟大而不容占有/悲哀欢乐都不过多",但这条河不是泛滥成灾的,"只是理性美丽的宫殿/最终将一切泛滥收敛",换言之,歌德的伟大和神圣表现为丰富和节制,以至于人们"都情愿将自己变成//甘美的葡萄供你吸吮/肥满的苹果供你采摘/当你在途中感到饥渴"。

《鹰》采用了比喻和暗示的手法,以为在人生里踌躇的人,应当学习鹰的冷静,"它的飞离并不是舍弃/对于这世界的不美和不真//它只是更深更深的/在思虑里回旋/只是更静更静的/用敏锐的眼睛搜寻",一个神圣者并不急于对事物下结论,"距离使它认清了世界/远处的山,近处的水/在它的翅翼下消失了区别",神圣者并不在于事物的细小差别,他更关注神圣而伟大的事物:"当它决定了它的方向/你看它毅然的带着渴望/从高空中矫捷下降。"

《小漆匠》则采用了象征的手法,写到一位小漆匠身处一片灰暗当中,目不斜视,耳不旁听,只注意自己的工作,"他的注意深深流向内心,/像静寂的海,当没有潮汐。/他不抛给自己的以外一瞥/阳光也不曾温暖过他的世界。//这使我记起一只永恒的手/它没有遗落,没有间歇/的绘着人物,原野/森林,阳光和风雪",很明显,小漆匠是最高的神圣力量上帝的象征。

《树林》也同样采用了象征的手法,树林"不似山那么高耸,海的/明朗"却"用浓郁的颜色封锁/了一个丰富的天赐。"形神逼真。"而它的形体总是这么沉默/不管天际的苍鹰和径上的行人/偶尔也相应着海上传来的风雨/却像一个伟大的人不苟且言笑。"形象刻画,非常传神,深得咏物诗之妙。

《垂死的高卢人》写一个临死的高卢人的印象:"他好像突然地跌倒了,在/死亡的拱门前,犹自用一条手臂/支撑着那山样倾颓的身体",高卢人虽即将死亡,但并不颓废和绝望,而且"在想着/生命里最后的一个思想,喝/着苦酒,独自地向死之杯呷啜",你还看得见"在他微俯的头额上/生命犹在闪动着明亮的双翼翱翔",但生命是留不住的,高卢人也不是在作挽救生命的努力,他的生命虽然如"落日放出最后的灿烂",但是"但,远处绵延的峰峦/他的四肢,已沉入黑暗。"在命运注定的死亡面前,高卢人表现出"高贵的单纯和静穆的伟大"的圣者色彩。

三、圣母境界

人类为什么需要圣母？直接和深刻的原因是男人的精神受难。"受难"一词所包含的不仅是痛苦的强度和难以解决的绝望感，它道出的更是人类出自存在本性的根源性痛苦、痛苦的形而上性质。正如受难的人类需要男性的"上帝"来有力地解释和拯救自己的痛苦，受难的人类也需要一个温馨的圣母来安顿自己的痛苦，只有绝望的足够深刻才能唤来上帝和圣母之昙花一现。一般来说，圣母叙事属于男性，圣母的境界大都是男性艺术家的精神假设，圣母之爱也是受难的男性圣者所设定的神圣母性。这在西方哲学史上和艺术史上有众多表现。米开朗琪罗的一生充满莫名的痛苦，其虽然以雕塑和绘画名世，但其艺术精神的支柱是宗教情结，这种情结愈到晚年愈强烈，以至于他最终对自己终生奉献的艺术也不屑一顾，而投入上帝的怀抱。诗人里尔克也具有强烈的受难情结。因而也当然，圣母哀悼基督的题材为他们所珍爱，前者以雕塑、后者以诗歌分别表现了圣母绝望地看着自己膝上已死的基督这一不朽的题材。

无独有偶，当《诗季》的编辑请当代著名女诗人郑敏举一首对她影响最大的诗时，她虽然感到为难，但还是举出里尔克的名诗《圣母哀悼基督》，她甚至还特别注意到里尔克的这首诗与米开朗琪罗同题雕塑的渊源关系及共同的精神：里尔克"用诗说出雕刻中无声的语言"。这无声的语言就是圣母的神圣悲痛。圣母曾以自己的生命带给耶稣以生命，但如今回到她怀抱的，却是丧失了生命的耶稣，而她再也不能用痛苦而欢乐的生育带给他生命。凝视膝盖上耶稣的圣母充满无言的绝望；但诗歌并不仅仅表现了圣母的悲痛和绝望，同时还表现了圣母的伟大。圣母的伟大不是直接的，是耶稣伟大的受难和不朽反衬了母爱的伟大：耶稣拯救人类而牺牲自己，牺牲自己却又被人类遗弃。耶稣崇高的悲剧是人类精神受难及渴望拯救的象征，这种无边的受难只有同样无边的圣母的爱才能接纳，圣母的伟大在此。

郑敏的解读不是偶然的，正如"用诗说出雕刻中无声的语言"的里尔克是米开朗琪罗的知音一样，看出诗歌和雕塑中圣母伟大的郑敏也同时是米开朗琪罗和里尔克的知音,在"圣母哀悼基督"这一不朽的精神叙事链条上,郑敏可称为其中的一环。她不仅关心哲学史、艺术史上的圣母精神,更用自己的诗笔描画了一系列圣母式的母亲意象。这些母亲意象,超越了人间母亲的爱痛,用一种超世的、悲悯的眼光注视着人间生死的变幻,承担着生命无言的悲戚,流露出她精神深处的圣母情怀。

郑敏沉思过生命从生到死的每一个阶段。生命起始于交配,《森林的母亲》刻画了大自然生命交配的原始渴望。自然母亲的腹部,"划着弧线",暗示生命已孕育成熟。知更鸟因渴望交配而"烧红了胸膛",它们飞向林地寻找爱侣如一道道红光"在绿焰里忽扇着火苗"。森林在欢悦的交配后恢复宁静。这时的母亲反倒没有一丝喜悦,而是充满疲惫,"她的脸上 / 流露着 / 没有时间的宁静、悲哀和圣洁",很明显,母亲所注视的,不仅仅是此时生命的欢悦,她的表情是"没有时间"、超越时间的,她从此时的生命看到了生命的整个过程,生和死,以及生命图像在宇宙幕布上的变幻,无限生命的起落让她感到"宁静、悲哀和圣洁"。这就是圣母的胸怀。

郑敏的圣母情怀其实不是腾空而来,她往往从人间的亲子之爱落笔,只是这种人间之爱经过她精神的升华上升为一种宇宙之爱。《新生》是写她的孙儿与孙儿的妈妈的,但这种母子之爱超越了中国传统式的天伦之乐,而充满神圣,"母亲怀里的每一个婴儿 / 都为母亲带来神圣 / 你微曲的左臂托着圣婴 / 棕色的绸裙曳地呼应着 / 远处呼吸着蔚蓝的海 / 和延伸着海的蔚蓝的天空",这宛如一幅古希腊的圣母恋子图。

这种神圣的母爱同样从对生命的看护中体现出来,《树》是这一圣母形象的象征。诗人从树里听出了各种声音,"当春天到来时 / 它的每一只强壮的手臂里 / 埋藏着千百个啼扰的婴儿",诗人看到"在它的手臂间星斗转移 / 在它的注视下细水慢慢流去 / 在它的胸怀里小鸟来去",以这种博大的胸怀养育、看护着生命的树具有了圣母的特征;树养育、看护了广大的生命,而它自己则"屹立在那同一的姿态里","永远那样祈祷,沉思 / 仿佛生长在永恒宁静的土地上",这是一种永恒者的形象,树已经超越此世的情怀,具有神圣者的永恒品格。

《金黄的稻束》所象征的是收获的圣母。这是经过长长的劳作后又拥有

收获的疲倦的母亲形象,高耸的树巅上挂着"收获日的满月",但母亲只是
"肩荷着那伟大的疲倦"低首沉思、静默,这种静默是永恒的,与之相比,历史
也只不过是一条小河,这种对比无疑暗示了稻束的沉思、静默具有无限的意
义,"宛如人类的一个思想"。

　　圣母意识不但渗透到郑敏对生命的沉思中,更渗透到她对死亡的沉思
里。《旱》描写的是干旱致使大地干裂、生命枯萎的现象。一架美丽的新水
车却像一个"不能降生的婴儿",干裂的泥床"像枯了的海露出水手的骨
骸",小河"像一个空着手的鲁莽的来客。/在田里也静寂如死去",这里,诗
人尽管也表现了对干旱导致的严酷的现实的担忧,但诗人已经超越了这种担
忧,流露出一种令人恐惧的末日般的生命意识,整个大地生命的枯萎让她有
了一种形而上的恐惧感,"在人类心里有一种/母亲的痛苦和恐怖/当她听
见大地无声地啼哭"。严酷的现实升华为一种宗教。这里有圣母拯救耶稣而
不得的绝望感的回声。

　　《战争的希望》的写作起源于现实的战争,但郑敏对战争的思考则超越
了现实。敌我战士的尸首叠摞在一起,战争是残酷的,但郑敏却从中感到一
种"无知的亲爱",仿佛这些战士敌我的身份消失了,"他们是微弱的阖着
眼睛/回到同一个母性的慈怀/再一次变成纯洁幼稚的小孩。"这只有在一
个圣母式的广阔的胸怀才可能成为现实;只有在神圣的国度里,这种消除了
差别的生命本初的爱、一种宇宙意义上的生命之爱才可能成为现实。此时,
"宁静突然到来,/世界从巨大的音乐里退出,/生命恢复他原始的脉搏",
神圣之境来到人间。郑敏以其圣母般的胸怀对残酷的现实做了一次终极升
华,使无可安慰的生命回到永生的国度。

　　《每当我走过这条小径》哀悼的是几个年轻的生命的逝去。郑敏在此超
越了一般的哀痛和怀念,却感到一种妄想式的绝望:"谁又能将风雨摧落的苹
果/重接上枝头,还给我们/那青春的嫩须,还给母亲们/那曾在腹中蠕动的
胎儿?"这已是"现在我再也不能/用生命带给你生命"圣母式的绝望了;
而诗人在诗尾的悲叹:"现在血已流尽,只剩下/尸体上苍白的等待",这种抒
写可以说是逼近十字架上被迫害致死的耶稣的形象的;"等待"什么?诗人
并未明言,但答案是明显的,那就是圣母的"膝盖",这是死亡的生命唯一可

供安慰的圣地。

当然,作为圣母叙事最直接和典型的体现,还是诗歌《流血的圣树(献给巴赫、亨德尔、米开朗琪罗)》,它是献给西方三位圣徒一样的艺术家的诗篇。诗人将具有宗教情怀的巴赫、亨德尔、米开朗琪罗比喻为圣树,严寒的冬天(命运的象征)则使得树无法生存,然而诗人呼唤树用自己的根抓紧大地的泥土,承受人类的痛苦。"流血的树"很明显是受难的耶稣的写照,紧抓大地承受人类痛苦的树也是耶稣拯救世人的象征。诗人呼唤树不要放弃幻想,忍耐着等待母亲的手,"只有母亲的手能将愚昧残酷 / 和钉子自他流血的手脚上拔下来 / 拔下来擦干血迹让她的儿子 / 苍白的肢体回到膝上 / 母亲的膝上世间 / 唯一的圣地",这几乎是圣母终极安慰的直接书写,郑敏用诗歌文本回应了她阅读里尔克所受到的启发。

中国新诗是在西方文化、西方哲学和诗学的影响下产生的,新诗从西方觉悟到彼岸之境这一极为崇高的精神,这种精神大多与一种形而上的痛苦相伴随,诗人因而承担了宗教圣徒受难者的角色。从王国维带有神秘色彩的感喟"人生是一个问题",到鲁迅《野草》中的浓重的虚无、怀疑、彷徨、无向的精神氛围,从穆旦"常想飞出物外"的形而上向往,到顾城诗歌中的渊深的死亡气息,从海子的"主体"从"实体"挣脱出来后的无所适从和献祭意识,到戈麦摆脱一切观念单靠行走而至于神圣之境,新诗的精神之河流淌着受难的激流,新诗的哲学精神浮动着渊深的绝望气息,郑敏诗歌的圣母叙事,以特有的女性的温馨和神圣的关爱,不仅对于主要是男性在抒写的新诗哲学精神是一种平衡,更为新诗中绝望的受难精神增加了慰安色彩,这深深温暖着新诗,并因此扩大了新诗的精神向度。

第四章
中国新诗哲学精神的
纯化

　　新诗的哲学精神探索在经历长时期的沉寂后在20世纪80年代回归。那时,纯粹的哲学思考来到诗人中间。现代诗人进行哲学沉思是不自由的,严酷的现实环境没有人能够忽视,民族的生存和命运与每一个诗人息息相关,现代诗人即使有形而上嗜好,也不得不在现实思考和纯粹精神沉思之间艰难奔波,"常想飞出物外,却为地面拉紧"(穆旦《旗》)是这一个时代有形而上爱好的诗人的精神写照。但这一尴尬状况在80年代不存在了。这时,民族生存的危机消失了,诗人们享受了难得的活跃的时代空气,一部分有思想天赋的诗人能借这一活跃的空气飞升精神的天外,甚至置现实于不顾,全力进行形而上的写作,他们的精神因而达到了洞穿精神深渊最底层的程度。形而上的沉思在这时达到纯粹。80年代哲学诗所到达的高峰使得它们在中国新诗哲学诗的抒写历史上占据一个迄今为止最突出的位置。具体而言,80年代哲学诗有以下几个特点:

　　第一,超越了对现实生活的表现,进入纯粹精神写作。

　　纯粹的哲学诗是以宇宙真理为唯一目的的诗歌创作,诗歌摆脱了对相对性的人间境遇的表现,摆脱了对人间具体生活的咏叹,而以绝对真理的探求为旨归。但这是哲学诗发展到比较成熟后才出现的状态。新诗哲学诗是在学习西方哲学、诗学的过程中诞生的,并且完全没有传统哲学的助力,因此很长一段时间新诗哲学诗的发展带有蹒跚学步的痕迹,尤其是在"救亡大于启蒙"的现代社会环境,诗人们在表达自己的哲学感悟时无法忘记现实,时代的严峻迫使他们以相当多的精力关注现实问题,而不是逍遥于世外,进行形而上的冥想。

　　20世纪从"五四"到40年代,民族的危亡始终是悬在诗人们头上的一柄达摩克利斯之剑,哲学诗人们尽管对抽象的世界怀有热情,但严峻的现实迫使诗人们不得不关注民族的命运。鲁迅是现实主义作家,郭沫若在写了一段充满泛神精神的诗篇后即投入现实的战斗生活,放弃玄想。冰心也大量地创作社会问题小说。40年代的昆明大后方,诗人们虽然有了一段相对安宁的生活,能进行哲学诗的沉思和写作,但这种安宁是极其有限的,敌机在不时地轰炸,前方将士流血牺牲的消息不断传来,诗人冯至、穆旦和郑敏对哲学的喜爱和投入程度虽然在某程度上超过了他们的五四前辈,但现实的焦虑充满在他们的诗作中,使得他们无法全心作形而上的遥想。"常想飞出物外 / 却为地面拉紧"(穆旦《旗》),穆旦的这句诗道出了现代有形而上嗜好的诗人们的普遍的心声。

七八十年代之交,哲学诗在经历长时间的几乎停顿的写作后又再次回归,其时,社会早已稳定,人们不必像现代诗人那样,为了民族的救亡而几乎无一例外地强烈关注社会;诚然,这个时期现实还存在种种问题,还需要诗人们去关心(这其实是那时大部分诗人的关注对象),但这个时代的自由、活跃的精神空气却极大地激发了一部分诗人沉睡的形而上精神,促使他们向精神的深处、而不是向外在的社会进行观察、思考和写作。穆旦式的"常想飞出物外 / 却为地面拉紧"的喟叹在 20 世纪 80 年代的哲学诗人那里已然成为历史。80 年代的哲学诗人们也许有偶尔的社会性写作,但他们主要的作品无疑是超越社会和现实的形而上精神的奇花异果。

朦胧诗人中,与北岛、舒婷、杨炼和江河不同,顾城首先超越了朦胧诗的社会批判,他的目光不向着人间和社会,而"对着远处说话",遥望无限的时空或注目神秘的渊深之境。顾城只在下放回到北京后的一小段时间,因为受社会风气的影响,写了一部分关注现实的诗歌,但这个阶段很快就过去了,且这种写作在他的全部诗作中是不足道的,他生命中的绝大部分时间都是在沉思死亡的神秘,远望天外之光。他八岁时就写出《杨树》:"我失去了一只臂膀 / 就睁开了一只眼睛",十二岁时写出《星月的由来》:"树枝想去撕裂天空 / 却只戳了几个微小的窟窿 / 它透出天外的光 / 人们叫它月亮和星星",后来《远和近》写道:"你 / 一会看我 / 一会看云 // 我觉得 / 你看我时很远 / 你看云时很近"。不管是杨树的眼睛遥遥所及,还是月亮星星透出的天外之光,还是凝视天边的云,顾城的目光一直在遥不可及的远方,不在人世。蔡其矫谓顾城的诗完全没有生活,这一批评倒揭示了顾城诗歌的真相,他不是在写生活,而是写超越现世之外的永恒境界;孙绍振先生对朦胧诗美学的经典概括"追求生活溶解在心灵中的秘密"[①] 用来解释北岛、舒婷等人则可,但并不

①　孙绍振:《新的美学原则在崛起》,语文出版社 2009 年版,第 24 页。

适用于顾城,顾城心灵中的秘密是接受天外的启示,并非生活。

海子的诗学抱负更为强大,他自觉地放弃了诗歌表现现实生活的观点,而向形而上的真理靠近。他说:"我的诗歌理想是在中国成就一种伟大的集体的诗。我不想成为一名抒情诗人,或一位戏剧诗人,甚至不想成为一名史诗诗人,我只想融合中国的行动,成就一种民族和人类的结合,诗和真理合一的大诗。"① 明确表明他的诗歌理想是追求宇宙"真理",而不是现世的具体的生活,他不想成为生活化的"抒情诗人""戏剧诗人"云云正说明了这一点;而他所说的"伟大的集体的诗""民族和人类结合"的诗,却是着眼于纯粹哲学精神的,他认为这样的诗"作为一批宗教和精神的高峰而超于审美的艺术之上,这是人类的集体回忆或造型。"② 可见海子对诗歌的最高理想是"宗教和精神的高峰",而不是现世的相对性的狭小的生活。

在对世界的抽象真理的探索上,戈麦甚至比顾城、海子等诗人走得更远,顾城以童话来安慰现世的生命,海子以实体和主体来解释世界的终极本质,简言之,他们都在寻找可以安顿生命的思想元素,但戈麦却主动拒绝了任何可以安慰生命的思想。在戈麦看来,世界并无确定的本质。在真理观上,戈麦深受博尔赫斯的影响:"博尔赫斯就是这样一位文学大师,与梵高与尼采不同,他给世界带来的是月晕和神秘的背影,而不是燃烧的花朵、火热的太阳。"③ "月晕和神秘的背影"显示博尔赫斯没有给世界留下确定性的思想。在思想上,戈麦走得更远,也意味着他离生活更远,离现实更远。

第二,摆脱模仿西方思想的写作方式。先有存在的觉悟,后有形而上的写作,严峻的存在觉悟在先,超验的精神写作在后。

新诗哲学诗自五四诞生后直到20世纪40年代,基本是在模仿西方哲学、宗教思想中写作的。郭沫若模仿惠特曼雄浑的气势,也模仿泰戈尔清丽的诗风,并模仿歌德、惠特曼、泰戈尔诗中的泛神论思想。冰心不但在形式上模仿泰戈尔《飞鸟集》的小诗,而且在思想上模仿泰戈尔充满神秘色彩的"爱的哲学"。甚至鲁迅,他的哲学思想也不是原创的,鲁迅较之于时人,只是异常

---

① 　海子:《海子诗全集》封皮,西川编,作家出版社 2009 年版。
② 　海子:《海子诗全集》,西川编,第 1051 页。
③ 　戈麦:《文字生涯》,引自西渡编《戈麦诗全编》,上海三联书店 1999 年版,第 428 页。

深刻地体会了西方哲学和宗教思想,再结合他异常矛盾、空虚的精神世界,写下了杰出的散文诗《野草》。鲁迅的写作,始终是直面精神的矛盾的,而不是直面世界和生命的本原。20 世纪 40 年代的哲学诗人也摆脱不了模仿的痕迹,冯至的《十四行集》有对歌德的思想"死和变"的直接模仿,也有对泛神论思想的模仿。穆旦较为不同,他善于直接体察事物的具体细微的特征,而不是用常见的哲学观念来解释世界,但穆旦诗歌中丰富的宗教思想还是明显可看出模仿了基督教的某些观念。郑敏更是这样,因为她是学哲学出身,她对西方哲学的诸多观念非常熟悉,因而她诗歌中那些哲学观念大多打下了西方哲学、宗教的痕迹。唐湜曾说过郑敏的诗,"这仅仅是过于绚烂、过于成熟的现代欧洲人思想的移植,一种偶然的奇迹,一颗奇异的种子,却不是这时代的历史的声音。"[1]

可以说,只要没有对世界、人生的原初觉悟,哲学诗的写作很难摆脱模仿的痕迹,这就是我们说新诗哲学诗自诞生后到 40 年代几乎处于模仿西方哲学、宗教思想的原因所在。这种模仿的状况只有到 80 年代,才被另一批更具觉悟的才子超越了。而他们之所以能够超越前辈,就在于他们首先是有了对世界、人生的原初觉悟;他们的写作不是从模仿西方诗歌开始的,对于他们来说,写作只是为了将自己的原初觉悟表达出来。他们之所以也视为与西方哲学、诗学高度关联,原因在于他们觉悟世界、人生的方式是与西方接近的,而与传统区别开来;他们的写作在一定程度上也受到西方哲学、宗教的影响,但这种影响更多的是知音之间的惺惺相惜,而不是对西方的模仿。

第一位对人生有了透彻觉悟的是顾城。顾城多次谈到他五岁的时候有一天关在屋子里,突然明白人会死去,将像白石灰一样沾在墙上,而他自己也将作为石灰沾在墙上。他瞬间感到一种深深的恐惧。"我是真正地大吃一惊。"[2] 他说,这件事就是他的妈妈也不能帮助他。每个人小时候都可能有对死亡害怕的体验,但往往不深入追究,只存在于模糊的浅层意识中;而顾城好像一下掉进了一个意识的黑洞,"这种无可奈何的宿命的恐惧的感觉一直跟随着我,使我感到一种无处不在的害怕,一切都变得毫无意义。""有知识毫

---

① 　唐湜:《郑敏静夜里的祈祷》,引自吴思敬、宋晓东编《郑敏诗歌研究论集》,学苑出版社2011 年版,第 24 页。

② 　顾城:《顾城文选》卷 1,北方文艺出版社 2005 年版,第 311 页。

无意义。"① 这种体验足以在一个人的价值观形成之前毁灭掉所有可能的价值观,之后便是个人在精神荒原上的艰难自救。这是人类精神的最惊心动魄之处,却也往往体现了人类精神之花的瑰奇。那是精神原创性的奇观。顾城回忆在 20 世纪 80 年代初,"那会儿真正就中了现代派的毒了,一天到晚就是'自我意识',老琢磨自己是怎么回事,越想越想不明白,……""一直在想死亡是什么。"② 这种深刻的死亡恐惧和虚无主义情绪影响了他的写作趋向:"我喜欢童话的另一个原因,跟那种空虚的压迫是有关系的,我的自性由于恐惧而收缩,由于童话而解放。""哲学也是在不断受挫受伤而产生的不失本性的一个解。"③ 正是深刻的精神危机推动顾城在诗歌、哲学和童话中去寻找生命存在的根据。精神至此,绝无模仿他人的必要;而他的经历也决定了他模仿别人的不可能。一个面对人生和宇宙洪荒的诗人,只需记录他个人独特的思想足音。

另一个有类似觉悟的诗人是海子。海子没有顾城那么幸运,他在死之前还是默默无闻,因此不能像顾城那样在众多的机会中谈论自己的精神经历,我们不知道他的精神中发生了什么。但他的独特的精神状况还是被他的细心的好友西川揣摩到了,西川推测:"海子一定看到和听到了我不曾看到和听到的东西;而正是这些我不曾看到和听到的东西使他成为我们这个时代的先驱之一。"④ 这正是从根源处探测海子的精神状况。尼采说哲学一样要有经历的人去写,这里的经历正是哲学家私人的精神体验,它是哲学家庞大精神的源头,也是世界对"被选中的人"裂开的豁口,哲学家借此察觉了天外之光。哲学家如此,哲学诗人也未尝不是如此。

我们同样看到,戈麦的好友西渡也曾推测过:

> 在戈麦的早期作品里,始终表现出一种明显的倾向,即对生活的严厉的拒斥。……对于一个刚满二十岁的年青人来说,对于生活的这种严峻意识不大可能来自现实的创伤(尽管这种创伤极有可能存在),而可以

---

① 顾城:《顾城文选》卷 1,北方文艺出版社 2005 年版,第 310 页。
② 同上书,第 59 页。
③ 同上书,第 310 页。
④ 海子:《海子诗全集》,西川编,作家出版社 2009 年版,第 9 页。

肯定地源于某种更高的恐惧感。现实的创伤可能催化了这种恐惧感的成熟，但永远不能代替它。这种恐惧感对于那些对生命有着敏感的禀赋的人来说，是一种不得不接受的礼物。它就是那种对生命的可能性受到戕害的恐惧……随着他的成长，他作为个人的可能性一天天受到伤害。①

这同样揭示了戈麦神秘主义思想一定有一个源头，这个源头的具体情况为何？我们已经不可能知道了，但我们在戈麦的自述和诗中会听到那种源头的结实的回音。戈麦反复说："看到过人生最为惨痛的一面"②，"我一直未流露内心最深处的恐惧"，"有一种经验我至今无法填补／有一种空缺我至今无法忘记"。（《我是一根剔净的骨头》）

正是这些原初的精神经历决定了一个诗人只可能有自己独特的精神世界，也决定了这些诗人模仿别人殊非必要——因为他们自己有足够的精神财富供自己写作，有足够明亮的启示之光使得他们看清世界的真相。

第三，20 世纪 80 年代的诗人直接面对核心抒写，他们的抒写已凝结为一个形而上的精神母题，而现代的诗人们缺乏这样一个核心，他们只写精神的某一方面或几个方面。海子的诗学理想可谓他们的代表，他说："伟大的诗歌，不是感性的诗歌，也不是抒情的诗歌，不是原始材料的片段流动，而是主体人类在某一瞬间突入自身的宏伟——是主体人类在原始力量中的一次性诗歌行动。"③ 海子以为伟大的诗歌 "不是感性的诗歌，也不是抒情的诗歌，不是原始材料的片段流动"，这样的诗歌在海子的眼里是不彻底的精神，而只有 "一次性诗歌行动" 才道出了海子的理想——诗歌要一次性写出世界的终极原理，而不是相对性的人间生活，或某个方面的真理。海子有这样的气魄，顾城、戈麦也不例外，他们的诗歌直接面对终极写作，并分别凝结成了各自的形而上精神母题。

海子诗歌的精神母题是明显的，这就是实体和主体。海子诗歌始而表现为对世界终极意义的实体的探寻，他描述自己的写作："诗不是诗人的陈

---

① 西渡：《拯救的诗歌与诗歌的拯救》，引自西渡编《戈麦诗全编》，上海三联书店 1999 年版，第 453 页。

② 戈麦：《戈麦自述》，西渡编《戈麦诗全编》，第 423 页。

③ 海子：《海子诗全集》，西川编，作家出版社 2009 年版，第 1048 页。

述。更多的时候诗是主体在倾诉。你也许会在自己的诗里听到另外一种声音,这就是'他'的声音。这是一种突然的、处于高度亢奋之中的状态,是一种使人目瞪口呆的自发性……这时,生命力的原初面孔显现了。"① "诗人的任务仅仅是用自己的敏感力和生命之光把这黑乎乎的实体照亮,使它裸露于此。"② 但后来海子领悟到,实体是一种冥冥的情绪,在那儿,所有的人都抱作一团,而生命的主体意志沉默无迹,这是海子所不能忍受的,因而,后期的海子改变了他写作的路向:"如果说我以前写的是'她',人类之母,诗经中的'伊人',一种北方的土地和水,寂静的劳作,那么,现在,我要写'他',一个大男人,人类之父,我要写楚辞中的'东皇太一',甚至奥义书中的'大梵',但归根到底,他只是一个失败的英雄,和我一样。"③ 那么,实体与主体的关系为何? 其实,主体就是实体,是实体沉默的核心。是谓语诞生前的主语状态。④ 主体与实体不是两个终极世界,只是二而一的关系,主体从属于实体,实体是世界唯一的终极本质。主体的出现只是主体从实体中觉醒,奋力挣脱实体的约束,也可以称之为实体不能忍受自己永恒的冥冥沉默而发为冲天一怒。实体与主体是辩证统一的,它体现了海子寻求生命本源与肯定生命本身冲动两种倾向的矛盾与统一。很明显,实体和主体都是具有终极意识的概念,是海子的"一次性诗歌行动"的表现。

顾城的"一次性诗歌行动"表现为必死的生命寻找一个终极依据。死亡看似不是世界的终极真理,但死亡与世界的终极真理直接相关,从某种意义上讲,觉悟了死亡的奥秘就等于觉悟了世界的真理。西人谓哲学就是练习死亡,尼采也说"死亡是形而上学中所有问题的未知数。"⑤ 正是在死亡中隐藏着世界的终极奥秘。顾城大量的诗歌直接描写死亡的绝望感,他后来在道家哲学里找到一些安慰死亡的思想,但其实终其一生顾城也没有摆脱死亡恐惧。由于对死亡的深刻洞视,顾城的诗歌还发展出其他的主题,比如说热爱生命,探寻永恒,体察孤独(当然是形而上的孤独),洞察天外之思,但这些

---

① 海子:《海子诗全集》,西川编,作家出版社 2009 年版,第 1018 页。
② 同上。
③ 同上书,第 1034 页。
④ 同上书,第 1017 页。
⑤ 尼采:《我妹妹和我》,文化艺术出版社 2003 年版,第 188 页。

主题都是由他的死亡意识引出的,实是在同一个死亡母题之下。

戈麦的"一次性诗歌行动"表现得比顾城和海子更决绝,他直接抛弃了终极安慰,不相信世界有终极真理,他更愿意相信世界是一种无本质的存在。从表面上看,戈麦是一个彻底的虚无主义者,但是,他的关于世界无本质的思想其实是告诉人们不要过于轻易地相信世界的本质是某种观点,他其实是在不断地将认识的地平线远移,以免使人们囿于任何观念的小岛,其哲学理想正如鲁迅对尼采的评价,"是易信念而不是灭信念"。

第四,20世纪80年代的新诗尚未形成成熟的哲学,主要的表现是诗人们无法平衡形而上之悟与现实人生的矛盾。任何形而上之悟都伴随着数不清的主体精神危机。80年代的诗人们由于各自的独特命运,思想穿透了这个有形的现实世界,进入形而上的天外之境,但他们几乎都在形而上的国度里迷失了,顾城、海子、戈麦的自杀令中国诗人十分沉痛。面对死亡恐惧,顾城尝试了多种哲学、宗教思想,但都不能安慰他,这些思想包括泛神论、泰戈尔的"万王之王"、佛学等,他最后在中国的道家哲学里找到了一些安慰,将死亡当做一种自然现象,不再作价值论的评价,这使他的内心获得了一些平稳感,但可惜的是,顾城在这条救赎的道路上走得还不够远,还不能结合道家思想与西方哲学形成一种成熟的哲学以使人生获得平稳感,就因为种种现实矛盾,导致杀妻自杀,跌进生命的悲剧。

后期的海子纠缠于实体哲学与主体哲学之间的矛盾,精神到了一种疯狂的境界。主体一旦脱离实体后就变得盲目和黑暗(这其实是海子个人精神盲目和黑暗的象征),海子在另一首诗里写道:"道路漫长 方向中断 / 动物般的恐惧充满着我们的诗歌。"(《秋》可以见之。)海子试图在实体和主体之间找到某种平衡。海子最终从歌德那里得到启示,在歌德的精神中,主体力量与原始力量(实体的另一说法)实现了持平,原始力量通过成为主体力量而加强了主体力量,最终实现"父亲势力"与"母亲势力"即主体与实体的平衡。歌德实现这一点是通过"秩序和约束"使他体内毁灭性的原始力量得到释放,同时在这种释放中完成主体。这一点令海子非常着迷,他显然有借助于歌德的人生经验来实现对原始力量的超越,并进而创造一种超越母性实体的"一次性行动的诗歌"的意图。这一设想无疑是极具理想主义的,它显示了海子对人类最高形而上理想的追求,但是,可惜的是海子只是停留在理论设想阶段,没有在人生和创作中得到充分实践就"一切死于中途"。成熟哲学的创构在海子这儿只开始了朦胧的设想就结束了。

　　顾城、海子虽未形成成熟的哲学,但他们已有了自我拯救的意图,而戈麦是几乎没有在哲学上探求自我拯救的意图的。在一片虚无之中,在前途无路可走的情况下,戈麦考虑过回归,因为继续向前是危险的:"我想往回走 / 那些伫立着的石像 / 如今充满危险的树丛 // 我想往回走 / 冰一样的剑铺满狭小的路 / 时间的冰　冻结着石间的空地 / 空地沿着坚硬的光"(《渡口》),且没有事物可以作为目标:"我想往回走 / 哪里有指引灵魂的路 / 岛,是幻灭了的建筑"(《渡口》),他同时否认个人作为人类拯救者的意义:"我,又不是桥 / 不能载渡别人的一生"(《渡口》)。戈麦的回归是想回到日常生活,一份稳定的普通俗世生活,以结束那种永无宁日的精神流浪:"我厌倦了海水漂泊的生活 / 这个日子 / 需要一种根 / 种植在泥土、岩石和沙滩上 / 果子便不会顺水溜走"(《这个日子》),但这显然是退缩之路,完全不能给他提供价值观,显而易见,这样的回归不堪一击。

第一节 顾城：一个纯粹的形而上诗人

在当代诗坛上，顾城以"童话诗人""唯灵的浪漫主义诗人"著称，这些提法准确地把握了顾城诗歌的精神特征，"唯灵"的说法还是对顾城诗歌比较深入的观察；但是，从精神的角度看，这些说法尚停留在诗性感悟阶段，顾城诗歌根本的精神趋向在于他的纯粹的形而上特质，他终生注目遥遥的天外，探问不可知的神秘世界，他的"童话""唯灵"只是这种精神的辉光。这种精神趋向不光在中国古典诗人那里是几乎不存在的，就是在中西文化激烈交汇的五四时期其纯粹性和尖锐性也罕见匹敌，在 20 世纪 80 年代初以社会和时代反思为总体特征的朦胧诗那里，他的超越性精神也是独树一帜。深入研究我们可以发现，顾城的这一精神特质与他对死亡的觉悟密切相关，正是对死亡的觉悟开启了顾城的一片形而上之光。

一、走进形而上的世界

谢冕先生当年注意到顾城的时候，说到他读了《星月的来由》后的感受，"我被一个十二岁的孩子的诗吸引住了"，原因是它的"新鲜的诗意"："树枝想去撕裂天空 / 却只戳了几个微小的窟窿 / 它透出了天外的光亮 / 人们把它叫做作月亮和星星。"[①] 谢冕先生的感觉是敏锐的，但这是从"诗"的

---

① 谢冕：《北京书简——关于诗的创造》，《朔方》1978 年第 6 期。

角度分析的。我们注意的是这首诗的哲学境界:它表达的是天外的信息! 作为一个十二岁的孩子,这是令人惊奇的。但这首诗对小时候的顾城绝不是一个偶然现象,我们可看其写于 8 岁时候的《杨树》和 12 岁时候的《烟囱》:

> 我失去了一只臂膀,
> 就睁开了一只眼睛。

——《杨树》

> 烟囱犹如平地耸立起来的巨人,
> 望着布满灯火的大地,
> 不断地吸着烟卷,
> 思索着一种谁也不知道的事情。

——《烟囱》

杨树睁开的眼睛同样望着遥遥的天外,烟囱宛如巨人耸立,俯视大地神秘地沉思。从这三首诗的总体倾向看,顾城小时候即表现了明显的超验倾向,他不是写生活,写现实世界;他的眼睛总是凝视天外,注目天外不可知的惊奇和神秘。即是说,他在童年的时候就窥探到与我们这个可感知的世界不同的世界。这正是一种形而上精神。至于这一精神在他后来写作中的表现,更是自觉和典型。

形而上学即英文词 Metaphysic,在西方是一种严格意义的学科,它是由词 physic(存在物、自然、物理等)和前缀 Meta-(在……之后,在……之上,在……之外,"超越……")这两部分构成,指对存在物之外、之上、之后的某种东西的察觉和探究。这里的问题是,人是如何察觉超越存在物之上的另一个世界? 按照马克思的观点,思维是存在的反映。思维并不能超越存在。这当然是一种唯物主义的观点。但在西方宗教和哲学传统中我们可读到对形而上学的另一种表达,基督教强调教徒的神秘体验,真正的教徒是被上帝"选中"的;尼采强调哲学要由有经验的人去写,它们均暗示一般人不可能通过意志努力来认知形而上学。因而,形而上学的唯一途径来自于天启式的神秘经验。我们发现顾城的生活中也令人惊奇地存在这样的经验。

顾城多次谈到他五岁的时候有一天关在屋子里，突然明白人会死去，将像白石灰一样沾在墙上，而他自己也将作为石灰沾在墙上。他说，这件事就是他的妈妈也不能帮助他。他瞬间感到一种深深的恐惧。每个人小时候都可能有对死亡害怕的体验，但往往不深入追究，只存在于模糊的浅层意识中；而顾城好像一下掉进了一个意识的黑洞，"这种无可奈何的宿命的恐惧的感觉一直跟随着我，使我感到一种无处不在的害怕，一切都变得毫无意义。"①

顾城的这种体验非常类似西方有些哲学家的经历。叔本华认为成就一个真正宗教徒的力量在于一种"天惠之功"，这一"突然地犹如从天外飞来的力量造成了基督教神秘主义者精神的再生"②。尼采在一处格言中写道："哲学家的两个方面：他一面转向人类，而另一面我们看不见。"③ 这同样强调了哲学家神秘的一面。而丹麦哲学家、宗教神学大师克尔凯郭尔在日记中屡屡说起那个自小就存在他身上、影响他一生的神秘的刺，这深刻地影响了他的精神："我从童年起，就已经成为精神。"④ 哲学产生于个人的精神自救，在此基础上演变成知识体系。

这种精神演变的迹象在顾城那儿同样清晰地存在。他回忆在 80 年代初，"那会儿真正就中了现代派的毒了，一天到晚就是'自我意识'，老琢磨自己是怎么回事，越想越想不明白，……""一直在想死亡是什么。"⑤ 这种深刻的死亡恐惧和虚无主义情绪影响了他的人生趋向："我喜欢童话的另一个原因，跟那种空虚的压迫是有关系的，我的自性由于恐惧而收缩，由于童话而解放。""哲学也是在不断受挫受伤而产生的不失本性的一个解。"⑥ 正是深刻的精神危机推动顾城在诗歌、哲学和童话中去寻找生命存在的根据。童年的那次神秘体验正是顾城庞大精神的源头。

---

①　顾城：《顾城文选》卷 1，北方文艺出版社 2005 年版，第 310 页。
②　叔本华：《作为意志和表象的世界》，青海人民出版社 1996 年版，第 432 页。
③　尼采：《尼采遗稿选》，上海译文出版社 2005 年版，第 18 页。
④　林和生：《孤独人格——克尔凯郭尔》，长江文艺出版社 1996 年版，第 2 页。
⑤　顾城：《顾城文选》卷 1，第 59 页。
⑥　同上书，第 310 页。

二、形而上精神的抒写

骆一禾在评论海子时曾讲到他从自然科学的相对论中得到的启示:"相对论中有一句多么诗意的,关于巨大世界原理的描述:光在大质量客体处弯曲。"① 这一说法对于密集性形而上写作的海子来说是贴切的,海子的精神正是被一种我们至今尚不能知晓来源的精神经历所吸引,但这一经历一定存在,他是海子诗学精神的秘密源头。西川说:"海子一定看到和听到了许多我不曾看到和听到的东西;而正是这些我不曾看到和听到的东西使他成为我们这个时代的先驱之一。"② 那些东西正是一种大质量客体。同样,顾城童年的这一经历也成为他精神光照的"大质量客体",几乎吸引了他的整个精神能量。顾城诗歌表现为一种突出的形而上精神,他的诗歌是远离社会的,"他总是看着远处说话",人谓他"终生为精神的光辉召唤,不能享受物质生活;终生面对灵魂,面对人生的短暂与终极的疑问……"③ 当然,顾城也有表现社会的诗篇,其中不乏佳作,主要是他20世纪70年代从下放地回北京后到80年代初一段时间中的部分诗作,但这在他全部的创作生涯中只是一小部分,他后来又很快疏离社会转向个人精神深处。他的创作的主流清晰地呈现为一种形而上精神。归纳起来,除了本文开篇引用的他在童年及少年时期的天外之思外,他的诗歌的形而上精神主要表现在四个方面:凝视死亡、歌唱生命、追寻永恒及直面孤独。这几个方面都与他对死亡的觉悟有关,是他死亡觉悟的精神展开。

(一)凝视死亡

西人谓哲学是练习死亡,而作为哲学近邻的诗歌也未尝不是如此。人必死,这是顾城首先面对的宿命:"你登上了,一艘必将沉默的巨轮 / 它将在大海的呼吸中消失。"(《方舟》)但顾城是否构想了一种成熟的哲学以解除他

---

①　崔卫平:《不死的海子》,中国文联出版社1999年版,第6页。

②　同上书,第24页。

③　转引自"顾城之城"网。http://www.gucheng.net/gc/cbjs/200809/5756.html.

的死亡恐惧？从他的诗歌中是很难找到令人满意的答复的。尼采说，"死亡是形而上学中所有问题的未知数。"① 这一艰巨的精神难题同样让顾城无奈，让他力不能及："不要在那里踱步 // 梦太深了 / 你没有羽毛 / 生命量不出死亡的深度"（《不要在那里踱步》）。但顾城并非在这个问题上无所作为，在同一首诗中，他写道："不要在那里踱步 // 告别绝望 / 告别风中的山谷 / 哭，是一种幸福。"他在此表现了一种回归的倾向：他力争使自己的精神回归到一种自然状况——他似乎在向民族自然哲学回归，而结束那种西方哲学式的永无止境的追问。《墓床》是他后期的作品，更明显地代表了这种倾向。这时诗人对死亡已获得一种平静的观照，他对死亡已不作价值论的评价，只以自然的眼光看待，"死亡是没有的，死亡是文化的结果，一代一代文化积累起来，诉说着死亡。"② 他离世之前写的《"生也平常"》里，这种自然主义的观念更是表现到极致："生也平常 / 死也平常 / 落在水里 / 长在树上"。诗歌完全消解了精神内在的紧张情绪，生命现象成为纯粹自然现象。

在表现死亡的诗篇中，《净土》代表了另一种精神倾向："在秋天 / 有一个国度是蓝色的 / 路上，落满蓝荧荧的鸟 / 和叶片 / 所有枯萎的纸币 / 都在空中飘飞 / 前边很亮 / 太阳紧抵着帽檐 / 前边是没有的 / 有时能听见叮叮咚咚 / 的雪片 // 我车上的标志 / 将在那里脱落"。"净土"即佛学观照下的死亡境界。在诗的后半部分，顾城将这一境界表现得异常幻美：它明亮得如同太阳紧抵着帽檐，静谧得能听到雪片叮叮咚咚的响声。"我车上的标志 / 将在那里脱落"表达了这首诗的泛神精神：个人将消逝，但生命永在；个人生命与宇宙生命合一。顾城自述受外国诗人影响较深，喜欢的诗人有但丁、惠特曼、泰戈尔、埃利蒂斯、帕斯等。惠特曼、泰戈尔等人给了他生命不死的泛神信念。

我国古代素有写悼亡诗的传统，如陆机的《挽歌三首》、元稹的《离思》、苏轼的《江城子·十年生死两茫茫》等，但那是生者对死者的悼念；只有陶渊明才去写死亡体验，但陶渊明注重的是从必死的宿命中发展现世生存伦理，所谓"愿君取吾言，得酒苟莫辞""立善有遗爱，胡可不自竭"（意即立善则可见

---

① 尼采：《我妹妹和我》，文化艺术出版社 2003 年版，第 188 页。

② 顾城：《顾城文选》卷 1，北方文艺出版社 2005 年版，第 29 页。

爱于后世,为何不自竭力为之?)"纵浪大化中,不死亦不惧"等,死亡本身没有被赋予本体论的意义。顾城显然超越了这个传统,他思考的不是死亡对于生存的意义,而是死亡本身的奥秘。这一奥秘不在现世,属形而上范畴。

(二)歌唱生命

生和死在对立中各自加强了对方,强烈的生命意识会最深刻地觉悟必死的宿命悲哀,而死亡的反衬也使得生命格外美好。在《很久以来》中,诗人幻想自己变成长长的,如绿色植物一样去缠绕即将消逝的黄昏的光线。对生命的留恋深动人心。

顾城对生命的信念仍然来自泛神论思想和民族的自然哲学。他在少年时期写的《生命幻想曲》即流露出这种思想:"没有目的 / 在蓝天中游荡 / 让阳光的瀑布 / 洗黑我的皮肤","我行走着 / 赤着双脚 / 我把我的足迹 / 像图章印遍大地 / 世界也溶进了 / 我的生命 // 我要唱 / 一支人类的歌曲 / 千百年后 / 在宇宙中共鸣"。诗歌表现了在宇宙中行走,与世界融为一体,生命永不消逝的愿望,洋溢着少年时期的乐观情绪。稍后的《巨星》则带有了沉思性质:"在宇宙的心脏,燃烧过一颗巨星 / 从灼亮的光焰中,播出万粒火种 / 它们飞驰、它们迸射、点亮了无数星云 // 它燃尽了最后一簇,像礼花飘散太空 / 但光明并没有消逝,黑暗并没有得逞 / 一千条燃烧的银河都继承了它的生命"。燃尽的巨星虽然逝去,但光明没有消逝,它的生命在一千条银河中延续着。他表达的信念是,个体会消逝,但生命不会终止于死亡。这很类似于庄子的"指穷于为薪,火传也,不知其尽也。"[①]

这种泛神论意义上的生命信念在《来临》中得到成熟的表现。诗歌置于秋的澄静氛围中,象征各种观念在经过痛苦的冲突后平静下来,"再没有噩梦,没有蜷缩的影子",即是这样的意思;而使这些观念平静下来的正是那无所不在的生命(泛神),"请打开窗子,我就会来临","只要合上眼睛,就能找到嘴唇",暗示了这样的意思。前一句意为,只要自我向宇宙敞开,就能与那无所不在的生命融为一体;后一句反用了泰戈尔的诗句"空气中传来他

---

①　庄子:《庄子·养生主》,曹础基《庄子浅注》,中华书局 2000 年版,第 46 页。

的亲吻,可他的嘴唇在哪儿呢?"泰戈尔的诗句表达神既在又不在的观念,顾城反用则强调生命无所不在,去掉神的观念(即泰戈尔的"万王之王"),故在末段说"呵,没有万王之王,万灵之灵"。而"你是我的爱人,我不灭的生命",则是泛神主题的直接表达。

顾城倾心于泛神论,更醉心于民族的自然哲学,他越到后期越倾向于自然哲学的境界。泛神论虽来自域外,但与自然哲学并不对立,包括郭沫若在内的许多现代作家都认为庄子的哲学是一种泛神论,泛神论的要义在于认为自然的一切都是神,是神的表现,这与自然哲学以自然为最终旨归是相通的("道法自然")。《来临》表达泛神信念,但"我的呼吸是云朵,愿望是歌声"也是自然哲学的表现。在顾城的许多诗歌中,都有那种深度消解了自我、诗歌只呈现自然自在原始面目的境界的作品:

> 草在结它的种子
> 风在摇它的叶子
> 我们站着,不说话
> 就十分美好
>
> ——《门前》

> 野花
> 星星,点点
> 像遗失的纽扣
> 撒在路边
>
> ——《无名的小花》

> 所有花都在睡去
> 风一点点走进篱笆
>
> ——《早晨的花》

> 人时已尽,人世很长
> 我在其中应当休息

　　　　　走过的人说树枝低了

　　　　　走过的人说树枝在长

　　　　　　　　　　　　　　　　　　——《墓床》

诗中全无一丝人的影子（或极度淡化人的活动），自然只是自在地存在，亘古如斯；人、人的精神活动、人的焦虑和恐惧也已从自然中消失。生命是自在的，一片神行。①

（三）追问永恒

　　《一代人》发表后，引起强烈反响，人们普遍认为它道出了一代人的心声，但是顾城本人的解释不同，"黑夜"不是那个黑暗的年代，而是死亡给生命布置的无边暗夜，因而"寻找光明"不是社会意义上的，而是对永恒的生命的追求。顾城短短的一生对这种形而上意义上的生命进行了紧张而丰富的追索。但是，正如柏拉图被迫用"洞喻"表达他的理念、老庄以"道可道，非常道"来无奈地言说他的"大道"、狂人尼采感叹"我所有的思想只是宇宙命运之风中的谷壳"②一样，终极真理是难以求解的。顾城同样遭遇了这一命运。诗人与哲学家不同的是，他的寻找带有强烈的情感体验。顾城对永恒的追寻是一个痛苦的精神历程，这种追寻的结果不是带着沉甸甸的收获满载而归，而是一无所获的虚空和痛苦。在《规避》中，诗人写道："'你说吧 / 我懂全世界的语言' // 海笑了 / 给我看 / 会游泳的鸟 / 会飞的鱼 / 会唱歌的海滩 // 对那永恒的质疑 / 却不发一言"。诗人自信没有不懂的语言，大海也慷慨地给他看了所有神奇的事物：会游泳的鸟、会飞的鱼、会唱歌的海滩，但对永恒却不发一言。

　　顾城的诗歌突出地表现了对永恒真理否定的倾向。对真理的否定之后，他逐渐回归到民族的自然哲学立场，"否定真理，回归自然"是他的许多作品中存在的二元模式。《佛语》以佛自述的形式将这种模式演绎得意味深长。佛的一般形象在于对宇宙和生命的奥秘无不知晓，普度众生而自成神

---

　　①　参见笔者：《自然之灵：顾城的诗学观》，《名作欣赏》2008 年第 4 期。

　　②　尼采：《我妹妹和我》，文化艺术出版社 2003 年版，第 60 页。

圣。但在顾城的诗里,佛却说"我穷",因为"没有一个地方,可以痛哭",佛在此处不是真理的化身,而是普通的人性,表露的是人的自然感情;而这种自然感情的流露正是佛对自己高高在上、不可企及的真理形象的否定:"我的职业是固定的 / 固定地坐 / 坐一千年 / 来学习那种最富有的笑容 / 还要微妙地伸出手去 / 好像把什么交给了人类 // 我不能知道能给什么 / 甚至也不想得到什么"。这种讽刺性的口吻正是对"真理"的彻底解构;解构后的佛说:"我只想保存自己的泪水 / 保存到工作结束。"这种倾诉透露了佛内心深处对坚守"真理"的疲惫——它是顾城心灵对真理追索疲惫的象征。这种"否定真理,回归自然"的诗语模式以及顾城在其中流露的精神疲惫、寻求安慰在他的许多诗歌都存在,试看:

> 还是给我一朵云吧 / 擦去晴朗的时间 / 我的眼睛需要泪水 / 我的太阳需要安眠。
>
> ——《土地是弯曲的》

> 河流结束了我的寻找 / 在泥土和冰层之间 / 是涓涓闪动的泪水 / 是一支歌 / 是最天真的妒嫉。
>
> ——《雪的微笑》

> 早晨,黑夜还要流浪 / 我们把六弦琴给他 / 我们不走了,我们需要 / 土地,需要永不毁灭的土地。
>
> ——《门前》

晴朗的时间、河流的寻找、黑夜流浪均象征对永恒的追寻,而"擦去""结束""不走"云云都是对这种追寻的否定,"我的眼睛需要泪水""涓涓闪动的泪水""永不毁灭的土地"则是自然情感的表露。

（四）直面孤独

形而上学注定不能为普通人所知晓。"被选中"的人是幸运的,同时也是最孤独的。这种孤独与通常的没有亲人朋友可以交流、甚至与那些帝王因为高高在上而没有可信赖的人可以交流都不一样。形而上的人身在此世,精神却在另一个世界,这个世界绝不为一般人所知晓,语言并不能在这两个世界之间达成一座桥梁。尼采常感叹,最大的痛苦是不能交流的孤独。所以,宗教、哲学常采用象征、寓言等曲折隐晦的方式传达自己的理念,一部《庄子》,就是用"谬悠之说、荒唐之言、无端崖之辞"①来述说自己的"非常之道"。顾城深谙自己的命运,"没有一个人能避免 / 自己 / 避免黑暗"(《熔点》)。

诗歌《白夜》典型地表达了他的形而上孤独处境。题目"白夜"是有象征意味的:现世的白天却是精神的黑夜。顾城诗常以现世生活为形而上世界的遮蔽,《来临》结尾云:"人间是陵园,覆盖着回忆之声",即是此意。他常在对现世的否定中暗示形而上世界。鲸鱼灯是重要的意象,象征着精神觉悟。精神一旦觉悟,现世的一切:影子、支撑生活的桨、支撑现世信念的自制的神都在觉悟的光辉中变得摇晃不定。太阳从没有越过年轻的爱斯基摩人的头顶,这既是物理事实更是精神象征:正如太阳不能直射临近北极的地区,形而上的真理不会直接对人类宣讲。爱斯基摩人只能"听着冰 / 怎样在远处爆裂 / 晶亮的碎块,在风暴中滑行",只能恐惧而又无奈地注视着自己精神的裂变。他的妻子——佩戴着心爱的玻璃珠串——是人间生活的象征,"把一垛垛 / 刚交换来的衣服 / 抛到他身上 / 埋住了他强大而迟缓的疑问",这正是爱斯基摩人的处境——一个形而上精神的人的处境:精神永远覆盖在生活之中。诗歌以"他只有她 / 自己,和微微晃动的北冰洋 // 一盏鲸鱼灯"结束并总结全诗:爱斯基摩人只有她——生活、自己——孤独、微微晃动的北冰洋——不安定的精神、鲸鱼灯——形而上的真理,诗歌在强调爱斯基摩人的孤独处境中结束。

这种孤独处境在《风的梦》《早发的种子》以及《雪的微笑》等诗中均有表现。如何解除这种孤独？在这里,民族哲学再次发挥了效应。正如对死亡和永恒的追寻都是"自我"在起作用,是自我对死亡和永恒的意义进行追寻,对孤独的强调也是如此,都是过于注重自我的结果,而老庄哲学以其自然品质和无目的的品格正是消解西方炽热自我意识的一副良方。

---

① 庄子:《庄子·养生主》,曹础基《庄子浅注》,中华书局2000年版,第502页。

三、形而上诗学的诗史意义

由以上分析可知,顾城的诗歌是不写现实的,他几乎终生把诗歌作为追问生命、追问永恒的一种手段,他的诗歌是对纯粹精神的追求,是一个纯粹的形而上学诗人。这是全异于民族传统的。

在中国诗史上那些杰出人物的传记中我们看到的是社会事件对他们人生经历的影响,它引发的是诗人对社会事件的外部反应,这种反应尽管可能触及心灵,但"事件—影响"模式的社会性逻辑关系还是一目了然;然而,我们在顾城的人生经历中却发现了一个例外,影响顾城精神面貌的是他童年的一次天启般的暗示,这次暗示攫取了他整个的心理能量,逼迫他的精神对这一心理现象作出回答,他的精神走向内倾。我们可将他的心理结构归结为"暗示—回应"模式。这无疑为中国诗歌的写作提供了新的模式。

中国无形而上传统。形而上学的前提是个人的超验性体验,这在儒家传统中不存在,即使在与社会伦理价值保持相当距离的佛道思想传统中也是值得怀疑的。处在中西文化冲突中的朱光潜对此有独到的观察:"老庄比较儒家固较玄邃,比较西方哲学家,仍是偏重人事"[1],故道家哲学在源头就不是彻底的形而上学说,且"老庄两人自己所造虽深而承其教者却有安于浅的倾向。"[2] 这就是在古诗传统中缺少形而上学的重要原因。而"受佛教影响的中国诗大半只有'禅趣'而无'佛理'。"[3] "佛教只是扩大了中国诗的情趣的根底,并没有扩大它的哲理的根底。"[4] 可见,佛教只是在情趣上而非在认识上帮助了中国人。

中国人形而上意识的苏醒注定只能在近现代中西文化交流的背景下,以西学来触发。王国维是近现代理解形而上精神的第一人。王国维具有一种大异于时人的质素,他身处时代水火之中而远离时代问题,"体素羸弱,性复

---

① 　朱光潜:《诗论》,北京出版社 2005 年版,第 92 页。
② 　同上书,第 93 页。
③ 　同上书,第 98 页。
④ 　同上书,第 100 页。

忧郁"的体质和性情,"人生之问题,日往复于前"的精神趋向,① 使他在年轻时对西方纯粹哲学产生强烈兴趣,醉心于叔本华,并先后四次研读康德哲学。在一片救亡的声浪中,王国维却唯独喊出了"纯粹学术""纯哲学"的声音,觉悟民族哲学"其最完备者,唯道德哲学,与政治哲学耳"。②

但是,王国维的纯粹学术主张在"救亡大于启蒙"的近现代只能是空谷足音。当然,我们不能绝对说近现代没有产生王国维意义上的对西方形而上学有精到认识的思想家和文学家,但是,正如有人评价冯至"为艺术而坚韧地工作与为人类社会中形而上的冲突而痛苦思考和煎熬的精神光辉,同时存在于冯至的灵魂之中。"③ 现代中国具有形而上精神倾向的作家深深为时代问题困扰,并不能全身心进行形而上的沉思与创作,典型的如鲁迅,虽有《野草》那样精奥的作品,但鲁迅终身的精力几乎都投入到对现实问题的思考中。穆旦的诗"常想飞出物外,却为地面拉紧"(《旗》),道出了现代具有形而上写作倾向的诗人共同的精神特征。

中国人对形而上学的认识到新时期才有充分的表现。周国平在谈到中国的尼采研究时认为中国没有真正的尼采研究,"中国人之接受西方哲学,都不是把它们当作哲学来接受的,而是试图用它们来解决中国的具体的社会问题,结果是用中国的社会问题取代了西方哲学本身的问题。"④ 这实际上是王国维纯粹哲学精神的世纪回应。顾城、海子等正是在诗歌领域实现纯哲学的诗人。海子,"他的嗓子不打算为某一个时代歌唱。他歌唱永恒、或者站在永恒的立场上歌唱生命。"⑤ 海子自己将"关注生命存在"作为诗歌理想,并坚信这是中国诗歌自新的理想之路。⑥ 海子提出的这一诗歌理想实际上是包括海子、顾城等一批新时期诗人共同的诗歌理想,正是这一批以"生活和写作之间没有任何距离"(西川评海子语)为信念的诗人实践了纯粹形而上学理想,他们抓住了中西文学交流的甜蜜果实。中西文化和文学交流虽在近

---

① 王国维:《王国维文集》第 3 卷,中国文史出版社 1997 年版,第 471 页。
② 同上书,第 7 页。
③ 孙玉石:《中国现代诗国里的哲人》,《北京大学学报》1994 年第 4 期。
④ 周国平:《周国平人文讲演录》,上海文艺出版社 2006 年版,第 353 页。
⑤ 崔卫平:《不死的海子》,中国文联出版社 1999 年版,第 37 页。
⑥ 海子:《诗学:一份提纲》,西川编《海子诗全编》,三联书店 1997 年版,第 897 页。

现代波澜壮阔,但真正纯粹的果实却结在新时期文学的枝头。在新诗走向现代的过程中,顾城等人的努力为新诗朝向纯粹生命主题打开了大门,他们已经在当下诗歌创作中产生了重要影响并必将继续发生更深远的影响。

四、形而上学矛盾的解决及启示

在走向新诗理想的路程中,海子沿着形而上的道路走向了永不回头的远方,立志做"远方忠诚的儿子",而与传统彻底决裂（海子认为东方诗人把一切变为趣味,这是他不能忍受的 [①]）;与之相反,顾城由对形而上学的反思走回了传统。假如海子、顾城都在为新诗"现代性"做努力,则顾城应属于所谓"反思的现代性"。

对生命的追问给顾城的精神带来巨大的矛盾。由于诗人所固有的强烈情绪性而缺少哲学家冷静清醒的理性,顾城的思考给他的生活和精神带来巨大的混乱,他回忆在 20 世纪 80 年代初,"一天到晚就是'自我意识',老琢磨自己是怎么回事,越想越想不明白,……""一直在想死亡是什么。"[②] 这种思想和顾城偏激的性格纠缠在一起,使得他几乎疯狂,因而他不得不通过搬石头、砌墙（并不是为了做屋子）等这些看起来毫无价值的事来转移注意力,使他忘掉自我。在这种状况下,顾城开始读《庄子》:"因为那个时候我觉得我的精神状态到了个危险限度。"[③] 他在道家哲学中体会到:"东方的那个知天命后达到的那个和谐,以及由于对自性的领悟而达到的那种光辉的境地,和西方的这种以人自身为中心,直到对自我对人权的强调——这之间是满拧（北京方言:整个拧着的,完全相抗相反的）。……在这二者之间,我设法在这中间作一个选择……我好象又顺从了东方的价值观。"[④] 正是东方宁静的智慧平息了他思想中的焦虑之火。随之而来的是顾城 1986 年后诗风一转而为他说的"无我"阶段,"我开始做一种自然的诗歌,不再使用文字技

---

①　海子:《海子诗全集》,西川编,作家出版社 2009 年版,第 1047 页。
②　顾城:《顾城文选》卷 1,北方文艺出版社 2005 年版,第 68 页。
③　顾城:《顾城文选》卷 2,中国文化出版社 2006 年版,第 288 页。
④　同上书,第 117 页。

巧,也不再表达自己,我不再有梦,不再有希望,不再有恐惧。"① 上述顾城诗歌的形而上精神几个方面:凝视死亡、歌唱生命、追寻永恒及直面孤独,几乎都将回归传统的自然哲学作为自己的诗学理想。

但是,顾城的传统自然哲学理想与真正的传统是不同的。顾城的诗学精神不是由传统自然孕育出来、而与"自然"融洽无间的。顾城首先遭遇的是一个形而上学问题,以及由这一问题带来的精神痛苦,在解决这一精神痛苦的过程中,他发现了老庄哲学的精神镇定作用,简言之,他是用道家哲学来消除形而上学带给他的精神矛盾。因而,顾城回归传统不可能成为传统意义上的人生,他是在形而上学的范围内思考传统的,传统成为他形而上学的组成部分。正是在这一意义上,我们发现了顾城带给我们的重要启示:老庄哲学在应对西方纯哲学中的深层矛盾也会产生重要作用,顾城实际上将古老的民族哲学带进了现代形而上学并使之在新的时代条件下焕发生机。

在现代化的巨潮中,现代作家在接受西方积极有为的文化时很早就有人注意到这种文化带来的社会及个人生活混乱的弊端,因而不约而同地以老庄自然哲学来解决这种文化弊端。严复首开先例,主张以老子的纯朴哲学来镇定文明带来的纷乱。② 徐志摩认为我们不幸是文明人,入世深似一天,离自然远似一天。因而主张"回到自然的胎宫里去重新吸收一番营养",以获得"生命重新的机兆",在自然的将养中恢复生命的生机。沈从文的理想人格是"既不在'生活'中迷失自我,又能摆脱对环境的依附,取得人生的独立与自由,并进而实现自我存在的价值。"③ 既积极有为,又不失本性。郭沫若则认为"道是无目的地在作用着……我们要如赤子,为活动本身而活动! 要这样我们的精神才自然恬淡而清净。"④ 简言之,不带目的性的积极有为是他的理想人性。林同济则将自己理想的道家人格设定为"道家回归主义者",他们"在断然出世之后又决定重返社会","欣然接受社会并且试图指引或塑造社会"。⑤

---

① 顾城:《顾城文选》卷 1,北方文艺出版社 2005 年版,第 233 页。
② 严复:《〈老子〉评语》,见《严复集》,中华书局 1986 年版,第 1091 页。
③ 沈从文:《沈从文选集》第 5 卷,四川人民出版社 1983 年版,第 54 页。
④ 郭沫若:《郭沫若全集》历史编 3,人民文学出版社 1992 年版,第 257 页。
⑤ 林同济:《天地之间——林同济文集》,复旦大学出版社 2004 年版,第 191 页。

　　以清净超然的自然哲学来解决西方意志哲学带来的纷乱,力争整合东西方哲学,建设现代人生,在这一基本点上顾城与现代文学史上的这一批前辈是一致的,但是,身处新时期的顾城较前者还是大大向前跨出一步。正如现代作家虽不乏形而上意识的觉醒,但他们在重重的社会问题围困中并不能进行纯粹的形而上沉思;现代作家以老庄自然哲学解决西方文化的弊端主要是在现实层面,解决现代社会和现代人生面临的实际问题。而顾城全部的精神活动面对的是一种个人至深的精神困境,在这种困境的凝视和突围中,他始终面对的是个人以及个人精神所到达的高度和深度,他由个人（也只能是个人）升华到纯粹精神,升华到形而上学。因而,他以自然哲学解决的正是纯粹精神领域的问题,解决的是纯形而上学问题,而不是现实社会和人生的实际问题,他进入的精神领域的深刻性和纯粹性已经远远超越了他的现代前辈。这样,我们从顾城这儿看到,老庄哲学在应对西方文化的弊端时,处理的不仅仅是西方文化带来的社会问题,也不仅仅是一般的人生问题、一般的精神领域问题,而是西方文化中最纯粹的部分——形而上学,正是从这一精神巅峰的对峙中,我们从顾城这儿看到了老庄哲学现代价值之纯粹精神的闪光。

第二节　海子：作为真理的诗歌

　　从纯粹哲学的意义上讲，1984 年前创作的《小站》只是海子诗歌的出发点，尚没有进入哲学性写作。与那时的许多诗人一样，海子不免受到 20 世纪 80 年代活跃的社会空气的影响，写作一些社会性较强的诗篇。但到了 1984 年海子明显进入哲学诗的写作。那一年，尽管他的创作还不是后来那样舍弃了现实的一切境遇，全力哲学诗创作，但他不光已经有了纯粹的哲学诗，还有了自觉的创作理论——《阿尔的太阳》；对实体的有意识地追寻也开始于 1984 年《河流》。迹象表明，他在完成《小站》后出现了一次哲学的觉悟过程，这一过程因何而起呢？是一个谜，正如他在 1987 年舍弃实体的追寻、全力张扬主体一样。

　　海子诗歌的基本哲学观念是实体和主体，这在新诗史上有哲理创作倾向的诗人中属于观念最清晰的诗人；但是，要梳理清楚这一观念又是异常困难的，这一难度超过了新诗史上的其他哲学诗人。因而很少人对海子的精神趋向和精神脉络进行梳理。

一、诗歌作为真理

　　海子的诗歌，不是要以之表现他自己的生活情感，不是为了社会诉求，不是为了追求诗美，他写诗，是为了追求真理，追求那种超越现世之外的终极存在。对这一点的明确意识使得海子与当代其他诗人区别开来，与整个新诗写作区别开来,甚至与几千年的诗歌传统区别开来。中国几千年的诗歌,一直在人世生活里打转转,顶多有少部分诗人在写人世生活时暗示一些天外的世界,但作为形而上的本体,则没有一个诗人将之作为终极使命。求真理的诗歌观使得海子的诗歌占据了一个至高的立足点。

海子写诗,是在哲学上先有觉悟,再以诗歌的形式将这种觉悟表现出来,因而,他根本关心的是哲学上的真理。海子诗歌突出的价值是他在哲学观念上的发现,而作为诗艺,他本人不看重,也不是他诗歌的突出特色。所以在诗歌史上,他的价值则是以诗歌表现真理,是哲学诗的杰出的实践者。

海子说:"克利说:'在最远的地方,我最虔诚。'是啊,这世界需要的不是反复倒伏的芦苇,旗帜和鹅毛,而是一种从最深的根基中长出来的东西。真东西。应该向上生长出来。也许我已见到了部分肢体。"① 他根本关心的是世界的终极本质,这种关心来自于他对终极本质的觉悟,也即是他所谓"见到了部分肢体"。他记录他写诗时的状态说:"诗不是诗人的陈述。更多的时候诗是实体在倾诉。你也许会在自己的诗里听到另外一种声音,这就是'他'的声音。这是一种突然的、处于高度亢奋之中的状态,是一种使人目瞪口呆的自发性⋯⋯这时,生命力的原初面孔显现了。"② 这可以说是真理执笔于"我",将自身表现出来。在这种状态下,真理得以裸裎于诗歌之中。因为这样的体验,他就可以很有信心地表达他的诗歌创作观:"伟大的诗歌,不是感性的诗歌,也不是抒情的诗歌,不是原始材料的片段流动,而是主体人类在某一瞬间突入自身的宏伟——是主体人类在原始力量中的一次性诗歌行动。"③ "一次性"是海子诗论中经常出现的词,他以此诗歌要越过形形色色的人间生活,直接地一次性地到达终极真理。海子的真理观是彻底的,他不是在追求形形色色的次等真理、二级真理,而是将存在的最高真理作为自己的目标。以此为标准,他批判了中外诗歌创作:

这一次全然涉于西方的诗歌王国。因为我恨东方诗人的文人气质。他们苍白孱弱,自以为是。他们隐藏和陶醉于自己的趣味之中。他们把

---

① 海子:《海子诗全集》,西川编,作家出版社 2009 年版,第 1022 页。
② 同上书,第 1018 页。
③ 同上书,第 1048 页。

一切都变成趣味,这是最令我难以忍受的。比如说,陶渊明和梭罗同时归隐山水,但陶重趣味,梭罗却要对自己的生命和存在本身表示极大的珍惜和关注。这就是我的诗歌的理想,应抛弃文人的趣味,直接关注生命存在本身。这就是中国诗歌的自新之路。①

以"趣味"和"存在"来区别中外诗歌,可谓抓住要害。中国诗歌因为对真理的放逐,导致诗人们的目光无一例外关注人间生活,形成人间"趣味",海子深知我们的民族:"对着这块千百年来始终沉默的天空,我们不回答,只生活。"② 暗哑于真理。影响所及,直到当代诗歌。海子意识到:"中国当前的诗,大都处于实验阶段,基本上还没有进入语言。我觉得,当前中国现代诗歌对意象的关注,损害甚至危及了它的语言要求。/ 夜空很高,月亮还没有升起来。/ 而月亮的意象,即某种关联自身与外物的象征物,或文字上美丽的呈现,不能代表诗歌中吟咏的本身。它只是活在文字的山坡上,对于流动的语言的小溪则是障碍。"③ 这种语言很明显就是上文所说"主体在倾诉"。但他还是感到欣慰:"当前,有一小批年轻的诗人开始走向我们民族的心灵深处,揭开黄色的皮肤,看一看古老的沉积着流水和暗红色血块的心脏,看一看河水的含沙量和冲击力……虽然他们的诗带有比较文化的痕迹,但我们这个民族毕竟站起来歌唱自身了。"④ 这当是指 20 世纪 80 年代以海子本人为代表的一批青年诗人,如顾城、骆一禾等,他们的诗歌均以最高真理的表现为目标,超越了民族传统。

他并且认为世界文学创作存在失败:

人类诗歌史上创造伟大诗歌的两次失败。

第一次失败是一些民族诗人的失败。他们没有将自己和民族的材料上升到整个人类形象……他们在民族语言范围内创造出了优秀诗篇。但都没能完成全人类的伟大诗篇。……而在普希金和雨果那里则表现为一种分离:诗歌与散文材料的分离;主体世界与宏观背景（小宇宙与

---

① 海子:《海子诗全集》,西川编,作家出版社 2009 年版,第 1047 页。
② 同上书,第 1021 页。
③ 同上书,第 1028 页。
④ 同上书,第 1017 页。

大宇宙）的分离;抒情与创造的分离。

第二次失败离我们的距离更近,我们可以把它分为两种倾向的失败:碎片与盲目。

碎片:如本世纪英语诗中庞德与艾略特就没能将原始材料（片段）化为伟大的诗歌:只有材料、智性与悟性创造的碎片。本世纪的多数艺术家（创造性的艺术家）都属于这种元素性的诗人（碎片与材料的诗人:如卡夫卡、乔伊斯、庞德、艾略特、瓦格纳）,还有一大批"元素与变形"一格的造型艺术家（塞尚、毕加索、康定斯基、克利、马蒂斯、蒙德里安、波洛克与摩尔）,还有哲学诗人与哲学戏剧家加缪和萨特。

第二类失败里还有一种是通过散文表达那些发自变乱时期本能与血的呼声的人。从材料和深度来说,他们更接近史诗这一伟大的诗歌本身,可惜他们自身根本就不是诗歌。我们可以将这些史诗性散文称之为盲目的诗或独眼巨人——这盲目的诗体现了某些文明的深刻变乱,尤其是早些时候的俄罗斯和近日的拉美。①

民族诗人的失败是明显的,他们表现了民族形而下的生活,却没有将这种生活与最高真理结合。第二类作家中"碎片"一类诗人应涉及一些存在的奥秘,但他们尚未从整体上觉悟到最高真理;"盲目"类的作家海子对之表示了极大的惋惜,他们从材料和深度来看,本接近史诗,但因为根本不是诗歌（作为真理的诗歌!）,因而"盲目"于真理。从这种批判中我们可以看出海子对真理觉悟的深刻和彻底。

海子提出了作为他心目中伟大诗歌的范本:

在伟大的诗歌方面,只有但丁和歌德是成功的,还有莎士比亚。这就是作为当代中国诗歌目标的成功的伟大诗歌。当然,还有更高一级的创造性诗歌——这是一种诗歌总集性质的东西——与其称之为伟大的诗歌,不如称之为伟大的人类精神——这是人类形象中迄今为止的最高成就。他们作为精神的内容（而不是材料）甚至高出于他们的艺术成

---

① 　海子:《海子诗全集》,西川编,作家出版社 2009 年版,第 1050 页。

就之上。他们作为一批宗教和精神的高峰而超于审美的艺术之上,这是人类的集体回忆或造型。①

海子注意的永远是"伟大的人类精神""宗教和精神的高峰""人类的集体回忆或造型"等最高精神的事物。他的带有总结性质的诗歌理想是:

> 我的诗歌理想是在中国成就一种伟大的集体的诗。我不想成为一名抒情诗人,或一位戏剧诗人,甚至不想成为一名史诗诗人,我只想融合中国的行动,成就一种民族和人类的结合,诗和真理合一的大诗。②

作为真理的诗歌观,海子是明确回复王国维的第一人,也是新诗史上到目前为止唯一的一人。作为真理的形态在海子那里表现为追寻实体和张扬主体。

二、追寻实体

在我们的这个世界上,万千的诗人都在歌咏他们所遇到的形形色色的境遇,咏叹这些境遇给他们的种种不同感受。诗人们几乎无一例外地往返于自我与日常生活之间。但海子却对千百年来人们面对的实实在在的生活感到迷惑:"是谁/领我走进这片无边的土地/让黑夜和白天的大脚/轮流踩上我的额头。"思考这个世界的背后的真实和自我生命的本真是他关心的焦点,世界在整体上作为一个问题的惊奇感触动了他,而作为这个世界之内的点点滴滴则为他所忽略。这必定是某种巨大的觉悟力量的结果。因而,千百年来迷惑无数哲人的关于世界终极本质的永恒意识来到海子的灵性中。他命名这一终极真实为"实体"。

实体是海子哲学的最高概念,是世界和生命的终极本质,含有本质、本源、归宿、本真、永恒等意思。实体与中外哲学的道、理念等的意义是类似的,反映了人类对自我、对家园的本根追寻。"这世界需要的不是反复倒伏的芦苇,旗帜和鹅毛,而是一种从最深的根基中长出来的东西。"③海子在其创作

---

① 　海子:《海子诗全集》,西川编,作家出版社 2009 年版,第 1051 页。
② 　同上书,封皮。
③ 　同上书,第 1022 页。

之初,即进入人类生存最基本的主题,可见境界之高,这也体现他的创作的纯哲学性:不以表现人间生活的种种境遇为主题,而表现最高真实。

什么是实体? 海子对之有种种觉悟:"你的背上月明星稀 / 你是我一切的心思 / 你是最靠近故乡的地方 / 最靠近荣光的地方 / 最靠近胎房的地方。"[①]这里有本源意识;"我是千根火脉 / 我是一堆陶工。"[②] 这里有造物意识;"编钟,闪过密林的船桅 / 又一次 / 我把众人撞沉在永恒之河中。"[③] 这里有永恒意识;"我们倒向炕头 / 老奶奶那只悠长的歌谣 / 扯起来了 / 昊天啊,黄鸟啊,谷乔啊 / 扯起来了 / 泡在古老的油里 / 根是一盏最黑最明的灯。"[④] 这里有归宿意识。

实体作为海子诗歌的最高真理,往往与人间生活相对立。因而海子常常在与人间生活对立的立场上来认识实体。《哑脊背》写道:"一个穿雨衣的陌生人 / 来到这座干旱已久的城 //（阳光下 / 他水国的口音很重）// 这里的日头直射 / 人们的脊背 // 只有夜晚 / 月光吸住面孔 // 月亮也是古诗中 / 一座旧矿山 // 只有一个穿雨衣的陌生人 / 来到这座干旱已久的城 // 在众人的脊背上 / 看出了水涨潮,看到了黄河波浪 // 只有解缆者 / 又咸又腥"。在海子诗歌中,水与土地一样,是实体的另一个代名词。"一个穿雨衣的陌生人"是真理的象征。"这里的日头直射 / 人们的脊背",因而,脊背是干燥少雨的,是不觉悟实体的象征,海子因而以"哑脊背"题示。陌生人"在众人的脊背上 / 看出了水涨潮,看到了黄河波浪",他是以觉悟者的身份来临的。这种觉悟者在另一首诗中表现为一个"光棍":"神秘客人那位食玉米担玉米 草筐中埋着牛肝的那光棍 / 在春天用了一把大火 / 烧光家园 使众人受伤 // 大家伤心唏嘘不已 / 穷得丁当响的酒柜上 / 光棍光芒万丈 // 老英雄 / 走上前来 / 抱住那光棍 / 坐在黄昏 / 歌唱江山 / 布满眼泪"。与陌生人对不觉悟的众人启示不同,光棍因为理解的不可到达而用一把大火怒烧家园,他之"使众人受伤"原非本意,因而他获得了"老英雄"的理解。其实,老英雄只是另一个光棍——觉者。光棍因为一无所有正好是最高真理的象征,他用一把大火烧

---

① 　海子:《海子诗全集》,西川编,作家出版社 2009 年版,第 220 页。
② 　同上书,第 245 页。
③ 　同上。
④ 　同上。

光家园也是要使得不觉悟的众人成为他一样意义上的光棍——觉者。

作为不觉悟的人间生活，海子重点反思了民族生活。余虹在《神·语·诗……——读海子及其他》中说：

> 神话是语言之语言。语言是一场事件，是"神话"向"人话"的转变，是人神共同参与相互占用的事件。作为"太初之词"的神话是原语言，它以"启示"的方式默默对人言说，人在聆听应合中跟着说，神话成为人话，于是，人拥有语言。在人语中实现的语言是"神话的"、"神性的"。作为神性的人话乃是本真的语言。在此语言中神话进入言谈并得到看护，在此语言中人话因源于神话而将人引向他的本源：神性。本真的语言敞开一个"天地人神"的四重世界使人得以栖居。没有神话的地方，人话失去本源，成为无神的话语，这大概是发展至今的汉语的本质。汉语世界是一个"天地人"的三维世界，在此，没有神的容身之地。①

这是一个当代觉悟者对汉语神性传统缺失的反思。他因此认为："海子使我惊讶，这位操汉语的当代中国诗人竟走到了汉语失去的本源。"② 这显然是觉者之间的知音之论。余虹对民族的反思、对海子的估价与海子本人对民族传统的认识是一致的，这种一致性表现在中华民族是一个重生存而忽略神性、忽略最高真实的民族。"对着这块千百年来始终沉默的天空，我们不回答，只生活。"③ "在东方，诞生、滋润和抚养是唯一的事情。"④ 海子众多的诗歌（话语）暗示了民族生活之喑哑于真理。所以，他看到的只是这样的生活："来到村口或山上 / 我盯住人们死看 / 呀，生硬的黄土 人丁兴旺"(《明天醒来我会在哪一只鞋子里》)。"一切都原模原样 / 一切都存入 / 人的 世世代代的脸，一切不幸"(《夜月》)。他认为"中国人用漫长的正史把核心包围起来了"⑤，因而作为真理意义上的生命在中国历史中永远被遮蔽了。"我们穿着种子的衣裳到处流浪 / 我们没有找到可以依附的三角洲 / 树和冥想的孩子 /

---

① 崔卫平：《不死的海子》，中国文联出版社 1999 年版，第 115 页。
② 同上。
③ 海子：《海子诗全集》，西川编，作家出版社 2009 年版，第 1021 页。
④ 同上书，第 274 页。
⑤ 同上书，第 1036 页。

分别固定在河流的两边 / 他们没有拥抱 / 没有产生带血的嘴唇 / 他们不去碰
道路"①。此处的"我们"显然指真理,我们穿着种子的衣裳,暗喻作为真理
的种子在中国从来找不到可供发芽的"三角洲"。"我们沿河牧马而来 / 双
手 / 双手沾满相互的爱情 / 我们埋了道路 / 建了村庄 / 一只粗笨的陶碗 / 收
养了我们"②。"相互的爱情""村庄""陶碗"和"道路"充满了同样暗示。
"一位 / 硕大无朋的东西 / 围着他自己旋转 / 也许叫昆仑。/ 第三纪以后 / 他
一直沉默。"③ 真理在远古曾出现,但暗哑于后来的历史。长诗《但是水、水》
对民族传统之缺乏真理作了描述,这种真理的缺失是以缺乏实体之代称的水
的形式出现的:"等待他们的是一个夏季……没有风"④ "炎热的夜晚歌手如
云……令人费解 / 他们脱下布鞋,把脚浸进假想的河水"⑤ "他们黝黑的肋条
骨在河岸的黄昏中一闪一闪地放着光 / 他们撩着假想的河水互相擦洗着身
子"⑥。对于海子来说,在这样的一个民族,对真理的认识是困难的:"双手如
祈 / 双手如水 / 双手比钟声比夜晚 / 更漆黑"。⑦ 诗题"但是水、水"充满渴
求实体的急迫情绪。

　　实体作为真理在海子的眼里是崇高的、永恒的、纯美的、神圣的,因而令
人无比幸福。《西藏》一诗是表现崇高境界的动人心魄的杰作:

> 一块孤独的石头坐满整个天空
>
> 没有任何夜晚能使我沉睡
>
> 没有任何黎明能使我醒来
>
> 一块孤独的石头坐满整个天空
>
> 他说:在这一千年里我只热爱我自己
>
> 一块孤独的石头坐满整个天空

---

①　海子:《海子诗全集》,西川编,作家出版社 2009 年版,第 255 页。
②　同上书,第 288 页。
③　同上书,第 278 页。
④　同上书,第 267 页。
⑤　同上。
⑥　同上书,第 268 页。
⑦　同上书,第 289 页。

> 没有任何泪水使我变成花朵
> 没有任何国王使我变成王座

将雄伟博大的西藏比喻为一块石头,一个无名之王的形象耸立于宇宙之外。《抱着白虎走过海洋》也是类似的杰作:

> 倾向于宏伟的母亲
> 抱着白虎走过海洋
> 陆地上有堂屋五间
> 一只病床卧于故乡
>
> 倾向于故乡的母亲
> 抱着白虎走过海洋
> 扶病而出的儿子们
> 开门望见了血太阳
>
> 倾向于太阳的母亲
> 抱着白虎走过海洋
> 左边的侍女是生命
> 右边的侍女是死亡
>
> 倾向于死亡的母亲
> 抱着白虎走过海洋

母亲、白虎共同隐喻实体,而在对宏伟、故乡、太阳、死亡的反复咏唱中,揭示实体的性质,"海洋"在海子的诗歌中常隐喻实体的广大无边。母亲抱着白虎走过海洋的磅礴形象将实体暗喻得无比崇高。

海子的诗集中有两首构思奇特的"死亡之诗"。死亡之诗(之一)写道:"漆黑的夜里有一种笑声笑断我坟墓的木板 / 你可知道,这是一片埋葬老虎的土地","一块埋葬老虎的木板 / 被一种笑声笑成两段",以一种笑声笑断坟墓的木板这种奇特的手法表达了不死的精神,也即永恒的精神。《死亡之诗(之二)——给凡高的小叙事:自杀过程》:

雨夜偷牛的人
爬进了我的窗户
在我做梦的身子上
采摘葵花

我仍在沉睡
在我睡梦的身子上
开满了彩色的葵花
那双采摘的手
仍像葵花田中
美丽笨拙的鸽子

雨夜偷牛的人
把我从人类
身体中偷走
我仍在沉睡
我被带到身体之外
葵花之外，我是世界上
第一头母牛（死的皇后）
我觉得自己很美
我仍在沉睡

雨夜偷牛的人
于是非常高兴
自己变成了另外的彩色母牛
在我的身体中
兴高采烈地跑

这是新奇无比的诗，以喜剧色彩表达永恒的真理。在《美丽白杨树》中，诗
人以人类的幻变对比白杨树的美丽平静，隐喻了永恒的真理：

灵魂像山腰或山顶四只恼人的蹄子

移动步履,幻变无常的人类

可还记得白色的杨树平静而美丽

可还记得一阵雷声自远方滚来

高高的天空回荡天堂的声响

幻变无常的人类可还记得

闪电和雨水中的白色杨树

在你的河岸上女人月亮匆匆而去

四只蹄子在你的河岸上

拥有一间雪中的屋子婚姻或一面镜子

这就是大地上你全部的居所

难忘有一日歇脚白杨树下

白色美丽的树!

在黄金和允诺的地上

陪伴花朵和诗歌静静地开放安详地死亡

美丽的白杨树这是一位无名的诗人

使女儿惊讶而后长成幸福的主妇不免终老于斯

这是一位无名的诗人使女儿惊讶

美丽的白杨树

这多像弟弟和父亲对她们的忠实

实体的纯美的境界海子常常以雪的意象来表现。《雪》写道:"千辛万苦回到故乡 / 我的骨骼雪白 也长不出青稞","雪"是实体的隐喻,骨骼雪白,长不出青稞隐喻了实体纯洁非功利(非人间)的特征。"雪山,我的草原因你的乳房而明亮 / 冰冷而灿烂 // 我的病已好 / 雪的日子 我只想到雪中去死 / 我的头顶放出光芒。""割下嘴唇放在火上 / 大雪飘飘 / 不见昔日肮脏的山头 / 都被雪白的乳房拥抱。"在纯美的境界中,诗人的幸福到达极致。

但对海子来说,实体绝不仅仅是崇高、永恒、纯美的,实体的另一面则是空无、无任何确定的属性、不可知。这两种性质是对立统一的。《海水没顶》

写道："原始的妈妈／躲避一位农民／把他的柴刀丢在地里／把自己的婴儿溺死井中／田地任其荒芜"。"原始的妈妈"即为实体，"一位农民"是追求实体的人，他为了实体舍弃了自己的一切，但原始的妈妈还是"躲避"着它。真理不可求。《麦地》写道："月亮知道我／有时比泥土还要累／而羞涩的情人／眼前晃动着／麦秸"。"我"因为追问实体而"有时比泥土还要累"，但是，实体并不因此向我显现它的真面目，"羞涩"一词暗示了实体的隐蔽性。"远方除了遥远一无所有"（《远方》），在这种绝望中，海子咏出了他杰出的诗篇《村庄》："村庄，在五谷丰盛的村庄，我安顿下来／我顺手摸到的东西越少越好！／珍惜黄昏的村庄，珍惜雨水的村庄／万里无云如同我永恒的悲伤"。因为真理的这种隔绝性，他甚至主动呼唤绝望：

> 有了安慰，有了马、火、灰、鼎，甚至有了夜晚
>
> 仍然缺少鬼魂，死过一次的缺少再次死亡
>
> 两姐妹只死了一个，天空却需要她们全部死亡
>
> 最好是无人收拾雪白的骨殖 任荒山更加荒芜下去
>
> 只剩下一片沙漠和戈壁
>
> 有了安慰，而我们是多么缺少绝望
>
> 我所在的地方滴水不存，寸草不生，没有任何生长
>
> ——《马、火、灰——鼎》

由于实体的这种崇高、永恒、纯美而又空无、不可知、令人绝望的双重属性，使得追寻它的主体享受幸福、追寻的信心、人之为人的神圣感和经历受难、救赎、献祭的精神磨难。

《麦地》是海子诗歌中少见的表达对最高真理幸福感的诗歌，"月亮下／连夜种麦的父亲／身上像流动金子"，这是对麦地种植者的赞颂，实际上是间接地赞颂了麦地——最高真理。"看麦子时我睡在地里／月亮照我如照一口井／家乡的风／家乡的云／收聚翅膀／睡在我的双肩"。作为麦地看护者的我其实就是真理的看护者，享有真理本身的深邃和幸福，这就是"月亮照我如照一口井"的涵义；因为"我"的看护，家乡的风、云获得了依据，不再流浪，

安居在我的双肩。这里有海德格尔哲学的影子。"麦浪——/ 天堂的桌子 / 摆在田野上 / 一块麦地 // 收割季节 / 麦浪和月光 / 洗着快镰刀",这是直面真理的幸福和收获真理的幸福。这种幸福在《日出——见于一个无比幸福的早晨的日出》中以更加直接和更为强烈的抒情方式表达出来:

> 在黑暗的尽头
>
> 太阳,扶着我站起来
>
> 我的身体像一个亲爱的祖国,血液流遍
>
> 我是一个完全幸福的人
>
> 我再也不会否认
>
> 我是一个完全的人我是一个无比幸福的人
>
> 我全身的黑暗因太阳升起而解除
>
> 我再也不会否认 天堂和国家的壮丽景色
>
> 和她的存在……在黑暗的尽头

正是实体的崇高和这种追寻的幸福,使得诗人产生一种追寻真理的神圣感:"人是圣地的树 / 充满最初的啁啾"①,他发誓"我要做远方的忠诚的儿子 / 和物质的短暂情人",表示"万人都要将火熄灭 / 我一人独将此火高高举起","和所有以梦为马的诗人一样 / 我也愿将牢底坐穿","和所有以梦为马的诗人一样 / 我选择永恒的事业","我的事业就是要成为太阳的一生"。此时的海子是神圣的,充满信心的:"最后我被黄昏的众神抬入不朽的太阳。"

与这种神圣与幸福相对的就是受难、救赎和献祭。马在海子诗歌中常常含有真理寻求者的涵义,与马的相遇即是遭遇真理,这种遭遇常常是以受难的形式呈现的:"……而你无知的母亲 / 还是生下了你 / 总有一天 / 你我相遇 / 而那无知的马受惊的马一跃而起 / 踏碎了我""太阳,吐血的宝马 / 她一头倒在 / 我身上 / 我全身起了大火"《马(断片)》。在海子的诗歌中,真理是令人震惊的无名之神,遭遇它的人必为它所伤。这种境况在《天鹅》中这样表现:"夜里,我听见远处天鹅飞越桥梁的声音 / 我身体里的河水 / 呼应着她们 // 当她们飞越生日的泥土,黄昏的泥土 / 有一只天鹅受伤 / 其实只有美丽吹动

---

①　海子:《海子诗全集》,西川编,作家出版社 2009 年版,第 255 页。

的风才知道 / 她已受伤,她仍在飞行",天鹅象征高贵的生命,这个高贵的生命因遭遇真理而新生,这一时刻就是他的生日;而遭遇真理的时刻也是他遭遇永恒的暗夜的时刻,所以"当她们飞越生日的泥土,黄昏的泥土 / 有一只天鹅受伤",受伤的天鹅就是遭遇真理的天鹅。遭遇真理即受难。《在夜色中》,海子将这种受难归结为简洁的格言形式:"我有三次受难:流浪、爱情、生存 / 我有三种幸福:诗歌、王位、太阳",其实,幸福即受难,受难即幸福。

由受难更进一步,就是献祭——认识真理后的主动受难。在《土地 忧郁 死亡》中,海子写道:"黎明,我仿佛从子宫中升起,如剥皮的兔子摆上早餐。"即是朝向真理鲜明的献祭意识。在给女友的《给 B 的生日》中,这种献祭意识也表达得异常鲜明:"天亮我梦见你的生日 / 好像羊羔滚向东方 /——那太阳升起的地方 // 黄昏我梦见自己的死亡 / 好像羊羔滚向西方 /——那太阳落下的地方",使用了典型的基督教献祭形式:羔羊献祭。

有受难、献祭即有拯救。同样在《土地 忧郁 死亡》中,海子写道:"最后的晚餐那食物径直通过了我们的少女 / 她们的伤口 她们颅骨中的缝 / 最后的晚餐端到我们的面前 / 一道筵席,受孕于人群:我们自己。""最后的晚餐"出自《圣经》故事,犹大向官府告密,耶稣在即将被捕前,与十二门徒共进晚餐,席间耶稣镇定地说出了有人出卖他的消息。海子引用此题材,一方面是受难主题的进一步发展,另一方面从受难中引出了拯救的主题,因为耶稣的受难正是为了拯救世人——此指盲目于实体的平常人。"我们的少女"暗喻我们生命中贞洁的力量,依此可获拯救。将最后的晚餐说成是"一道筵席",即是升华它的拯救价值。

实体的两面性不光表现为实体崇高而又不可知,还表现为既养育生命又伤害生命;既遮蔽自己又显现自己。

海子多次咏唱实体:"让我就在这时醒来 / 一手握着刀子 / 一手握着玉米"①,"我知道我是河流 / 我知道我身上一半是血浆一半是沉沙"②,表达了实体养育生命又伤害生命的特性。生命作为实体的一部分,是靠实体来养育的,海子唱道:"你是水 / 是每天以朝霞洗脸的当家人 / 喘息着 / 抚养匆匆来去的生灵"③,这种对生命的养育与护持,在《神秘故事六篇》的首篇《龟

① 海子:《海子诗全集》,西川编,作家出版社 2009 年版,第 234 页。
② 同上书,第 216 页。
③ 同上书,第 213 页。

王》中得到体现。故事讲述一位酷爱雕塑动物的石匠,他雕塑的动物带着"艰难爬行的姿式与神态,带着一种知天命而又奋力抗争的气氛",仿佛"要弃人间而去"。龟王在生命的最后五年突然神秘地闭关自己,制造了大量乌龟和半人半龟的石头形龟王,击退了一场洪水,保护了村庄。龟王与水神秘相关,是实体的隐喻,表现了实体护持生命的主题。

实体作为世界的终极真理,它无所不包,万事万物都是实体的体现;但万物却又不是实体本身,实体在显现自己的同时又在遮蔽自己:"你遮遮盖盖 / 你第一次暗示的身孕过于突然 / 你又掩饰 / 以遍地的村镇掩饰越来越响的水声 / 你感到 / 空旷是对种植的承诺"[①] "虽然你流动,但你的一切还在结构中沉睡 / 你在果园下经营着涩暗的小窑洞、木家具 / 砖儿垒得很结实 / 大雪下巨大的黑褐色体积在沉睡"[②] "泉水 泉水 / 生物的嘴唇 / 蓝色的母亲 / 用肉体 / 用野花的琴 / 盖住岩石 / 盖住骨头和酒杯"(《给母亲》,组诗),这明显受到海德格尔的影响:真理显现自己的同时又遮蔽了自己。

三、张扬主体

"如果说我以前写的是'她',人类之母,诗经中的'伊人',一种北方的土地和水,寂静的劳作,那么,现在,我要写'他',一个大男人,人类之父,我要写楚辞中的'东皇太一',甚至奥义书中的'大梵',但归根到底,他只是一个失败的英雄,和我一样。"[③]1987 年以后,海子诗歌的哲学观念来了一次突变,从实体的追寻中突悟实体恍然一梦,于是从实体中跃出,仿佛实体从永恒中孕育出一种巨大的精神,时候一到破体而出,化为冲天之光。

关于这种变化,西川曾说不明白为什么海子会在 1987 年出现这种变化?他推测道:"海子一定看到和听到了我不曾看到和听到的东西;而正是这些我不存看到和听到的东西使他成为我们这个时代的先驱之一。"[④] 这是知人之论,是精神觉悟者的会心之论。海子诗歌创作的突出特点就在于哲学的觉悟

---

① 海子:《海子诗全集》,西川编,作家出版社 2009 年版,第 214 页。
② 同上书,第 221 页。
③ 同上书,第 1034 页。
④ 同上书,第 9 页。

主导了诗歌的走向。尽管我们不能见到海子对他的哲学觉悟留下任何只言片语,但这种觉悟一定存在——这是造就哲学家和诗哲的原始力量。例如同样的背景也存在于顾城的诗歌中,这就是他五岁时候对死亡的突悟。只是顾城留下了这方面众多的访谈文字。

　　什么是主体? 它与实体的关系如何? 其实,主体就是实体,是实体沉默的核心。是谓语诞生前的主语状态。[①] 主体与实体不是两个终极世界,只是二而一的关系,主体从属于实体,实体是世界唯一的终极本质。主体的出现只是主体从实体中觉醒,奋力挣脱实体的约束,也可以称之为实体不能忍受自己永恒的冥冥沉默而发为冲天一怒。实体与主体是辩证统一的,他体现了海子寻求生命本源与肯定生命本身冲动两种倾向的矛盾与统一。海子的诗歌多次对这种辩证的关系进行了说明:"大地/潮湿的火/温玉的声音像鱼"。[②] 在海子诗歌中,大地和水是体现实体的两种巨大元素,而火、鸟是主体觉醒的象征。大地是潮湿的火形象地说明了实体主体一体的关系。类似的诗歌还有海子描写桃花的诗句"水在此刻是悬挂在空气的火焰"(《桃花时节》)。海子描写实体转变为主体时,也常常体现他们的转变又一体的关系:"一只大鱼脊背死在化鸟之梦和水土颜色中"[③],"鱼身上/火破了鸟飞了"[④]。甚至主体从实体挣脱后,他们的一体关系依然存在:"而夜晚同时将永远延续下去/这日夜的轮回/是我信奉的哲学"[⑤]。

　　主体为何要脱离实体? 这是海子诗学的难点和独创所在。世界各个民族几乎都以寻找世界的终极根源为哲学的终极目的,这种根源以不同的形式和名称表现出来,比如道、理念、意志、上帝、佛、存在等等,海子的"实体"也是同样的意思,体现了海子对永恒的关注。海子诗学即使只完成这一使命,也是异常了不起的,她体现了中国人以诗歌寻求终极真理的追求,这在新诗甚至在整个诗歌史上也是罕见的追求,前不见古人;然而,海子却没有止于这一成就,而是对世界进行了更深入的追问,这种追问的结果就是对实体的超越。

---

① 　海子:《海子诗全集》,西川编,作家出版社 2009 年版,第 1017 页。
② 　同上书,第 627 页。
③ 　同上书,第 558 页。
④ 　同上书,第 560 页。
⑤ 　同上书,第 596 页。

　　在海子看来,实体有许多别名,比如永恒、死亡、不变等等。在世界上大多数哲学家那里,对永恒的寻求目的就是为生命寻找一个终极依据,从而安慰生命。海子也不例外,然而他最终似乎不能忍受这一点。他曾表示:"我们从不向往永恒,因为永恒从不言说,我们渴望回到大地。"实体永恒的冥冥情绪使生命主体暗哑无迹,这是海子不能忍受的:"在那里,所有的人都冷冰冰地抱作一团。"他的超越其实就是对实体永恒沉默的抗议,对死亡情绪的抗议:"给我一次生命 / 再给我永恒死亡 / 给我一份爱情 / 再把她平静夺去 // 不! / 不! "他一再表示主体脱离实体的强烈渴望:"簇簇火梦见爪子 / 十个太阳围着大鱼之妻"① "太阳在我肉里 / 疯狂撕咬"② "饥饿 他向我耳语"③。海子这样表述主体的苏醒:

　　　　父亲势力:实际上也就是亚当与夏娃的关系。指的是亚当从夏娃中挣脱出来(母亲就是夏娃),从母体的挣脱(这"母亲"就是《浮士德》中使人恐怖的万物之母),从大地和"无"中的挣脱,意识从生命的本原的幽暗中苏醒——从虚无的生命气息中苏醒(古典主义哲学家苏格拉底和老子探讨的起点——当然他们还是以直观的逻辑为起点),这也是上升时期的精神,在但丁、米开朗琪罗中明确显示。④

这其实反映了海子强烈的生命意志对实体的超越,主体其实就是要扩大人的价值,张扬人的权利:"为了人本身 / 还需要行动,行动第一"⑤。这里明显有尼采的影子。但是,尼采是以权力意志为世界的终极本质,而海子的"主体"不在哲学上占据终极位置,海子哲学与尼采最终不同。尼采否认上帝、理念等范畴,海子则肯定之。尼采是反形而上学,海子则认同形而上学。但权力意志对海子的影响是明显的。

　　但是,主体超越实体不是轻而易举的。这是由于实体具有强大的惰性本

① 海子:《海子诗全集》,西川编,作家出版社2009年版,第551页。
② 同上书,第585页。
③ 同上书,第674页。
④ 同上书,第1040页。
⑤ 同上书,第599页。

能,拒绝苏醒。"母亲沉睡而嗜杀"①"鱼,九泉之下的王 / 用永恒的尾巴 / 封住自己之门"②"打不碎的整体——水"③,以实体的立场看来,主体的苏醒无异于一场叛乱。因而,主体从实体的苏醒注定是一场酷烈的战斗。

上述实体具有很强的惰性特质,它所蕴含的主体不会轻易醒来,实体亘古如斯,嗜睡沉默。但那种觉醒的性质为何?海子把它描写为"变异":"古老的太阳如今变异""变异在太阳中心狂怒地杀你 / 变异的女祖先 / 在死亡中 高叫自我 疯狂掠夺 / 难以生存的走投无路的诗人之王? / 谁能说出那唯一的名字?!"④海子描写了变异后的主体:"而现在,我 / 肢体乱挂于火 / 诸脉乱揉于琴 / 活血乱流于水 / 断掌乱石于天"⑤。觉醒后主体开始了对实体囚笼的反叛,比如海子的系列桃花诗,惊心动魄地描写了这一反叛:"桃花开放 / 像一座囚笼流尽了鲜血 / 像两只刀斧流尽了鲜血 / 像刀斧手的家园 / 流尽了鲜血 // 花儿为什么这样红 / 像一座雪山壮丽燃烧 // 我的囚笼起火 / 我的牢房坍塌 / 一根根锁链和铁条 戴着火 / 投向四周黑暗的高原"(《桃花》)。"曙光中黄金的车子上 / 血红的,爆炸裂开的 / 太阳私生的女儿 / 在迟钝地流着血 / 像一个起义集团内部 / 草原上野蛮荒凉的弯刀"。但实体不会轻易允许主体的反叛,因而这种反叛就是一场战争:"太阳中盲目的荷马 / 土地中盲目的荷马 / 他二人在我心中绞杀 / 争夺王位和诗歌"⑥。经过了艰难地变异、觉醒、反叛、战斗后,主体最终从实体中跃出,这一跃出同样惊心动魄:"让少女为我佩带火焰般的嘴唇 / 让原始黑夜的头盖骨掀开 / 让神从我头盖骨中站立 / 一片战场上血红的光明冲上了天空 / 火中之火, / 他有一个粗糙的名字:太阳 / 和革命,她有一个赤裸的身体 / 在行走和幻灭"(《黎明(之三)》)。

主体的诞生是酷烈的,经历受难和牺牲,但海子以此张扬了人的价值。人需要脱离实体和永恒的笼制,扩张主体生命意识。这种意识其实就是几千年传统文化的根本缺失:人一直受笼制于各种具有准实体意义的文化霸权

① 海子:《海子诗全集》,西川编,作家出版社 2009 年版,第 731 页。
② 同上书,第 560 页。
③ 同上书,第 563 页。
④ 同上书,第 682 页。
⑤ 同上书,第 570 页。
⑥ 同上书,第 728 页。

中,意志不得伸张。"主体"的文化价值在此。

　　但是,主体必须证明自己的合理性,主体必须展开与实体的对话、与对不理解主体者的对话以获得后者的理解。这个过程其实是主体为自己争取合法性的过程。经过艰难的对话,主体最终获得了后者的理解。这种理解是以后者承认主体存在的合理性为前提的。后者的代名词是母亲、大地、平常人,其中母亲和大地是实体的代名词,平常人是不觉悟的人的代名词(在此时的对话中已觉悟)。母亲说:"没有人知道我在火光深处 / 没有人知道我在高粱地里 / 生下十个太阳 /……宇宙之穴中我是洪荒之兽母亲之腹 / 生下十个太阳"①。大地说:"你是战士 / 你要行动 / 你的行动就是公平 / 太阳不能无血 / 太阳不能熄灭 / 用万段火苗跳动断肢 / 只有行动,只有行动意志"②。平常人说:"我真后悔,我竟然那么宁静过 / 我竟然那么混同于一般的日子 / 那么感伤,那么小心翼翼地侍奉 / 我真后悔,我尊重过那么多 / 我为着那些平庸的人们歌唱—— / 只是为着他们的平庸,我真后悔! / 我竟然在平安的日子和爱情中 / 活得那么自在,我真后悔 /…… / 就让我加入反抗者的行列"③。母亲又说:"除了男人的头颅和女人的腹 / 一切一切都不配审判黑暗 / 生命,生命是我们与自己的反复冲突 /…… / 今夜的人类是一条吞火的河流 /…… / 但是,人类中 / 反抗战士的 / 头 / 更是真实的太阳"④。可见主体获得母亲、大地、平常人的一致认同,最后太阳(主体的象征)也坚定地说:"如果毁灭迟迟不来 / 我让我们带着自己的头颅去迎接"⑤,"我的宿命就是我反抗的宿命"⑥。

　　但矛盾是巨大的:主体超越实体后走向何处?上述实体是世界的唯一的终极真理,主体属于实体;但主体不能忍受于此,故反叛。这是一对永恒的矛盾。其实,反叛实体的主体要付出沉重的代价,因为主体并不能以自我为终极真理,它必定要依附于实体。故海子这样描写企图脱离实体的主体:"秋天的火把断了 是别的花在开放 / 冬天的火把是梅花 / 现在是春天的火把 / 被砍

---

①　海子:《海子诗全集》,西川编,作家出版社 2009 年版,第 632 页。

②　同上书,第 633 页。

③　同上书,第 635 页。

④　同上书,第 637 页。

⑤　同上。

⑥　同上书,第 638 页。

断/悬在空中/寂静的/抽搐四肢"(《桃花开放》);"天空是内部抽搐的骆驼"(《太阳》)"抽搐"一词的反复出现昭示了主体脱离实体后的痉挛状态,如脱离身体后蜥蜴的乱跳的尾巴。海子对实体的状态的描写,"而现在,我/肢体乱挂于火/诸脉乱揉于琴/活血乱流于水/断掌乱石于天"[1],也暗示了过于活跃的主体必定导致的严重后果。张扬主体给海子带来的是更大的惶恐。

四、均衡主体与实体

这是海子在后期的诗学中努力尝试问题的解决。

主体的发现和张扬是海子诗歌的超越性和独创性所在,显示了海子对真理追问的深度。但是,与其说主体给海子带来更大的自由,不如说主体给海子带来更大的困境,这一困境在下面的一段话中可以显示出来:

　　……我挚烈地活着,亲吻,毁灭和重造,犹如一团大火,我就在大火中心,那只火焰的大鸟:"燃烧"——这个诗歌的词,正像我的名字,正像我自己向着我自己疯狂的微笑。这生活与生活的疯狂,我应该感激吗? 我的燃烧似乎是盲目的,燃烧仿佛中心青春的祭奠。燃烧指向一切,拥抱一切,又放弃一切,劫夺一切。生活也越来越像劫夺和战斗,像"烈"。随着生命之火、青春之火越烧越旺,内在的生命越来越旺盛,也越来越盲目。因此燃烧也就是黑暗——甚至是黑暗的中心、地狱的中心。我和但丁不一样,我在这样早早的青春中就已步入地狱的大门,开启生活和火焰的大门。我仿佛种种现象,怀抱各自本质的火焰,在黑暗中冲杀与砍伐。我的诗歌之马大汗淋漓,甚至像在流血——仿佛那落日和朝霞是我从耶稣诞生的马厩里牵出的两匹燃烧的马——暗示它越来越美丽,美丽得令人不敢逼视。

　　……

　　我要加速生命与死亡的步伐。我挥霍生命也挥霍死亡。我同是天堂和地狱的大笑之火的主人。

　　……

---

[1]　海子:《海子诗全集》,西川编,作家出版社 2009 年版,第 570 页。

我处于狂乱与风暴中心,不希求任何的安慰和岛屿,我旋转如疯狂的日。①

这是海子在精神上升华为主体状态后的写照,可以看出,海子在极端肯定人的主体精神的同时又陷于盲目和黑暗。意义在此明显悬置。主体状态不能给海子和人类带来形而上的幸福。这实际上是精神的困境。海子后期明显意识到这个问题并进行了反省。反省的结果,是他提出了充满灵性的范畴——原始力量。

原始力量是实体的又一名称。海子如此命名实体意在表明实体是一种无比巨大、恐怖、毁灭性的力量。它有点类似于尼采的酒神。这一力量能支配世间万物和人,但人不能反过来支配原始力量,因而人常常为原始力量所毁灭,当然,它只是毁灭能意识到原始力量的那部分人,通常是一些灵性天才。海子这样表述原始力量:

人,活在原始力量的周围。凡·高、陀思妥耶夫斯基、雪莱、韩波、爱伦·坡、荷尔德林、叶赛宁、克兰和马洛(甚至在另一种意义上还有阴郁的叔伯兄弟卡夫卡、理想的悲剧诗人席勒、疯狂的预言家尼采)都活在这种原始力量的中心,或靠近中心的地方,他们的诗歌即是和这个原始力量的战斗、和解、不间断的对话与统一。……我们大多数的人类民众们都活在原始力量的表层与周围。②

活在原始力量周围的人实际上是觉悟到存在神秘性的天才们。这些天才们因为觉悟到存在的神秘力量,生命处于不安之中,他们不能明了存在的性质,不能解释存在并与存在和平共处,因而与存在即原始力量不间断地"战斗、和解、不间断的对话与统一",但结果并不美妙:

但凡·高他们活在原始力量中心或附近,他们无法像那些伟大的诗人有幸也有力量活在文明和诗歌类型的边缘,他们诗歌中的天堂或地狱

---

① 海子:《海子诗全集》,西川编,作家出版社 2009 年版,第 1032 页。
② 同上书,第 1043 页。

的力量无限伸展,因而不能容纳他们自身。也不会产生伟大的诗歌和诗歌人格——任何诗歌体系或类型。他们只能不懈而近乎单调地抒发。他们无力成为父亲,无力把女儿、母亲变成妻子——无力战胜这种母亲,只留下父本与母本的战争、和解,短暂的和平与对话的诗歌。诗歌终于被原始力量压垮,并席卷而去。①

战斗的结果往往是天才们被巨大的原始力量席卷吞没,天才的存在注定是一场悲剧。这里,海子对原始力量及活在原始周围的那些浪漫天才的解释实际上是在解释他自己的命运。这样,我们也就明白,上述海子的“张扬主体”实际上是海子在极力超越原始力量对自己的笼制的悲剧抗争过程,他实际上并没有成功实现这一超越。海子的终极命运其实就是活在原始力量周围并被原始力量席卷而去的那些天才的共同命运。尽管这样,海子并不是在这一命运面前束手无策,他其实已经设想了超越这一困境的尝试。这一思路见于下面一段话,在这一段话里,海子对比了与浪漫天才不同的另一批巨匠:

　　在亚当型巨匠那里（米开朗琪罗、但丁、莎士比亚、歌德）又是另外一种情况,原始力量成为主体力量,他们与原始力量之间的关系是正常的、造型的和史诗的,他们可以利用由自身潜伏的巨大的原发性的原始力量（悲剧性的生涯和生存、天才和魔鬼、地狱深渊、疯狂的创造与毁灭、欲望与死亡、血、性与宿命,整个代表性民族的潜伏性）来为主体（雕塑或建筑）服务。歌德是一个代表,他在这种原始力量的洪水猛兽面前感到无限的恐惧（如他听贝多芬的某些音乐感到释放了身上的妖魔）,歌德通过秩序和拘束使这些凶猛的元素、地狱深渊和魔法的大地分担在多重自我形象中（他分别隐身于浮士德、梅非斯特——恶魔、瓦格纳——机械理性,荷蒙库阿斯——人造人、海伦、欧福里翁、福尔库阿斯、守塔人林叩斯和女巫的厨房中）,这些人对于歌德来说都是他原始力量的分担者,同时又借他们完成了悲剧主体的造型。歌德通过秩序和训练,米开朗琪罗通过巨匠的手艺,莎士比亚通过力量和天然接受力以

---

① 海子:《海子诗全集》,西川编,作家出版社 2009 年版,第 1044 页。

及表演天才,但丁通过中世纪神学大全的全部体系和罗马复兴的一缕晨曦(所有人都利用了文明中基本的粗暴感性、粗鄙和忧患——这些伟大的诗歌力量和材料),这"父亲势力"可与"母亲势力"(原始力量)平衡。产生了人格,产生了一次性行动的诗歌,产生了秩序的教堂、文明类型的万神殿和代表性诗歌——造型性的史诗、悲剧和建筑"这就是父亲主体"。①

这里,以歌德为代表的巨匠有了充分的主体力量,主体力量与原始力量实现了持平,原始力量通过成为主体力量而加强了主体力量,最终实现"父亲势力"与"母亲势力"即主体与实体的平衡。歌德实现这一点是通过"秩序和拘束"使他体内毁灭性的原始力量得到释放,同时在这种释放中完成主体。海子对歌德表示了极大的倾心,他显然有意借助于歌德的人生经验来实现对原始力量的超越,并进而创造一种超越母性实体的"一次性行动的诗歌"。这一设想无疑是极具理想主义的,它显示了海子对人类最高形而上理想的追求,但是,可惜的是海子只是停留在理论设想阶段,没有在人生和创作中实现就"一切死于中途"。

---

① 海子:《海子诗全集》,西川编,作家出版社 2009 年版,第 1044 页。

第三节　戈麦：非观念的觉者

20 世纪八九十年代之交,有三位诗人的死最令人触目惊心:海子、戈麦和顾城,这三位诗人是那个时代极具才华,极具精神探索的诗人,海子以卧轨的方式、顾城以杀妻自杀的方式结束了他们在人间的生命,其对中国诗人的震动至今仍惊心动魄,戈麦自沉于北京西郊的万泉河,其死亡的时间恰好在上述两位更为知名的诗人之死的中间,相对而言,戈麦的死没有受到更广泛的注意,正如他的诗歌至今没有受到应有的关注。再加之戈麦为人极为低调,其离世之前更是以一种决绝的方式将自己的诗稿沉于茅厕(后被掏粪的工人发现),而其大部分诗稿已被他亲手毁掉,这一切对戈麦其人其诗的认识造成了很大的困难。尽管这样,经过友人的努力,戈麦的 270 多首诗还是呈现在我们面前,笔者以半年之功认真阅读了这些不容易读懂的诗歌,感到,这是一位在精神哲学上有着深刻觉悟,且进行了极为深入探索的诗人。面对形而上之境令人绝望的渊深气息,戈麦不是像顾城那样以童话来安慰精神的荒冷,也不是如海子那样建立一个庞大的哲学帝国实现其雄心勃勃的诗学抱负,而以一种非观念的写作游弋在一个虚无的世界里,他在精神的大海上不依靠任何一个观念的小岛以使自己漂流的精神得以休憩和慰安,而一任精神无休止的、无向的飘向未名。简言之,他不给自己的最高真理以任何确定的性质,他以这种决绝、受难的方式贴近存在。在神圣之途上,戈麦对真理探索的勇气和决绝程度是极为突出的,其默默承担一个形而上的命运虽受难而无一声呐喊的坚韧足以使他成为"上帝挚爱的幼子"。在 20 世纪 80 年代中国哲学诗的地理版图上,戈麦是一个重要的存在,其独特的探索真理的方式、勇气和达到的境界可与海子相提并论。

一、戈麦是觉者

觉者是宗教哲学意义上的觉醒者。这是一个从现世的迷梦中觉醒而看到彼岸的人,是一个有着超验经历的人,他看出终极价值犹如被终极价值选中。在人类文化史上,觉者尽管有着不同的人生和不同的文化背景,表现出不同的文化形态,但一般具有以上三种特征。觉者在人类中是极少数的觉悟到彼岸世界的人。对彼岸世界的觉悟是人类文明中最尖锐、最神奇也是最不可思议的事情,彼岸世界不是任何意义上的实际存在的世界,没有任何特征,不能求证,甚至也不能传达。但这一世界又的确"存在",这种存在的实在性不在于某种形态性存在,而在于觉悟者的灵性世界,它等同于无,却又有着不可思议的精神能量,我们只需要体悟泰戈尔终生庞大的诗集其实只是对神的不停的、止不住的诉说,就会明白这种精神力量之神奇。这种神奇的境界是无法通过教育或其他手段得来,而只能是一种神奇的经历的结果,这种神奇的经历突然带给人"悟",或者就是突然的"悟"之本身。这种经历或悟会出现在谁身上?以什么形态?完全不得而知。正因为这样,有着这种经历的人会强烈地感觉到自己被某种至高的存在所选中,这是宗教圣徒或真正的大诗哲的境界。

如果我们以这三种特征来衡量戈麦,则戈麦可谓是中国当代诗歌中的一位觉者。戈麦把诗当做"世界的豁口",显示了世界在他的眼前出现了裂缝,而对于一般人而言,世界无疑是严严实实的存在,可感的物质和可以察觉的虚空充塞了整个宇宙,此外再无存在。"世界的豁口"让戈麦的个人生活透进了天外之光,这正是对彼岸世界觉悟的象征,其表达类似于比他年长一些的顾城的《星月的由来》:"树枝想去撕裂天空 却只戳了几个微小的窟窿 它透出天外的光亮 人们把它叫做月亮和星星",后者也正是一位彼岸世界的觉悟者,存在同样对他打开了"几个微小的窟窿"。一位看到彼岸之光的人相对于日常生活的大多数获得了一个新的身份:觉悟者,或曰觉者,但觉者同时是一个普通人。一方面,觉者作为觉者察觉了天外之光,震惊于存在的神奇;另一方面,他作为一个普通人生活在这个有限的世界上,经历一个普通人所有的相对性生活。这种矛盾的存在及对这种矛盾的揭示是一个觉悟者首先向世界宣讲的。在《厌世者》一诗中,他将厌世者(即觉者)界定为一个"两面三刀"的使者,这个说法表明他个人存在的现世者和超世者"两面"身份,在《界限》一诗中,他写道:"发现我的,是一本书;是不可能的。"这令人想到美国超验主义诗人惠特曼的诗歌《当我阅读那本书》:

> 当我阅读那本书、一本著名传记的时刻,
>
> 那么(我说),这就是作家称之为某个人的一生了?
>
> 难道我死之后也有人来这样写我的一生?
>
> 好象有人真正知道我生活中的什么,
>
> 可连我自己也常常觉得我很少或并不了解我真正的生命,
>
> 我只想从中找出能为我自己所用的
>
> 一些些暗示,一些些零散而模糊的线索和术策。

他们的诗同样说明,人们不能通过对一个超验主义者外在人生轨迹的描绘来理解他,超验主义者在于神秘存在。在这首诗里,他又写道:"让田野装满痛苦,是不可能的。""飞是不可能的。"一个超验主义者尽管有着超世之悟,但他并不能将这种异常的经验带给现世,不可能让现世的田野装满形而上的痛苦,也不能让自己在现世飞翔。并且,他还说:"和上帝一起宵夜,是不可能的。"这种略带调侃的口气说明,一个觉悟者并不能脱离自己人间存在,与最高存在直面相对。这些矛盾极其困难,然而关键的是:"我像一片最大的雪花/为什么我的渺小仍然得以盛开",一个凡俗之物成为神明,这才是世界上最神奇的事。上述所有的辩证反复说明的是一个事实,"我"觉悟到彼岸。这个事实戈麦在下列诗句中更直接地表现出来:"我是天空中唯一一颗发光的星星"(《献给黄昏的星》),是"天堂里坠落的灰尘"(《雪(一)》),"我就是这最后一个夜晚最后一盏黑暗的灯"(《黑夜我在罗德角,静候一个人》),是"窥破纸窗梦见黎明的人","在世界这面巨大的镜子后面/发现

奇迹的人"(《厌世者》),超世之光,在戈麦那里灿如明星。正因为这样,戈麦将"超现实"作为指引现代诗出路的明灯,① 认为"诗歌应当是语言的利斧,它能够剖开心灵的冰河。""一定会显现出犀利夺目的语言之光照亮人的生存。"② 彼岸之光一旦进入诗人的个人生活,则接着成为诗人的创作目标就是自然的,无疑,这种写作将给中国诗歌带来精神异彩。戈麦自己首先就是这样一个实践者。

对于现实中的大多数人来说,意识是存在的反映。意识不能反映非存在。超验的世界在精神中是存在的,但却并不存在于物质世界,它没有任何形态和特征,它是如何进入人的意识(灵性)的? 在人世中为何出现觉者? 这些问题显然是现实逻辑不能回答的,唯一的可能是这样一个觉者在成为一个觉者之前他的生活中出现了特殊的经历,这种特异的经历使得世界对他裂开一个"豁口",他借此看见天外之光。这种经历在世界知名的哲学家和大诗哲那里存在过,③ 也存在于中国当代少数诗人,如海子、顾城等。④ 在戈麦的生活中,也应当存在这样的经历,可惜他没有留下这方面明确说明的文字。但他的诗对此依然有诸多暗示,比如他反复说:"看到过人生最为惨痛的一面"⑤,"我一直未流露内心最深处的恐惧","有一种经验我至今无法填补/有一种空缺我至今无法忘记"。(《我是一根剔净的骨头》)戈麦的好友西渡曾推测过:

> 在戈麦的早期作品里,始终表现出一种明显的倾向,即对生活的严厉的拒斥。……对于一个刚满二十岁的年青人来说,对于生活的这种严峻意识不大可能来自现实的创伤(尽管这种创伤极有可能存在),而可

---

① 戈麦:《〈核心〉序》,西渡编《戈麦诗全编》,上海三联书店 1999 年版,第 422 页。

② 戈麦:《关于诗歌》,西渡编《戈麦诗全编》,第 426 页。

③ 如英国超验诗人威廉·布莱克有四岁时看见上帝把头放在窗户上的传说,曾看见过缀满天使的大树。

④ 顾城回忆他五岁的时候有一天关在屋子里,突然明白人会死去,将像白石灰一样沾在墙上。他那时明白,这件事就是他的妈妈也不能帮助他,空虚和恐惧一下子淹没了一个五岁的孩子。见顾城:《顾城文选》卷 1,北方文艺出版社 2005 年版,第 311、310 页。西川也曾说:"海子一定看到和听到了我不曾看到和听到的东西;而正是这些我不曾看到和听到的东西使他成为我们这个时代的先驱之一。"见海子:《海子诗全集》,西川编,作家出版社 2009 年版,第 9 页。

⑤ 戈麦:《戈麦自述》,西渡编《戈麦诗全编》,第 423 页。

以肯定地源于某种更高的恐惧感。现实的创伤可能催化了这种恐惧感的成熟,但永远不能代替它。这种恐惧感对于那些对生命有着敏感的禀赋的人来说,是一种不得不接受的礼物。它就是那种对生命的可能性受到戕害的恐惧……随着他的成长,他作为个人的可能性一天天受到伤害。①

西渡显然觉察到了戈麦的诗歌中某种超现实的因素,正是这种经历让戈麦的生活出现了"豁口",天外之光得以透入。

所以,觉悟超世是一种命运,谁在人世能觉悟超世? 谁会看见存在之光? 虽然从大的时代背景、文化背景上可以看出一些端倪,但在具体的理路上,则完全不可分析。因而,在西方基督教世界里,真正的教徒是被上帝"选中"的,"选中"这一说法可谓贴切,它道出了个人不明所以、不由自主地被存在之光所照亮的状况。戈麦的诗表达了这种被"选中"的惊奇感,他这样描述沧海:"这绝对和沉寂被嵌在一颗不名的星球 / 像偶然的一块羊皮,羊皮被标记打中。"这是个人被存在选中的象征说法。"我是在独自的生活中听到了你 / 你是谁? 为什么在众生之中选择了我"(《陌生的主》),则直述这种被选中的感觉。被选中是不可思议的,他直问最高存在:"为什么隐藏在大水之上的云端 / 窥视我,让我接近生命的极限"? (《陌生的主》)被选中者也是孤绝的,觉者在人世是少而又少的事物,戈麦这样表达了这种孤绝感:"这唯一的目击者","万人都已入睡,只有我一人 / 瞥见你","这星球之上,只有一双尘世的双眼,望着你"。(《彗星》)人神绝对孤单的交流是存在的神奇之光。

二、真理:"无本质"的存在

存在意味着什么? 存在的本质和形态是什么? 这是一个觉悟者要问答的问题。哲学家用概念把握世界,诗哲尽管以形象来反映所体悟的真谛,但

_____

① 　西渡:《拯救的诗歌与诗歌的拯救》,西渡编《戈麦诗全编》,上海三联书店 1999 年版,第 453 页。

这些形象大多也内在地向某个概念靠拢,亦即,诗哲也与哲学家一样,力争以概念来把握真理,尽管这些概念有时是极为稀薄的,且包裹在形象中,看不清明确的内涵。概念出自理解世界客观的本性、对世界解释的冲动,但概念也同时是人类主体主观需要的结果,如果没有对世界的解释所形成的核心概念或终极概念,人类将活在无名中,这是不可想象的。所以,无论是哲学家还是诗哲,他们所创造的看似客观的概念实际上是主体心理依靠的需要:哲学家和诗哲需要概念来对世界作出解释,这种解释同时使得飘摇的生命有所依归——人类的心灵具有极大的动荡不安的性质。在新诗史上,海子用"实体"和"主体"来解释世界的本质和生命的冲动,顾城用童话的美来安抚死亡之悟带给他的虚无感,冯至希望诗歌像一面风旗,"把住一些把不住的事体",简言之,他们都希望在世界里建立一些确定的东西,以使得生命有所依靠。但在戈麦这里,世界的确定性被否定了,戈麦彻底否定了世界有任何可靠的本质;与此相关,他对一个觉悟者的命运进行了悲观观照,并怀疑一个觉悟者追求真理的价值。

　　戈麦宣称,"我不信什么。"① "我本无信仰。"② "喜欢神秘的事物"及"怀疑论的哲学。"③ 在戈麦的眼里,世界并无内在的本质:"事物的内部,铀被方向和地理抽空",事物的内部是空洞的,一切均摇摆不定:"那岸上的芦苇在微风中摆动 / 时光在摆动,摆动岸边的叶子,摆动灯塔"(《沧海》),连指引航向的灯塔也在摆动,世界再无稳定的方向。"在我之前,那些不幸的神祇,都已面目全非 / 纠缠着,挥动着帽子一样的头颅"(《深渊》),曾经用来安慰人类的神灵在他看来皆空洞无物,头如空帽。戈麦显然深思过世界,但最终"结论从血染的海滩上 / 踉跄爬出 衣裳褴褛",终极思考的结论是惨烈的。戈麦问道:"那个冷酷而无情的人在哪儿? ……那个闪光的形象在哪儿? "他最终悟道:"她背对着我,背对着我 / 装作一声不吱、一丝不知"(《岁末十四行(三)》),最高真理的面目是不可认识的。在《陌生的主》中,戈麦对世界的最高存在"主"进行了描绘,这位"主"是"无形和未知的命运

---

① 　戈麦:《文字生涯》,西渡编《戈麦诗全编》,上海三联书店 1999 年版,第 427 页。
② 　同上书,第 428 页。
③ 　戈麦:《戈麦自述》,西渡编《戈麦诗全编》,第 424 页。

的神","两条无身之足在阴云之上踩着灵光","你的头深埋在云里 / 为大海之上默默的云所环绕","隐藏在大水之上的云端",否定的陈述充满他的灵性世界,不可知论控制了他的观念。其实,与其说戈麦发现世界的空洞无物是一种至深的失望,还不如说这是他的主动追求:他宁愿把世界看成这样。他对自己倾心的西方大诗哲博尔赫斯这样评论:"博尔赫斯就是这样一位文学大师,与梵高与尼采不同,他给世界带来的是月晕和神秘的背影,而不是燃烧的花朵、火热的太阳。"① 他很平静地接收这样一个没有观念的世界,并以此为价值观。

戈麦明显对"信仰"本身在进行反思。这里有尼采的影子。尼采曾经痛击文明史上的各种精神偶像,并质疑人类的信仰。尼采以为观念只是圣人精神疲倦的产物,因为疲倦,所以他们精神的飞鸟需要在某个观念的小岛上休憩。尼采本人则宣称自己的权力意志的飞鸟永不疲倦,永不停留,在精神的大海上一直飞向遥远的未知。② 不在自己的诗学中建立某种观念,甚至拒绝观念,拒绝某种确定的本质,这是戈麦异于海子、冯至等诗哲的地方。他除了可能受尼采的影响,博尔赫斯更是他明确的知音:"博尔赫斯的话证明了我现在的状态——博尔赫斯:整个文明的人类是一位神学家,为此目的不需要信仰。"③ 博尔赫斯的觉悟是深邃的,他把整个人类的存在看做了一种精神性的、超验的存在,亦即,形而下的世界在他那里是不存在的,形而下的世界在他的足够深邃的目光里已升华成形而上的世界。形而上与形而下的世界在他眼里没有不同,说明他把世界升华到彻底的精神性存在;而强调信仰则显然意味着世界上还存在着不知信仰的懵懂存在——这种懵懂存在已经被博尔赫斯彻底的精神性洞察否定了。博尔赫斯怀着无比巨大的哲学抱负。戈麦无疑很倾心这一点。其实,我们可以发现,戈麦的非观念并不是要把世界解构得体无完肤,不让世界成为人类的家园。他的精神世界里其实有着某种价值的隐约的影子,不管他说"陌生的主""那个冷酷而无情的人"也好,还是说"那无形和未知的命运的神"也好,"主""无情的人""神"这些最高

---

① 戈麦:《文字生涯》,西渡编《戈麦诗全编》,上海三联书店 1999 年版,第 428 页。

② 尼采:《曙光》,田立年译,漓江出版社 2000 年版,第 336 页。

③ 戈麦:《文字生涯》,西渡编《戈麦诗全编》,第 428 页。

价值在他的精神中还是存在的,他只是不愿意给最高存在以确定的性质。这实际上显示了戈麦在理解和解释世界时的某种警惕性:性质一旦确定,则显明的必定要遮蔽不显明的。因而他的诗中频频出现这样的话"风一直在领航,指引的是海上的波浪 / 波浪一直在荡,海面上延伸的钟磬一直在响"(《沧海》),"我的四周走动的神灵啊"(《三劫连环》),"我们日夜于语言之中寻找的并非天鹅的本质 / 它只是作为片段的华彩从我的梦中一晃而过"(《天鹅》),戈麦喜欢这样以不定的眼光看待最高价值,他其实希望在最广大的意义上来理解世界和生命,不断推移精神的地平线,而不是用某种明确的概念来圈定世界——那样的世界尽管明确却可能是缩小了的世界,而非世界的全部,一个没有任何规定的、需要不断地去认识的世界倒反而更像是世界本身。当然,这样不确定的世界是令人绝望的,它与人类深刻的求依靠的心理背道而驰。我们因此可以说戈麦是更加具有勇气的诗哲,也是更加不幸的诗哲。

三、觉悟者的命运:受难

在对当代诗歌精神进行观察时,戈麦表达了这样的看法:"在今天,诗歌所毁灭的东西很多,建筑的东西也很多,但活动的从事者们始终感到的还是毁灭,而不是建设。现世界的人生所感受到的始终是离散而不是聚合。"[1] 这个观察对于 20 世纪 80 年代诗歌的哲学精神乃至自近、现代以来的诗歌的哲学精神是极为准确的归纳,中国新诗的哲学精神有受难的倾向,从王国维(从其诗词表达的现代精神我们认定其诗为广义的"新诗")到鲁迅的《野草》,从穆旦到顾城,从海子到戈麦无不如此;无疑,戈麦自己的诗歌就典型地体现了这样一种"毁灭""离散"的精神倾向,这与他视真理为无任何确定本质的看法密切相关。人类的心理有深刻的求依靠的倾向,如心无所倚,则惶惶不安,终极依靠是人类的宿命。戈麦将世界看成没有任何确定本质的存在,这作为一种哲学观念似极为普通,但对作为觉悟者的个人来说无疑是

---

① 戈麦:《〈核心〉序》,西渡编《戈麦诗全编》,上海三联书店 1999 年版,第 421 页。

一场灾难——这种观念使得它的持有者丧失价值依靠。戈麦的哲学思考是
一场灾难之旅,他本人则在这场灾难中升华为宗教意义上的受难者。

　　一个觉悟者的状态是什么样的? 这是戈麦在《雪(一)》《风烛》所描
述的。《雪(一)》写道:

> 向内收缩,光线紧张地弯曲
>
> 水的最低点
>
> 光芒从黑暗的深处被压迫而出
>
> 一道刺破肉眼的强劲的弦
>
> 天堂里坠落的灰尘
>
> 纯洁的灰尘
>
> 在茫茫的大气层中
>
> 编织着寒冷,气体一样翻转回旋
>
> 锐利的锋缘在顽固地溶化
>
> 留下了冰块和金属
>
> 刺痛阳光的是顽固的雪

这首里尔克式的咏物诗中,诗人通过对雪的某种特征的精细刻画来象征觉悟
者的精神状态,觉悟者精神是"向内"的,"紧张"以至于"弯曲",这种精
神不断地向深渊跌落,直到"最低点"。精神之光的出现是由于精神在黑暗
中积聚了足够的压力。觉悟者原本是一个普通人,是渺小的"灰尘",但又
是崇高的,其精神接于最高存在,是从"天堂里坠落"的灰尘。这样的一片
雪花,在不定精神的茫茫大气层里回旋,编织着超世的"寒冷"。可以看出,
一种紧张、孤独、冷寂和尖锐的精神构成了这种觉悟者的状态,这是启示之下
个体生命所进行的精神裂变。

　　如果说上述觉悟者的状态尚是一种客观化的描述,这种描述让我们看出
一个普通人到精神的人的变化过程;那么戈麦另外众多的对觉悟者的描述是
进入价值论的。《风烛》写道:"黑暗之水上漂来的风烛 / 你从地狱中上升 /
与空气平行,与大地平行 / 在无形的恶的吹送下 / 乘黑暗的竹筏漂移而来 /
伴着风雨之中一长串的叫喊 / 非人的哭喊,雷声、暴雨和鬼魂的哭喊 / 你漂

移而来",作者以风烛这一飘摇不定的微弱的火来比喻精神之灵,其鬼气森森的描写正显示了觉悟者的受难。"你的周围是惨白的砺石,砺石的火焰",写出了精神处于受磨砺的状态。"是黑暗的极端,寒冷的极端","黑暗深处是灼亮的惨白 / 寒冷深处是死去的冰冻之水的火焰",明言精神处境严酷,其内部发生着巨大的裂变。"你的光芒十倍于四周的光明 / 也十倍于四周的黑暗……你徽羽的寒冷十倍于四周的黑暗 / 也十倍于四周的寒冷",精神的幸福和痛苦各处极端,其反差之大令人触目惊心,这未尝不是另一种形式的受难。"为什么我在风的浪尖看见你 / 飘摇不定,沿着莫名的道路 / 沿着鲜血的意志,沿着不明的道路匍匐而来","风的浪尖""飘摇不定""莫名""不明"写出了精神的极端特征和神秘性,这也是觉悟者动荡不安的精神写照。"你的头颅充满了茫茫黑夜 / 你的头颅一派空无",之所以如此,因为精神莫名,空无而不可视见。"一朵柔软的刀锋,一把火苗 / 一种升腾之力和升腾的妄想 / 引导着一个盲目的躯体",摹形又摹神,精神尖锐如刀锋,是强劲的力,但引导的是一个"盲目的躯体",生命归向何处,没有谁知道。觉者的生命陷入困境。

困境的出现是由于存在没有任何确定的性质。但存在必定存在,因为觉者看见了存在,而看见的这种存在又空无一物,这是存在的悖论之处,也是存在的可疑之处,当然还是存在的奥妙和充满魅力之处。感受存在的这种诸多矛盾只能是一个觉者,因为他是唯一的因而又是孤绝的。如《献给黄昏的星》写道:

> 黄昏的星从大地的海洋升起
> 我站在黑暗的尽头
> 看到黄昏像一座雪白的裸体
> 我是天空中唯一一颗发光的星星
>
> 在这艰难的时刻
> 我仿佛看到了另一种人类的昨天
> 三个相互残杀的事物被怼到了一起
> 黄昏,是天空中唯一的发光体

星,是黑夜的女儿苦闷的床单

我,是我一生中无边的黑暗

在这最后的时刻,我竟能梦见

这荒芜的大地,最后一粒种子

这下垂的时间,最后一个声音

这个世界,最后的一件事情,黄昏的星

黄昏是戈麦诗歌中较多使用的意象,它暗喻无名的世界即将沉入永恒的黑暗,而自己作为觉悟者将如明星一般出现了逐渐暗下来的天空,在大地和时间都消逝之后,世界上只有觉者如不暗的明星宣讲存在的意义,以自己的觉悟之光为存在作证,但这样的觉者是"唯一"的、"最后"的,享受孤绝的痛击,因而是受难的,"我,是我一生中无边的黑暗",觉悟者拥有觉悟,是形而上的王,但他作为形而下的个体,却丧失存在的位置。在戈麦的觉悟世界里,少见那种喜悦的觉悟者的光辉,更多的却是觉悟者的孤绝、绝望和受难,这在他的诗集中有众多表现:

此时除了我,不会再有什么人在等候 / 我就是这最后一个夜晚最后一盏黑暗的灯 / 是最后一个夜晚水面上爱情阴沉的旗帜 / 在黑暗中鞭打着一颗干渴的心沿着先知的梯子上下爬行

——《黑夜我在罗德角,静候一个人》

在我的体内啊,是一片沉默的焦虑 / 沉默得像一场火灾之前的预兆 / 而这场灾难永远不会发生

——《三劫连环》

我们是任何一个时代的砖土 / 围绕着一根神明的圆柱 / 飞舞着,翅膀被铁链系住

——《癫狂者言》

在这深渊的表面,无光之水幽魂一样波动 / 这全部的时间的深渊,它属于我 / 罪恶的鹰隼啜食着我的肝脏 / 我是怎样被你列入这惩罪的

行列 / 一生走在磷光的波浪上,我不得而知

——《深渊》

在这有限的蓝色世界 / 每一根不可终日的竹子 / 都一般短长

——《结论》

没有异想能够安慰神的不安

——《朝霞（片段）》

永恒不适合展示,神思不适合述说

——《天鹅》

在戈麦的作品中,《父亲》是一首想象奇特的诗,它可以看作一首对受难具有总结意义的诗:

父亲

父亲,你在耀眼的夜晚
看到远方走来了疲倦的儿子
父亲,你应该大笑

父亲,你在晚年的光景里
看到远方寄来滴血的书简
父亲,你应该大笑

父亲,你在黎明的火光里
看到水上漂来的一把手枪和半个头颅
呵,父亲,你应该大笑

　　　身后的镜子里
父亲,你在燃起烈焰的荆棘丛中
看到了远方的儿子比你还要衰老
呵,父亲,你应该大笑

儿子比父亲衰老，这在现实是不可能的，但在精神逻辑上却具有了不寻常的合理性。"疲倦的儿子"，"滴血的书简"，"一把手枪和半个头颅"，"远方的儿子比你还要衰老"都是儿子比父亲还要衰老的表现或原因，很显然，是受难加速儿子的衰老，比父亲还衰老；而儿子要求父亲看到衰老的儿子时要大笑，这种笑是自豪的笑，其原因是儿子把握了宇宙真理——真理使衰老具有价值，使受难具有价值。儿子的受难及在受难中请求父亲大笑的形象至为感人。

　　形而上之境由于其超人世的性质几乎不被大众理解，人们都活在现实经验里，没有人目光能穿透物质。对真理、其实是对空无的追求必定遭到世人的嘲笑乃至咒骂，这种状态决定了觉悟者与人世的对立。觉者受难由内转向外。《我要顶住世人的咒骂》集中地写出了这种状况。"我要顶住世人的咒骂。面对血，／走向武器。面对每一桩行走的事业，／去制造另一个用意。""血""武器""行走的事业""另一个用意"都是艰难的形而上事业的不同说法。诗歌开头就鲜明表明了他的观点，"我要站在／所有队列者的前面，反对每一穗麦子，／每一张绷紧的弓，每一块发光的土地。""麦子""弓""土地"作为现世事物的代表，受到了戈麦的反对。当然，这里的咒骂并非真正的咒骂，它只是人世的一种声音，这种声音以人世的耳朵听来也许是善言，但以超世之耳听来就变成咒语，其原因在于人世对超世的完全不理解。故而戈麦又说："你们的咒骂像是我来到这个世界的／每一扇灰蒙蒙的窗子和最后一道街衢。／像空气包围着一望无际的天宇，／而我活在其中，被训导，被领教，／那么现在，我绝不将一毫米的状况持续"，窗子和街衢本来是自由行走的地方，但在觉悟者戈麦看来，那窗子是灰蒙蒙的，街衢是最后一道。戈麦猛然觉悟自己曾在这样的人世被训导和领养，被这样的空气包围，像一望无际的天宇被包围一样，智慧不启，神明不开。故决定此后"绝不将一毫米的状况持续"，这其实表明戈麦对投身真理的决心。这种抛弃人世生活、只奔真理的决心在接下来的一段表现得更为充分："人类啊，我要彻底站在你的反面，／像一块尖锐的顽石，大喊一千次，／不再理会活的东西。每一件史册中的业绩。／每一条词，每一折扇，每一份生的许诺。／每一刻盲从的恶果，每一介字句。"在当代诗史上，以满副的精神，不顾牺牲和危险而投向形而上的真理，这只有海子、戈麦等极少数诗人可比。

　　形而上世界无确定的本质,追求真理必定一无所获。当岁月已去,人世将尽,一个一无所有的觉悟者该怎样归纳自己的人生,这又是戈麦不得不面对的;而恰恰是这种一无所有的归纳将受难推向高潮。《岁末十四行(一)》写道:"一年中最刺人心肺的季节",这不仅是对时间将逝的感叹,更是对事业无望的痛惜。尽管这样,戈麦仍然没有停下探索的脚步,"我仍然在黑暗中将自己翻阅/那颗在寒冷的气流中发颤的头/是我,满含两眼的积雪,白光灿灿",真理之深寒可见。"我的目光就像一把凌乱的铁丝/它凌乱地难以聚拢到合适的位置",这是令人恐惧的,此时诗人的有条理的理性受到挑战。真理不可寻,诗人吟道:"我的心凉了,像冬天的桦犁/翻动着土地深处沉积的石块/在黑夜中掩饰住深深的不安","在每一个世纪即将结束的时候/总要有很多东西被打入过时的行列/我的心凉了,从里到外",凡俗圣者,并入虚无,人生大哀来临。生命的空洞、悲凉与无望亦如在《凌晨,一列火车停在郊外》里所写:"凌晨,一列火车停在郊外/透过夜间的白雾,我只能看到/一块块被卸去玻璃的窗户/像一排漆黑无底的窟窿//它们一起望着前方,像战争过后/一对失去对手的老兵/并排坐在一片废墟的边上/眼中闪着一种说不尽的空洞",这是经过激烈战斗后胜利又无望的空洞。"那些收割后的麦垛像大地的乳丘/上面栖满了成群的野鹊/天边,一条垂得很低的高压线/狗吠沿着铁路传得很远"。一种旷远的寂寥和荒凉充满了诗行。秋天、岁末让世人神伤,一切还没有开头就"死于中途"(海子语),《秋天来了》中说:"秋天来了 秋天挪着脚/我不在那一片烧过的白桦林/呵,其实草才刚刚长出来",时令之速令人惊心。"秋天挪着脚/典卖着大地上的废物/成群的野鸭飞满天",荒凉的意象中寓含不尽的悲凉。

　　对于时间消逝的紧迫感,《叩门》一诗更是以一种离奇的手法表现得淋漓尽致:

　　　　三个黄昏扑打着我的房门
　　　　三个流浪的饿魔
　　　　三只行凶杀人的影子
　　　　扑打着我的房门

　　啊,三个黄昏

　　在门外喊叫

　　三个黄昏从窗外伸进头来

　　三个饿鬼!

　　这是在夜晚来临之前

　　黄昏在屋外加进叩门

　　三只黑色的翅膀

　　拍打着我的门窗

　　三个黄昏同时到来,这种怪诞的手法反倒极为真实地表明了最后时刻来临的紧迫感,它们如流浪的饿魔,如行凶杀人的影子,如饿鬼,在门外拍门,时间的紧迫感表现得触目惊心。但诗人较为缓和的心态仍然存在,比如《最后一日》一诗:

　　我把心灵打开

　　我把幸福留下

　　我把信仰升至空中

　　我把空旷当作关怀

　　屋宇宽敞洁净

　　穹寰熠熠生辉

　　劳作的人安于田上

　　行旅的人四处奔忙

　　我把黑夜托付给黑夜

　　我把黎明托付给黎明

　　让不应占有的不再占有

　　让应当归还的及早归还

　　眷恋于我的

　　还能再看一看

看这房屋空无一物
看这温暖空无一人

那始终惦念着的
你还能再度遥想
一个远离天涯的谷穗
今日已长大成人

但是也只能再看一看
但是也只能再想一想
我把肉体还给肉体
我把灵魂还给灵魂

诗人这时已经消解了观念带来的持续紧张,只以一种泛神论的心态让万物各归其所,但隐含于其中的失望还是隐约可见。在《黄昏时刻的播种者》中,我们同样看到一种较为温和的情绪。这群沉默的播种者"身躯弯曲着,像更年期的树桩",其艰辛痛苦如此,但"他们不断地将手臂扬起 / 向大地一片褐色的金黄播种种子",正如播种是农民的信念,思考和求索是思想者尤其是觉悟者的信念。但是,诗人说,"有时我仅仅盯住他们张开的手臂 / 并没有觉察到宁静的空气渗进了什么",土地并没有因为播种而增加什么,这是悲哀的,正如思考并不能给这个世界增加财富。感人的却是下面这幅画:"直到黑暗俯瞰大地,那些苦难中的播种者 / 缓缓地将身形无限扩大一直贴向沉默的天空",似乎上帝也为这群沉默的播种者感动,在一片黑暗中让播种者与同样沉默的天空贴在一起,与存在贴在一起,个体融入整体之中。这是戈麦哲学理想中少见的温馨境界,但是从他整个诗集看,这种境界是少之又少的。那种受难的绝望感在他的诗歌中占据了支配的优势。

四、探索真理:无意义的活动

戈麦是对追求终极真理有巨大热情的人,特别是后期的戈麦,其整个生命的热情几乎都倾注在超验世界里,远方是其宿命。

白天
月光下沸腾的马圈
一匹匹赤裸的马
并排站着　相互瞪着眼

最远的一匹　听到
最近的一匹
　　　　疯狂地打气

最近的一匹　闻到
最远的一匹
　　　　滚烫的呼吸

　　《白天》是一首意象奇特的小诗,月光下马圈里的马互相瞪着眼,最远的一匹听到最近的一匹马疯狂地打气,最近的一匹闻到最远的一匹马滚烫地呼吸,这群马在宁静的月夜里如此激烈的表现、如此相互鼓舞只能说明一个问题:那就是它们按捺不住心中的激情,渴望解放奔向远方。这是戈麦渴望远方的激情的暗喻。在追求真理之途中,戈麦爱用"马"这一极具速度和能穿越长途的意象,《北风(二)》可视为戈麦求索真理艰难之途的状态的显现。诗歌将真理置于北方,北方广阔,荒凉,寒冷,正象征真理之域。三匹马在原野上向着北方鸣叫,喷射着火焰,炽热的血充沛了马的头颅,青色的鬃毛在蔼蔼中拂动,如猎猎的旗帜在飘扬,象征了戈麦面向真理的巨大冲动。在马的鸣叫声中,三条道路迎面而来,三条背驰而来的道路找到了方向,这里暗含了一个逻辑:只有马的出现,才可能出现道路和方向,这暗示了真理之存在于觉悟者的灵性这一观念。接下来诗人把马比喻为在北风中谛听寒冷的三只拳头和向北方狂吠的三只猎犬,有力的拳头和凶猛的狂犬表明了决心,也表明了形势的艰难。"一只不可逆转的镊子/伸进了天空的百慕大,魔鬼的船窟"更表明了面对不可知的命运的奋身不顾。
　　《南极的马》可谓是《北风(二)》的姊妹篇却更为惊心动魄,诗人将马置于极端之境——南极,这与将真理置于"北方"可谓异曲同工,表明他向往终极的决绝："我看到一匹风烈的白马，/在浓雾中疾速地奔跑。/它昂着精灵一样的头颅和飘荡的长发，/清澈的双目在迷雾中发出刺目的光。""风烈""精灵""清澈的双目在迷雾中发出刺目的光"等描绘所暗示的精神是惊心动魄的。"在南极这样一个冰雪的夜晚，/南十字星座垂在明亮的海岸。/世界，已滑到了最后一个峡谷的边缘。/在寒冷所凝结的大气层中，我听到了/一批海豚强行过海时细碎的破冰声。""南十字星"暗喻真理已前途在招，但此时路途更为艰巨，"世界，已滑到了最后一个峡谷的边缘"，面对极境，诗人听到"一批海豚强行过海时细碎的破冰声"，这是精神穿越极限的最艰难时刻的写照。

戈麦对真理的追求是热烈的。思想所至，唯真理是从，他绝不会为了赢得大众而制造一些廉价的"智慧"。《一个人》说明了这一点："我把智慧的网铺平在亲人们的路上/当然可以收获廉价的食粮//可我把有甜味的碘酒染在衣袖上/远处传来有泪的海洋"，他明知奉献给人们普通的智慧就可以获得荣誉，但他不，他宁愿奉献表面有甜味实则苦涩的真理的碘酒，一任泪的海洋汹涌。所以，他宁愿活在"自己的语言中"，"自己的水中"，活在"星星尖锐的光里"，也不愿活在"他人善良的心中"。他的形而上求索只能是一条孤绝之路。

为了一种精神上的觉悟，为了一种信仰，而不是为了一种现实福利或一种社会理想，而将自己全副生命投入其中；并且投入其中的并不是一个明确的目标，不是一个可以期待的成果；尤其是求索之路充满非人力可以承受的磨难，甚至将生命献祭给莫名的存在。简言之，为了信仰而受难，这在西方文化史上有传统，但在中国文化史上、中国诗歌史上尚未先例，但在八十年代这种精神出现了，戈麦是其中的代表者之一。戈麦的真理求索之路就是受难之路。

戈麦运用了特殊的意象来表现这种受难："鲜血和晴日，一同迈上发光的癌源/火炽的冰原为我伏下/白象伏下，血流挫击着大脑/愿望和心血相互扶持，迈上了山峦"，他将精神的顶峰比喻为"发光的癌源"，崇高又令人绝望。"火炽的冰原为我伏下""白象伏下"更反衬出求索的豪迈和路途的惨烈。"愿望和心血相互扶持，迈上了山峦"，可谓泣血之句。在他的求索之途中，"远方和不祥之物平摊在颅骨的路上""血红的诗平铺在路上"，步步惊心。最终，"这人来到了他心灵的灾顶／望到了光秃的血源"，追求的尽头是恐惧，"这黑夜的马头／吐出无光的光明"，"这光明不可仰视，不可感知／它贯注长空，一派澄净"，"我来到了这天空以上的高原一往无前／这么多的肉体围聚在圣宴的周围／无主的圣宴，欢乐的圣宴"（《明景》），这是最终的收获，空无一物。

《帕米尔高原》是诗人对自己作为终极追求者命运的集中展示：

> 空旷的寒夜中有几颗发亮的星星
> 像几朵镭矿中的雪莲花在我眼中无边地扩大
> 我已经能够看到花朵的光芒，在它内部
> 一片更深的夜空向四周无边地扩大
>
> 在我的身旁有一堆堆沉默的石头
> 像一条条黑暗的火围在枯焦的十字架
> 它们只是发问，不曾燃烧
> 一根根明晃晃的钩子钩住了我发暗的心脏
>
> 今夜，我已远离了世间所有的幸福
> 像一具横挂在荒凉的城头的骷髅
> 我想遍了世上所能够存在的欢乐　内心空空
>
> 帕米尔，这人类的高地，冷火的冰川
> 我在你的上面听到上帝的笑声
> 魔鬼，他主宰着我，直到死亡

诗人登上了象征存在的高峰的帕米尔高原，但那里只是"冷火的冰川"，终极只是一片冷寂和荒凉。我的身边只是一堆堆"沉默的石头"，真理是什么，并无人回答。这些石头如黑暗的火围住"枯焦的十字架"，以之为价值。十字架是"枯焦"的，暗喻真理可疑。这些石头，"只是发问，不曾燃烧"，显示了存在的巨大悖论：世界既然作为一个问题向人类展现了，为什么答案从未公开？这种无法解决的悖论如"一根根明晃晃的钩子钩住了我发暗的心脏"。难道真理仅仅止于受难？"魔鬼,他主宰着我,直到死亡",意义已经对戈麦关上大门,只剩下诗人无声地受难。

现代形而上学认为,存在是一种在场的不在场者,存在既敞开又遮蔽自己。存在在场是由于觉悟者已经觉悟了它,已经觉悟到的东西是不能否认的,此为存在之在场的明证;但觉悟者看到的存在什么性质也没有,存在无异于无。这种两难的情境对主体的意志是一种极大的考验。戈麦被嵌入这两难的窄缝中。但他不是轻易放弃的求索者。《通往神明的路》写道:

> 白衣人,风暴即将过去
> 我主招摇的航道在天边展开
> 那逝去的时日,我们停泊的船头
> 海妖飞舞,鹞子飞上天空
> 庆幸吧,我们未来的明灯
> 没有在风雨中落泪
> 庆幸吧,我们钢铁一样的思想
> 在笼子一样禁锢的空气里
> 扶摇直上九霄
> 那些文明的弱者,在迷蒙里
> 仍匍匐在成功的旗下
> 那些目光为存在所折断的行者
> 将自身投向了深渊一样的泥塘
> 守住失败的灰土
> 敲响午夜的钟声
> 警醒吧,你们是颓废的继承者
> 是最艳丽的花,充满危险的广场
> 因为,最邪恶的路是通往神明的路

诗歌开始就表现了"风暴即将过去 / 我主招摇的航道在天边展开"的信心,他感到庆幸,因为"我们未来的明灯 / 没有在风雨中落泪""我们钢铁一样

的思想 / 在笼子一样禁锢的空气里 / 扶摇直上九霄",诗人似乎感觉到在真理的大路上付出的一切都是值得的,并嘲笑人间的所谓成功者其实就是"文明的弱者",他们"在迷蒙里 / 仍匍匐在成功的旗下",不能觉悟最高价值。戈麦显然表现了对觉悟超验真理的一种至高的价值感。尽管形而上的求索之路充满不可思议,但他对此有充分的估计,冷静地意识到:"最邪恶的路是通往神明的路"。其信心葆于内。他有时似劝告别人,其实是自励:"相信雾,相信星空 / 相信灾难挽救下的双手 / 哪怕它们的形体已不合时宜 / 我也相信",雾是不分明的怀疑的象征,但诗人相信怀疑有价值。"人们啊,请相信吧 / 相信尘世的变更,相信宿命 / 哪怕一切都被埋葬 / 一切都业已变得虚假 / 请相信吧 / 相信死神来临以前一切必要的前提"(《劝诫》)。诗人将一切磨难和怀疑视作发现真理的"必要前提",显示他对坎坷之途的辩证理解。他有时甚至对未来极具信心:

有朝一日
有朝一日,我会赢得整个世界
有朝一日,我将挽回我的损失
有朝一日,我将不停地将过去鞭打
珍视我的人,你没有伪装
我将把血肉做成黄金,做成粮食
献给你们庄重与博大
爱我的人啊,我没有叫你失望
你们的等待,虽然灰冷而渺茫
但有朝一日,真相将大白于天下
心酸所凝铸的泪水
将一一得到补偿

但是,戈麦最终还是陷于怀疑和虚无的泥坑。面对一切努力的终无所获,他的脚步开始犹豫:"我从每一条光线的方向上 / 走到过这个世界每一处边缘 / 戴安娜,一切都气数已尽 / 我是明哲保身,还是一梦到底"(《月光》),他不知道自己是回归尘世生活还是如做梦一般继续深入形而上的虚无。面对受难,他看不见拯救的力量:"什么事物能够弥救癌病的痛苦 / 什么事物能够治愈心灵的创伤 // 什么声音能够抵达秋之子夜 / 什么声音能够穿透深冬的骨骼"(《上帝(断片)》),相反,他看到的只是"旷古的寒冷拍打着岸上的足迹 / 呵,我的巴塔哥尼亚 / 多少个世纪了 / 阳光没有回转,星斗遥挂北极 / 在这无尽的冰海雪地之中 / 我看到的是无数颗陨落的星星"(《眺望南方(一)》),看到的是"在那统治万物的高度 / 一切皆因超拔而虚脱,光明近于暗淡"(《高处》),他最终相信"没有事物能弥补事物的缺口 / 没有异想能够安慰神的不安"(《朝霞(断片)》),追求毫无意义:"飞翔静止不动 / 黄昏的帘幕高高升起",即将降临的黑夜否定了一切飞翔的价值。他甚至无不愤激地指出:"航海不过是偷生,真理美丽得有如谎言 / 生存肯定是一只被缚得紧紧的翅膀","我们来到世上,正是为了把偶然的角色扮得更加荒唐 / 人类绝对是一堆废物,不必怆惜……关于结局,无非是岩石,无非是尘渣"(《想法(致非默)》),这就等于彻底否认了存在的意义。最后,戈麦对整个文明的存在产生了怀疑:

> 我感到一切都已经迟了
> 我感到桥下的河水中尸体在漂
> 我所仰慕的各个时代的伟大诗人
> 华滋华斯、瓦尔特·惠特曼
> 在夜晚倾斜的河道上缓缓地流。
>
> 那些奥古斯丁王朝黑色的古堡
> 诺瓦利斯手中反复歌唱过的麦田
> 在子夜的钟声里和我一道
> 沉入我大脑中无尽的空虚。
>
> 豪尔赫,当你那整个身子埋入泥土,
> 我只能抓住你诡谲的一半,
> 但此刻我们所有的星光都已暗淡
> 一切即将结束,唯有历史永存。

华兹华斯、惠特曼都随水而逝，奥古斯丁的古堡、诺瓦利斯唱过的麦田也随子夜的钟声逝去，即使给他带来坚定信念的豪尔赫，此时也发生动摇——"只能抓住你诡谲的一半"，"一切即将结束，唯有历史永存。"文明成为虚无。

既然一切都是虚无，在无路可走的情况下，戈麦考虑过回归，因为继续向前是危险的："我想往回走 / 那些伫立着的石像 / 如今充满危险的树丛 // 我想往回走 / 冰一样的剑铺满狭小的路 / 时间的冰 冻结着石间的空地 / 空地沿着坚硬的光"，且没有事物可以作为目标："我想往回走 / 哪里有指引灵魂的路 / 岛，是幻灭了的建筑"，他同时否认个人作为人类拯救者的意义："我，又不是桥 / 不能载渡别人的一生"。戈麦的回归是想回到日常生活，一份稳定的普通俗世生活，以结束那种永无宁日的精神流浪："我厌倦了海水漂泊的生活 / 这个日子 / 需要一种根 / 种植在泥土、岩石和沙滩上 / 果子便不会顺水溜走"（《这个日子》），但这显然是退缩之路，完全不能给他提供价值观，显而易见，这样的回归不堪一击。

戈麦最终迷失了。形而上之境作为一种不可思议的存在来到他的生活，但他在其中找不到任何支撑。戈麦的真理探索之路是令人深思的。从世界哲学史看，自尼采之后终极价值就是可疑的，上帝、理念、物自体、绝对体这些终极概念的存在均打上问号。尽管尼采在哲学史上因为打倒虚幻的偶像给哲学以极大的解放，但因他带来的价值的空白对于人类也是致命的，尼采之后，人类几乎陷于整体性的精神迷茫；20世纪中期后西方的第三代哲学为这种不确定的终极价值又赋予了合法性，中国新诗受西方哲学的影响而诞生、发展的整个历程均处于后现代哲学之后，可以说，戈麦的诗歌体现了典型的第三代精神（这当然异于80年代后中国诗坛上那种严重游戏性质的"第三代"）。从中国哲学史来看，由于中国哲学缺乏形而上传统，没有超验之境的体验，一个突然的彼岸世界出现在中国人眼前，这屡天外的强光中国人在短时期内完全无法适应，神的无边的重量压上凡人脆弱的肉体，于是众多天才式的诗人在一个很短时期内集体性的迷失，这在世界诗歌史上都是罕见的。但是，如果我们放眼更广阔的世界哲学史，就会知道怀疑主义作为一种哲学思潮自古希腊时起就一直伴随着人类文明，这种否定性的思潮在挑战人类信心的同时也在激发人类寻找肯定性的精神：人类必不至于在这一否定性的思想阴影之下无所作为；而根据歌德的观点，这种否定性的精神也为人类所必需。戈麦的精神还缺乏辩证，因为没有人能肯定存在是一场虚妄，否定的精神必定伴随着肯定的精神。戈麦个人虽落入怀疑主义的泥坑，但他以巨大的精神勇气所进行的形而上追索在精神史上必不至于完全虚无，而会给后来者的进一步探索垫起石阶，戈麦的思考乃至离世一方面印证了那屡天外的强光，同时是对中国人、甚至是对人类发出强烈的呼唤：新的价值，你在哪里？

第五章
中国新诗吸收西方哲学后出现的变化

　　中国新诗的哲学精神不同于中国传统诗歌的哲学精神。中国传统诗歌的哲学精神主要是在道家"天人合一"哲学影响下产生的,诗歌表现人和自然融为一体的精神,其核心美学范畴为意境。新诗的哲学精神则主要是在西方哲学的影响下形成的,其精神指向宇宙真理和彼岸世界。新诗产生的文化语境是传统文化受到质疑和批判,中国人全面向西方文化学习。在研究新诗与西方的关系时,人们已经充分认识到新诗从语言形式到思想内容均受到西方文化的深刻影响。在此探讨中,不可不充分注意西方哲学对中国新诗的影响,因为,从文化的发展趋向来看,决定一种文化形态内在走向的,正是哲学——"哲学规定文化的方向"(尼采语),有什么样的哲学就有什么样的诗学。从世界各种文化、各个民族的诗歌发展实际看,每个民族诗歌的美学形态必定深染该民族的哲学思想,不同民族诗歌打上了各自民族哲学思想的烙印。不仅如此,哲学还是诗歌最重要的表现对象。诚然,诗歌可以以人类生活的各个方面为表现对象,无论以什么为表现对象,都可能写出好诗;但如果诗歌以人类存在的终极思想形态——哲学——为表现对象,无疑会极大地增加诗歌的精神含量。哲学诗往往是一个民族诗歌的顶峰。各个民族诗歌发展的实际无不证明了这一点。正是在这个意义上,我们必须重视西方哲学对中国新诗的影响,尤其是在传统哲学基本断绝的新诗语境里,西方哲学对新诗的意义尤为重要。

　　事实的确如此。如果我们考察新诗的发展实际,就会发现,在新诗最富于精神写作的那一批诗人那里,他们基本上均选取了西方哲学作为自己的精神武器。在西方哲学的影响下,中国新诗形成了以现代生命哲学和现代形而上学为基本内容的哲学精神。在这种哲学精神的指引下,人们看待宇宙人生的方式与传统迥异,诗人们肯定个人生命意志,鼓励人们无止境地探求人生宇宙,现代中国诗人的目光因之突破了现世,一直深入到彼岸世界。哲学思想的变化引起了诗学的变化,现代中国诗人把宇宙真理的追求、将彼岸世界的探求作为诗歌表现的对象,诗人们不再是表现现世人生的"才子",而是觉悟宇宙真理的"觉悟者",他们终生探求彼岸世界的真谛,探寻生死的奥秘,接受天外之光的启示,诗人而扮演了哲学家的角色。而要表现宇宙真理,象征和隐喻成为必须的艺术手段,因为形而上的世界是神秘的,甚至是不可知的,表达这一境界只能依靠隐约而富有启示性的象征和隐喻手法——这是人神之间的桥梁。中国现代新诗因为以宇宙真理为表现对象,形成了崇高的诗歌境界,诗歌不再是表现人间的梦想,而是天外的巍峨。简言之,在诗歌的功能观、诗人的形象、诗歌的艺术手段及诗歌的境界等方面,由于西方哲学的影响,中国现代新诗都发生了全新的变化。

第一节 新的诗歌功能观：诗歌是追求真理的手段

关于诗歌的本质，中国传统的说法是"诗言志"和"诗缘情"，这两个说法中，不管所言的是"志"还是"情"，它们都是人间生活的表达，表达的是普通人的情感志意。中国哲学，现世色彩强烈，即便是老庄哲学探讨了宇宙的本体"道"，但在他们的著作中，对道本身的探索也不多，而重在利用道的特性来解决社会、政治和人生问题。哲学如此，诗歌自然不例外，中国诗歌，较之西方和印度，现世性是其特点，而不注重对天外事物的探讨；比较具有形而上色彩的是晋唐以来的山水诗，它们表达了天人合一的自然哲学观念，但即便是这一部分诗歌，也重在表现诗人在自然中的趣味，而不在探索"天"本身的奥秘。故曰，中国传统诗歌重在人间生活表达，而不在形而上的探讨。

近代以来，随着国门的打开，中国人全面向西方学习。这种学习是纵深的，其最深的层次就是学习西方哲学，而由于哲学对文化的各个部门都具有指导作用，关于诗歌的本质功能的重新思考很早就提上议事日程。由于哲学与诗歌的亲缘关系（哲学与诗歌是近邻），人们在思考诗歌的本质的时候是和哲学的本质思考联系在一起的。令人惊奇的是，中国人在中西文化大交流之初就深刻地思考了哲学和诗歌的本质问题，提出诗歌与哲学的本质一样，是表现宇宙真理的手段,是对形而上之境的探讨。这与中国传统的诗歌本质观比较,无疑是一次全新的表达。与这一宇宙论上的形而上诗学观相联系的,中国学者和诗人还提出了人生论上的现代生命哲学诗学观及宗教哲学上的神学诗学观,并在诗歌创作中有了不同程度的展示。

一、宇宙论上的形而上诗学观

在中国近现代学人中,王国维有一种大异于时人的气质,在举国上下一片为民族命运的呐喊声中,他却静守时代一隅,沉思哲学与文化的根本问题。他通过对叔本华、尼采、康德等人哲学的深入钻研,悟出哲学的核心问题:形而上学。他继而提出:"夫哲学与美术所志者,真理也。真理者,天下万世之真理,而非一时之真理也……唯其为天下万世之真理,故不能尽与一时一国之利益合。"[①] 很显然,王国维所提出的真理不是社会真理,而是超越现世的宇宙真理、形而上的真谛。其真理与形而上是同一含义。这一主张,对于中国文化来说,可谓石破天惊之事,但在为民族命运呐喊的巨大的焦虑声中,这一声音无疑是空谷足音。

但王国维很显然看出西方哲学的核心价值:形而上学,他同时觉悟了这一核心价值正是中国传统哲学的缺陷所在,他批判说:"故我国无纯粹之哲学,其最完备者,唯道德哲学,与政治哲学耳。至于周、秦、两宋间之形而上学,不过欲固道德哲学之根柢,其对形而上学非有固有之兴味也。"[②] 他评价先秦诸子,同样以形而上学的有无为尺度:"孔子于《论语》二十篇中,无一语及于形而上学者,其所谓'天'不过用通俗之语。墨子之称'天志',亦不过欲巩固道德政治之根柢耳,其'天'与'鬼'之说,未足精密谓之形而上学也。其说宇宙根本为何物者,始于老子。""于现在之宇宙外,进而求宇宙之根本,而谓之曰'道'。是乃孔墨二家之所无,而我中国真正之哲学,不可云不始于老子也。"[③] 对于儒家思想,他崇子思而非孔子也是同样的标准:

① 　王国维:《王国维文集》第 3 卷,姚淦铭、王燕编,中国文史出版社 1997 年版,第 6 页。

② 　同上书,第 7 页。

③ 　同上书,第 102 页。

子思"以'诚'为宇宙之根本主义,为人类之本性……今不问其论据之是非,如此飘然而涉宇宙问题,孔子之所梦想不到也。孔子平时之所说者,社会内耳,人情上耳,诗书执礼耳,与子思之说,其大小、广狭、精粗之差,果何如乎?"① 不论王国维论述的严密性如何,但可见他的意识中有一个深刻的形而上学观念。

哲学如此,诗学自然不例外。当王国维表达他的形而上的哲学观时,也同时表达了他的形而上诗学观:"夫哲学与美术所志者,真理也。"② 这里的"美术"是包括诗歌在内的所有艺术,故王国维在这里实际上是表达了一种形而上的艺术美学观念,但王国维在具体论述这一艺术观时,是以诗歌作为代表的,他显然看出诗歌在艺术中的代表性意义。在王国维看来,诗歌(艺术)与哲学一样,都是真理的表现手段,只不过哲学是"发明其真理",而诗歌(艺术)则"以记号表之"。诗歌(艺术)因此与哲学一样,享有"天下有最神圣、最尊贵"的地位。③ 这可以说是王国维形而上诗学观的表现。

王国维同样看出这一形而上的诗学理念在中国传统诗歌中的缺失。他批判传统诗歌与哲学一样,是政治与道德的附属品,不能有自己的独立地位,没有形而上的追求。"至诗人无此抱负者,与夫小说、戏曲、图画、音乐诸家,皆以侏儒倡优自处,世亦以侏儒倡优蓄之。所谓'诗外尚有事在','一命为文人,便无足观',我国人之金科玉律也,呜呼!美术之无独立之价值也久矣。此无怪历代诗人,多托于忠君爱国劝善惩恶之意,以自解勉,而纯粹美术上之著述,往往受世之迫害而无人为之昭雪也。此亦我国哲学美术不发达之一原因也。"④ 而传统诗歌的内容"则咏史、怀古、感事、赠人之题目弥漫充塞于诗界,而抒情叙事之作什佰不能得一。其有美术上之价值者,仅其写自然之美之一方面耳。甚至戏曲小说之纯文学亦往往以惩劝为旨,其有纯粹美术上之目的者,诗非惟不知贵,且加贬焉。"⑤ 可以见之。

---

① 王国维:《王国维文集》第 3 卷,姚淦铭、王燕编,中国文史出版社 1997 年版,第 105 页。
② 同上书,第 6 页。
③ 同上。
④ 同上书,第 7 页。
⑤ 同上。

　　王国维不但在理论上倡导形而上的诗学观,而且在诗词创作中也贯穿了形而上的哲学理念。在王国维的作品中,已经出现了远离社会人事、表达形而上之境的作品。"点滴空阶疏雨,迢递严城更鼓。睡浅梦初成,又被东风吹去。无据,无据,斜汉垂垂欲曙。"(《如梦令》)"万顷蓬壶,梦中昨夜扁舟去,萦回岛屿,中有舟行路。波上楼台,波底层层俯。何人住? 断崖如锯,不见停桡处。"(《点绛唇》)"无据,无据"和"断崖如锯,不见停桡处"都表现了生命没有依据这一现代哲学观念,其由于有严肃的哲学思考和知识论立场而与传统意义上的诗歌感兴区别开来。

　　王国维关于诗歌是真理的表现的观点在后世得到回应。海子在自述其诗歌理想时说:"我的诗歌理想是在中国成就一种伟大的集体的诗。我不想成为一名抒情诗人,或一位戏剧诗人,甚至不想成为一名史诗诗人,我只想融合中国的行动,成就一种民族和人类的结合,诗和真理合一的大诗。"① 以诗歌追求真理,这可以说是海子创作的目的,这可谓是王国维"哲学与美术所志者,真理也"的世纪回应。海子的一生,在追求真理的道路上进行了遥远的跋涉,他始而将写作视为具有终极意义的"实体"的行为,认为"诗,说到底,就是寻找对实体的接触。""诗人的任务仅仅是用自己的敏感力和生命之光把这黑乎乎的实体照亮,使它裸露于此。"② "诗不是诗人的陈述。更多的时候诗是实体在倾诉。你也许会在自己的诗里听到另外一种声音,这就是'他'的声音。这是一种突然的、处于高度亢奋之中的状态,是一种使人目瞪口呆的自发性……这时,生命力的原初面孔显现了。"③ 这无异于将诗歌写作等同于真理在行动,而非人在现世的抒情行为。在这一意义上,海子否定了传统诗歌:"……我恨东方诗人的文人气质,他们苍白孱弱,自以为是。他们隐藏和陶醉于自己的趣味之中。他们把一切都变成趣味,这是最令我难以忍受的。比如说,陶渊明和梭罗同时归隐山水,但陶重趣味,梭罗却要对自己的生命和存在本身表示极大的珍惜和关注。这就是我的诗歌的理想,应抛弃文人的趣味,直接关注生命存在本身。这就是中国诗歌的自新之路。"④ 很明

---

① 　海子:《海子诗全集》封皮,西川编,作家出版社 2009 年版。
② 　同上书,第 1017 页。
③ 　同上书,第 1018 页。
④ 　同上书,第 1047 页。

显,传统诗歌的这种"趣味"是人间的,而非超世的,这与海子的理念是相左的。在追寻实体的道路上,海子进行了深入的追问,他的精神无比崇高:"我在天空深处 / 高声询问 / 谁在?"(《弥赛亚》),但没有回答,最高真理不显露出任何性质,他最终看见的是"远方除了遥远一无所有"(《远方》),"我所在的地方滴水不存,寸草不生,没有任何生长"(《马、火、灰——鼎》),海子的寻找"道路漫长 / 方向中断 / 动物般的恐惧充塞着我的诗歌"(《秋》),在一片绝望中,海子咏出了他杰出的忧伤诗篇《村庄》:"村庄,在五谷丰盛的村庄,我安顿下来 / 我顺手摸到的东西越少越好! / 珍惜黄昏的村庄,珍惜雨水的村庄 / 万里无云如同我永恒的悲伤"。可以看见,海子已走在存在的边缘,真理的追问将他拉向无尽的尽头。

在追求真理的道路上,如果说海子是崇高的,则顾城是深邃的。顾城进入形而上之境是源于他对死亡的觉悟。西人谓哲学是练习死亡,对死亡的觉悟是智慧之源。顾城对死亡有密集性的沉思:"……没有谁告诉他们 / 被太阳晒热的所有生命 / 都不能远去 / 远离即将来临的黑夜 / 死亡是位细心的收获者 / 不会丢下一穗大麦"(《在这宽大明亮的世界上》)。"你登上了,一艘必将沉没的巨轮 / 它将在大海的呼吸中消失"(《方舟》)。他意识到人必死这一悲剧性命运,但他并不能设计一种智慧方案来解脱死亡的恐惧。尼采说,"死亡是形而上学中所有问题的未知数。"[1]顾城也同样遇到这一形而上学的难题,他写道:"不要在那里踱步 // 梦太深了 / 你没有羽毛 / 生命量不出死亡的深度"(《不要在那里踱步》),面对死亡的终极暗夜,顾城止步了。

诚然,在顾城的诗中也有对生命美好的歌颂:"我行走着 / 赤着双脚 / 我把我的足迹 / 像图章印遍大地 / 世界也就溶进了 / 我的生命 // 我要唱 / 一支人类的歌曲 / 千百年后 / 在宇宙中共鸣"(《生命幻想曲》),来自西方的泛神论思想给他一些安慰,但他对生命的留恋究竟是以死亡为底色的:"很久以来 / 我就在土地上哭泣 / 泪水又大又甜 / 很久以来 / 我就渴望升起 / 长长的,像绿色植物 / 去缠绕黄昏的光线"(《很久以来》),生命如美好的绿色植物,然而只能无奈地去缠绕逐渐消逝的黄昏的光线。顾城也思考过"永恒",在

---

① 　尼采:《我妹妹和我》,文化艺术出版社 2003 年版,第 188 页。

《规避》中,诗人自信地对大海说:"'你说吧 / 我懂全世界的语言' // 海笑了 / 给我看 / 会游泳的鸟 / 会飞的鱼 / 会唱歌的海滩 // 对那永恒的质疑 / 却不发一言",大海是神奇的,能给我看"会游泳的鸟"、"会飞的鱼"、"会唱歌的海滩",但无所不能的大海"对永恒的质疑,却不发一言",显示了诗人在智慧的长途上不能洞穿"永恒"的奥秘。

　　对生命的无奈和对永恒的无望实际上还是反映出诗人潜意识深处对死亡的绝望,死亡逼迫诗人对生命和存在进行了深入的沉思,但他始终没有找到一种智慧形式来平衡他精神中的荒冷。作于其晚年的《墓床》写道:"我知道永逝降临,并不悲伤 / 松林中安放着我的愿望 / 下边有海,远看像水池 / 一点点跟我的是下午的阳光 // 人时已尽,人世很长 / 我在中间应当休息 / 走过的人说树枝低了 / 走过的人说树枝在长"。诗歌在结尾表达的是一种自然主义的观点,这是来自道家的智慧,这时诗人把死亡当作一种自然现象,对它不作价值论的评价,这似乎可以稍微平息他精神中的焦虑,但谁能保证这不是对死亡的回避呢? 毕竟,死亡带来的巨大疑问并没有被正面回答。

　　在真理观上,如果海子、顾城对终极真理感到绝望,戈麦则坦然接受了终极真理没有确定的内涵这样一个观点。戈麦平静地称述,"我不信什么。"① "我本无信仰。"② "喜欢神秘的事物"及"怀疑论的哲学。"③ 在他看来,世界并无实在的本质:"事物的内部,铀被方向和地理抽空",事物的内部是空洞的;一切均摇摆不定:"那岸上的芦苇在微风中摆动 / 时光在摆动,摆动岸边的叶子,摆动灯塔"(《沧海》),连指引航向的灯塔也在摆动,世界再无稳定的方向。"在我之前,那些不幸的神祇,都已面目全非 / 纠缠着,挥动着帽子一样的头颅"(《深渊》),曾经用来安慰人类的神灵在他看来皆空洞无物,头如空帽。他眼中的"主"是陌生的,是"无形和未知的命运的神","两条无身之足在阴云之上踩着灵光"(《陌生的主》),否定性的陈述充满了他的灵性世界。

　　面对着一个无确定性内涵的终极世界,戈麦不是感到绝望,而毋宁说是

① 戈麦:《文字生涯》,西渡编《戈麦诗全编》,上海三联书店 1999 年版,第 427 页。
② 同上书,第 428 页。
③ 戈麦:《戈麦自述》,西渡编《戈麦诗全编》,第 424 页。

他的主动追求,在这方面,他受到博尔赫斯的影响,他说:"博尔赫斯就是这样一位文学大师,与梵高与尼采不同,他给世界带来的是月晕和神秘的背影,而不是燃烧的花朵、火热的太阳。"[①]他更喜欢博尔赫斯的这种带有神秘主义和不可知论的哲学观念;他的哲学思想中有尼采打倒偶像、拒绝一切观念的影子,但更明确的是博尔赫斯对他的影响:"博尔赫斯的话证明了我现在的状态——博尔赫斯:整个文明的人类是一位神学家,为此目的不需要信仰。"[②]博尔赫斯是伟大的,在他深邃的目光里,他已经把作为形而下的"整个文明的人类"升华为一种形而上的精神,因而,他并不需要彼岸世界,因为这样的彼岸世界会遮蔽此在世界的神圣。无疑,戈麦很倾心这样的境界。其实,戈麦并不是如解构主义者那样把世界解构得体无完肤,在他的精神世界中还是存在着某种价值观的影子的,不管他说"陌生的主""那个冷酷而无情的人"也好,还是说"那无形和未知的命运的神"也好,"主""无情的人""神"这些最高价值在他的精神中还是存在的,他只是不愿意给最高存在以确定的性质。这实际上显示了戈麦在理解和解释世界时的某种警惕性:性质一旦确定,则显明的必定要遮蔽不显明的。戈麦事实上是以此将真理的地平线不断推远,以免使真理囿于任何观念的陆地。显然,这也是一种雄心勃勃的诗学抱负。

二、人生论上的现代生命哲学观

在中国传统哲学中,个人无独立的价值,个人的价值是为君为道,个人本身的欲望、意志、存在不被探索。在西方文化和西方哲学的影响下,个人意志苏醒了,人们将看待个人的眼光从社会、道之中收回,直接面对个体生命本身。诗歌首当其冲,最先对个人意志进行了探讨和肯定。

鲁迅在其早期的诗学中,盛赞摩罗诗人——这是西方一群富有反抗精神的诗人,因其反抗现有的社会秩序,被统治阶级污为"摩罗诗人",即魔鬼诗

---

① 戈麦:《文字生涯》,西渡编《戈麦诗全编》,上海三联书店1999年版,第428页。
② 同上。

人。这群诗人的特点是："至力足以振人,且语之较有深趣者"[1],"所遇常抗,所向必动,贵力而尚强,尊己而好战"[2],"立意在反抗,指归在动作,而为世所不甚愉悦者"[3],"大都不为顺世和乐之音,动吭一呼,闻者兴起,争天拒俗,而精神复深感后世人心,绵延至于无已"[4]。简言之,就是具有强大的意志,充满力量感,富有反抗精神,拒斥庸众,为世所憎恨。鲁迅歌颂摩罗诗人是基于社会改造的功利目的,但摩罗诗力的提出又具有深厚的哲学基础,这就是尼采的权力意志学说。

鲁迅在歌颂摩罗诗人的时候具有明确的哲学意识,他说:"固如勖宾霍尔所张主,则以内省诸己,豁然贯通,因曰意力为世之本体也;尼佉之所希冀,则意力绝世,几近神明之超人也。"[5]"故尼佉欲自强,而并颂强者。""尼佉意谓强胜弱故,弱者乃字其所为曰恶,故恶实强之代名。"[6]"尼佉不恶野人,谓中有新力,言亦确凿不可移。盖文明之朕,固孕于蛮荒,野人狉獉其形,而隐曜即伏于内。"[7]可以明显看出,鲁迅在人生观上深深认同叔本华、尼采的意志学说。意志强大,力量超群,憎恶懦弱,尼采哲学的这些特点吸引了鲁迅,使得他将权力意志学说引为自己人生哲学的"本体"。

由于对权力意志学说的吸收,鲁迅对缺少"力"的传统文化和传统诗歌展开深入批判。他认为传统文化的特点在于追求"平和",他则认为"平和为物,不见于人间。"[8]明确表示不认可"平和"哲学。可是鲁迅却注意到,中国的"爱智之士",独向往这种往古式的"平和":"吾中国爱智之士,独不与西方同,心神所注,辽远在于唐虞,或迳入古初,游于人兽杂居之世;谓其时万祸不作,人安其天,不如斯世之恶浊阽危,无以生活。其说照之人类进化史实,事正背驰。"[9]这种"爱智之士"的哲学基础正是老子的"不撄人心"学

---

① 　鲁迅:《摩罗诗力说》,《坟》,人民文学出版社 1973 年版,第 48 页。
② 　同上书,第 67 页。
③ 　同上书,第 48 页。
④ 　同上。
⑤ 　鲁迅:《文化偏至论》,《坟》,第 43 页。
⑥ 　鲁迅:《摩罗诗力说》,《坟》,第 62 页。
⑦ 　同上书,第 46 页。
⑧ 　同上书,第 49 页。
⑨ 　同上书,第 50 页。

说："老子之辈，盖其枭雄。老子书五千语，要在不撄人心；以不撄人心故，则必先自致槁木之心，立无为之治；以无为之为化社会，而世即于太平。"① 鲁迅则针锋相对，提出"撄人心"的诗学观："盖诗人者，撄人心者也。凡人之心，无不有诗，如诗人作诗，诗不为诗人独有，凡一读其诗，心即会解者，即无不自有诗人之诗。无之何以能解？惟有而未能言，诗人为之语，则握拨一弹，心弦立应，其声激于灵府，令有情皆举其首，如睹晓日，益为之美伟强力高尚发扬，而污浊之平和，以之将破。平和之破，人道蒸也。虽然，上极天帝，下至舆台，则不能不因此变其前时之生活。"②

"撄人心"的诗学观实际上就是破除"平和"诗学观，倡导强力的诗学观。鲁迅剔除了尼采哲学的神秘主义观点，而强调力对现实的意义。这是一种对个性的极大尊重，对意志力高度发扬的诗学观。

这种对个性的尊重，对意志力高度发扬的诗学观在五四时期郭沫若的诗歌中强烈地表现出来了。彼时，郭沫若对来自西方和印度等国家和地区的泛神论发生兴趣，在此（主要是惠特曼、歌德等人，泰戈尔、庄子其次）的影响下，郭沫若极大地扩张了个体人格，以至于将个体人格等同于宇宙人格。他时而"笔立山头展望"大海，时而"立在地球边上放号"，时而又把自己化为一只吞噬日月的天狗。这种人格已不是日常生活中的"小我"，而是泛神论中的那个"大我"，这个大我与宇宙精神合一，与生生不息、动荡不宁的宇宙万物同在，郭沫若谓之"我头上穿窿着的苍天，我脚下净凝着的大地，我眼前生动着的自然，我心中磅礴着的大我！"③ 在这种宇宙精神的激励下，他的个性人格得到无比的扩张。

这种"大我"充满着"力"、动荡不安的精神，洋溢着毁灭和创造的热情，近于惠特曼的"大我"。惠特曼的哲学充满了一个民族发现新大陆的喜悦和向着未知探险的原始活力，他以一种至今也许是最强大的主体性来肯定存在的一切，肯定身体的活力和野性，肯定庞大世界的不安的动荡流转。"动"是惠特曼诗歌的突出特点。郭沫若眼里的惠特曼是"海洋一般的惠

---

① 鲁迅：《摩罗诗力说》，《坟》，人民文学出版社 1973 年版，第 67 页。

② 同上书，第 51 页。

③ 郭沫若：《郭沫若全集》文学编 1，人民文学出版社 1989 年版，第 225 页。

特曼","惠特曼的那种把一切的旧套摆脱干净了的诗风和五四时代的狂飙突进的精神十分合拍,我是彻底地为他那雄浑的豪放的宏朗的调子所动荡了。"①《天狗》《日出》《晨安》《笔立山头展望》《浴海》《立在地球边上放号》《晨安》等诗歌充满宇宙气魄和动荡不安的精神,洋溢着宇宙大我精神。其恣肆雄浑的铺排风格和生动不息的力量感近似于惠特曼。尽管《晨安》等诗歌因过于直白而屡屡遭人诟病,但其背后有自己的哲学,尽管这种哲学因处在中外文化交流之初而发育不充分,但其新鲜的思想成分自有其价值在。

在郭沫若的诗歌中,"动"和"力"的精神表现为两种功用:毁灭和创造。这两种功用既是五四时代特定的历史要求,也是宇宙本体的特征。尼采"权力意志"就是一个"永恒自我创造、永恒自我毁灭的狄俄尼索斯世界"。②歌德的浮士德和靡菲斯特含有进取创造和破坏毁灭的内在特征。在《草叶集》中,惠特曼不断歌唱死亡和生命。《女神》首篇《女神之再生》中,女神众姐妹在一个毁坏的世界中再造了一个新鲜的太阳。《凤凰涅槃》是凤凰在涅槃中走向新生的赞歌。上引《立在地球边上放号》是对毁灭和创造的直接讴歌。《匪徒颂》歌颂世界上有反抗精神的杰出人物。《湘累》中,作者借屈原的嘴说:"我效法创造的精神,我自由创造,自由地表现我自己。我创造尊严的山岳、宏伟的海洋,我创造日月星辰,我驰骋风云雷雨,我萃之虽仅限于我一身,放之则可泛滥乎宇宙。"③均是这种毁灭和创造精神的体现。

在新诗出现之初,郭沫若首先敏锐地注意到西方哲学的思想因子对诗歌的重要意义,并将泛神论的思想与自己的诗歌创作结合起来,这使他的诗歌(也是整个新诗诗坛)在出现之初就在一个宏阔的宇宙背景上展开,为新诗定下了宇宙意识的基调,在极高的起点上拉开了新诗创作的序幕,并在一定程度上为新诗打上了形而上色彩,它可贵地沿着王国维的路线继续指引着新诗的形而上学方向。

海子诗歌始于对世界本体"实体"的追寻,但海子后来不满足于此,他

---

① 　郭沫若:《郭沫若全集》文学编 16,人民文学出版社 1989 年版,第 216 页。

② 　尼采:《尼采遗稿选》,虞龙发译,上海译文出版社 2005 年版,第 117 页。

③ 　郭沫若:《郭沫若全集》文学编 1,人民文学出版社 1989 年版,第 22 页。

发现,实体是冥冥的,"在那里,所有的人都冷冰冰地抱作一团",这使得生命主体暗哑无迹,这是海子所不能忍受的。他觉悟到:"给我一次生命 / 再给我永恒死亡 / 给我一份爱情 / 再把她平静夺去 // 不! / 不!"① 事实上,海子在其生命中感受到了他作为生命主体的强烈冲动:"太阳在我肉里 / 疯狂撕咬"② "饥饿　他向我耳语"③。这种冲动的原始性和强烈性使得海子不能忽视它,海子开始考虑给予主体在形而上学上的独立地位,这导致海子在1987 年前后的诗歌写作从追寻实体转向了张扬主体:"如果说我以前写的是'她',人类之母,诗经中的'伊人',一种北方的土地和水,寂静的劳作,那么,现在,我要写'他',一个大男人,人类之父,我要写楚辞中的'东皇太一',甚至奥义书中的'大梵'……"④

究竟什么是"主体"? 它与实体的关系为何? 实际上,主体就是实体,是实体沉默的核心,是谓语诞生前的主语状态,⑤ 主体和实体不是两个独立的存在,而是二而一的关系,主体是从属于实体的,实体是宇宙唯一的终极本质。主体的出现只是因为主体不能忍受实体的约束,而化为冲天一怒。"大地是潮湿的火"是主体和实体关系的形象说明,大地是实体的象征,"潮湿的火"就是大地,但火一旦燃烧就是主体的苏醒,就是主体对实体(大地)的挣脱。海子对主体的苏醒和挣脱这样表述:

> 父亲势力:实际上也就是亚当与夏娃的关系。指的是亚当从夏娃中挣脱出来(母亲就是夏娃),从母体的挣脱(这"母亲"就是《浮士德》中使人恐怖的万物之母),从大地和"无"中的挣脱,意识从生命的本原的幽暗中苏醒——从虚无的生命气息中苏醒(古典主义哲学家苏格拉底和老子探讨的起点——当然他们还是以直观的逻辑为起点),这也是上升时期的精神,在但丁、米开朗其罗中明确显示。⑥

---

① 海子:《海子诗全集》,西川编,作家出版社 2009 年版,第 587 页。
② 同上书,第 585 页。
③ 同上书,第 674 页。
④ 同上书,第 1034 页。
⑤ 同上书,第 1017 页。
⑥ 同上书,第 1040 页。

可以看出,主体从实体中的苏醒和挣脱其实就是肯定人的意志,张扬人的权力:"为了人本身/还需要行动,行动第一"①,这里有尼采权力意志的印迹,体现出现代生命哲学对海子的影响。值得指出的是,海子对人的主体意志的思考是形而上的,因为他是在终极的意义上(主体从属于实体)思考主体的。这是他对郭沫若诗歌的超越,也是对鲁迅"力"的诗学观的回应和进一步的升华。

但脱离实体的主体最终归向何处?这是海子后期诗学必须面对的严峻的问题,因为主体并不具有终极真理的性质,主体从属于实体。反叛实体后的主体必定要付出巨大的代价,海子描写反叛实体后的主体的状态:"而现在,我/肢体乱挂于火/诸脉乱揉于琴/活血乱流于水/断掌乱石于天"②,四个"乱"字,写出了主体脱离实体后的混乱状态。因而如何平衡主体与实体的矛盾,建立一种更为理想的哲学和诗学是后期海子主要思考的问题,但这一问题还来不及展开就"一切死于中途"。

现代生命哲学不仅从正面肯定和鼓励人的生命意志,还从负面正视人本身、尤其是人的精神存在的悖论和虚无,从哲学上讲,意志及悖论、虚无本来是一体两面的关系,人的生命意志的冲突会遇到矛盾和悖论,甚至会遁入虚无,而对悖论和虚无的突破又需要强大的生命意志。因而对虚无和悖论的探讨在哲学上和诗学上与对意志的探讨同样具有价值。

在《野草》的精神哲学里,存在表现为悖论和虚无这两种状态。悖论是背自然常理,虚无是丧失一切价值。这两个概念就其原教旨主义而言,都是纯粹哲学意义上的,均会导致人类精神的无所依归,前者与克尔凯郭尔密切相关,后者则与尼采的影响分不开。而鲁迅对西方哲学家的喜爱,没有超过这两位的;在《野草》中,打上最深刻西方思想家烙印的,也是这两位哲学家。

在《野草》最好的几篇散文诗中,几乎布满了那种荒诞的悖论式的存在状况,死火、无地、不知道时候的时候等悖论式的词语和"黑暗会吞没我,光明会使我消失","待我成尘时你将见我的微笑","于一切眼中看见无所有,

----

① 海子:《海子诗全集》,西川编,作家出版社2009年版,第599页。
② 同上书,第570页。

于无所希望中得救"悖论式的句子触目可见，

死火、无地、不知道时候的时候等悖论式的词语均是"有意味的形式"，他们在自然存在上是难以想象的。死火即被冰冻住的火，按照自然规律，结冰需在零度以下，火自然也已熄灭；熄灭的火绝无火焰，而这里的"死火"却有炎炎的形，这是不可能的。但就是这种不可能构成了审美奇观！这种审美奇观与鲁迅主体精神形成同构的关系："死火"事实上就是鲁迅精神悖论的象征，死火绝非肉眼的发现，而是精神之眼的发现，简言之，死火的悖论就是精神的悖论。

这种悖论在《影的告别》中再一次得到表现。影子，如果它一定存在，按照自然规律，则必定有存在的空间和时间；然而，这里的影子不愿意去光明，不愿意去黑暗，却彷徨于"无地"，"在不知道时候的时候"独自远行。这种表达对主体精神在某种精神困境中企图突围又由于某种宿命的原因绝无可能的悖论作出了绝妙的暗示。

存在的悖论在《墓碣文》中得到集中的表现。墓碣的正文展示了存在悖论。"……有一游魂，化为长蛇，口有毒牙。不以啮人，自啮其身，终以陨颠。……"蛇是诗人主体精神的象征——象征了精神的悖论：智慧之蛇咬住自己的尾巴，精神如此，只能在自己的矛盾内无休止地打圈。

"……于浩歌狂热之际中寒；于天上看见深渊。于一切眼中看见无所有；于无所希望中得救。……"这种矛盾的表达正昭示了生存的悖论。在存在主义那里，天堂和地狱不再是存在的两个明显对立的处境，而在实际上就是同一个情景。克尔凯郭尔的上帝即是在人的精神最绝望时出场。现代哲学不再有古典哲学的自明性，表现了前所未有的复杂和荒诞。

碣后的话是对人的本质的追寻，"……抉心自食，欲知本味。创痛酷烈，本味何能知？……"是讲生命的本来已被痛苦所改变，已不可寻。"……痛定之后，徐徐食之。然其心已陈旧，本味又何由知？……"是讲本来的生命已在时间之流中陈旧逝去，仍不可寻。综合两句，是讲生命处于时间之流的变幻中，所能感知的只是被现实条件造成的"自我"，本源的自我已无可追寻。这正是丧失形而上支撑的现代人面临的存在困境：无本质的人，生命惶惶无所依，正如《过客》中的那个中年过客，没有名字，不知道从哪儿来，要到哪儿去,明知前面是坟却还要走。

　　虚无与悖论一样,是笼罩《野草》的主要精神氛围之一。虚无主义,简言之,就是丧失价值观,生命处于无所皈依的状态。《野草》出现于"上帝已死"后的后形而上学时期,其虚无主义具有广阔的世界文化背景和历史的必然性。鲁迅有很强的虚无感,在带有总结意义的《野草·题辞》中,他对生命的总结就是虚无:"过去的生命已经死亡。我对于这死亡有大欢喜,因为我借此知道它曾经存活。死亡的生命已经朽腐。我对于这朽腐有大欢喜,因为我借此知道它还非空虚。"对死亡和朽腐感到欢喜,是因为借朽腐和死亡证明生命已经存在过——这却从侧面证明了当下的生命的虚无。

　　虚无主义就是价值的根本性缺失。《影的告别》中以影子为喻是有意味的:影子的存在本身具有浓重的虚无性。它不愿意去天堂、地狱和黄金世界,不但是对天堂、地狱和黄金世界的否定,而且这种隐喻几乎是对一切价值观的否定,因为根本就没有一个去处可以安顿一个充满无止境的矛盾的存在主义者,影子的话只是一个存在主义者象征的表达。影子的无地彷徨和西西弗的无尽地推动巨石隐喻的是一个共同的哲理;"过客"隐喻的也是同样的哲理,过客与影子、西西弗一样面临价值的根本性缺失,他不知道自己的来由和本性,自己的去向只是坟——价值虚无的隐喻。

三、宗教哲学上的神学观

　　中国新诗在吸收西方哲学过程中,表现了开阔的视野和巨大的吸收能力,人们不仅觉悟了宇宙论上的形而上学,思考了人生论上的现代生命哲学,还广泛关注并吸收了宗教哲学上的神学思想。

　　早在日本留学时期,鲁迅在对种种"恶声"的批判中,针对性地提出宗教哲学的价值,其中有一大段文字值得注意:

　　　　夫人在两间,若知识混沌,思虑简陋,斯无论已;倘其不安物质之生活,则自必有形上之需求。故吠陁之民,见夫凄风烈雨,黑云如盘,奔电时作,则以为因陁罗与敌斗,为之粟然生虔敬念。希伯来之民,大观天

然,怀不思议,则神来之事与接神之术兴,后之宗教,即以萌蘖。虽中国
志士谓之迷,而吾则谓此乃向上之民,欲离是有限相对之现世,以趣无限
绝对之至上者也。人心必有所冯依,非信无以立,宗教之作,不可已矣。
顾吾中国,则夙以普崇万物为文化本根,敬天礼地,实与法式,发育张大,
整然不紊。覆载为之首,而次及于万汇,凡一切睿知义理与邦国家族之
制,无不据是为始基焉。效果所著,大莫可名,以是而不轻旧乡,以是而
不生阶级;他若虽一卉木竹石,视之均函有神闳性灵,玄义在中,不同凡
品,其所崇爱之溥博,世未见有其匹也。顾民生多艰,是性日薄,洎夫
今,乃仅能见诸古人之记录,与气禀未失之农人;求之于士大夫,戞戞乎
难得矣。①

此段文字,可谓字字精炼。鲁迅首先提出"倘其不安物质之生活,则自必有
形上之需求",这几乎是与王国维同时提出了现代中国哲学和诗学上的形而
上问题,并明确肯定其价值。鲁迅接着举例,谓"吠陁之民,见夫凄风烈雨,
黑云如盘,奔电时作,则以为因陁罗与敌斗,为之栗然生虔敬念","希伯来
之民,大观天然,怀不思议,则神来之事与接神之术兴,后之宗教,即以萌蘖",
肯定了吠辒之民与希伯来之民为"向上之民",并异于时人(中国志士谓之
迷),指出他们"欲离是有限相对之现世,以趣无限绝对之至上者也",标示
了这两个民族对最高抽象真理的追求。鲁迅总结道:"人心必有所冯依,非信
无以立,宗教之作,不可已矣",明确指出了宗教对人心的意义。

　　一般而言,鲁迅在现代中国是一个现实主义斗士,他的文学和文化活动
的目的是为了改造国民,拯救民族,但上述主张显示鲁迅的精神还存在一个
精深的形而上世界,这也显示了现代中国人的思想深度和对抽象真理的热
情。尤其是鲁迅在肯定国外宗教思想的意义时,还注意到中国古人的宗教
情怀,热情指出:"顾吾中国,则夙以普崇万物为文化本根,敬天礼地,实与法
式,发育张大,整然不紊。覆载为之首,而次及于万汇,凡一切睿知义理与邦
国家族之制,无不据是为始基焉。效果所著,大莫可名。"这种宗教以"普崇
万物""及于万汇"为特征。当有人质疑这种精神形式与国外的宗教不一

---

　　①　鲁迅:《破恶声论》,《集外集拾遗》,人民文学出版社 1973 年版,第 23 页。

样,从而认为中国人信奉的并不是"宗教"时,鲁迅进行了反驳:"设有人,谓中国人之所崇拜者,不在无形而在实体,不在一宰而在百昌,斯其信崇,即为迷妄,则敢问无形一主,何以独为正神? 宗教由来,本向上之民所自建,纵对象有多一虚实之别,而足充人心向上之需要则同然。顾瞻百昌,审谛万物,若无不有灵觉妙义焉,此即诗歌也,即美妙也,今世冥通神軼之士之所归也,而中国已于四千载前有之矣;斥此谓之迷,则正信为物将奈何矣。"① 深刻指出,宗教"纵对象有多一虚实之别,而足充人心向上之需要则同然",从而驳斥了中国人所信奉的不是宗教的言论。只是可惜的是,由于民生多艰,这种可贵的宗教情怀逐渐丧失了,"洎夫今,乃仅能见诸古人之记录,与气禀未失之农人;求之于士大夫,戞戞乎难得矣。"这可看出鲁迅开阔的泛神胸怀。在反传统的近现代文化语境中,鲁迅的这种盛赞传统的立场是令人醒目的。

　　20 世纪 40 年代初的中国,正处于生死存亡之刻,尤其是在国统区,各种矛盾暴露,这不能不对诗人们的写作产生影响。穆旦正是活跃于此时的一位诗人,他有比较明显的形而上气质,但忧患的现实又极大地吸引了他的注意力,使得他"常想飞出物外,却为地面拉紧"(穆旦《旗》),渴望飞升形而上天空的精神却受制于惨烈的现实。即便是这样,诗人的精神也常常飞升到形而上的天空,去感受最高精神的光辉。在这些光辉中,来自基督教的上帝(主)的观念是比较耀眼的一环。它们较为集中地体现在《隐现》《诗八首》《忆》等作品中,尤其是《隐现》,体现了比较纯粹意义上的基督教思想。全诗分为"宣道""历程""祈神"三个篇章,诗人以此系统地沉思了走向上帝之途,在穆旦的基督教思想之旅中具有集大成的意义。"宣道"篇以"轮回"和"一切皆流逝"宣示了一切皆空虚的观念,这类似于《圣经》中大卫王所宣称的"虚空的虚空,一切皆是虚空"。"历程"篇强调人的被造性和有限性,指出现世无稳固的基础,所以强调通过幻想窥见真实以及对处在幻象中的人的宽恕,此即走向上帝之途的"历程"。因为现世的有限、虚无和荒诞,所以"祈神"篇表达了与现世背道而驰、在违反自我中与神合一的思

---

① 　鲁迅:《破恶声论》,《集外集拾遗》,人民文学出版社 1973 年版,第 24 页。

想:"在非我之中扩大我自己","让我们违反自己,拥抱一片广大的面积","我们应该 / 忽然转身,看见你",强调在绝望中觉悟上帝,这种观点与克尔凯郭尔在《致死的疾病》中表达的在极端的绝望中觉悟上帝的观念类似。①英国著名宗教诗人布莱克的名诗"在荒原的尽头,手指可以触天",亦同此理。其思路与自克尔凯郭尔、尼采、叔本华以来的现代悲观、悖论宗教和哲学极为类似。由于这些思想,王佐良就认为穆旦诗歌的主要价值是为中国新诗"创造了一个上帝"②。此评价是公允的,此前还没有哪一个新诗人能像穆旦一样集中沉思宗教观念并系统表达;穆旦之后的新诗诗人能像他一样比较集中地沉思宗教精神的也不多见。

在现代诗歌史上,郑敏是以出身哲学背景的诗人著称的,她在大学时系统的哲学专业学习给她的诗歌创作以关键性的影响,正如她自己意识到的:"我在大学时所修的哲学是我此生写作和科研的放射性核心。"③她又曾说受三位诗人影响最深:约翰·顿、华兹华斯、里尔克,他们共同点是"深沉的思索和超越的玄远,二者构成他们的最大限度的空间和情感的张力"④。这三位具有哲学气质的诗人中,约翰·顿和里尔克又具有浓厚的宗教气质,他们显然影响了郑敏,郑敏说:"诗人的心灵里是不可能没有宗教感的,只要你的心灵跟自然、跟无形的东西有过交流,在我看来这就是宗教感。你不一定要成为一个宗教徒。这就是一种敬畏之感,忽然之间打开一个更大的世界。"⑤

当《诗季》的编辑请郑敏举一首对她影响最大的诗时,她虽然感到为难,但还是举出里尔克的名诗《圣母哀悼基督》,她甚至还特别注意到里尔克的这首诗与米开朗琪罗同题雕塑的渊源关系及共同的精神:里尔克"用诗说出雕刻中无声的语言"。这无声的语言就是圣母的神圣悲痛。圣母曾以自己的生命带给耶稣以生命,但如今回到她怀抱的,却是丧失了生命的耶稣,而她再也不能用痛苦而欢乐的生育带给他生命。凝视膝盖上耶稣的圣母充满

---

① 　索伦·克尔凯郭尔:《致死的疾病》,中国工人出版社 1997 年版,第 23 页。
② 　王佐良:《一个中国诗人(代序)》,穆旦《蛇的诱惑》,珠海出版社 1997 年版,第 8 页。
③ 　郑敏:《郑敏文集》文论卷(中),章燕主编,北京师范大学出版社 2012 年版,第 608 页。
④ 　同上书,第 325 页。
⑤ 　郑敏:《郑敏文集》文论卷(下),章燕主编,北京师范大学出版社 2012 年版,第 797 页。

无言的绝望;但诗歌并不仅仅表现了圣母的悲痛和绝望,同时还表现了圣母的伟大。圣母的伟大不是直接的,是耶稣伟大的受难和不朽反衬了母爱的伟大:耶稣拯救人类而牺牲自己,牺牲自己却又被人类遗弃。耶稣崇高的悲剧是人类精神受难及渴望拯救的象征,这种无边的受难只有同样无边的圣母的爱才能接纳。圣母的伟大在此。

郑敏的解读不是偶然的,正如"用诗说出雕刻中无声的语言"的里尔克是米开朗琪罗的知音一样,看出诗歌和雕塑中圣母伟大的郑敏也同时是米开朗琪罗和里尔克的知音,在"圣母哀悼基督"这一不朽的精神叙事链条上,郑敏可称为其中的一环。她不仅关心哲学史、艺术史上的圣母精神,更用自己的诗笔描画了一系列圣母式的母亲意象。这些母亲意象,超越了人间母亲的爱痛,用一种超世的、悲悯的眼光注视着人间生死的变幻,承担着生命无言的悲戚,流露出她精神深处的圣母情怀。

郑敏的圣母情怀其实不是腾空而来,她往往从人间的亲子之爱落笔,只是这种人间之爱经过她精神的升华上升为一种宇宙之爱。《新生》是写她的孙儿与孙儿的妈妈的,但这种母子之爱超越了中国传统式的天伦之乐,而充满神圣,"母亲怀里的每一个婴儿 / 都为母亲带来神圣 / 你微曲的左臂托着圣婴 / 棕色的绸裙曳地呼应着 / 远处呼吸着蔚蓝的海 / 和延伸着海的蔚蓝的天空",这宛如一幅古希腊的圣母恋子图。

《战争的希望》的写作起源于现实的战争,但郑敏对战争的思考则超越了现实。敌我战士的尸首叠摞在一起,战争是残酷的,但郑敏却从中感到一种"无知的亲爱",仿佛这些战士敌我的身份消失了,"他们是微弱的阖着眼睛 / 回到同一个母性的慈怀 / 再一次变成纯洁幼稚的小孩。"这只有在一个圣母式的广阔的胸怀才可能成为现实;只有在神圣的国度里,这种消除了差别的生命本初的爱、一种宇宙意义上的生命之爱才可能成为现实。此时,"宁静突然到来, / 世界从巨大的音乐里退出, / 生命恢复他原始的脉搏",神圣之境来到人间。郑敏以其圣母般的胸怀对残酷的现实做了一次终极升华,使无可安慰的生命回到永生的国度。

当然,作为圣母叙事最直接和典型的体现,还是诗歌《流血的圣树（献给巴赫、亨德尔、米开朗琪罗）》,它是献给西方三位圣徒一样的艺术家的诗篇。诗人将具有宗教情怀的巴赫、亨德尔、米开朗琪罗比喻为圣树,严寒的冬天（残酷命运的象征）则使得树无法生存,然而诗人呼唤树用自己的根抓紧大地的泥土,承受人类的痛苦。"流血的树"很明显是受难的耶稣的写照,紧抓大地承受人类痛苦的树也是耶稣拯救世人的象征。诗人呼唤树不要放弃幻想,忍耐着等待母亲的手,"只有母亲的手能将愚昧残酷／和钉子自他流血的手脚上拔下来／拔下来擦干血迹让她的儿子／苍白的肢体回到膝上／母亲的膝上世间／唯一的圣地",这几乎是圣母终极安慰的直接书写,郑敏用诗歌文本回应了她阅读里尔克所受到的启发。

第二节　新的诗人形象：觉者

在传统诗歌中,诗人被称为"才子"。才子原指有才华的人,并不限于诗人,著名的六才子书《庄子》《离骚》《史记》、杜诗、《水浒传》《西厢记》就涵盖了文史哲各个文化部门。诗人是才子中的一类,或可称之为杰出的一类,因为诗人最可显现烂漫的才华。拥有灿烂的才华的诗人受到特别的重视,如屈原、曹植、谢灵运、李白、苏轼等,而诗歌境界很高、但诗歌朴素（显得不是特别有"才华"）的大诗人陶渊明险些被埋没于历史的浪潮中。但即便如此,诗人也只是以才华取胜——中国诗人并不在思想上取胜,尤其是在形而上的精神世界里,中国诗人少有那里游弋;中国诗人的精神空间在人间生活,他们用烂漫的才华来描绘人世的种种境遇。诗人一般有自己的政治理想,这种政治理想甚至成为他们人生价值的体现。屈原的理想是"美政"。李白谓自己的人生理想是"申管晏之谈,谋帝王之术,奋其智能,愿为辅弼,使寰区大定,海县清一"《代寿山答孟少府移文书》。杜甫的理想则是"致君尧舜上,再使风俗淳"(《奉赠韦左丞丈二十二韵》)。陶渊明、王维、苏轼、陆游等大诗人无不有自己的政治追求。而且,中国大诗人杰出的作品的问世大多在他们政治失利以后,是政治的失利造成他们人生严重的失衡,他们的诗歌是对这种失利的咏叹或平衡心理的结果,屈原、陶渊明、谢灵运、李白、杜甫、苏轼无不如此。简言之,诗人的杰出往往是政治失败的结果,诗人的精神生活总是与政治息息相关。

当然,庄禅哲学给了中国诗人一些超越性的精神空间,但这种空间只是人间生活向抽象精神领域的辐射,中国诗人很少专门描写纯粹精神,中国诗人并没有更透彻的精神觉悟。在中国的大诗人中,没有一个诗人以抽象真理的追求为生活的目标,没有一个以宇宙真理为诗歌的表现对象,没有一个诗人像哲学家那样生活。庄禅思想对他们的渗透只是增加了他们诗歌的某种趣味,并没有在宇宙观上给他们以启示,这正如朱光潜的观察:"受佛教影响的中国诗大半只有'禅趣'而无'佛理'。'佛理'是真正的佛家哲学,'禅趣'是和尚们静坐山寺参悟佛理的趣味。"① 庄禅思想只是他们人间生活的精神调节剂,可以说,中国人的精神生活基本是人间生活,只要观察杜甫我们就可以知道这一点:杜甫在后期的流浪生活中,那么深刻的痛苦意识也没有唤醒他的形而上的觉悟,他的痛苦始终限制在人间。

不可否认,失利的政治造成诗人严重的生存危机和精神危机,这使得一部分诗人对抽象精神产生一定的兴趣,产生了诸如《天问》《赤壁赋》《永州八记》等带有形而上色彩的作品,这些作品在一定程度上开拓了中国人的精神世界,闪射着朦胧的天外之光。比如《天问》追问万物的起源,《赤壁赋》对永恒的思考,《永州八记》对"我"与自然合一的觉悟等。但这些作品只是诗人精神危机的反映,一旦这种危机消失了,这种思想也就不存在了;诗人们并不能以这种思想为自己的人生目标,觉悟一整套完整的思想来解释整个宇宙和生命,也就是说,诗人们的思想还不能超越他们的境遇,无限和绝对距他们尚有遥远的距离。因而,哲学在这些诗人的笔下还只是朴素的、零星的感悟。

写作基本限于人间生活的诗人是一种"才子"的形象,已如上述。这种诗人形象只有发展到现代,才被一种新的诗人形象所超越:觉者。觉者不是普通的诗人,也不是一般的写作带有一定哲理色彩的诗人,觉者是觉悟了世界真相的诗人,他们被他们觉悟到的彼岸之境所震惊,不言而明的现实世界倒成为最大的问题,彼岸之光强烈地照耀他们,使得他们俗世的双眼

---

① 　朱光潜:《诗论》,北京出版社 2005 年版,第 98 页。

变得盲目,他们开始认识到,来自世界彼岸的真理无比重要,包括现世在内的整个世界的依据存在于那里,相比而言,我们眼见的这个世界倒不足为据。这些觉悟者从此开始以彼岸的世界为唯一的创作目标,而抛弃了现世人生。

王国维是现代中国文化和诗歌的第一位觉者。在近现代文化史上,王国维是一个独特的存在,当举国的目光一直对外,关注着民族的存亡,王国维却独守时代的一隅,目光内转,沉思"人生是一个问题"。他之所谓"人生"也不是后来五四文化意义上的人生,后者关注的是人在社会伦理意义上的解放和自由,关心的是人的外部生存条件,而王国维的人生则是宇宙意义上的,关注的是人在宇宙中的存在意义。轰轰烈烈的外部世界仿佛与他无关。王国维仿佛印度文化中的"弃绝者",抛弃了外在的、有形的物质世界的探求,而转向人的"内宇宙"。无疑,那是一个意义更大的、也是更难索求的精神王国,时代的足音在那里绝响,永世的王国在那里沉睡。当他说"哲学与美术所志者,真理也。真理者,天下万世之真理,非一时之真理也"① 的时候,他的目光不是看着此世说的,而是对着无限的彼岸。"天下万世之真理"即永恒之真理,王国维不是从某一个角度来观察世界,而是把世界作为一个整体来观察,他的精神由于某种觉悟而站在了这个有形的物质世界之外;尤其是他觉悟到现世的世界如恍然一梦,另外一个无形的永恒的世界则更为真实,这是纯哲学的视角,这只有建立对世界整体觉悟的基础上才成为可能。他批评中国无纯粹之哲学,中国哲学只是道德哲学和政治哲学,中国哲学家无不兼为政治家;哲学如此,诗歌也一样,中国诗歌的内容集中在人间表达,举凡"咏史、怀古、感事、赠人之题目弥漫充塞于诗界"②,中国诗人也无不兼为政治家,没有人专以抽象真理的求索为毕生的诗学追求。这些论述也只有在一个觉悟"无用"之抽象真理的人那里才能说出,只有在一个洞察彼岸真谛的觉者那里才能够讲出。王国维作为一个哲学家讲出了中国文化和中国诗歌的缺陷,这是他的精神的显在的一面,在这一面的背后,却是看不见的神秘的

① 　王国维:《王国维文集》第 3 卷,姚淦铭、王燕编,中国文史出版社 1997 年版,第 6 页。
② 　同上书,第 7 页。

一面,这正如尼采所说:"哲学家的两个方面:他一面转向人类,而另一面我们看不见。"[1] 在近现代中国文化史上,主张学习西方文化、西方哲学的学者不在少数,但大多是从西方哲学中抽取某一种或几种哲理来为我所用,其实不明哲学的究竟。作为觉悟者,不是只明白某个哲理,而是在整体上觉悟世界,看到终极;王国维不是学习西方哲学的某个具体的局部的观念,而是西方哲学看待世界的整个视角。王国维与其说是一个善于学习西方哲学的学者,还不如说他是一个觉者。王国维可谓是为中华文化和中国诗歌别开一生面,打开了另一扇智慧之门。

王国维之后,中国诗人一直在不断地感知那屡天外之光,稍后于王国维的鲁迅,五四时期的郭沫若、冰心,40 年代的冯至、穆旦、郑敏都是这条精神链条上的一个环节,他们都在不同程度上感知到真理的光辉,只是还不透彻,他们是走向彻底觉悟者的过渡。

到了 20 世纪 80 年代,天外之光强劲地照耀人间,启示众多诗人成为觉者,我们至少可以找到三位诗人在觉悟上达到一个明慧、彻底的程度:顾城、海子和戈麦。顾城是神奇的,他在诗坛的出现,令人感到一种炫目的光辉:"……终生为精神的光辉召唤,不能享受物质生活,终生面对灵魂,面对人生短暂与终极的疑问,身心难以稍事休息;对哲学、文学、绘画、音乐有突发的持续的领悟力,和应运而生、无师自通的掌握能力。留世诗作、画作、书字、文稿异光蕴涵,单纯而丰富深邃,清澈而变幻不尽……"[2] 人们对他的作品的哲学色彩和童话色彩惊叹不已,但少有人探究在这位"童话诗人"的精神世界里到底发生过什么。在顾城大量的访谈文字里,他多次提及的一个事实是,他五岁的时候有一天独自关在家里,突然明白他有一天将会死去,像白石灰一样粘在墙上,恐惧和无助一下子淹没了一个五岁小孩子的心,他说,这件事就是他的妈妈也不能帮助他,"我是真正地大吃一惊。"[3] 这种体验彻底地主宰了顾城的精神,"这种无可奈何的宿命的恐惧的感觉一直跟随着我,使我

---

① 尼采:《尼采遗稿选》,上海译文出版社 2005 年版,第 18 页。
② 顾城:《顾城文选》卷 1 封面,北方文艺出版社 2005 年版。
③ 同上书,第 311 页。

感到一种无处不在的害怕，一切都变得毫无意义。""有知识毫无意义。"① 他的创作的独有的色彩只是这种深刻的死亡意识的反映："哲学也是在不断受挫受伤而产生的不失本性的一个解。""我的自性因死亡而收缩，因童话而解放。"② 谁要能真正明白这些文字的含义，谁就必定会说："顾城，穿透存在者，不幸而幸运的觉者！"顾城觉悟死亡，超越了芸芸众生本能的死亡恐惧，这是一次惊天动地的宇宙事件，整个存在感都轰鸣在这一意识周围，在常人眼中不言而喻的稳固的存在大厦发生了动摇，而这一切，发生在他幼小的心灵里，令人感叹上帝在以灵异之光启示被选中者时的仁慈的残酷——上帝在决定谁被选中时似乎是不考虑年龄因素的。我们同样惊奇地看到他儿时的诗歌"我失去了一只臂膀 / 就睁开了一只眼睛"（《杨树》），那因无名的伤痕而睁开的眼睛遥遥注视着神秘的宇宙，谁能想到，这是出自一个八岁小孩子的稚嫩的手。他十二岁时的作品："树枝想去撕裂天空 / 却只戳了几个微小的窟窿 / 它透出天外的光亮 / 人们把它叫作月亮和星星"（《星月的由来》）也在创伤中传递出"天外的光亮"。这些新鲜、痛楚而神秘的感受只能来自一个觉悟者的灵魂。一个觉悟者的写作是怎样的？这在顾城的诗歌中可得到鲜明的体现，在他的诗歌里，普通的社会人生不见了（顾城只有过短时期的社会写作），而对死亡、无限和生命的关注占据了他诗歌的核心位置。顾城对俗世的拒绝还表现在他对社会生活的排斥上，他后来远离社会，携妻子谢烨隐居到新西兰的一座小岛上。由于种种原因，岛上的顾城与妻子产生了深刻的矛盾，并最终用斧子砍伤妻子，导致妻子的死亡，他本人也同时自杀，酿成罕见的悲剧，成为诗歌史上令人震惊的事件。但顾城几乎是新诗史上唯一为了自己的诗歌理想而隐居的诗人。

一个觉悟者是要伴随一次精神事件的，顾城小时候对死亡的觉悟正是这样的事件。这样的精神事件把此世打开一道裂缝，觉悟者借以窥见天外之光。叔本华将这样的精神事件称之为"天惠之功"，认为这一"突

---

① 顾城：《顾城文选》卷1，北方文艺出版社2005年版，第310页。
② 同上。

然地犹如从天外飞来的力量造成了基督教神秘主义者精神的再生"①。但是,由于种种原因,这样的精神事件并不一定能在每一位觉悟者那里留下文字记载。我们研究顾城得到了这样的方便,因为顾城出名较早,他有众多的机会可以谈论自己的精神经历和创作经历,但是我们研究海子——另一个伟大的觉者——就没有这么幸运了。海子去世太早,且在去世时还默默无闻,他是由怎样的机缘觉悟到彼岸之光的? 没有留下只言片语。但这并不妨碍海子成为一个觉者。海子的朋友,诗人西川曾推测过:"海子一定看到和听到了我不曾看到和听到的东西;而正是这些我不曾看到和听到的东西使他成为我们这个时代的先驱之一。"② 这正是对海子成为觉者的知音之论。

海子在诗歌中描绘了自己作为觉者的情形。《哑脊背》写道:"一个穿雨衣的陌生人 / 来到这座干旱已久的城 //(阳光下 / 他水国的口音很重)// 这里的日头直晒 / 人们的脊背 // 只有夜晚 / 月光吸住面孔 // 月亮也是古诗中 / 一座旧矿山 // 只有一个穿雨衣的陌生人 / 来到这座干旱已久的城 // 在众人的脊背上 / 看出了水涨潮,看到了黄河波浪 // 只有解缆者 / 又咸又腥"。"一个穿雨衣的陌生人"是觉者的代名词,他觉悟真理如同被雨淋过,故而穿着雨衣;而他因为觉悟了真理,是世间唯一的觉者,故而是众人眼中的陌生人。"干旱已久的城"是不觉悟的象征。"这里的日头直晒 / 人们的脊背",因而脊背是干燥的,人们是不觉悟的。诗题"哑脊背"暗示了人们暗哑于真理。但陌生人"在众人的脊背上 / 看出了水涨潮,看到了黄河波浪",他以觉悟者的视角看到了普通人身上的神性(水、黄河波浪等是神性的象征)——这只有一个觉者才能做到。这种觉悟者在另一首诗中表现为一个"光棍":"神秘客人那位食玉米担玉米 草筐中埋着牛肝的那光棍 / 在春天用了一把大火 / 烧光家园 使众人受伤 // 大家伤心唏嘘不已 / 穷得丁当响的酒柜上 / 光棍光芒万丈 / 老英雄 / 走上前来 / 抱住那光棍 / 坐在黄昏 / 歌唱江山 / 布满眼泪"(《光棍》)。光棍是觉者的象征。他一无所有,是指他在人

---

① 叔本华:《作为意志和表象的世界》,青海人民出版社 1996 年版,第 432 页。
② 海子:《海子诗全集》,西川编,作家出版社 2009 年版,第 9 页。

间的状态；而在形而上的意义上，他则是"光芒万丈"的。光棍用一把大火烧光家园，目的是为了启示众人不要关注眼前的生活，但"受伤"的众人并不理解，只有"老英雄"理解这一点，老英雄实际上是另一个"光棍"——觉者。光棍用一把大火烧光家园也是要使得不觉悟的众人成为他一样的"光棍"——觉者。

　　海子还以一位觉者的身份反思了民族生活——民族生活在他看来是不觉悟的人间生活，重生存而忽略了最高的真实，"对着这块千百年来始终沉默的天空，我们不回答，只生活。"① "在东方，诞生、滋润和抚养是唯一的事情。"② 海子众多的诗歌（话语）暗示了民族生活之喑哑于真理。所以，他看到的只是这样的生活："来到村口或山上／我盯住人们死看／呀，生硬的黄土 人丁兴旺"（《明天醒来我会在哪一只鞋子里》）。"一切都原模原样／一切都存入／人的 世世代代的脸，一切不幸"（《夜月》）。在他眼里，中国人世世代代只有实际的生活，千古不变；他认为"中国人用漫长的正史把核心包围起来了"③，这里的核心正是形而上的真理，因而作为真理意义上的生命在中国永远被遮蔽了。这种对传统的无神性的觉悟正如同王国维对传统哲学和诗歌的批判。余虹在《神·语·诗……——读海子及其他》中说：

　　　　神话是语言之语言。语言是一场事件，是"神话"向"人话"的转变，是人神共同参与相互占用的事件。作为"太初之词"的神话是原语言，它以"启示"的方式默默对人言说，人在聆听应和中跟着说，神话成为人话，于是，人拥有语言。在人语中实现的语言是"神话的"、"神性的"。作为神性的人话乃是本真的语言。在此语言中神话进入言谈并得到看护，在此语言中人话因源于神话而将人引向他的本源：神性。本真的语言敞开一个"天地人神"的四重世界使人得以栖居。没有神话的地方，人话失去本源，成为无神的话语，这大概是发展至今的汉语

---

① 海子：《海子诗全集》，西川编，作家出版社 2009 年版，第 1021 页。
② 同上书，第 274 页。
③ 同上书，第 1036 页。

的本质。汉语世界是一个"天地人"的三维世界，在此，没有神的容身之地。①

这是一个当代觉悟者对汉语神性传统缺失的反思。他因此认为："海子使我惊讶，这位操汉语的当代中国诗人竟走到了汉语失去的本源。"② 这显然是觉者之间的知音之论。余虹对民族的反思、对海子的估价与海子本人对民族传统的认识是一致的，这种一致性表现在中华民族是一个重生存而忽略神性、忽略最高真实的民族。

稍后于海子的戈麦可谓是中国当代诗歌中的另一位觉者。戈麦把诗当作"世界的豁口"，显示了世界在他的眼前出现了裂缝，让戈麦的个人生活透进了天外之光，这正是对彼岸世界觉悟的象征，其表达类似于顾城的《星月的由来》。一位看到彼岸之光的人是一位觉者，但觉者同时是一个普通人。一方面，觉者作为觉者察觉了天外之光，震惊于存在的神奇；另一方面，他作为一个普通人生活在这个有限的世界上，经历一个普通人所有的相对性生活。这种矛盾的存在及对这种矛盾的揭示是一个觉悟者首先向世界宣讲的。在《厌世者》一诗中，他将厌世者（即觉者）界定为一个"两面三刀"的使者，这个说法表明他个人存在的现世者和超世者"两面"的身份。在《界限》一诗中，他写道："发现我的，是一本书；是不可能的。"这令人想到美国超验主义诗人惠特曼的诗歌《当我阅读那本书》：

> 当我阅读那本书、一本著名传记的时刻，
> 那么（我说），这就是作家称之为某个人的一生了？
> 难道我死之后也有人来这样写我的一生？
> 好象有人真正知道我生活中的什么，
> 可连我自己也常常觉得我很少或并不了解我真正的生命，
> 我只想从中找出能为我自己所用的
> 一些些暗示，一些些零散而模糊的线索和术策。

---

① 崔卫平：《不死的海子》，中国文联出版社 1999 年版，第 115 页。
② 同上。

他们的诗同样说明,人们不能通过对一个超验主义者外在人生轨迹的描绘来理解他,超验主义者在于神秘存在。在这首诗里,他又写道:"让田野装满痛苦,是不可能的。""飞是不可能的。"一个超验主义者尽管有着超世之悟,但他并不能将这种异常的经验带给现世,不可能让现世的田野装满形而上的痛苦,也不能让自己在现世飞翔。并且,他还说:"和上帝一起宵夜,是不可能的。"这种略带调侃的口气说明,一个觉悟者并不能脱离自己的人间存在,与最高存在直面相对。这些矛盾极其困难,然而关键的是:"我像一片最大的雪花 / 为什么我的渺小仍然得以盛开",一个凡俗之物成为神明,这才是世界上最神奇的事。上述所有的辩证反复说明的是一个事实,"我"觉悟到彼岸(尽管我是一个凡人),"我"是觉者。这个事实戈麦在下列诗句中更直接地表现出来:"我是天空中唯一一颗发光的星星"(《献给黄昏的星》),是"天堂里坠落的灰尘"(《雪(一)》),"我就是这最后一个夜晚最后一盏黑暗的灯"(《黑夜我在罗德角,静候一个人》),是"窥破纸窗梦见黎明的人","在世界这面巨大的镜子后面 / 发现奇迹的人"(《厌世者》),超世之光,在戈麦那里灿如明星。正因为这样,戈麦将"超现实"作为指引现代诗出路的明灯,[①] 认为"诗歌应当是语言的利斧,它能够剖开心灵的冰河。""一定会显现出犀利夺目的语言之光照亮人的生存。"[②] 彼岸之光一旦进入诗人的个人生活,则接着成为诗人的创作目标就是自然的,无疑,这种写作将给中国诗歌带来精神异彩。这是一个觉悟彼岸之光的诗人的追求。

　　对于现实中的大多数人来说,意识是存在的反映。意识不能反映非存在。超验的世界在精神中是存在的,但却并不存在于物质世界,它没有任何形态和特征。但它是如何进入人的意识(灵性)的? 在人世中为何出现觉者? 这些问题显然是现实逻辑不能回答的,唯一的可能是这样一个觉者在成为一个觉者之前他的生活中出现了特殊的经历,这种特异的经历使得世界对他裂开一个"豁口",他借此看见天外之光。这种经历在世界知名的哲学家

---

① 　戈麦:《〈核心〉序》,西渡编《戈麦诗全编》,上海三联书店 1999 年版,第 422 页。

② 　戈麦:《关于诗歌》,西渡编《戈麦诗全编》,第 426 页。

和大诗哲那里存在过，①也存在于中国当代少数诗人，如上述海子、顾城等诗人。在戈麦的生活中，也应当存在这样的经历，可惜他没有留下这方面明确说明的文字。但他的诗对此依然有诸多暗示，比如他反复说："看到过人生最为惨痛的一面"②，"我一直未流露内心最深处的恐惧"，"有一种经验我至今无法填补／有一种空缺我至今无法忘记"。（《我是一根剔净的骨头》）戈麦的好友西渡曾推测过：

> 在戈麦的早期作品里，始终表现出一种明显的倾向，即对生活的严厉的拒斥。……对于一个刚满二十岁的年青人来说，对于生活的这种严峻意识不大可能来自现实的创伤（尽管这种创伤极有可能存在），而可以肯定地源于某种更高的恐惧感。现实的创伤可能催化了这种恐惧感的成熟，但永远不能代替它。这种恐惧感对于那些对生命有着敏感的禀赋的人来说，是一种不得不接受的礼物。它就是那种对生命的可能性受到戕害的恐惧……随着他的成长，他作为个人的可能性一天天受到伤害。③

西渡显然觉察到了戈麦的诗歌中某种超现实的因素，正是这种经历让戈麦的生活出现了"豁口"，天外之光得以透入。

　　所以，觉悟超世是一种命运。谁在人世能觉悟超世？谁会看见存在之光？虽然从大的时代背景、文化背景上可以看出一些端倪，但在具体的理路上，则完全不可分析。因而，在西方基督教世界里，真正的教徒是被上帝"选中"的，"选中"这一说法可谓贴切，它道出了个人不明所以、不由自主地被存在之光所照亮的状况。戈麦的诗表达了这种被"选中"的惊奇感，如他这样描述沧海："这绝对和沉寂被嵌在一颗不名的星球／像偶然的一块羊皮，羊皮被标记打中。"这是个人被存在选中的象征说法。"我是在独自的生活中听到了你／你是谁？为什么在众生之中选择了我"（《陌生的主》），则直述这

---

① 比如：英国超验诗人威廉·布莱克有四岁时看见上帝把头放在窗户上的传说；曾看见过缀满天使的大树。

② 戈麦《戈麦自述》，西渡编《戈麦诗全编》，上海三联书店1999年版，第422页。

③ 西渡：《拯救的诗歌与诗歌的拯救》，西渡编《戈麦诗全编》，第453页。

种被选中的感觉。被选中是不可思议的,他直问最高存在:"为什么隐藏在大水之上的云端/窥视我,让我接近生命的极限"?(《陌生的主》)被选中者也是孤绝的,觉者在人世是少而又少的事物,戈麦这样表达了这种孤绝感:"这唯一的目击者","万人都已入睡,只有我一人/瞥见你","这星球之上,只有一双尘世的双眼,望着你"。(《彗星》)人神绝对孤单的交流是存在的神奇之光。

第三节 新的艺术手段：象征

　　在传统"天人合一"的自然哲学主导之下,中国诗歌的核心表现手法是"兴"。作为一种艺术手法,兴在《诗经》时代还仅仅是"先言他物以引起所咏之词也"(朱熹语),"他物"与诗人的情感(所咏之辞)还是两回事,到了魏晋特别是唐代以后,老庄哲学和禅宗深入影响诗歌创作,在此背景下,"晋人向外发现了自然,向内发现了自己的深情。"[①] 此时,作为"兴"的自然景物与诗人的主体情感走向融合,合二为一,"一切景语皆情语也。"(王国维语)钟嵘从理论上对此作出归纳,他这样解释兴:"文已尽而意有余,兴也。"(《诗品序》)在此,"'兴'相关于意又超越于意,是一种诗意之外令人回味无穷的东西,能引起读者广泛的联想和体验。钟嵘对'兴'的解释远远超出了将'兴'仅视为表现手法的旧谈,从而涉及艺术的根本特征。"[②]

　　"兴"从哲学上讲实际上是强调物我一体,我即物,物即我,物我相通。以兴为艺术手段实际上是一种艺术思维的体现,这种思维的目的在于接通人与自然,诗歌以自然的面貌出现,这种自然是本真的,没有人为改变的迹象;但这种自然又是人的情志的代码,人的情志在其中得到含蓄、充分的体现,"兴"的目的在于打通人与自然,是人在一瞬间体悟到与自然合一的

---

　　① 　宗白华:《艺境》,安徽教育出版社 2000 年版,第 77 页。
　　② 　李建中:《中国古代文论》,华中师范大学出版社 2002 年版,第 163 页。

微妙体现。

但这种"天人合一"的哲学在现代被抛弃了,现代的哲人和诗人们吸收了西方的形而上学思想,这种哲学和诗学将宇宙真理的探索作为自己的目标,但形而上的宇宙真理在本质上是难以用语言描述的,象征的手法于是应运而生。

象征即是用现世的、可感知的事物象征彼岸的、不可言说的最高真理。由于形而上的宇宙真理的高度抽象性,对它的直接言说已不可能,故只有借助于现世易感知的具体事物来暗示这一境界。在象征主义传到国内之初,现代的诗学理论家们往往将象征等同于"兴",这其实是没有细致辨别象征和兴的具体内涵和哲学基础的笼统比较。诚然,象征和兴都是用具体的事物来暗示抽象的思想、情感,但象征和兴是基于不同哲学文化、具有不同特征的艺术手法。

从哲学层面讲,象征的根柢在西方的形而上传统,"在本质上是诗人对形而上的神性世界的感知与暗示。"而中国哲学并不存在这样一个超越现实世界的"形而上"世界或"神性"世界,中国诗人面对的只是自然,表达的只是对自然的体悟,因而"'兴'的本质是诗人一瞬间返回'天人合一'状态的微妙体验。"①

从诗人构思时的心理状态上来说,"'兴'的启动须'致虚极,守静笃','涤除玄览',以平和宁静的心灵观照大千世界;'象征'的思维却充满了亢奋和宗教化的迷狂。"②

从技术操作上讲,象征和兴都暗示出一个精神的世界,但象征所暗示的精神世界已经舍弃了所用来象征的物象,目的清晰地指向另一个世界。波特莱尔以落在海船上被人嘲弄的云中之王——信天翁,来象征身陷丑恶人间的高贵诗人的尴尬处境,但"信天翁"和"高贵诗人"很明显的是两种不同的"象"。中国的兴所暗示的精神世界就在于物象本身,在自然本身。王维的《鸟鸣涧》所暗示的那个生生不息的灵动的境界即是桂花、春山、月夜、鸟鸣

---

① 李怡:《中国现代诗学与古典诗歌传统》,西南师范大学出版社 1999 年版,第 30 页。

② 同上书,第 31 页。

所构成的世界,它们同一不二。

　　中国新诗在西方哲学的影响下出现了形而上的境界,这一境界是难以用语言直接言明的,故而诗人只有通过象征、隐喻的手段将这一境界暗示出来。早在诗歌转型时期的王国维的词中,以象征手法表现形而上的境界就出现了,比如他的《点绛唇》:

　　　　万顷蓬壶,梦中昨夜扁舟去,萦回岛屿,中有舟行路。波上楼台,波底层层俯。何人住？断崖如锯,不见停桡处。

词中的"断崖如锯,不见停桡处"的不可停靠的神秘居处象征了不可知晓的真理,这种突兀的景象,在传统的天人合一的背景下看来是非常醒目的,预示了新的时代气象。这是新诗的先声。

　　五四时期的郭沫若用天狗、凤凰来象征某种主体人格。天狗吞噬日月宇宙,令人瞠目。凤凰在烈火中焚烧,烧去旧我,复从火焰中更生出新我;不仅如此,凤凰的更生还象征了宇宙一切生命的更生。这种手法,固然象征了某种人格的毁灭和再生,但郭沫若将这种人格上升到了宇宙人格,因而打上了形而上的色彩。

　　在《野草》中,鲁迅塑造了一系列惶惶无所归依的、矛盾的形象,如影子、墓碣文、死火、过客等。影子不愿意去光明,不愿意去黑暗,"我将向黑暗里彷徨于无地"。墓碣文的主人说自己像一个游魂,"化为长蛇,口有毒牙。不以啮人,自啮其身"。过客明知前面是坟墓却还是固执地往前走。被冰冻的火如果没有得到温热,将被冻灭;如果得到温热,将被烧完。鲁迅以这些惶惶无依的、悖论的形象象征了一个无所皈依的、惶惶不安的现代形而上灵魂。

　　冯至在《从一片泛滥无形的水里》个里写道:"看,在秋风里飘扬的风旗, // 它把住些把不住的事体","但愿这些诗像一面风旗 / 把住一些把不住的事体",以风中的旗帜为喻,以旗帜在风中飘扬,显示出不定的风的姿态,象征自己诗歌的意义:把住一些把不住的真理。冯至还以人或物为喻,象征崇高的人格。如《有加利树》写道:"又是插入晴空的高塔 / 在我的面前高高耸起, / 有如一个圣者的身体, / 升华了全城市的喧哗。"《鼠曲草》写道:

"但你躲避着一切名称，/ 过一个渺小的生活，/ 不辜负高贵和洁白，/ 默默地成就你的死生。// 一切的形容、一切喧嚣 / 到你身边，有的就凋落，/ 有的化成了你的静默。// 这是你伟大的骄傲 / 却在你的否定里完成。"《杜甫》写道："你的贫穷在闪烁发光 / 像一件圣者的烂衣裳，/ 就是一丝一缕在人间 // 也有无穷的神的力量。/ 一切冠盖在它的光前 / 只照出来可怜的形象。"这里的尤加利树、鼠曲草、杜甫都是圣者人格的象征。

同样以人或物象征圣者人格的还有郑敏的诗歌，这些人或物包括盲者、贝多芬、小漆匠、树林、死难者等。如《盲者》写道："月光和她的姊妹们，/ 阳光和色彩的世界，/ 围绕着你 / 好像围绕着 / 一座紧闭的寺院。// 在一块不语的石头里，/ 在一座沉默的山头上，/ 人们都感觉到神的寓居"。《献给贝多芬》写道："人们都在痛苦里哀诉 / 唯有你在痛苦里生长 / 从一切的冲突矛盾中从不忘 / 将充满希望的主题导出 // 你的热情像天边滚来的雷响 / 你的声音像海底喷出的巨浪 / 你的心在黑暗里也看得见善良 / 在苦痛的洪流里永不迷失方向 / 随着身躯的聋黯你仍像 / 一座幽闭在硬壳里的火山 / 在不可见的深处热流旋转 // 于是自辽远的朦胧降临 / 你心中：神的洪亮的言语 / 霎那间千万声音合唱圣曲"。《小漆匠》写道："他的注意深深流向内心，/ 像静寂的海，当没有潮汐。/ 他不抛给自己的以外一瞥 / 阳光也不曾温暖过他的世界。// 这使我记起一只永恒的手 / 它没有遗落，没有间歇 / 的绘着人物，原野 / 森林，阳光和风雪"。《树林》写道："这也是一个象征，象征着 / 宇宙千万个静默的思想 / 只不似山那么高耸，海的 / 明朗，凝立在地球的一角 / 用沉郁的颜色封锁 / 了一个丰富的天赐……而他的形体总是这么沉默 / 不管天际的苍鹰和径上的行人 / 偶尔也响应着海上传来的风雨 / 却像一个伟大的人不苟且言笑"。《死难者》写道："安静，安静，你可曾看见 / 他比现在睡得更安静？/ 好像一只被遗弃的碎舟 / 无需再装载旅客的忧愁 / 自在的沉浮在风浪里。/ 好像一只自树梢跌落的果实 / 虽然碎裂在地上等候捡拾 / 却无需再担忧风雨的吹击……呵，当我们还在踯躅，惆怅，哀叹 / 一个智者却早已对寂寞和烦恼 / 决定了他最后的挑选"。这些人和物各有其特点，各有其内涵，但它们均在不同精神层面象征了圣者人格，这些象征甚至比冯至的诗歌更接近纯粹哲学精神。

顾城很小的时候就觉悟到死亡,而他绚烂的诗才使得他很小的时候就以各种形象来象征天外之境。他八岁时的《杨树》写道:"我失去了一只臂膀 / 就睁开了一只眼睛",这颗杨树断开的枝丫形成眼睛一样的圆圈注视遥遥的天空,象征了人间的觉悟者对神秘宇宙的凝望。他十二岁时的《星月的由来》写道:"树枝想去撕裂天空 / 却只戳了几个微小的窟窿 / 它透出天外的光亮 / 人们叫它月亮和星星",天外的光亮的透进更写出了天外的神秘与神奇。他成年后的《远和近》写道:"你 / 一会看我 / 一会看云 // 我觉得 / 你看我时很远 / 你看云时很近",人们常常把诗里的"云"看作自然的象征,其实这不足以解释顾城的心理结构,云不仅是自然,更是高高在上的、遥远的事物的象征,它包含着形而上的意味,诗歌所象征的言外之意是,"你"离人间很远,而离天外的精神很近。同样,人们对《一代人》也存在着误解,这首诗并不是一代人命运和追求的象征,诗题"一代人"是顾城的父亲顾工加上去的,诗里的"黑夜"是死亡的象征,"黑眼睛"意味着看不见事物的秘密。整首诗形而上意味极浓。顾城终生都在寻找那一神秘的形而上之境。《土地是弯曲的》写道:"土地是弯曲的 / 我看不见你 / 我只能远远看见 / 你心上的蓝天 // 蓝吗? 真蓝 / 那蓝色就是语言 / 我想使世界感到愉快 / 微笑却凝固在嘴边 // 还是给我一朵云吧 / 擦去晴朗的时间 / 我的眼睛需要泪水 / 我的太阳需要安眠","土地是弯曲的"隐喻天际的真理不能直接看到,因被弯曲的"隆起"的土地作遮盖,而能看到的只能是"你心上的蓝天",这蓝天却不是直接的真理,而是一种解说,一种"语言",一种对真理的翻译,真理是无法直接得到的,无法直接得到的真理又是可疑的真理,"我想使世界感到愉快 / 微笑却凝固在嘴边",这是一种无奈。最后一段则写出了追索真理而不得的疲惫。《净土》则象征了终极境界:"在秋天 / 有一个国度是蓝色的 / 路上,落满蓝莹莹的鸟 / 和叶片 / 所有枯萎的纸币 / 都在空中飘飞 // 前边很亮 / 太阳紧抵着帽檐 / 前边是没有的 / 有时能听见叮叮冬冬 / 的雪片 // 我车上的标志 / 将在那里脱落",这种境界充满幻美和童话色彩,它更多是诗人的一种想象,而不是聆听。

海子是一个用诗歌追求真理的诗人,世界的终极真理是海子终生追求的对象,真理的博大、无形、不可言喻使得海子的诗中充满了象征和隐喻。《日出——见于一个无比幸福的早晨的日出》写道：

> 在黑暗的尽头
>
> 太阳,扶着我站起来
>
> 我的身体像一个亲爱的祖国,血液流遍
>
> 我是一个完全幸福的人
>
> 我再也不会否认
>
> 我是一个完全的人我是一个无比幸福的人
>
> 我全身的黑暗因太阳升起而解除
>
> 我再也不会否认 天堂和国家的壮丽景色
>
> 和她的存在……在黑暗的尽头!

日出象征了经历长长的真理求索的黑暗之途后见到真理之昙花一现的幸福感。《秋》写道：

> 秋天深了 神的家中鹰在集合
>
> 神的故乡鹰在言语
>
> 秋天深了 王在写诗
>
> 在这个世界上秋天深了
>
> 得到的尚未得到
>
> 该丧失的早已丧失

"秋天深了",象征了人间生活像草木一样已经凋零,该对存在的最终的意义做一个总结了,因而,鹰在集合,鹰在言语,这些来自"神的故乡"的精灵们在宣示终极秘密。同样,王抛弃一切荣华权位（这些不能显示生命的本相）,只在写诗——这是叩问终极的活动。诗歌象征意义极深。另一首《秋》写道：

> 用我们横陈于地的骸骨
>
> 在沙滩上写下:青春。然后背起衰老的父亲
>
> 时日漫长 方向中断

> 动物般的恐惧充塞着我们的诗歌
>
> 谁的声音能抵达秋之子夜 长久喧响
> 掩盖我们横陈于地的骸骨——
> 秋已来临。
> 没有丝毫的宽恕和温情:秋已来临。

这里的秋是时光消逝殆尽、而真理尚未寻得的象征,"时日漫长 方向中断 /
动物般的恐惧充塞着我们的诗歌",真理的无从追寻、不可追求,生命的意义
没有着落带给诗人极大恐惧,而在这时,"没有丝毫的宽恕和温情:秋已来
临",真理无从觅得,人世的时光却将尽,生命的严酷可知。《面朝大海 春暖
花开》则象征了另一种境界:

> 从明天起,做一个幸福的人
> 喂马、劈柴,周游世界
> 从明天起,关心粮食和蔬菜
> 我有一所房子,面朝大海,春暖花开
>
> 从明天起,和每一个亲人通信
> 告诉他们我的幸福
> 那幸福的闪电告诉我的
> 我将告诉每一个人
>
> 给每一条河每一座山取一个温暖的名字
> 陌生人,我也为你祝福
> 愿你有一个灿烂的前程
> 愿你有情人终成眷属
> 愿你在尘世获得幸福
> 我只愿面朝大海,春暖花开

这是海子追求彼岸世界一无所获后向此世回归的象征。诗歌虽然写的是对
俗世生活的赞美,但神圣的氛围笼罩着全诗。

戈麦作为一个追求真理的诗人,他用丰富的象征手法表现了自己觉悟和精神探索的历程。《雪（一）》写道:

> 向内收缩,光线紧张地弯曲
> 水的最低点
> 光芒从黑暗的深处被压迫而出
> 一道刺破肉眼的强劲的弦
> 天堂里坠落的灰尘
> 纯洁的灰尘
> 在茫茫的大气层中
> 编织着寒冷,气体一样翻转回旋
> 锐利的锋缘在顽固地溶化
> 留下了冰块和金属
> 刺痛阳光的是顽固的雪

这是咏物诗。"雪"象征了精神主体的状况。"向内收缩,光线紧张地弯曲",这是一个诗人精神向内宇宙发展的状况,其中充满巨大的精神压力。"水的最低点 / 光芒从黑暗的深处被压迫而出",精神恰恰在内部温度最低、最黑暗的时候产生了射向外部的光芒,这是精神的辩证法。"天堂里坠落的灰尘",灰尘写其渺小,天堂写其神圣。"在茫茫的大气层中 / 编织着寒冷",写出精神的博大、茫然、孤冷。"刺痛阳光的是顽固的雪","顽固的雪"隐喻了精神的强大。整首诗在雪与精神之间寻找共同点,以雪的某种特点准确象征精神的状况。《献给黄昏的星》写道:

> 黄昏的星从大地的海洋升起
> 我站在黑暗的尽头
> 看到黄昏像一座雪白的裸体
> 我是天空中唯一一颗发光的星星
>
> 在这艰难的时刻
> 我仿佛看到了另一种人类的昨天

　　　　三个相互残杀的事物被怼到了一起
　　　　黄昏,是天空中唯一的发光体
　　　　星,是黑夜的女儿苦闷的床单
　　　　我,是我一生中无边的黑暗

　　　　在这最后的时刻,我竟能梦见
　　　　这荒芜的大地,最后一粒种子
　　　　这下垂的时间,最后一个声音
　　　　这个世界,最后的一件事情,黄昏的星

这是以黄昏的星象征超验觉悟者。“我站在黑暗的尽头”是指一个觉悟者经历了所有的黑暗,“我是天空中唯一一颗发亮的星星”写的是黄昏的孤星,也写尽了觉悟者的孤独感。这不是一种普通的孤独,而是在人世的海洋里唯我独醒的孤独,一种唯有“我”看出了存在的可疑的孤独;这当然也是一种巨大的价值:星是发光的,是唯一的发光体。“我是我一生无边的黑暗”,则是以人世的眼光来看待自己内在的神秘性,则一位觉悟者内在是黑暗的;但谁又不能说一片“光明”的众生不是一种喜洋洋的无知呢?《父亲》写道:

　　　　父亲,你在耀眼的夜晚
　　　　看到远方走来了疲倦的儿子
　　　　父亲,你应该大笑

　　　　父亲,你在晚年的光景里
　　　　看到远方寄来滴血的书简
　　　　父亲,你应该大笑

　　　　父亲,你在黎明的火光里
　　　　看到水上漂来的一把手枪和半个头颅
　　　　呵,父亲,你应该大笑

> 身后的镜子里
>
> 父亲,你在燃起烈焰的荆棘丛中
>
> 看到了远方的儿子比你还要衰老
>
> 呵,父亲,你应该大笑

这里的父亲和儿子都不是普通的父亲和儿子,而是含有象征的意味:父亲象征一种俗世的价值观,一种过时的精神,儿子则象征一种觉悟的精神,一种全新的价值。"耀眼的夜晚"是矛盾的形象,但恰恰象征了觉悟者的精神:精神既是黑暗的(以人世之眼看),又是明亮耀眼的(以超世之眼看)。"滴血的书简"是精神的献祭。"一把手枪和半个头颅"象征了俗世的生命(半个头颅)已经结束,还剩下另外半个头颅(精神的生命)在远方存在。诗歌反复强调"你应该大笑",是指父亲应该为儿子的觉悟感到高兴。"远方的儿子比你还要衰老"这一悖论的写法尤其精警:经历了遥远的精神跋涉的儿子加速了自己的衰老,以致比父亲还衰老——这种衰老未尝不是精神远征的骄傲,故而,父亲应该大笑。《白天》写道:

> 月光下沸腾的马圈
>
> 一匹匹赤裸的马
>
> 并排站着 相互瞪着眼
>
> 最远的一匹 听到
>
> 最近的一匹
>
>   疯狂地打气
>
> 最近的一匹 闻到
>
> 最远的一匹
>
>   滚烫的呼吸

这是一首想象奇特的小诗,月光下沸腾的马圈,最远的一匹和最近的一匹,相互之间能听到对方"疯狂地打气"、闻到对方"滚烫的呼吸",这种场面,让人联想到这些马渴望奔向远方的激情。这是诗人对远方真理渴求的象征。

　　在另外的诗歌中,戈麦还以形象的手法象征了他心中最高的真理。在《陌生的主》中,戈麦称世界的最高存在"主"是"无形和未知的命运的神","两条无身之足在阴云之上踩着灵光","你的头深埋在云里 / 为大海之上默默的云所环绕","隐藏在大水之上的云端",这位陌生的主崇高、神圣而神秘,"无身之足""深埋在云里的头""隐藏在大水之上的云端"等象征了这一点。

第四节 新的诗歌境界：崇高

中国古典诗歌的核心美学范畴可以说是"意境"。意境是诗人主观之"意"与大自然客观之"境"互动的产物，它们形成独特的美感，既体现了自然本身的面貌，又毫无痕迹地蕴含着诗人独特的情感、心境、思想乃至宇宙观。意境美含蓄深邃，韵味无穷，它是中国人独特性格的体现，打上了鲜明的民族哲学烙印：它是道家"天人合一"哲学影响诗歌创作的产物。

独特的诗歌美学是独特的哲学影响的结果。中国传统诗歌在"天人合一"自然哲学影响下形成了"意境美"的诗歌传统，而中国新诗在西方哲学的影响下，形成了完全不同于民族诗学的另一种诗歌美学：崇高美。一般而言，崇高美是通过象征的手法用某种物象（或人）来暗示出一种崇高的精神，在这种境界中，虽然用来象征的物象在感官上可能是巨大的，但崇高美的奥秘却在于人的精神的伟大。朗加纳斯认为崇高的来源最重要的是"庄严伟大的思想"，他说："我要满怀信心地宣称，没有任何东西能够像恰到好处的真情流露那样导致崇高；这种真情通过一种'疯狂的雅致'和神圣的灵感而涌出，听来犹如神的声音。"[1] 他在挖掘崇高精神的来源时还深入作者的精神世界，认为"崇高可以说是灵魂伟大的反映。"[2]

---

[1] 伍蠡甫、胡经之：《西方文艺理论名著选编》上，北京大学出版社 1985 年版，第 119 页。
[2] 同上。

　　　　过去的伟大心灵总以最伟大的写作目标作为自己的目标,认为每
一细节上的精确不值得他们的追求;他们心目中的真理究竟是什么真理
呢? 在不少真理之中,尤其是这一真理:作卑鄙无耻的家伙并不是大自
然为我们——它所挑选出来的子女——所订定的计划,绝不是的;它生
了我们,把我们生在这宇宙间;犹如将我们放在某种伟大的竞赛场中,要
我们既作它的丰功伟绩的观众又作它的雄心勃勃的竞赛者;它一开始就
在我们的灵魂中植有一种不可抗拒的对于一切伟大事物、一切比我们自
己更神圣的事物的渴望。因此,就是整个世界,作为人类思想的飞翔领
域,还是不够宽广,人的心灵还常常越过整个空间的边缘。当我们观察
整个生命的领域,而见到它处处富于精妙的、堂皇的、美丽的事物时,我
们立即知道人生的真正目标究竟是什么? ……①

可以看出,崇高的精神是人类对宇宙精神无止境的探索的结果,其实质是对
人的神圣性的肯定。

　　当我们深究崇高之美的哲学基础时,就会发现这种哲学不同于中国人返
回本性的自然哲学精神,而是一种无止境地追问宇宙真相的精神,一种形而
上的精神,一种终极意识,一种神性,甚至一种献祭意识。这正是西方哲学和
宗教的精神,它们构成了"崇高"这一美学范畴的精神内核。

　　中国新诗在接受西方哲学影响时,在精神哲学上也同时表现出"崇高"
的美学倾向。在西方哲学的影响下,中国诗人悟解到一个异于现实世界的形
而上世界,其强大的光芒引领着中国诗人对之展开寻求,中国诗人的精神境
界因此在一个短时期内就升华到一个崇高的程度。

　　崇高的精神在海子的诗歌中表现得最为充分。海子诗歌在精神哲学上
呈一种仰望的姿势和向无限无止境地索求的姿势,其诗歌崇高美甚有精神冲
击力。《西藏》写道:

　　　　西藏,一块孤独的石头坐满整个天空
　　　　没有任何夜晚能使我沉睡

---

　　①　伍蠡甫、胡经之:《西方文艺理论名著选编》上,北京大学出版社 1985 年版,第 126 页。

没有任何黎明能使我醒来

一块孤独的石头坐满整个天空
他说：在这一千年里我只热爱我自己

一块孤独的石头坐满整个天空
没有任何泪水使我变成花朵
没有任何国王使我变成王座

"一块孤独的石头坐满整个天空"，西藏作为一块"石头"，本来极其高大，加之诗人又使用了夸张的手法，这块"石头"就更加高大，这首先在视觉上给人以巨大的冲击力；当然，这种视觉冲击力并不仅仅是西藏作为客观物象巨大的结果，它实际上是诗人精神崇高的反映——"坐满天空"的不是石头，而是人的精神。"没有任何夜晚能使我沉睡／没有任何黎明能使我醒来"，"没有任何泪水使我变成花朵／没有任何国王使我变成王座"，说明了西藏的至高、至大和唯一，这是宇宙最高精神至高、至大和唯一的象征；一连串否定性的陈述将宇宙精神的唯一性渲染得无比崇高。他们同样都是海子精神崇高的象征，海子一直在追求着诗和真理合一的诗歌。海子的精神追求是扩张式的，不像顾城走向深邃，他能在无尽的精神探求中将自我生命扩张到整个天空和宇宙，在《弥赛亚》中，诗人的精神上升到天空深处，他不断地问："我在天空深处／高声询问／谁在？""我在天空深处高声询问　谁在？／我／从天空中站起来呼喊／又有谁在？"这种声音穿透了天空，直抵存在的边沿，精神至为崇高。

在《野草》中，精神的崇高不是通过渲染外界巨大的事物来体现的，而是通过主人公内在的精神聚变、压力及由此形成的精神厚度和不可改变的精神指向来体现的。《影的告别》中，影子不愿意去天堂，不愿意去地域，不愿意去黄金的世界。不愿意去光明，不愿意去黑暗。换言之，影子不愿意接受既有的一切价值观，而宁愿彷徨于无地，这种追求是痛苦的，却无比崇高。《过客》中的那个中年人在黄昏（人生和精神的象征）时疲惫、困顿、孤独、无助、无力、无向，不愿意接受帮助，不愿歇息，面对即将到来的黑夜和前途的坟墓还是决绝地前行，充满了献祭的勇敢，这也是一种崇高。

献祭的精神在戈麦的《父亲》中体现得尤为突出。儿子追求真理、执着崇高的目标让儿子无比疲惫，并加速了儿子的衰老，甚至老过了父亲；因为真理的无比崇高，儿子甚至结束了在人间的生命，直抵生命的本真。面对这一切可惨的局面，儿子却要求父亲大笑，要求父亲为儿子自豪。这种至痛至惨又自豪的情境使得全诗充满一种浓浓的献祭氛围，精神至为崇高。

顾城的精神是内敛的，他并不追求外在的精神扩张及庞大的物象，但顾城对形而上的境界深有觉悟，因而在他的一些富有沉思的作品中也打上了崇高的精神色彩。《一代人》里的"黑眼睛"为死亡的黑夜所染，看不清世界的秘密，但诗人却声称要用这样的"黑眼睛"去寻找光明。但"黑眼睛"是不可能感受到光明的，这种悖论的追求几乎是不可能实现的，但正是这种不可能的追求显示了诗人精神的执着和崇高，它彰显了人的命运和崇高：因为人是有限的存在，只有一双用来看到生活的眼睛；人不是神，不能看到神的光芒。可正因为人的渺小，其追求神的存在的目标才变得崇高。同样，诗人在《远和近》写道"你/一会看我/一会看云//我觉得/你看我时很远/你看云时很近"，他对身边人群的疏远，对遥远事物的亲近也显示了诗人精神的崇高。

作为一个学哲学出身的诗人，郑敏的诗歌由于对精神哲学的表现而打上了崇高的印记，这在诗歌《流血的圣树（献给巴赫、亨德尔、米开朗琪罗）》中有突出的表现。它是献给西方三位圣徒一样的艺术家的诗篇。诗人将具有宗教情怀的巴赫、亨德尔、米开朗琪罗比喻为圣树，严寒的冬天（命运的象征）则使得树无法生存，然而诗人呼唤树用自己的根抓紧大地的泥土，承受人类的痛苦。"流血的树"很明显是受难的耶稣的写照，紧抓大地承受人类痛苦的树也是耶稣拯救世人的象征。诗人呼唤树不要放弃幻想，忍耐着等待母亲的手，"只有母亲的手能将愚昧残酷/和钉子自他流血的手脚上拔下来/拔下来擦干血迹让她的儿子/苍白的肢体回到膝上/母亲的膝上世间/唯一的圣地"，这是西方宗教、艺术中"圣母哀悼耶稣"的类似书写，耶稣伟大的受难反衬了圣母的伟大，诗歌因而表现了极为崇高的境界。

郑敏的诗歌还用丰富的物象象征崇高的精神人格。《金黄的稻束》里，稻束令诗人联想起的疲倦的母亲并不是一般的母亲，这位母亲在收获过的田野里沉思的姿态是神圣的,宛如拯救人类的圣母,疲倦而静默,与之相比,"历史也不过是 / 脚下一条流去的小河",这种对比显示了母亲的伟大;"而你们,站在那儿 / 将成了人类的一个思想",诗歌结尾直接将"母亲"升华为一种崇高的思想。《树林》写道:"这也是一个象征,象征着 / 宇宙千万个静默的思想 / 只不似山那么高耸,海的 / 明朗,凝立在地球的一角 / 用沉郁的颜色封锁 / 了一个丰富的天赐……而他的形体总是这么沉默 / 不管天际的苍鹰和径上的行人 / 偶尔也响应着海上传来的风雨 / 却像一个伟大的人不苟且言笑"。诗人看出树林"用沉郁的颜色封锁 / 了一个丰富的天赐",这树林并且"像一个伟大的人不苟且言笑",崇高的形象令人敬仰;这无疑反映了诗人内心精神的崇高。

崇高的人格在冯至的诗中也得到了反映,不同郑敏的是,冯至用的是人而非物象来象征崇高的精神。《杜甫》写道:"你的贫穷在闪烁发光 / 像一件圣者的烂衣裳, / 就是一丝一缕在人间 // 也有无穷的神的力量。/ 一切冠盖在它的光前 / 只照出来可怜的形象。"诗人将杜甫的贫穷比喻为"一件圣者的烂衣裳",这件烂衣裳有无穷的"神"的力量,以至于一切高贵的冠盖在它面前显得可怜。显然,诗人升华了杜甫贫穷的意义,这也即是升华了杜甫的形象。杜甫不再是杜甫本人,而已升华为崇高的圣者。

表现宗教精神的崇高除了郑敏外,还有西川,他的《在哈尔盖仰望星空》写道:

> 有一种神秘你无法驾驭
> 你只能充当旁观者的角色
> 听凭那神秘的力量
> 从遥远的地方发出信号
> 射出光来,穿透你的心
> 像今夜,在哈尔盖
> 在这个远离城市的荒凉的
> 地方,在这青藏高原上的
> 一个蚕豆般大小的火车站旁

我抬起头来眺望星空

这时河汉无声,鸟翼稀薄

青草向群星疯狂地生长

马群忘记了飞翔

风吹着疯狂的夜也吹着我

风吹着未来也吹着过去

我成为某个人,某间

点着油灯的陋室

而这陋室冰凉的屋顶

被群星的亿万只脚踩成祭坛

我像一个领取圣餐的孩子

放大了胆子,但屏住呼吸

此诗写出了诗人在哈尔盖的一次神秘主义的感受,诗人眺望星空,在荒凉中感受存在之孤独,面对着个体渺小的生命,诗人感觉自己"像一个领取圣餐的孩子 / 放大了胆子,但屏住呼吸",感受了某种神圣的崇高。

附　录
哲学诗研究二节

第一节 论哲学诗与哲理诗的特征及价值

诗歌中有一类诗叫做哲理诗,是指那种含有抽象议论、包含某种世界人生启示的诗。一般而言这样说没有什么不妥,但是,细致辨别,哲理诗中的作品是有思想境界的高下之别的。根据这种思想境界高下的区别,我们可以将这类诗分为"哲学诗"和"哲理诗",哲学诗是哲理诗中精神境界最高的一部分。但目前诗歌界,只有哲理诗的提法,并没有"哲学诗"的概念。我们认为,哲学诗是一种客观存在,它表达了人类用诗歌这种形式对最高精神价值的探求,是有其重要而独特的价值的。我们从哲理诗中滤出哲学诗正是对这种独特价值现象的关注和肯定;相反,如果没有这种区分工作,哲学诗的独特价值必定在某种程度上受到忽略。

一、哲学诗和哲理诗的特征辨析

哲理诗和哲学诗的区别说到底是哲理和哲学的区别。普通的生活道理抽象化、能涵盖较广泛的生活现象即为哲理,而哲学则需要形成对世界人生的整体观点,根本为形而上学。相应的,表达普通的生活道理而又抽象化、带有思辨性的诗即是哲理诗;而建立在彻底的哲学基础上、具有明确形而上精神价值取向的诗歌则为哲学诗。当然,从广义的观点看,哲学诗也是哲理诗,哲学诗也是富含哲理的,哲学诗是哲理诗的一部分,是哲理诗的精华。但广义的观点会遮蔽哲学诗的价值,我们在此取狭义的观点。从这一意义上说,舒婷的《致橡树》是哲理诗,从她的爱情理想的追求中我们引申出一种平等观念;苏轼的《题西林壁》是哲理诗,它通过从不同的角度观看庐山得到不同的印象这一事实表达出一种身陷其中、不见全貌的人生哲理。他们的诗歌都是由具体的人生感性概括出的一些抽象道理,这样的诗是哲理诗。但陶渊明的一些诗就不同了,比如:

> 结庐在人境,而无车马喧。
> 问君何能尔,心远地自偏。
> 采菊东篱下,悠然见南山。
> 山气日夕佳,飞鸟相与还。
> 此中有真意,欲辩已忘言。
>
> ——《饮酒之五》

> 孟夏草木长,绕屋树扶疏。
> 众鸟欣有托,吾亦爱吾庐。
> 既耕亦已种,时还读我书。
> 穷巷隔深辙,颇回故人车。
> 欢然酌春酒,摘我园中蔬。
> 微雨从东来,好风与之俱。
> 泛览周王传,流观山海图。
> 俯仰终宇宙,不乐复何如?
>
> ——《读山海经十三首》

这样的诗表达的不再是普通生活哲理,而是一种生命哲学,它们反映了陶渊明对生命深入沉思后形成的对存在和生命价值的整体看法。再如海子的诗:

> 村庄,在五谷丰盛的村庄,我安顿下来
> 我顺手摸到的东西越少越好!

珍惜黄昏的村庄,珍惜雨水的村庄

万里无云如同我永恒的悲伤

——《村庄》

西藏,一块孤独的石头坐满整个天空

没有任何夜晚能使我沉睡

没有任何黎明能使我醒来

一块孤独的石头坐满整个天空

他说:在这一千年里我只热爱我自己

一块孤独的石头坐满整个天空

没有任何泪水使我变成花朵

没有任何国王使我变成王座

——《西藏》

这些也是哲学诗,因为它们表现的是形而上的精神追求,不是人间生活的揭示。这里的核心词语"村庄""石头"都不是实指现实世界的事物,而是最高存在的象征。这样看来,窥视到一个形而上的精神世界,形成对世界、人生和生命的总体看法这可以看作是哲学诗与哲理诗的区别。当然,中间情况是有的,比如苏轼和王维的一些诗词:

莫听穿林打叶声,何妨吟啸且徐行。竹杖芒鞋轻胜马,谁怕? 一蓑烟雨任平生。

料峭春风吹酒醒,微冷,山头斜照却相迎。回首向来萧瑟处,归去,也无风雨也无晴。

——苏轼:《定风波》

罗浮山下四季春,卢橘杨梅次第新。

日啖荔枝三百颗,不辞长作岭南人。

——苏轼:《食荔枝》

木末芙蓉花,山中发红萼。

涧户寂无人,纷纷开且落。

——王维:《辛夷坞》

空山不见人,但闻人语响。

返景入深林,复照青苔上。

——王维:《鹿柴》

　　苏轼的诗词含有道家安时处顺、达观任命的色彩,王维的诗有佛家的空寂观念,这些诗词超越了日常生活的普通哲理,带有人生总体价值追求,甚至有某种形而上色彩,是不能仅仅看成哲理诗的;但是,这些诗词只是利用他种哲学来解决自己的人生困境;王维的诗更抽象一些,也没有脱离这一点。苏轼王维都没有形成自己独特的哲学思想,没有窥见到独特的形而上精神世界,是尼采说的"穿别人的鞋走路",故不能算是真正的哲学诗,只能是哲理诗到哲学诗的中间状态。

　　可见,哲学诗与哲理诗是两种不同的诗。这其中的要害在于哲学诗的精神是形而上的,哲理诗的精神则是形而下的,它们类似于庄子说的"道术"和"方术"的区别;而形成对世界和人生的总体看法是以对形而上的世界的窥视为前提的(海德格尔:"诗之道就是对现实闭上双眼。"[①]),在这一前提下,诗人获得对世界和人生的独特看法,形成其世界观。像"白日依山尽,黄河入水流。欲穷千里目,更上一层楼"和"好雨知时节,当春乃发生。随风潜入夜,润物细无声"这样的诗,它们的精神是现世的,凡俗的,形而下的,属经验范围,是实实在在的哲理诗。形而上的精神则不是人间生活的表达,没有实际的意义可寻,不会给我们日常生活以具体的启示和帮助,比如泰戈尔的《吉檀迦利》之八十:

　　我像一片秋天的残云,无主地在天空飘荡,呵,我的永远光耀的太阳,你的摩触远没有蒸化了我的水气,使我与你的光明合一,因此我计算着和你分离的悠长的岁月。

---

① 海德格尔:《人,诗意地安居》,郜元宝译,上海远东出版社 2004 年版,第 91 页。

假如这是你的愿望,假如这是你的游戏,就请把我这流逝的空虚染上颜色,镀上金辉,让它在狂风中漂浮,舒卷成种种的奇观。

而且假如你愿意在夜晚结束了这场游戏,我就在黑暗中,或在灿白晨光的微笑中,在净化的清凉中,溶化消失。

这表达的是纯粹(“纯粹”此处作动词)自我人格,与最高的存在合一的愿望。而这种愿望的表达是以对最高存在的窥见为前提的。泰戈尔终生追求与最高的存在“梵”合一,哲学修养异常彻底,这首诗可谓是其精神取向的典型体现。这样的诗歌形而上精神倾向是明显的,有些诗歌属于形而上还是形而下则不是很明显,需要更小心地辨析,比如顾城的《一代人》:“黑夜给了我黑色的眼睛 / 我却用它寻找光明。”普遍被认为是一代人精神的象征,这样就是一首哲理诗了。但据说这首诗原本没有题目,题目是顾城的父亲诗人顾工加上去的;这首诗的内容,顾城本人的解释也不是一代人的精神象征,“黑夜”不是时代意义上的,而与死亡相关;这首诗的寻找光明也不是一代人的追求,而只是他个人对世界终极本质的追问。如按照顾城自己的解释,这首诗则是不折不扣的哲学诗。

顾城这首诗的解读可见出哲学诗的难度,这种难度表现在两个方面:创作的难度和理解的难度。尼采说:“事件要成为伟大,必须同时具备两个方面:成事者的伟大官能和受事者的伟大官能。”[①]尼采在哲学创作上强调哲学家个人经历的重要性(这里的经历包括哲学家的生活经历和精神经历,特别是具有超验色彩的精神经历)。经历决定了哲学家的视界。哲学诗的产生同样如此。顾城很小的时候对生命有了超出现实世界的体验,[②] 所以很早就能写出“我失去了一只臂膀 / 就睁开了一只眼睛”(《杨树》,8岁),“树枝想去撕裂天空 / 却只戳了几个微小的窟窿 / 它透出了天外的光亮 / 人们把它叫作月亮和星星”(《星月的由来》,12岁)这样闪着“天外的光亮”的诗

---

① 尼采:《悲剧的诞生——尼采美学文选》,周国平编选,北岳文艺出版社2004年版,第107页。

② 顾城多次讲过,他五岁时有一天一个人关在屋子里,突然明白有一天他将会死去,像白石灰一样涂在墙上,这给他带来深深的恐惧。这次体验影响他终生。“最重要的感觉是我是要死的,我必死:这种无可奈何的宿命的恐惧的感觉一直跟随着我,使我感到一种无处不在的害怕,一切都变得毫无意义”“有知识毫无意义。”“我喜欢童话的另一个原因,跟那种空虚的压迫是有关系的,我的自性由于恐惧而收缩,由于童话而解放。”“哲学也是在不断受挫受伤而产生的不失本性的一个解。”

句,这绝不是写现世世界的诗人努力可以写出的。哲学诗是命运的结果。独特的精神体验造成一种坚强的内部生活,这是诗哲的前提,也是大诗人的标志。泰戈尔、惠特曼、海子等被那宇宙中的大灵所主宰,用他们的嘴讲出灵的话,故精神之光耀眼夺目。

二、哲学诗和哲理诗的价值

精神境界的不同使得哲学诗和哲理诗的界限判然可别。由此我们又可以推断哲理诗和哲学诗的价值是不同的:哲理诗的价值是局部的、有限的;而哲学诗的价值是整体的、无限的。哲理诗的视角在人间生活,它表现的对象受具体的时间、空间和诗人经验的限制,其价值必定局限于某一有限的时空和有限的经验;哲学诗则以形而上的世界为表现对象,抽象为世界人生的整体观点,超越一时一地的事物和诗人经验的局限,表现了对无限精神世界的探求。北岛的诗句"卑鄙是卑鄙者的通行证,骄傲是骄傲者的墓志铭",只是讽刺某种丑恶的人格,赞颂某种高尚的人格,其意义不出某种社会范围。卞之琳的《断章》:"你站在桥上看风景,/看风景的人在楼上看你。//明月装饰了你的窗子,/你装饰了别人的梦。"联想似乎更多一些,但意义也局限于人间的感兴,价值的有限还是可以观察的。而顾城的诗《墓床》:

> 我知道永逝降临,并不悲伤
> 松林中安放着我的愿望
> 下边有海,远看像水池
> 一点点跟我的是下午的阳光
>
> 人时已尽,人世很长
> 我在中间应当休息
> 走过的人说树枝低了
> 走过的人说树枝在长

在对死亡的沉思中实际上包含了对生命意义、对整个存在的整体看法。作者作出这样一个沉思不是一时的奇思妙想,而是他整个精神远征的结论性觉悟,其意义远不在于死亡本身。存在的无限、生命意义的无穷直接造成了哲学诗价值的无限,真正的哲学诗人在面对这一无限的精神之境时,往往出现语言无以为继的局面:"此中有真意,欲辩已无言。"他们只能用人间的点滴感兴勉强暗示那无法言说的无限之境,如泰戈尔的一些小诗:"天空中没有翅膀的痕迹,然而我飞过。""世界对着它的爱人,把它浩瀚的面具揭下了。它变小了,小如一首歌,小如一回永恒的接吻。"不论这些诗所表达的意思是什么,但它们言说背后的意义无疑是无穷的。

由于哲理诗缺少对世界人生的整体性观照,其注意点往往只在理趣。苏轼的《饮湖上初晴后雨二首》其一:"水光潋滟晴方好,山色空蒙雨亦奇。欲把西湖比西子,淡妆浓抹总相宜。"已是哲理诗中的佼佼者了,是诗情哲理结合得较好的作品,但其注意点仍在哲理,是理趣的玩味。而他的《琴诗》:"若言琴上有琴声,放在匣中何不鸣? 若言声在指头上,何不于君指上听?"灵性十足,也可称之为哲理诗中的翘楚,其理趣则更是明显。过于爱好理趣是不好的,它容易使人忘记对价值观的探求,沉醉于趣味的玩味中,走了偏路、狭路。价值观才更是具有永久精神意义的。

将目光专注于趣味有时会导致整体性的时代迷误,典型的是产生于晋代的玄言诗,把诗歌当作解释佛道的工具,这受到钟嵘的激烈批判,谓其"理过其辞,淡乎寡味","平典似道德论"。[①] 钟嵘当然是就诗艺立论;其实就精神探索这一方面,玄言诗也没有形成其独特价值。玄言诗的思想源泉在佛道,源于印度的深邃的佛教哲学传到中国,与道家结合,被改造为一种有趣味的生活方式,在这里起作用的是中国式的生存主义,而不是对真理的热情。朱光潜对此有对比观察:"受佛教影响的中国诗大半只有'禅趣'而无'佛理'。'佛理'是真正的佛家哲学,'禅趣'是和尚们静坐山寺参悟佛理的趣味。"[②] "佛教只是扩大了中国诗的情趣的根底,并没有扩大它的哲理(按,这里的'哲理'含义近于'哲学')的根底。"[③]

---

① 钟嵘:《诗品序》,郭绍虞、王文生主编《中国历代文论选》第 1 卷,上海古籍出版社 2001 年版,第 308 页。

② 朱光潜:《诗论》,北京出版社 2005 年版,第 98 页。

③ 同上书,第 100 页。

玄言诗的弊端在于它只面对一种思想体系,注重的是趣味;哲学诗却直面存在,立意在发现真理。哲学和诗歌之间有一种神秘的联系。当然哲学不能代替诗歌,诗歌作为一种表现形式,是什么内容都可以表达的,举凡社会、自然、俗常生活、神圣仙界无不可以以诗歌来表现,并且都可以产生好作品。但是,假如诗歌把人类最高价值——真理的探求——作为表现对象,无疑在诗歌这个艺术王冠上增加了一颗最璀璨的明珠,从而将它的价值提升到最高的境界。以诗歌来表现哲学,可使哲学和诗歌增加彼此的光辉:哲学能极大地充实诗歌的精神内涵,诗歌则使哲学的表现获得神奇的效果。诗歌和哲学在精神取向上似乎有某种天性的一致,比如,价值观上对人类最高精神的探求,对终极意义的追寻,深层思维中对神秘直觉的爱好。这些特点使得哲学和诗歌成为"近邻"。

诗歌和哲学(真理)之间的这种深刻关联在近现代以来越来越受到关注,尼采、叔本华、克尔凯郭尔在他们的哲学中均赋予诗歌以至高的地位,海德格尔的存在哲学更是与诗结下不解之缘,解构主义在绝望于传统哲学的一元性时也极为看重诗歌含义的多元。海德格尔反对将诗歌作为对现实的反应那种文学意义上的定义,[①] 坚持以诗为真理的发现和守护,他的哲学命题"人,诗意地安居"是将诗歌作为一种"建筑",安居从而得以实现,"诗是真正让我们安居的东西。"[②] "只有当诗发生和到场,安居才发生。"[③] 在这一意义上,他赋予了诗人这样的"天职":"诗人的天职是还乡,还乡使故土成为亲近本源之处。"[④] 换言之,诗人的使命就是走向本真存在。在他的眼里,荷尔德林这样的诗人正是在他的诗里实现了安居的诗人,"诗意地安居"正是来自荷尔德林的诗句。无独有偶,现代西方另一位重要诗人里尔克也将诗歌看成对存在的表达:"歌唱,如你的教诲,不是欲求 / 不是追索终将企及之物 / 歌唱是存在。"[⑤]

---

① 海德格尔:《人,诗意地安居》,郜元宝译,上海远东出版社 2004 年版,第 88 页。
② 同上书,第 89 页。
③ 同上书,第 95 页。
④ 同上书,第 87 页。
⑤ 里尔克、勒塞:《〈杜伊诺哀歌〉中的天使》,刘小枫选编,林克译,华东师范大学出版社 2005 年版,第 59 页。

　　也有人反对在诗歌中表现哲学,反对诗歌表现真理。比如爱伦·坡(1809—1849),他怀疑"诗歌的终极目的是真理",而断言"真理与诗歌的施教方式之间的霄壤之别","调和诗歌的浓油和真理的清水"是不可能的。① 约翰·济慈(1795—1821)也屡次谴责露骨的说教,反对"那种一望而知的旨在对我们发生作用的诗歌",声称"我们不愿被人强行灌输某种哲学"。② 应当说,他们主要反对的是哲学思想在诗歌中表现不当的问题,而非根本性地否定在诗歌中表达哲学观念。

　　哲理诗有一定的价值,但其价值是有限的。扩大哲理诗的价值在于升华诗中的哲理,让这种理成为世界人生的"大理",而不是日常生活的一般道理(这并非否定日常哲理)。这实际上对诗人的思想修养提出至高要求:诗人应像叔本华那样,"他站在整幅人生之画的前面,以求说明它的全部意义。"(尼采语③)哲学诗昭示世界和人生的整体意义,给人的是终极安慰,其价值等同于哲学和宗教,是哲理诗无法比拟的。

三、中国的哲学诗和哲理诗

　　中国古代哲理诗发达(整个宋代以议论为作诗风尚,杜甫、王维、苏轼、黄庭坚、元好问都好发议论),但哲学诗极为不发达,缺乏诗哲。这原因在于中国传统哲学形而上学思想极不发达,儒家哲学兴趣在实用,道家"老庄比较儒家固较玄邃,比较西方哲学家,仍是偏重人事。他们很少离开人事而穷究思想的本质和宇宙的来源。"④ 尤其是,"老庄两人所造虽深而承其教者却有安于浅的倾向"⑤,佛学给中国人提供了一种有意味的生存方式和艺术表现方式,但并不能在真理的探索上扩大国人的智识。无论是儒家、道家还是佛家,他们的弊端都在于只是想使人生好过一些,而不在于探索真理的热情。

　　哲学诗直到近现代才得以根本改观。王国维首倡纯学术,高高举起了中

①　雷纳·威勒克:《近代文学批评史》第 3 卷,杨自伍译,上海译文出版社 1997 年版,第 188 页。
②　同上书,第 257 页。
③　周国平:《尼采——在世纪的转折点上》,上海人民出版社 1986 年版,第 305 页。
④　朱光潜:《诗论》,北京出版社 2005 年版,第 92 页。
⑤　同上书,第 93 页。

国现代形而上学术旗帜,主张诗歌同哲学一样是对真理的揭示,这是中国现代诗学精神深刻转向的标志。鲁迅《野草》里的部分诗歌已是成熟的、具有世界一流水平的哲学诗。冯至、穆旦也在进行哲学诗的探索,尤其是穆旦,部分诗歌已近于纯粹哲学精神。20 世纪 80 年代后,纯粹意义上的哲学诗创作出现了,这是以顾城、海子为代表的一批诗人,他们撇开了中国人几千年来所汲汲奔命的生存问题,终生以纯粹哲学精神进行创作,至此,中国哲学诗创作迎来了它的第一抹曙光。

但是,这个时代昙花一现。中国现代哲学诗创作虽取得一定成就,但远未达到成熟的境界,中国现代有一批一流诗人在进行纯哲学思想探索,但是他们在思想的终点无一例外迷失在形而上学里,没有找到他们所渴望的终极安慰精神形态,他们中的代表是王国维、鲁迅、顾城、海子等。

点滴空阶疏雨,迢递严城更鼓。睡浅梦初成,又被东风吹去。无据,无据,斜汉垂垂欲曙。

——王国维:《如梦令》

来日滔滔来,去日滔滔去。适然百年内,与此七尺遇。尔从何处来? 行将徂何处!

——王国维:《来日》二首之二

我将向黑暗里彷徨于无地。

——鲁迅:《影的告别》

……于浩歌狂热之际中寒;于天上看见深渊。于一切眼中看见无所有;于无所希望中得救。……

——鲁迅:《墓碣文》

不要在那里踱步 // 梦太深了 / 你没有羽毛 / 生命量不出死亡的深度

——顾城:《不要在那里踱步》

对那永恒的质疑 / 却不发一言

——顾城:《规避》

远方除了遥远一无所有。

——海子:《远方》

时日漫长 方向中断 / 动物般的恐惧充塞着我的诗歌

——海子:《秋》

可以看出,形而上学带给这批诗人的不是信心和安慰,更多的是虚空、茫然、绝望甚至恐惧的情绪,假如我们将这种情绪与泰戈尔和惠特曼等人对形而上的信心、对存在的信心相比,就可以看得更清楚了。

你已经使我永生,这样做是你的欢乐。这脆薄的杯儿,你不断地把它倒空,又不断地以新生命来充满。

——泰戈尔:《吉檀迦利》之一

像一群思乡的鹤鸟,日夜飞向它们的山巢,在我向你合十膜拜之中,让我全部的生命,启程回它永久的故乡。

——泰戈尔:《吉檀迦利》之一百零三

一开始我的研究,最初的一步就使我非常地欢喜,
只看看意识存在这一简单的事实,这些形态,运动力,
最小的昆虫和动物,感觉,视力,爱,
我说最初的一步已使我这么惊愕,这么欢喜,
我没有往前走,也不愿意往前走,
只一直停留着徘徊着,用欢乐的歌曲来歌唱这些东西。

——惠特曼:《开始我的研究》

我沉着,悠闲地站在自然界,
作为万物的主人或主妇,直立于非理性的生物当中,
像它们那样充盈,那样驯服,那样善于接受,那样沉静,

发现我的职业、贫困、坏名声、缺点和罪恶，并不如我想象的那么
要紧；

我面对墨西哥海，或者在曼哈顿，或者田纳西，或者远在北部或
内地，

做一个生活在河边的人，或是在林区，或在这个国家或沿海的任何
农业地带，也许是加拿大，或者湖滨；

我无论生活在哪里，都不让任何意外来打乱这自我平衡，

面对黑夜，风暴，饥饿，嘲弄，事故，挫败，都像树木和动物那样生存。

——惠特曼:《我沉着》

生命、存在在这儿是乐观的，充满意义。这些伟大的诗哲在虚空的形而
上世界里创建了能够镇定心灵的精神形态。中国现代哲学诗还不能找到这
样一种具有终极安慰性质的精神形态，它们在绝望的远征中不得不返回，疲
惫而沮丧地返回到这个无神的世俗世界:

还是给我一朵云吧
擦去晴朗的时间
我的眼睛需要泪水
我的太阳需要安眠。

——顾城:《土地是弯曲的》

早晨，黑夜还要流浪
我们把六弦琴给他
我们不走了，我们需要
土地，需要永不毁灭的土地

——顾城:《门前》

从明天起，做一个幸福的人
喂马、劈柴、周游世界
从明天起，关心粮食和蔬菜

我有一所房子，面朝大海，春暖花开

——海子：《面朝大海，春暖花开》

　　思考这种回归，其实有历史的必然。中国人对西方形而上精神的成功吸收，包括两个必要的步骤：一是进入形而上精神世界，二是在形而上世界里建立某种精神形态（或曰价值形态）。这两个步骤，一前一后，前者是前提，后者是成熟的标志，也是更加困难的征程。王国维是现代第一个进入形而上精神世界的中国人，他努力从事哲学研究，但除了对西方哲学的良好理解和译介之外，不能有所创造。历史注定他不能成功，在没有形而上传统的中国文化土壤里短期内建立一种形而上精神形态是不可能的，因而王国维"为哲学家，则不能；为哲学史，则又不喜"[①]的命运不仅仅是他个人的，更是民族的。这种命运还在持续，顾城海子等一批20世纪80年代的才子凭借敏锐的精神进入形而上学，这是难能可贵的，在创作上体现了中国诗歌新的诗学精神，可谓是王国维诗学理想的世纪回应。但由于他们没有在这个领域充分涵孕（顾城死于37岁，海子死于25岁），又无民族形而上诗学作为基础，故远未形成成熟的形而上诗学形态。顾城海子之后，新诗的形而上精神迅速衰落，重振这一精神也许需要另一个精神时代的来临。中国形而上诗歌之路尚有漫漫长途。

　　我们在这里强调重视哲学诗，并非彻底否定哲理诗，而是说我国自古并不缺少哲理诗，可是哲理诗很不发达、又意义极大之故；在现今，我们要充分重视哲学诗的创作，这应成为新诗之所以"新"的根本性标志：新诗之所以"新"，最核心的是哲学思想的转变。如何建立一种融汇中西哲学思想精华，以民族固有的自然哲学吸收西方哲学的终极精神探求，将为生的思考与真理的求索结合起来，为中国新诗开辟一条新的道路？这是新诗极其伟大的使命，这里有无尽的精神空间供才华卓著的新诗人纵横驰骋。

---

　　① 　王国维：《王国维文集》，吴无忌编，北京燕山出版社1997年版，第472页。

第二节 境遇诗与哲学诗

一、哲学诗和境遇诗的内涵

生存就是生活在各种境遇之中。各种不同的境遇引起诗人情感和思想的审美反应，诗人用笔记录这种反应就是诗歌。诗歌就是对某种境遇的反应，这是我们一般对于诗歌的印象，这无疑是正确的；但我们决不能说，所有的诗歌都是这样的。有一种诗歌，不是生活境遇的记录，不表现对生活境遇的反应，我们从这种诗歌里看不出诗人实际的生活情形，它只是诗人一种极为抽象的理念的表达，这种表达涉及世界和人生的根本问题。前一种诗歌我们称之为"境遇诗"，后一种则可称之为"哲学诗"。①

诗歌界并没有"哲学诗"这一说法，只有"哲理诗"。② 哲学诗与哲理诗是有区别的，正如哲学与哲理有区别一样。纯粹哲学指形而上学，哲理的范围则大得多，除了形而上的哲理，还包括日常生活的哲理。同样，哲学诗也是哲理诗中的精华，其内容仅仅指纯粹哲学理念。笔者此前曾写《论哲学诗与哲理诗的特征及价值》，从哲理诗中析出"哲学诗"，意在对诗歌中纯哲学

---

① 本文哲学诗的概念是广义的，包含了宗教诗写作。

② 虽在有些场合有人提"哲学诗"，但作为一种严格意义上的诗学概念，"哲学诗"尚没有人专门研究。

思想的关注,以期将诗歌导向对最高价值的追求。① 今再次写《境遇诗与哲学诗》,提出"境遇诗"概念,实际上是从另一个角度强调诗歌中的哲学思想和诗歌的哲学价值,并进一步分析其利弊。

境遇是指一个人在特定的情境下所遭遇的生活,是具体的,有明确的因果关系和事件的来龙去脉,其对一个人所造成的冲击也是明确具体的。境遇诗就是写发生在这样一个特定时空中的内容。诗人写在这样特定时空发生的事件对他的冲击,以及在这种冲击下诗人所作出的反应,总之表达的内容是有限的时空。哲学的本质为形而上学,是超验的。哲学诗忽视眼前的、暂时的、具体的生活,只写永恒的理想、理念,表达诗人对世界的神秘直觉或与神灵的交流觉悟,这显然不是一时一地的感悟,是超时空的,具有永恒的价值。从根本上讲,境遇诗体现了世界万物之间的一种相对关系、人与万物之间的相对关系;境遇诗体现的是事物之间的相互视角,而不是绝对眼光。哲学诗则体现了超越万物之间相对关系的绝对真理。因而,哲学诗超越了一切境遇,抒写永恒遍在的"一"。哲学诗不写任何一种具体的境遇,而只写抽象的哲学理念;也可以写一切境遇,但关注的不是境遇本身及其对诗人的冲击,而是写这一切境遇背后的哲学理念。因而,它无论写不写境遇,它的目标是唯一的,就是世界的永恒真理。

境遇诗是人间生活的表达,它不关注天外的事物。试想孟郊在离家远别前,他的母亲为他一针一线缝补衣服,母亲唯恐他以后一个人长久在外,衣服破了无人缝补,因而尽可能地把针线缝得密集一些、把衣服缝补得结实一些。这种体现在细微之中的深厚母爱让孟郊大为感动,其《游子吟》就是产生于这样一个特定的情境,表达的是这样一个特定情境中的慈母之爱和希望报答的深情。人间的一个小小的情境成就了这首诗歌,无论历代把这首诗评价得多高,然其意义到此为止,明确,有限,我们可以用明白的语言分析它的思想意义,可以把它的内涵说透,不存在说不清楚的"言外之意"。这样的诗歌不可能让人产生更多的、甚至无穷的联想。哲学诗则相反,它的特点恰恰是意义无穷、无限,无法明确界定。我们读海子的诗"秋天深了,神的家中鹰

---

① 　参见笔者:《论哲学诗与哲理诗的特征及价值》,《福建师范大学学报》2010 年第 2 期。

在集合 / 神的故乡鹰在言语 / 秋天来了 / 王在写诗 / 在这个世界上秋天深了 / 该得到的尚未得到 / 该丧失的早已丧失",陶渊明的"此中有真意,欲辨已忘言",里尔克的"究竟有谁在天使的阵营倾听,倘若我呼唤?"泰戈尔"天堂的风刮起来 / 铁锚拼命地抠住河泥 / 我的扁舟却用胸膛撞击着铁链"等这样的诗句,感觉的只是一片茫无边际,我们的思维和想象之鸟不知在哪儿着陆,无限和永恒扩展着我们的心胸,让我们觉悟到世界的无穷无尽。

境遇诗和哲学诗是一对对立的范畴。但中间情况是存在的:即在某种特定的境遇中表达无限的哲学理念。泰戈尔《新月集》中的名诗《告别》写的是对亡故的孩儿的思念,主题是普通的,内容是有特定情境的。诗歌在想象中以孩子的口吻写告别妈妈的种种活动:

> 我要变成一股清风抚摸着你;我要变成水中的涟漪,当你浴时,把你吻了又吻。

> 大风之夜,当雨点在树叶中淅沥时,你在床上,会听见我的微语,当电光从开着的窗口闪进你的屋里时,我的笑声也偕了它一同闪进了。

> 如果你醒着躺倒在床上,想你的孩子到深夜,我便要从星空向你唱道,"睡呀!妈妈,睡呀。"

> 我要坐在各处游荡的月光上,偷偷的来到你的床上,乘你睡着时,躺在你的胸上。

> 我要变成一个梦儿,从你的眼皮的微缝中,钻到你的睡眠的深处,当你醒来吃惊的四望时,我便如闪耀的萤火似的熠熠的向暗中飞去了。

> 当普耶节日,邻舍家的孩子们来屋里游玩时,我便要融化在笛声里,整日价在你心头震荡。

> 亲爱的阿姨带了普耶礼来,问道,"我们的孩子在那里,姊姊?"妈妈,你将要柔声的告诉她:"他呀,他现在是在我的瞳人里,他现在是在我的身体里,在我的灵魂里。"

泰戈尔四十岁后,在短短的几年里,两个孩子相继亡故,这期间他的妻子也去世,面对亲人的连续去世,泰戈尔在巨大的悲痛中写下这首《告别》,诗歌产生的特定情境是明确的;但诗歌的意义却远远超越了对孩子的思念,而将孩子的生命升华到一种永在的生命。诗歌的落脚点在于这种普在的生命，而不是狭隘的个人感情，读者在悲情中最终也从这种普在的生命中得到安慰。这种诗歌的意义就是无穷的，本质上是哲学诗而不是境遇诗。这类诗虽写境遇，但不是单写境遇对诗人直接冲击的反应，而是写这一境遇背后的哲学理念或神学理念：是神学或哲学理念表现在这一境遇中，诗人把它挖出来，诗歌的重心在理念。这是诗人站在天上看人间生活的结果，其视角的超世的，故为哲学诗。① 我们可以对比闻一多同样写孩儿亡故的名诗《也许》：

也许你真是哭得太累 / 也许也许你要睡一睡 / 那么叫夜鹰不要咳嗽 / 蛙不要号蝙蝠不要飞

不许阳光拨你的眼帘 / 不许清风刷上你的眉 / 无论谁都不能惊醒你 / 撑一伞松荫庇护你睡

也许你听这蚯蚓翻泥 / 听这小草的根须吸水 / 也许你听这般的音乐 / 比那咒骂的人声更美

那么你先把眼皮闭紧 / 我就让你睡我让你睡 / 我把黄土轻轻盖着你 / 我叫纸钱儿缓缓的飞

诗歌的主题纯为一位父亲对亡故的孩儿的思念，意义的界限一目了然，绝无超越之思，是地道的境遇诗。

二、哲学诗和境遇诗的不同是诗人不同的境界造成的

哲学诗和境遇诗意义的不同说到底是诗人不同的境界造成的。这两种诗实际上标示不同的人或不同的民族不同的生活状态及不同的精神追求。

---

① 海子的《面朝大海，春暖花开》也是同样的诗歌，其好处在他所歌颂的种种人间生活背后的哲学理念，而不是那些看起来美好的人间生活。那些人间生活的美好是"神"之眼看待的结果，而不是普通的人间视角。仅仅欣赏海子描写的"喂马砍柴""我有一所房子，面朝大海，春暖花开"的人间生活的美好，是不得此诗的要领的。

写境遇诗的诗人是实际的,他生活在实际的生活中,面对具体的社会关系和实在的个人生活,他是大众当中的一员,是大众的代表,其诗歌也是大众日常生活的反应。哲学诗人虽然也是生活在大众之中,但其关注的不是日常生活,他关注的永远是理念和神圣境界。真正的哲学家不是生活在当下,而是生活在一切时代、关注所有的时代,像尼采说的那样,"每一种伟大的哲学所应当说的话是:'这就四人生之画的全景,从这里来寻求你自己生命的意义吧。'"① "哲学家如果不能面对全部世代就将一无所有。哲学思索的本质就是忽视眼前的和暂时的东西。"② 眼观整个存在。胡适不懂得这一点,说哲学"全是当时社会政治的现状所唤起的反动。"③ 他说的恰恰是我们所说的"境遇"。同样,哲学家真正的身份也不是现实生活中某个有个性的个人,而是所有人、是世间万物、是存在的一面镜子。哲学家的个性恰恰就是没有现实生活中种种不同职业、不同角色的人的不同个性,而表现了一种最广大的生命普在性:在他的性格中,我们看得见一切人类的精神质素甚至存在的性质。哲学家的人格不是现实人格而是宇宙人格,代表存在发言,表现了伟大的泛神精神。诗哲泰戈尔曾这样写道:"我的头发变白是一件小事。我是永远和这村里最年轻的人一样年轻,最年老的人一样年老。……我和每一个人都是同年的,我的头发变白了又该怎样呢?"④ 正因为如此,哲学家是一类生活在远方的人,忽略暂时和当下。尼采的诗歌《现代哥伦布》也标示了哲学家的生存状态和精神状态:

> 女友!——哥伦布说——不要
> 再信任任何热那亚人!
> 他总是凝视蓝色的远方——
> 最远处过分将他吸引

---

① 周国平:《尼采:在世纪的转折点上》,上海人民出版社 1986 年版,第 40 页。
② 尼采:《哲学与真理——尼采 1872—1876 年笔记选》,上海社会科学院出版社 1993 年版,第 3 页。
③ 胡适:《中国哲学史大纲》,东方出版社 1996 年版,第 37 页。
④ 泰戈尔:《泰戈尔抒情诗选》,浙江文艺出版社 1990 年版,第 43 页。

最珍奇的对我很宝贵！

热那亚——它已沉没而消失——

心啊,冷静吧！手啊,把好舵！

前方是海洋——是陆地？——陆地？——

让我们牢牢站稳脚跟！

我们永不能走向归程！

向前看:远远迎候我们的是

一个死亡,一种荣誉,一种命运！

哲学家就是这样,他脱离人群和现实（不管是有意还是不得已）,眼睛总是凝视远方,凝视最远处,他在最远处建立自己的观念王国。王国维有两句诗"欲语此怀谁与共,鼾声四起斗离离","山川非吾故,纷然独相媚",前者表现自己与人世的隔离感,后者表现自己与世界的隔离感,两句诗总的表现了自己与一切存在隔绝的形而上的孤独感。这是哲人的精神状态,王国维因此有哲学家的品格。

尼采呼唤以哲学家的方式生活,对体悟到的哲学理念要身体力行,而不仅仅是抽象的思辨。他本人就是这样一个典型,他对哲学家的叮嘱"冷静""把好舵""站稳脚跟""向前看"就是对自己的叮嘱。哲学家成其为哲学家,因其在普通的生活中也有登临高峰的眩晕感,生活平静却面临危险。克尔凯郭尔在谈到基督教徒的生活时说:"基督教将注意力完全从外界收回,将它返入内心,把任何一种与他人的交往都转变为与上帝的交往:你应该在某一种意义上为同一而保持同一。按照基督教的理解,一个人在一切中最终地、实质地只与上帝相关,虽然他要滞留在被指定的尘世和尘世生活的各种境况之中。但在一切之中与上帝相关,因而永远不会因初级法院或人们的判断而半途而废,仿佛这些是关键性的似的,……"[1] 哲学家信念坚定,其生活是一场内心探险,超越一切境遇,只向着唯一的、不可知的形而上之境。在单纯神圣的信念中生活是哲学家的生活方式。泰戈尔 1924 年到中

---

[1]　克尔凯郭尔:《基督徒的激情》,中央编译出版社 2001 年版,第 101 页。

国旅行时劝告人们少读书，多沉思。① 他本人不仅在年少时就与被称为"大仙"的父亲一起在喜马拉雅山南麓半山腰冰天雪地的湖水中浸泡以锻炼神圣生活，就在成年后他也一直坚持每天天亮前静坐 2 小时。其诗歌中神圣和宁静的精神不仅是神秘直觉所得，更与他主动追求的圣徒的生活方式息息相关。有自己核心的哲学观念，并能以哲学家的方式生活是哲学诗人的核心标志。

我们强调哲学境界对于诗歌的意义，并非否定"境遇"对于哲学诗的意义。从理论上讲（实践上也是如此），任何诗歌包括哲学诗都是在某种境遇中产生的，由适合于某个诗人某种特定的境遇的触发而来。境遇与诗人的主体精神存在十分微妙的关系。与诗人的主体精神存在某种同构关系的境遇能有效触发诗人的哲学诗创作，否则，纵使诗人才华横溢，也不能创造出好的作品。境遇对于诗人的意义表现在两个方面，一是涵养神思，彰显本性；二是触发灵感，引发创作契机。从前者而言，诗人固然都有自己的独具的本性和超越之思，但本性和神思是需要涵养的，本性和神思只有得到养育才会发扬光大，诗人的诗思表现才会充沛，杰出的作品才成为可能。然而本性和神思的涵养需要某种境遇；不存在在一切境遇中一个诗人都能保持他的良好本性和都能充分彰显神思这种情况。王维和陶渊明都是在其生命的后期创作出哲学性较强的作品的诗人，这与他们的生存境遇有很重要的关系。王维前期与其他盛唐诗人一样，都是性情抒写，后期在终南别业隐居后哲理色彩大大增强。陶渊明前期虽也有富于哲思的作品，但总的来说是比较粗浅的，他的那些哲学色彩杰出的作品几乎都是在隐居家乡田园后写出的。灵感娇贵，哲学诗的创作更其然。从某种意义上说，一切伟大的哲学诗都是某种特殊的境遇的馈赠。里尔克在杜伊诺古堡孕育了他的充满神秘气息的《杜伊诺哀歌》，泰戈尔也只有在洋溢着大自然气息的桑地尼克坦 ② 才能创作出他的那些优美又富于哲思的杰出作品。

---

① 孙宜学：《泰戈尔与中国》，广西师范大学出版社 2005 年版，第 97 页。
② 印度一个风景优美的小村，泰戈尔曾长期在此居住，他的许多杰出的散文诗都创作于此。后来，泰戈尔在此创办国际大学。

三、中国的哲学诗和境遇诗

从某种意义上讲,笔者提出的"哲学诗"与"境遇诗"这一对对立的范畴主要是通过中外诗歌尤其是中西诗歌的比较得出的,西方及印度有大量纯粹的哲学诗,但中国古典诗歌几乎纯为境遇诗。王国维评价中国古诗时说:"咏史、怀古、感事、赠人之题目弥漫充塞于诗界,而抒情叙事之作什佰不能其一。"① 这里的"抒情叙事"是基于他的纯哲学的提法。这是一个准确的观察,表明中国人的生活是世间的、实际的,故其诗歌几乎只写人事关系。但中国文化和中国诗歌并非没有形而上的理想,中国古诗,特别是魏晋至于唐代,那种"象外之象""境外之境""言有尽而意无穷"的神秘主义色彩很能明显标示中国古诗的形而上境界。但问题的关键是,中国古诗的这种特点只是在自然哲学影响下所表现出来的整体氛围,而不见诗人独特的哲学理念。中国古诗由对自然的精细观察和描写,发掘自然万象所潜藏的秘密,其形象准确逼真,其内蕴隐约丰富,其境界阔大甚至无限。但这种境界在阮籍、陶渊明、李白、王维、孟浩然、杜甫等大量爱好自然的诗哲那里是没有区别的,自然哲学的理念规整了诗人。在中国古典诗人那里,几乎没有一个诗人有自己独特的哲学观念,没有一个诗人以哲学为自己生活的中心,更没有诗人有自己系统的哲学思想,诗人在哲学上不自觉,他们所有的,只是人人类似的自然哲学理念,共性远远大于个性。而在西方及印度,诗哲的追求与哲学家无异,他们通过自己的努力发展出一套哲学观念,他们诗歌中的观念与哲学家几可相提并论,诗人不是委身于其他哲学家的观念之下,诗人与哲学家几乎有同等的精神境界,甚至不乏诗人超出杰出哲学家的情况,试想以诗歌和文学名家的歌德,杰出狂傲如叔本华和尼采,也对其钦佩有加。海德格尔从诗人荷尔德林的诗歌中获得深刻启示,发挥其哲学观念。印度的泰戈尔,不但诗歌征服了西方大诗哲,其诗歌中的哲学观念也不逊于世界一流哲学家,可惜这一点尚未为学术界所充分认识。

---

① 　王国维:《王国维文集》第 3 卷,姚淦铭、王燕编,中国文史出版社 1997 年版,第 7 页。

　　王国维在评价中国古代诗歌时同时说:"其(指古诗)有美术上之价值者,仅其写自然之美之一方面耳。"① 这指的就是上文所分析的在自然哲学影响下的古诗创作。王国维说这一部分诗歌"有美术上之价值",实际上指的是它们的哲学价值,② 肯定了这部分诗歌的哲学意义。但王国维没有深入考察自然诗歌写作的实际。无疑,这部分诗歌有哲学意义,但如果从纯粹哲学的意义上称这部分诗歌为哲学诗,是不妥的。原因在于,这部分诗人没有一个在哲学上自觉,没有一个以哲学为生活的目标和终极价值追求,没有一个提出系统的哲学思想,他们无一例外地关心的是人生问题而非宇宙论,其创作仅仅是时代风气(自然哲学的流行)影响的结果,表现了一致的时代风貌而无个性色彩(这里的个性色彩当然是从哲学上讲的),表现了一个民族共有的潜意识心理,作为真理的"自然观"他们少有考究。相反,这部分诗人的创作"境遇"色彩明显,只是他们的诗歌在写特定的境遇时不自觉地带上超越色彩,可谓之哲学诗的朴素形态而非成熟的哲学诗。即便这样,这部分诗在浩如烟海的古诗典籍中,也是小小的一部分,故称中国古诗几乎全为境遇诗无疑也。

　　近现代以来,国外思想大量涌入中国,中国人全面吸收国外文化,其中对西方形而上哲学思想的吸收当是具有最重要意义的,值得我们好好珍视。尼采说,"哲学规定文化的方向",哲学思想一变,诗歌马上起变化。诗人在哲学上自觉,以哲学为生活的目标,有系统的哲学思想在古代不存在,但在现代与西方交接后就出现了。王国维当是现代诗歌新的美学思想的旗帜。王国维通过对西方哲学家叔本华、康德、尼采等人的研究获得纯粹哲学观念,认为"夫哲学与美术之所志者,真理也。真理者,天下万世之真理,而非一时之真理也。其有发明此真理(哲学家),或以记号表之(美术)者,天下万世之功绩,而非一时之功绩也。"③ 王国维在这里明确提出诗歌等艺术与哲学的功能是一样的,那就是传达"真理",这就打破了传统"诗言志""诗言情"的

---

　　① 　王国维:《王国维文集》第3卷,姚淦铭、王燕编,中国文史出版社1997年版,第7页。
　　② 　王国维曾说:"哲学与美术所志者,真理也。"认为美术(包括诗歌在内的艺术)的目的在求真理。
　　③ 　王国维:《王国维文集》第3卷,姚淦铭、王燕编,第6页。

诗歌功能。这是在新的时代理想下崭新的诗歌功能观。自此,中国诗歌创作在几乎是境遇诗一统天下的局面中开始出现哲学诗。哲学诗在王国维本人的部分诗歌中,在鲁迅的《野草》中,在冯至的《十四行集》和穆旦的部分诗歌中已经有明确的追求,至20世纪80年代就放一大光彩,顾城、海子等人的诗歌几乎纯以哲学为旨趣,有纯粹的形而上理想,他们的生活以形而上的沉思为务,以诗歌表出之,是纯粹的哲学诗。

纯粹的哲学诗写作在80年代短短的十年左右放一大光彩后马上陷入沉寂,诸神遁迹,这是时代的命运;但这种诗歌理想既然已在中国文化中播下了种子,我们完全可以说,它必将在未来的诗歌写作中重新发出更强的光芒。在这一诗歌写作历程中,中国诗人应更深入、更理性地学习和运用国外哲学思想,丰富中国诗歌的精神因子,更新中国诗歌的美学形态,使中国诗歌以更丰富的精神形态出现在世界诗坛。

哲学诗标示人对最高价值的追求,创造哲学诗无疑是我们坚定不移的方向,但在吸收这一外来民族的诗歌形态时不可不考虑与本民族境遇诗的结合,哲学诗有自己的优势,也有很难避免的缺点;境遇诗在思想价值上不如哲学诗,但也有自己独到的魅力。由于哲学诗注重理念,往往容易忽略现实生活的充分感性,不与大地母亲相交接,脱离大地,远游为理念的浪子,丧失诗歌所必须的形象滋养。例如,同具有宗教哲学写作色彩的诗人,纪伯伦的诗歌就稍逊泰戈尔,除了思想修养的差别外,就在于前者感性不足,往往理念裸呈。太过于注重理念而造成感性不足这种状况在历史上是有根源的,典型的是东晋的玄言诗,“理过乎词”,这种先天的病毒是有遗传性的,我们在吸收西方哲学诗时,如不注意防范,自难避免。西方的形而上学对于我们民族诗人来说是一种全新的思想,魅力无穷,诗人极容易在这一炫目的光照下自失,从而专注理念,不及其余。即使新诗人中的佼佼者,如昌耀、杨炼、海子等人的诗歌,也大量存在“理过乎词”的状况。海子对理念的关注,对审美的淡化;昌耀对神圣的追求,对形式的随意等其实都有损于诗美。

境遇诗则能标示美丽的人间存在,有十足的观赏性,让人忘记理念,让读者随着诗人在生死的漩涡里流传,充分感受存在的哀乐,体悟存在的美丽。诗人精心挑选的各种境遇像一朵朵无名的小花,虽存在于小小的时空,但其鲜明的色彩、芬芳的香味、婆娑的姿态将这小小的存在演绎得烂漫淋漓。尤其是传统的写自然的这一部分诗歌，在充分观察自然的基础上将自然哲学的理念寓于诗歌中，因而不存在西方诗歌中那种把自然物作为诗人理念的载体、自然物本身的美不彰显的情况。中国的这部分诗歌不让人觉得诗人是有意将理念置于诗歌中，而是诗人在自然物中发现了理念，因而这种理念与自然物天然结合在一起，不辨你我，体现了十足的有机性。假如我们能充分吸收传统的这种境遇诗的创作方法，在哲学诗创作中，把无限的哲学理念与具体丰富的境遇结合在一起，让超越性的理念了无痕迹地寄寓在丰富的境遇中，则哲学诗的创作应该会达到一个理想的境界。这是我们对未来中国哲学诗创作的期待。

参考文献

1. ［美］艾默生:《艾默生集:论文与讲演录》(上下册),吉欧·波尔泰编,赵一凡、蒲隆、任晓晋、冯建文译,赵一凡校,生活·读书·新知三联书店1993年版。

2. ［古印度］《奥义书》,黄宝生译,商务印书馆2010年版。

3. 北京大学哲学系、外国哲学史教研室编译:《西方哲学原著选读》,商务印书馆2004年版。

4. ［古印度］毗耶娑:《薄伽梵歌》,黄宝生译,商务印书馆2010年版。

5. 冰心:《冰心论创作》,吴重阳等编,上海文艺出版社1982年版。

6. 冰心:《冰心文集》,上海人民出版社1982年版。

7. 陈伯良:《穆旦传》,世界知识出版社2006年版。

8. 曹础基:《庄子浅注》,中华书局2000年版。

9. 昌耀:《昌耀诗文总集》,青海人民出版社2000年版。

10. 崔卫平:《不死的海子》,中国文联出版社1999年版。

11. 冯友兰:《中国哲学史》,中华书局1966年版。

12. 冯至:《冯至全集》,韩耀成等编,河北教育出版社1999年版。

13. 冯至:《论歌德》,上海文艺出版社1986年版。

14. 高秀琴、徐立钱:《穆旦:苦难和忧患铸就的诗魂》,北京出版集团、文津出版社2007年版。

15. 郜元宝编:《尼采在中国》,上海三联书店 2001 年版。

16. 歌德:《歌德谈话录》,朱光潜译,人民文学出版社 1985 年版。

17. 歌德:《歌德文集》,人民文学出版社 1997 年版。

18. 顾城:《顾城文选》卷一,北方文艺出版社 2005 年版。

19. 顾城:《顾城文选》卷二、卷三,中国文化出版社 2006 年版。

20. 顾城:《顾城文选》卷四,中国文化出版社 2007 年版。

21. 郭沫若:《郭沫若全集》,人民文学出版社 1992 年版。

22. 郭沫若:《郭沫若全集》,人民出版社 1984 年版。

23. 郭沫若:《沫若文集》,人民文学出版社 1957 年版。

24.（清）郭庆藩辑:《庄子集释》,中华书局 1961 年版。

25. 郭绍虞主编:《中国历代文论选》,上海古籍出版社 2001 年版。

26. 海子:《海子诗全集》,作家出版社 2009 年版。

27. ［古希腊］赫拉克利特:《赫拉克利特著作残篇》,罗宾森英译,楚荷中译,广西师范大学出版社 2007 年版。

28. ［德］黑格尔:《哲学史讲演录》（四卷）,商务印书馆 1996 年版。

29. 胡适:《中国哲学史大纲》,东方出版社 1996 年版。

30. ［法］加缪:《西西弗的神话》,杜小真译,西苑出版社 2003 年版。

31. ［日］今道友信:《存在主义美学》,崔相录、王生平译,辽宁人民出版社 1987 年版。

32. ［丹麦］克尔凯郭尔:《基督徒的激情》,鲁路译,冯文光校,中央编译出版社 2001 年版。

33. ［丹麦］克尔凯郭尔:《或此或彼》,阎嘉译,华夏出版社 2007 年版。

34. ［丹麦］克尔凯郭尔:《恐惧与颤栗》,一谌、肖聿、王才勇译,华夏出版社 1999 年版。

35. ［丹麦］克尔凯郭尔:《致死的疾病》,张祥龙、王建军译,中国工人出版社 1997 年版。

36. ［古印度］《〈梨俱吠陀〉神曲选》,巫白慧译解,商务印书馆 2010 年版。

37. 李怡:《中国现代新诗与古典诗歌传统》,西南师范大学出版社

1994 年版。

38. 梁宗岱:《诗与真·诗与真二集》,外国文学出版社 1984 年版。

39. 林和生:《孤独人格——克尔凯郭尔》,长江文艺出版社 1996 年版。

40. 林同济:《天地之间——林同济文集》,复旦大学出版社 2004 年版。

41. 林毓生:《中国传统的创造性转化》,三联书店 1988 年版。

42. 刘小枫、倪为国选编:《尼采在西方——解读尼采》,上海三联书店 2002 年版。

43. 〔英〕罗素:《西方哲学史》,何兆武、李约瑟译,商务印书馆 2002 年版。

44. 骆一禾:《骆一禾诗全编》,张玞编,上海三联书店 1997 年版。

45. 鲁迅《坟》,人民文学出版社 1973 年版。

46. 鲁迅:《集外集拾遗》,人民文学出版社 1973 年版。

47. 穆旦:《穆旦诗文集》,中国出版集团、人民文学出版社 2007 年版。

48. 穆旦:《蛇的诱惑》,珠海出版社 1997 年版。

49. 〔德〕尼采:《悲剧的诞生》,周国平译,广西师范大学出版社 2002 年版。

50. 〔德〕尼采:《超善恶》,张念东、凌素心译,中央编译出版社 2005 年版。

51. 〔德〕尼采:《快乐的知识》,黄明嘉译,中央编译出版社 2001 年版。

52. 〔德〕尼采:《历史的用途与滥用》,陈涛、周辉荣译,刘北成校,上海世纪出版集团 2005 年版。

53. 〔德〕尼采:《尼采文集》,楚图南译,改革出版社 1995 年版。

54. 〔德〕尼采:《我妹妹和我》,文化艺术出版社 2003 年版。

55. 〔德〕尼采:《尼采遗稿选》,虞龙发译,上海译文出版社 2005 年版。

56. 〔德〕尼采:《权力意志》,漓江出版社 2000 年版。

57. 〔德〕尼采:《善恶之彼岸》,程志民译,华夏出版社 2000 年版。

58. 〔德〕尼采:《曙光》,漓江出版社 2000 年版。

59. 〔德〕尼采:《希腊悲剧时代的哲学》,商务印书馆 1994 年版。

60. 〔德〕尼采:《哲学与真理——尼采 1872—1876 年笔记选》上海社

会科学院出版社 1993 年版。

61. 潘颂德：《中国现代新诗理论批评史》，学林出版社 2002 年版。

62. 钱理群等：《中国现代文学三十年》，北京大学出版社 1998 年版。

63. ［法］让·贝西埃等：《诗学史》，史忠义译，河南大学出版社 2010 年版。

64. 沈从文：《沈从文选集》，四川人民出版社 1983 年版。

65. ［德］叔本华：《作为意志和表象的世界》，青海人民出版社 1996 年版。

66. ［德］叔本华：《人生的智慧》，程志民译，华夏出版社 2000 年版。

67. ［印度］泰戈尔：《泰戈尔全集》，河北教育出版社 2001 年版。

68. （魏）王弼：《老子道德经》，上海书店 1986 年版。

69. 王本朝：《20 世纪中国文学与基督教文化》，安徽教育出版社 2000 年版。

70. 王锦厚：《五四新文学与外国文学》，四川大学出版社 1989 年版。

71. 王栻主编：《严复集》，中华书局 1986 年版。

72. 王圣思选编：《“九叶诗人”评论资料选》，华东师范大学出版社 1996 年版。

73. 伍蠡甫、胡经之主编：《西方文艺理论名著选编》，北京大学出版社 1985 年版。

74. 吴松等点校：《饮冰室文集点校》，云南教育出版社 2001 年版。

75. ［古希腊］亚里士多德：《形而上学》，商务印书馆 1997 年版。

76. 杨伯峻：《列子集释》，中华书局 1979 年版。

77. 杨匡汉、刘富春：《西方现代诗论》，花城出版社 1988 年版。

78. 杨匡汉、刘富春：《中国现代诗论》，花城出版社 1985 年版。

79. 姚淦铭、王燕编：《王国维文集》，中国文史出版社 1997 年版。

80. ［英］约翰·托懒德：《泛神论要义》，商务印书馆 1997 年版。

81. 郑欣淼：《鲁迅与宗教文化》，中国社会科学出版社 2004 年版。

82. 周国平：《尼采：在世纪的转折点上》上海人民出版社 1986 年版。

83. 周国平：《周国平人文讲演录》，上海文艺出版社 2006 年版。

84. 周棉:《冯至传》,江苏文艺出版社 1993 年版。

85. 朱光潜:《诗论》,北京出版社 2005 年版。

86. 朱立元主编:《当代西方文艺理论》,华东师范大学出版社 1997 年版。

87. （宋）朱熹:《四书集注》,上海古籍出版社、安徽教育出版社 2001 年版。

88. 宗白华:《美学的散步》,安徽教育出版社 1997 年版。

89. 宗白华:《艺境》,安徽教育出版社 2000 年版。

后　记

　　如果写作是一种命运，那么本书的写作就是命运的结果。在这个世界上，我们喜欢的东西往往是我们自己选择的，但还是有极少数的事物是命运强加给你的；强加给你，但又不是让你勉强、让你为难，相反，却让你喜欢，我相信哲学就是这极少数中的事物之一。我在上大学时一接触到尼采、克尔凯郭尔的著作及包含深长哲学意蕴的泰戈尔的哲学诗就深深地喜欢上它们，我相信这就是命运的必然安排。哲学这种事物，表面看是一大堆高深莫测的观念体系，但实质上它只是某些人的命运。命运不是由个人选择或安排的，它是经历造成的。先有命运或经历，再有哲学，我相信是这样的。我相信我在接触哲学之前我已经明白了"哲学"，只是我那时并不知道这就是哲学，我那时只知道自己觉悟了一些不可思议的东西，它让我对世界和生命彻底迷惑，我们习以为常的日常生活倒变成了一个问题，而且是一个唯一的问题。我喜欢尼采、克尔凯郭尔、泰戈尔只是对这种命运的应和。

　　但后来随着我在中学工作、考研、考博，我的精力并没有在我喜欢的哲学和哲学诗上发展，另一种命运——现实的命运——似乎主宰了我，我被迫按照学术规范进行所谓的"研究"。我的研究生毕业论文是《矛盾与精神走向——王维、陶渊明比较研究》，尚能努力以西方哲学、尤其是尼采哲学的观点来比较王维和陶渊明。我那时肯定陶渊明，批判王维，以为他信佛是一种不真诚的表现（尼采是何等的直面人生！）。但这些观点早已与我的硕士毕业论文一道，在浩如烟海的研究生论文中消逝得无影无踪。如果说我的研究生毕业论文与我喜欢的西方哲学尚有一些联系，但我的博士论文《老庄与中国现代文学》就与我的兴趣基本没有关系了。虽然阅读《庄子》也让我有惊喜，但在直面生命和终极的问题上它显然不如西方哲学和印度哲学（泰戈尔的思想主要是印度古典哲学奥义书和吠陀经）给我的亲切感和透彻感。所以，整个读博的过程基本上就是远离我的兴趣的过程。要不是后来遇到姜耕玉先生，我的学术生涯大概就会在这条道路上遵照惯性定律滑下去了。

很幸运在东南大学做博士后时遇到姜耕玉先生。遇到先生之初，因为对现代生命哲学和形而上学及新诗的共同爱好，使得我们一谈就是一个多小时（姜耕玉先生那时不但进行学术研究，还进行诗歌和小说创作，一个多小时对于他是很宝贵的）。经过与姜老师的反复商讨，姜老师最后一锤定音："《西方哲学与中国新诗》是一个好题目！"兴奋之余我决定以此题目作为我的博士后出站报告。

绕了这么多话，无非是想说明，本书的写作虽是自己主动选择的结果，更是命运的结果。当初与姜老师议定以这个题目作为我的出站报告时，还只是一种直觉，而当进行实际的资料阅读和写作时，也感觉当初的直觉并没有骗我。我发现，20世纪的部分中国哲学诗人们，体验了与我类似的对世界的迷惑、绝望与无尽的精神挣扎，形而上的天外世界，也曾向王国维、鲁迅、冯至、穆旦、顾城、海子、戈麦等诗人露出它神秘的面容。在他们的诗学和诗歌中，我反复称引了下列话语和诗歌：

> 人生之问题，日往复于前。自是始决从事于哲学。
>
> ——王国维：《自序一》

> 夫哲学美术所志者，真理也。真理者，天下万世之真理，非一时一地之真理也。
>
> ——王国维：《论哲学家与美术家之天职》

点滴空阶疏雨,迢递严城更鼓。睡浅梦初成,又被东风吹去。无据,无据,斜汉迢迢欲曙。

——王国维:《如梦令》

有一游魂,化为长蛇,口有毒牙,不以啮人,自啮其身,终以殒颠。

——鲁迅:《墓碣文》

然而黑暗又会吞并我,然而光明又会使我消失……我将向黑暗里彷徨于无地。

——鲁迅:《影的告别》

但愿这些诗像一面风旗 / 把住一些把不住的事体。

——冯至:《十四行集》

常想飞出物外,却为地面拉紧。

——穆旦:《旗》

这种无可奈何的宿命的恐惧的感觉（指死亡）一直跟随着我,使我感到一种无处不在的害怕,一切都变得毫无意义……有知识毫无意义。

——顾城:《神明留下的痕迹》

我失去了一只臂膀 / 就睁开了一只眼睛。

——顾城:《杨树》

不要在那里踱步 // 梦太深了 / 你没有羽毛 / 生命量不出死亡的深度

——顾城:《不要在那里踱步》

我只想融合中国的行动,成就一种民族和人类的结合,诗和真理合一的大诗。

——海子:《海子诗全集·封面》

道路漫长 方向中断 / 动物般的恐惧充塞着我们的诗歌

——海子:《秋》

　　我是在独自的生活中听到了你……你是谁？为什么在众生之中选择了我

——戈麦：《陌生的主》

　　为什么隐藏在大水之上的云端／窥视我，让我接近生命的极限

——戈麦：《陌生的主》

　　这些声音，也都是我内心的声音。我相信，把它们当作一个整体来阅读，会看出一种心境，或是一种命运。形而上的人，是同一种命运，听到的是同一种声音。写作这本书，使我找到知音之感。这种感觉是我在中国古诗那里找不到的，它是观察宇宙的另一种视角，尤其是，它穿透了中国人不曾穿透的宇宙（中国人相信"天人合一"，这像一个封闭的温暖的屋子，中国人没有到屋外的寒寂中去看看）。但遗憾仍然是有的，中国新诗的哲学抒写似乎只有黑暗、空虚与绝望，这里缺少希望、信心和欢乐，而惠特曼对存在感到很满足，泰戈尔把存在变成了一场欢乐的旅行。本来，有绝望就有希望，有虚无就有信心，有黑暗就有光明。只是，中国新诗人形而上写作的历史太短（只有"五四"至全国解放的三十年和80年代的约十年），还来不及进行更成熟的哲学探索就被历史打断。缺少希望、欢乐和信心的存在是片面的存在，我相信圆满的存在有精神的一切特质。泰戈尔的哲学里就有黑暗、空虚、绝望、希望、欢乐、信心等所有的相互对立精神特质，而最终达到精神的圆满，这应该是中国诗努力的方向。中国新诗人闯进了一个形而上的国度，看见了一片黑乎乎的存在，还没有来得及看见那黑暗中包藏的光明，绝望中蕴藏的希望，虚无中萌发的信心就纷纷迷失，更圆满的哲学呼唤另一个时代。

　　我们研究哲学和哲学诗，为的是找到那种圆满的宇宙，为的是突破自我的个体生命，进入那无所不在的宇宙生命；研究哲学和哲学诗，就是为所有的生命寻找到一个永恒的家，如同泰戈尔在《吉檀迦利》的末章所写：

　　像一群思乡的鹤鸟，日夜飞向它们的山巢，在我向你合十膜拜之中，让我全部的生命，启程回到它永久的家乡。

感谢姜耕玉先生,带给我这一场精神之旅。这既是一种研究,也是尝试用一种哲学话语来间接地表达自己的体验,是一种间接的抒情诗。刘勰说:"文果载心,余心有寄",说的不是特别有信心,但也只能以学术安慰自己。作为学术文章,是赶不上诗歌那样直接抒情,赶不上哲学那样直接表达自己的观点的。学术文章,只能在客观化的研究中寄寓一点个人的情怀,固有刘勰的犹豫之言。然而,命运决定了我们芸芸众生中的大多数不能用诗歌和哲学来直接表达自己(那种像神一样的幸福)。王国维有言:"居今日而欲自立一新系统,自创一新哲学,非愚则狂也。"可悲也夫!

本书的大部分章节及相关论文已在各类刊物发表过,详情如下:

1.《再识王国维:新诗形而上写作的旗帜》,《哲学与文化》(A&HCI 收录),2014 年 11 月。

2.《境遇诗 哲理诗 哲学诗:关于诗歌价值形态的思考》,《哲学与文化》(A&HCI 收录),2016 年 4 月。

3.《作为真理的诗歌:从追寻实体到张扬主体——海子诗歌的哲学解读》,《文艺争鸣》,2014 年 9 月号。

4.《形而上意义上的精神建设姿态——冯至的〈十四行集〉在新诗史上的一种独特意义》,《暨南学报》2013 年第 4 期。

5.《境遇诗与哲学诗》,《东南大学学报》2013 年第 4 期。

6.《常想飞出物外 却为地面拉紧——穆旦诗歌形而上思想估衡》,《福建师范大学学报》2014 年第 6 期。

7.《论郭沫若没有深入理解泛神论》,《东南大学学报》,2015 年 9 月。

8.《作为鉴赏家的王国维》,《福建师范大学学报》2013 年第 4 期。

9.《谈哲学诗和哲理诗的特征和意义》,《福建师范大学学报》2010 年第 2 期。

10.《尼采哲学中的虚无主义概念》,《中南大学学报》2014 年第 2 期。

11.《超越社会批判的形而上追求:论鲁迅早期的诗学思想》,《烟台大学学报》,2015 年 11 月。

12.《现代诗学发生的哲学因素及现代诗学的开端》,《华南农业大学学报》2012 年第 4 期。

13.《新诗的哲学建构》,《中国社会科学报》,2014 年 8 月 26 日。

14.《中国新诗哲学精神的缺失:以象征在新诗中的困境为例》,《中国社会科学报》,2015 年 8 月 31 日。

15.《封闭与失衡:新诗中的意象嬗变》,《中国社会科学报》,2015 年 12 月 10 日。

同时本书的出版得到福建师范大学文学院出版资金资助和文学院领导的关心,人民出版社詹素娟女士为本书的出版付出了辛苦的劳动,我的家人也为我的写作提供了安宁的环境,在此一并致谢。

雷文学

2019 年 2 月 6 日

责任编辑:詹素娟

装帧设计:东方天地

图书在版编目(CIP)数据

西方哲学与中国新诗/雷文学 著. —北京:人民出版社,2019.5

ISBN 978 - 7 - 01 - 020723 - 0

Ⅰ.①西…　Ⅱ.①雷…　Ⅲ.①西方哲学-影响-诗歌-创作-研究-中国

Ⅳ.①I207.21

中国版本图书馆 CIP 数据核字(2019)第 076676 号

西方哲学与中国新诗

XIFANG ZHEXUE YU ZHONGGUO XINSHI

雷文学　著

人 民 出 版 社 出版发行

(100706　北京市东城区隆福寺街 99 号)

北京中科印刷有限公司印刷　新华书店经销

2019 年 5 月第 1 版　2019 年 5 月北京第 1 次印刷

开本:710 毫米×1000 毫米 1/16　印张:18.25

字数:330 千字

ISBN 978 - 7 - 01 - 020723 - 0　定价:79.00 元

邮购地址 100706　北京市东城区隆福寺街 99 号

人民东方图书销售中心　电话 (010)65250042　65289539